Daniel Defoe

Kapitän Singleton

*Zu diesem Buch*

Seit Daniel Defoe, so vermutet man, im Mittelmeer selbst in die Gefangenschaft von Piraten geriet, ließ ihn die Welt der Seeräuber nicht mehr los. Er besuchte und interviewte sie in den Gefängnissen, verfolgte ihre Prozesse und recherchierte fasziniert ein Leben lang ihre geheimnisvolle Welt. In diesem Roman lässt er Bob Singleton sein abenteuerliches Leben selbst erzählen: In frühester Kindheit von einer Zigeunerin entführt, kommt er als Elfjähriger zur Seefahrt, wird Anführer einer verwegenen Schar, die man wegen Meuterei auf Madagaskar aussetzt. Nun beginnt eine atemberaubende Kette von verwegenen Abenteuern: Nach einem abenteuerlichen Marsch quer durch Afrika wird Singleton zum gefürchteten Korsaren aller Weltmeere, häuft Schätze sonder Zahl an – und wird zuletzt wieder ein angesehener Kaufmann, der sein Geheimnis vor der Welt verbirgt.

Ein fesselnder Roman und gleichzeitig eine Sozialgeschichte seiner Zeit – ein vergessener Klassiker vom »Begründer des englischen Romans«.

»Die Erzählweise des *Kapitän Singleton,* wie die des *Robinson Crusoe,* ist so perfekt, dass im ganzen Buch kein Absatz oder auch nur eine Seite zu viel steht.«
*Edward Garnett*


*Der Autor*

Daniel Defoe, geboren Anfang der 1660er-Jahre in London, war Schriftsteller, radikaler Aufklärer und Kaufmann. Mit *Robinson Crusoe* erlangte er Weltruhm und gilt als Begründer des englischen Romans. Er starb 1731 in London.


*Die Übersetzerin*

Lore Krüger, geboren 1914 in Magdeburg, war Fotografin, Literaturübersetzerin und Dolmetscherin. Sie übertrug unter anderem Mark Twain, Robert Lewis Stevenson und Joseph Conrad ins Deutsche.


Mehr über Buch und Autor auf *www.unionsverlag.com*

# Daniel Defoe

# Kapitän Singleton

Roman

Aus dem Englischen von Lore Krüger
Mit einem Nachwort von Günther Klotz

Unionsverlag

Die Originalausgabe erschien 1720
unter dem Titel *The Life, Adventures and Piracies
of the Famous Captain Singleton*.
Die deutsche Erstausgabe dieser Übersetzung erschien unter dem Titel
*Das Leben, die Abenteuer und die Piratenzüge des berühmten Kapitän Singleton*
mit dem Nachwort von Günther Klotz
1980 im Aufbau Verlag, Berlin und Weimar.


*Im Internet*
Aktuelle Informationen,
Dokumente, Materialien
zu Daniel Defoe und diesem Buch
*www.unionsverlag.com*


Unionsverlag Taschenbuch 676
Übernahme von Übersetzung und Nachwort mit freundlicher Genehmigung
© Aufbau Verlag GmbH & Co. KG, Berlin 1980, 2008
© by Unionsverlag 2014
Neptunstrasse 20, CH-8032 Zürich
Telefon +41 44 283 20 00
mail@unionsverlag.ch
Alle Rechte vorbehalten
Reihengestaltung: Heinz Unternährer
Umschlaggestaltung: Martina Heuer, Zürich
Umschlagbild: Schiff im Sturm. Zeichnung von
Claude Lorrain, 1638 (Ausschnitt)
© The Trustees of the British Museum
Druck und Bindung: CPI – Clausen & Bosse, Leck
ISBN 978-3-293-20676-2
2. Auflage, April 2016

*Ein Bericht, wie Bob Singleton an der Küste von Madagaskar ausgesetzt wurde und sich dort ansiedelte, nebst einer Beschreibung der Insel und ihrer Bewohner; berichtet des Weiteren von seiner Überfahrt in einem selbst gebauten Boot zum Festland von Afrika und gibt Kunde von den Sitten und Gebräuchen der Einheimischen; erzählt, wie er auf wunderbare Weise vor den Barbaren und wilden Tieren gerettet wurde und wie er bei den Eingeborenen einem Engländer begegnete, der aus London stammte; ferner, welch große Reichtümer er anhäufte und wie er nach England zurückkehrte. Schildert zum Schluss, wie Kapitän Singleton erneut zur See fuhr, mannigfache Abenteuer bestand und Piratenzüge mit dem berühmten Kapitän Avery unternahm.*

Da es bei großen Persönlichkeiten, deren Leben bemerkenswert gewesen ist und deren Taten es verdienen, dass man sie für die Nachwelt festhält, üblich ist, viel über ihren Ursprung mitzuteilen und alle Einzelheiten über ihre Familie und die Geschichte ihrer Vorfahren zu berichten, will ich, um methodisch vorzugehen, das Gleiche tun, obwohl ich meinen Stammbaum nur kurz zurückverfolgen kann, wie der Leser sehr bald sehen wird.

Wenn ich der Frau, die man mich lehrte, Mutter zu nennen, glauben darf, wurde ich als ein etwa zweijähriger, sehr gut gekleideter kleiner Knabe von einem Kindermädchen betreut, das mich an einem schönen Sommerabend aufs Feld hinaus gegen Islington brachte, um, wie sie vorgab, den Kleinen an die Luft zu führen; ein zwölf- oder vierzehnjähriges Mädchen aus der Nachbarschaft begleitete sie. Meine Betreuerin traf – ob nun auf Verabredung oder durch Zufall – einen jungen Burschen, ihren Schatz, wie ich vermute; er nahm sie mit in ein Gasthaus, um ihr ein Getränk und Kuchen vorzusetzen, und während sie sich dort unterhielten, spielte das Mädchen mit mir an der Hand im Garten und vor der Tür – zuweilen in Sicht, zuweilen außer Sicht, ohne sich etwas Böses dabei zu denken.

In diesem Augenblick kam eines jener Frauenzimmer vorbei, die zu jener Art von Leuten gehörte, die sich, wie es scheint, ein Geschäft daraus machten, kleine Kinder verschwinden zu lassen. Das war zur damaligen Zeit ein teuflisches Gewerbe, das sie vor allem dann betrieben, wenn sie sehr gut gekleidete kleine Kinder fanden, oder aber größere, die sie auf die Plantagen verkaufen konnten.

Die Frau, die tat, als spiele sie mit mir und umarme und küsse mich, lockte das Mädchen ziemlich weit von dem Wirtshaus fort, bis sie es schließlich unter einem glaubhaften Vorwand aufforderte, zurückzugehen und der Dienerin zu berichten, wo sie sich mit dem Kind befinde; eine Dame habe sich in den Jungen vernarrt und küsse ihn ab, sie solle sich aber weiter keine Sorgen machen, denn sie seien in der Nähe, und während das Mädchen sich dorthin auf den Weg machte, trug sie mich fort.

Anschließend wurde ich, wie es scheint, an eine Bettlerin, die ein hübsches kleines Kind haben wollte, um Mitleid zu erwecken, verkauft und danach an eine Zigeunerin, unter deren Herrschaft ich bis zum Alter von etwa sechs Jahren blieb. Und diese Frau ließ es mir an nichts fehlen, wenn sie mich auch ständig von einem Ende des Landes zum anderen schleifte, und ich nannte sie Mutter, obwohl sie mir schließlich sagte, dass sie nicht meine Mutter sei, sondern mich für zwölf Shilling einer anderen Frau abgekauft habe; die habe ihr erzählt, wie sie an mich gekommen sei, und ihr erklärt, ich hieße Bob Singleton – nicht Robert, sondern einfach nur Bob, denn anscheinend wussten sie nicht, auf welchen Namen ich getauft war.

Es ist müßig, hier darüber nachzudenken, welche furchtbare Angst das sorglose Kindermädchen, das mich verloren hatte, ausgestanden haben muss, wie meine zu Recht erzürnten Eltern sie wohl behandelt und welches Entsetzen diese empfunden haben mussten bei dem Gedanken, dass man ihr Kind auf eine solche Weise entführt hatte, denn ich erfuhr niemals etwas über die Angelegenheit, außer den Tatsachen, die ich schon berichtet habe, und auch nicht, wer mein Vater und meine Mutter waren, und so hieße es nur, nutzlos vom Thema abzuschweifen, wenn ich hier davon sprechen wollte.

Meine gute Zigeunermutter wurde, zweifellos wegen einiger ihrer würdigen Taten, schließlich gehängt, und da sich dies zu früh ergab, als dass ich bereits das Gewerbe des Herumstrolchens beherrscht hätte, nahm sich die Pfarrgemeinde, in der ich zurückgeblieben war und an die ich mich beim besten Willen nicht erinnern kann, meiner einigermaßen an, denn das Erste, worauf ich mich danach zu besinnen vermag, ist, dass ich eine Pfarrschule besuchte und der Pfarrer der Gemeinde mich zu ermahnen pflegte, ich solle ein braves Kind sein und ich könne, obgleich ich nur ein armer Junge sei, doch zu einem guten Menschen aufwachsen, wenn ich mich an die Bibel hielte und Gott diente.

Ich glaube, ich wurde häufig von einer Ortschaft in die andere geschafft, vielleicht, weil sich die Gemeinden über den letzten Wohnsitz der Frau stritten, die sie für meine Mutter hielten. Ob sie mich nun wegen dieser oder anderer Gründe hin und her schickten, weiß ich nicht, aber die Stadt, in der man mich schließlich behielt, wie sie auch heißen mochte, konnte nicht weit vom Meer entfernt liegen, denn ein Schiffskapitän, der Gefallen an mir fand, nahm mich mit an einen nicht weit von Southampton gelegenen Ort, der, wie ich später erfuhr, Bussleton war, und dort ging ich den Zimmerleuten und Handwerkern, die beauftragt waren, ein Schiff für ihn zu bauen, zur Hand. Als es fertig war, nahm er mich, obgleich ich erst zwölf Jahre alt war, mit auf See, zu einer Fahrt nach Neufundland.

Ich lebte recht gut und gefiel meinem Herrn so, dass er mich seinen Jungen nannte, und ich hätte ihn Vater gerufen, aber das wollte er mir nicht erlauben, denn er hatte eigene Kinder. Ich begleitete ihn auf drei oder vier Fahrten und wuchs zu einem großen, kräftigen Burschen heran; da kaperte uns auf der Heimfahrt von der Neufundlandbank ein algerischer Seeräuber oder ein Kriegsschiff. Das war, wenn meine Berechnung stimmt, um das Jahr 1695, denn selbstverständlich führte ich kein Tagebuch.

Ich war von dem Unglück nicht sehr betroffen, obwohl ich sah, wie die Türken meinen Herrn, nachdem ihn während des Gefechts ein Splitter am Kopf verwundet hatte, sehr grausam behandelten; ich war also nicht sehr davon betroffen, bis sie mich auf irgendeine unglückselige Äußerung hin, die ich, wie ich mich erinnere, darüber machte, dass sie meinen Herrn misshandelten, packten und mir mit einem flachen Stock erbarmungslos auf die Fußsohlen schlugen, sodass ich mehrere Tage lang weder gehen noch stehen konnte.

Mein Glück stand mir jedoch diesmal bei; denn als sie mit unserem Schiff als Beute am Schlepptau auf die Meerenge zu davonsegelten und in Sichtweite des Golfes von Cadiz gelangten, griff ein großes portugiesisches Kriegsschiff den türkischen Seeräuber an, kaperte ihn und brachte ihn nach Lissabon.

Da ich mir über meine Gefangenschaft nicht viel Sorgen gemacht hatte, denn ich begriff die Folgen nicht, die sich bei längerer Dauer daraus ergeben hätten, freute ich mich auch nicht gebührend über meine Befreiung. Freilich war es für mich auch nicht so sehr eine Befreiung, wie sie es unter anderen Umständen gewesen wäre, denn mein Herr, der einzige Freund, den ich auf der Welt hatte, starb in Lissabon an seiner Verwundung, und so war ich fast wieder in meinen Ausgangszustand, nämlich den des Hungerleiders, zurückversetzt, und dazu noch in einem fremden Land, wo ich niemanden kannte und kein Wort der Sprache beherrschte. Es ging mir dort jedoch wider Erwarten besser, denn als nun alle unsere Leute frei waren und gehen konnten, wohin es ihnen beliebte, blieb ich, der ich nicht wusste, wohin ich mich wenden sollte, noch mehrere Tage lang auf dem Schiff, bis mich schließlich einer der Offiziere erblickte und sich erkundigte, was denn dieser junge englische Hund dort tue und warum man ihn nicht an Land gesetzt habe.

Ich hörte ihn und verstand so ziemlich, was er meinte, wenn auch nicht, was er sagte, und begann mich sehr zu fürchten, denn ich wusste nicht, woher ich ein Stück Brot nehmen sollte; da kam der Steuermann des Schiffs, ein alter Seebär, der sah, wie trübselig ich war, auf mich zu, sprach mich in gebrochenem Englisch an und erklärte mir, ich müsse von dort fortgehen. »Wohin muss ich denn gehen?«, fragte ich. »Wohin du willst«, sagte er, »nach Hause in dein Land, wenn du willst.« – »Wie soll ich denn dorthin kommen?«, erwiderte ich. »Wieso, hast du keine Freunde?«, sagte er. »Nein«, antwortete ich, »auf der ganzen Welt nur diesen Hund dort«, und ich zeigte auf den Schiffshund (der kurz zuvor ein Stück Fleisch gestohlen und in meine Nähe geschleppt hatte; ich hatte es genommen und gegessen), »denn er hat sich als guter Freund gezeigt und mir mein Essen gebracht.«

»So, so«, sagte er, »dein Essen musst du freilich haben. Willst du mit mir gehen?« – »Ja«, erwiderte ich, »von Herzen gern.« Kurz, der alte Steuermann nahm mich mit sich nach Hause und behandelte mich ziemlich gut, wenn mein Schicksal auch recht hart war, und ich lebte ungefähr zwei Jahre bei ihm. Während der Zeit bewarb er sich um einen Posten in seinem Beruf und wurde schließlich Erster Steuermann unter Don Garcia de Pimentesia de Carravallas, dem Kapitän einer portugiesischen Galione oder Karake, die nach Goa in Ostindien fuhr, und sobald er sein Patent erhalten hatte, brachte er mich an Bord, damit ich seine Kabine in Ordnung hielt, in der er sich mit reichlich alkoholischen Getränken, Süßigkeiten, Zucker, Gewürzen und anderen Dingen als Annehmlichkeiten für seine Reise eingerichtet hatte, und später brachte er darin eine beträchtliche Menge europäischer Waren unter, feine Spitzen und Leinen sowie auch Flanell, Wollstoffe, Tuche und dergleichen, unter dem Vorwand, es sei zu seiner Bekleidung.

Ich war zu neu im Fach, um ein Logbuch von dieser Reise zu führen, obwohl mein Herr, der für einen Portugiesen ein beträchtlicher Könner war, mich dazu anregte; aber die Tatsache, dass ich die Sprache nicht verstand, war ein Hindernis, zumindest diente sie mir als Entschuldigung. Nach einiger Zeit begann ich mir jedoch seine Tabellen und Bücher anzusehen, und da ich eine ganz ordentliche Handschrift hatte, etwas Latein verstand und anfing, mir einige Grundkenntnisse der portugiesischen Sprache anzueignen, begann ich auch, ein oberflächliches Wissen der Navigation zu erlangen, das jedoch nicht genügte, um mich durch ein Abenteuerleben zu steuern, wie das meine es werden sollte. Kurz, ich lernte bei dieser Reise unter den Portugiesen einige wesentliche Dinge; vor allem lernte ich, ein durchtriebener Dieb und ein schlechter Seemann zu sein, und ich glaube, ich kann sagen, dass sie unter allen Völkern der Welt für beides die geeignetsten Lehrer sind.

Wir fuhren nach Ostindien, entlang der Küste von Brasilien – nicht als hätte sie auf unserer Segelroute gelegen, aber unser Kapitän fuhr – entweder auf eigenen Wunsch oder auf Anordnung der Kaufherren – zuerst dorthin, und wir löschten in der Allerheiligenbai oder am Rio de Todos los Santos, wie sie sie in Portugal nennen, fast hundert Tonnen Waren und luden eine beachtliche Menge Gold sowie einige Kisten Zucker und siebzig oder achtzig große Ballen Tabak, von denen jeder mindestens einen Zentner wog.

Hier wohnte ich auf Befehl meines Herrn an Land und versah die Geschäfte des Kapitäns, denn er hatte gesehen, dass ich für meinen Herrn sehr eifrig tätig war, und als Entgelt für sein unangebrachtes Vertrauen fand ich Gelegenheit, von dem Gold, das die Händler an Bord sandten, etwa zwanzig Moidors beiseitezubringen, das heißt zu stehlen, und dies war mein erstes Abenteuer.

Von dort zum Kap der Guten Hoffnung hatten wir eine ganz erträgliche Fahrt, und ich stand im Ruf, meinem Herrn ein sehr emsiger und sehr treu ergebener Diener zu sein. Emsig war ich wirklich, aber keineswegs ehrlich, dafür hielten sie mich aber, und das war, nebenbei gesagt, ihr großer Irrtum. Aufgrund ebendieses Irrtums fand ich die besondere Zuneigung des Kapitäns, und er beauftragte mich häufig mit seinen eigenen Geschäften; zur Belohnung meines rührigen Fleißes erwies er mir mehrmals Gunstbezeigungen. So wurde ich ausdrücklich auf Befehl des Kapitäns zu einer Art Steward ernannt, der dem Schiffssteward unterstand, und war zuständig für die Verpflegung, die der Kapitän für seinen eigenen Tisch forderte. Er hatte außerdem noch einen zweiten Steward für seine privaten Vorräte; mein Amt betraf jedoch nur das, was der Kapitän von den Schiffsvorräten für seine private Benutzung entnahm.

Auf diese Weise hatte ich aber Gelegenheit, den Diener meines Herrn besonders gut zu betreuen und mich mit genügend Proviant zu versorgen, um besser zu leben als die übrigen Leute auf dem Schiff, denn der Kapitän bestellte, wie oben erwähnt, nur selten etwas aus den Schiffsvorräten, ich zweigte davon jedoch einiges für meinen eigenen Gebrauch ab. Wir gelangten etwa sieben Monate nach unserer Abfahrt von Lissabon nach Goa in Ostindien und lagen dort acht weitere Monate. Während dieser Zeit hatte ich, da mein Herr meistens an Land war, tatsächlich nichts weiter zu tun, als nur alles zu lernen, was es Schlechtes bei den Portugiesen gibt, einem Volk, welches das hinterlistigste und verderbteste, das anmaßendste und grausamste von allen Völkern der Welt ist, die vorgeben, Christen zu sein.

Stehlen, Lügen, Fluchen und Meineide schwören, zusammen mit der abscheulichsten Unzüchtigkeit, gehörten zu den regelmäßigen Gewohnheiten der Schiffsmannschaft; dazu kam, dass die Leute die unerträglichsten Prahlereien über ihren eigenen Mut von sich gaben und dabei im Allgemeinen die größten Feiglinge waren, denen ich je begegnet bin. Die Folgen ihrer Feigheit wurden bei vielen Anlässen sichtbar. Einer oder der andere aus der Mannschaft war jedoch nicht ganz so schlimm wie die Übrigen, und da mich mein Geschick unter jene gestellt hatte, empfand ich in Gedanken die größte Verachtung für die Übrigen, die sie auch verdienten.

Ich passte wahrhaftig genau in ihre Gesellschaft, denn ich besaß keinerlei Sinn für Tugend oder Religion. Ich hatte von beiden nicht viel gehört, außer dem, was ein guter alter Pastor mir gesagt hatte, als ich ein acht- oder neunjähriges Kind war – ja, ich war auf dem besten Wege, rasch zu einem Menschen aufzuwachsen, der so verrucht war, wie er nur sein konnte oder wie es vielleicht nur je einen gegeben hat. Das Schicksal lenkte zweifellos auf diese Weise meine ersten Schritte in dem Wissen, dass ich Arbeit auf der Welt zu verrichten hatte, die nur jemand ausführen konnte, der gegen jeden Sinn für Ehrlichkeit oder Religion verhärtet war. Trotzdem aber empfand ich sogar in diesem ursprünglichen Zustand der Sündhaftigkeit einen so entschiedenen Abscheu vor der verworfenen Niedertracht der Portugiesen, dass ich sie von Anfang an und auch danach mein ganzes Leben lang nur von Herzen zu hassen vermochte. Sie waren so viehisch gemein, so niedrig und heimtückisch, nicht nur Fremden, sondern auch einander gegenüber, so schäbig unterwürfig, wenn sie die Untergebenen, und so unverschämt oder roh und tyrannisch, wenn sie die Vorgesetzten waren, dass ich dachte, sie hätten etwas an sich, was meine ganze Natur empörte. Dazu kommt, dass es für einen Engländer natürlich ist,

Feiglinge zu hassen – all das trug dazu bei, dass ich gegen einen Portugiesen die gleiche Abneigung wie gegen den Teufel empfand.

Wer aber, wie das englische Sprichwort sagt, mit dem Teufel an Bord geht, muss mit ihm segeln; ich befand mich unter ihnen und richtete mich ein, so gut ich konnte. Mein Herr hatte sich damit einverstanden erklärt, dass ich dem Kapitän, wie oben beschrieben, in der Speisekammer zur Hand ging, aber da ich später erfuhr, dass dieser ihm monatlich einen halben Moidor für meine Dienste zahlte und meinen Namen auch in der Musterrolle verzeichnet hatte, erwartete ich, dass mein Herr, wenn die Mannschaft in Indien die Heuer für vier Monate ausgezahlt erhielte, wie es anscheinend üblich ist, mir etwas davon überlassen würde.

Da hatte ich mich jedoch in meinem Mann getäuscht, denn zu der Art gehörte er nicht; er hatte mich in einer Notlage aufgelesen, und sein Anliegen war, mich darin zu halten und so viel er nur konnte an mir zu verdienen. Ich begann anders darüber zu denken als zuerst, denn zu Beginn hatte ich geglaubt, er unterhalte mich aus reiner Barmherzigkeit, da er meine elende Lage sah, und als er mich an Bord brachte, zweifelte ich nicht daran, dass ich für meine Dienste einen Lohn erhalten solle.

Er war jedoch anscheinend ganz anderer Meinung darüber, und nachdem ich jemand bewogen hatte, in Goa, als die Mannschaft ausbezahlt wurde, mit ihm darüber zu sprechen, geriet er in größte Wut, nannte mich einen englischen Hund, einen jungen Ketzer und drohte, mich vor die Inquisition zu bringen. Von all den Namen, die sich mit vierundzwanzig Buchstaben zusammenstellen lassen, hätte er mich wirklich keinen Ketzer nennen dürfen, denn weil ich über die Religion nichts wusste und weder die protestantische von der papistischen noch jede der beiden von der mohammedanischen zu unterscheiden vermöchte, konnte ich niemals ein Ketzer sein. Ich entging jedoch, so jung ich war, nur mit knapper Not einer Ladung vor die Inquisition, und hätte man mich dort gefragt, ob ich Protestant oder Katholik sei, hätte ich das Erste, was sie erwähnten, bejaht. Wenn sie zuerst nach dem Protestanten gefragt hätten, wäre ich gewiss zum Märtyrer für etwas geworden, was ich gar nicht kannte.

Aber gerade der Priester oder Schiffskaplan, wie wir ihn nennen, den sie auf dem Schiff mitführten, rettete mich; da er sah, dass ich ein in der Religion völlig unwissender Junge und bereit war, alles zu tun oder zu sagen, was man von mir forderte, stellte er mir einige Fragen darüber und fand, ich beantwortete sie so naiv, dass er es auf sich nahm, ihnen zu erklären, er verbürge sich dafür, dass ich ein guter Katholik sein werde, und hoffe, er würde zum Werkzeug der Rettung meiner Seele. Es gefiel ihm, dass dies für ihn eine verdienstvolle Aufgabe war, und so machte er innerhalb einer Woche einen so guten Papisten aus mir, wie es kaum einer von ihnen war. Nun berichtete ich ihm von meiner Sache mit meinem Herrn; es stimme zwar, dass er mich in einer elenden Lage an Bord eines Kriegsschiffs in Lissabon aufgelesen habe und ich ihm Dank schuldig sei, weil er mich hier an Bord gebracht habe, denn wenn ich in Lissabon geblieben wäre, hätte ich vielleicht verhungern müssen oder etwas Ähnliches; deshalb sei ich willens, ihm zu dienen, hätte jedoch gehofft, er werde mir irgendeine kleine Entlohnung dafür geben oder mich wissen lassen, wie lange er erwartete, dass ich ihm unentgeltlich diente.

Es nützte nichts, weder der Priester noch sonst jemand vermochte ihn davon abzubringen, dass ich nicht sein Diener, sondern sein Sklave sei; er habe mich auf dem algerischen Schiff aufgelesen und ich sei ein Türke, der nur vorgab, ein englischer Knabe zu sein, um meine Freiheit zu erhalten, er werde mich als Türken vor die Inquisition bringen.

Das erschreckte mich maßlos, denn ich hatte niemanden, der bezeugen konnte, wer ich war und woher ich kam; aber der gute Padre Antonio, denn so hieß er, befreite mich auf eine Weise, die ich nicht verstand, von dieser Anklage, denn eines Morgens kam er mit zwei Matrosen zu mir und erklärte mir, sie müssten mich untersuchen, um zu bezeugen, dass ich kein Türke sei. Ich war erstaunt über sie und verängstigt; ich verstand sie nicht und konnte mir auch nicht vorstellen, was sie mit mir zu tun beabsichtigten. Nachdem sie mich nackt ausgezogen hatten, waren sie jedoch bald zufriedengestellt, und Padre Antonio forderte mich auf, guten Muts zu sein, sie könnten alle bezeugen, dass ich kein Türke war. So entging ich diesem Teil der Grausamkeit meines Herrn.

Von da an beschloss ich, ihm davonzurennen, sobald ich konnte, dort aber war dies nicht möglich, denn in jenem Hafen lagen keine Schiffe, gleich welcher Nationalität der Welt, außer zwei, drei persischen Fahrzeugen aus Hormus, und hätte ich es unternommen, von ihm fortzulaufen, dann hätte er mich an Land ergreifen und gewaltsam wieder an Bord bringen lassen, sodass mir nichts übrig blieb, als nur Geduld zu üben. Und auch die war bald erschöpft, denn danach begann er mich schlecht zu behandeln und nicht nur meine Essensrationen zu kürzen, sondern mich auch auf barbarische Weise wegen jeder Kleinigkeit zu schlagen und zu quälen, sodass mein Leben, mit einem Wort, erbärmlich war.

Weil er mich so gewalttätig behandelte und ich aus seinen Händen nicht zu entkommen vermochte, begann ich mir alle möglichen Untaten auszudenken; insbesondere beschloss ich, nachdem ich sämtliche anderen Wege meiner Befreiung überdacht und festgestellt hatte, dass sie nicht gangbar waren, ihn zu ermorden. Mit diesem teuflischen Plan im Kopf verbrachte ich ganze Tage und Nächte damit, mir zu überlegen, wie ich ihn ausführen sollte, und der Satan flüsterte mir dabei sehr eifrig zu. Ich war mir freilich über das Mittel gänzlich im Unklaren, denn ich besaß weder eine Flinte noch ein Schwert, noch sonst irgendeine Waffe, um ihn damit anzugreifen; meine Gedanken kreisten viel um Gift, ich wusste aber nicht, wo ich es mir beschaffen sollte, oder wenn ich es hätte bekommen können, wusste ich nicht, wie es hierzulande hieß und unter welcher Bezeichnung ich danach fragen sollte.

Auf diese Weise verübte ich die Tat hundert- und aberhundertmal in Gedanken. Das Schicksal vereitelte meine Absicht jedoch, entweder zu seinem oder zu meinem Wohl, und ich vermochte sie nicht auszuführen; deshalb war ich gezwungen, in seinen Ketten zu bleiben, bis das Schiff, nachdem es seine Fracht an Bord genommen hatte, nach Portugal in See stach.

Ich vermag hier nichts darüber zu sagen, wie unsere Reise verlief, denn ich führte, wie gesagt, kein Logbuch; ich kann aber berichten, dass wir, nachdem wir einmal auf die Höhe des Kaps der Guten Hoffnung, wie wir es nennen, oder des Cabo de Bona Speranza, wie sie es bezeichnen, gelangt waren, von einem heftigen Sturm aus Westsüdwest wieder zurückgetrieben wurden. Er hielt uns sechs Tage und sechs Nächte lang weit östlich fest, danach segelten wir ein paar Tage vor dem Wind und gingen schließlich bei der Küste von Madagaskar vor Anker.

Der Sturm hatte mit solcher Gewalt getobt, dass das Schiff sehr beschädigt war, und wir benötigten einige Zeit, um es wieder instand zu setzen; deshalb brachte der Steuermann, mein Herr, das Fahrzeug in größere Nähe der Küste und in einen sehr guten Hafen, wo wir in sechsundzwanzig Faden Wassertiefe etwa eine halbe Meile vom Ufer entfernt lagen.

Während sich das Schiff hier befand, ereignete sich eine verzweifelte Meuterei unter der Mannschaft wegen einiger Mängel in ihrer Verpflegung; sie ging so weit, dass die Leute dem Kapitän drohten, sie wollten ihn an Land setzen und mit dem Schiff zurück nach Goa fahren. Ich wünschte von ganzem Herzen, dass sie es täten, denn mein Kopf war voller Bosheit, und ich war durchaus bereit, sie auch in die Tat umzusetzen. Und obgleich ich nur ein Junge war, wie sie mich nannten, förderte ich doch den bösen Plan nach Kräften und ließ mich so offen darauf ein, dass ich im ersten und frühesten Abschnitt meines Lebens dem Gehängtwerden nur knapp entging, denn dem Kapitän kam zu Ohren, dass einige aus der Bande die Absicht hatten, ihn zu ermorden, und nachdem er teils durch Geld und Versprechungen, teils durch Drohungen und Folter zwei der Burschen dazu gebracht hatte, die Einzelheiten zu bekennen und die Namen der Betreffenden zu nennen, wurden sie bald gefangen gesetzt, und nachdem einer den anderen beschuldigt hatte, wurden nicht weniger als sechzehn Mann in Gewahrsam genommen und in Eisen gelegt, darunter auch ich.

Der Kapitän, den die Gefahr, in der er schwebte, zum Äußersten getrieben hatte, beschloss, das Schiff von seinen Feinden zu säubern; er hielt über uns Gericht, und wir wurden alle zum Tode verurteilt. Ich war zu jung, um die Verfahrensweise dieses Prozesses zur Kenntnis zu nehmen, aber der Proviantmeister und einer der Geschützmeister wurden sofort gehängt, und ich erwartete mit den Übrigen das Gleiche. Ich erinnere mich nicht, dass es mich stark betroffen hätte, nur, dass ich sehr weinte, denn ich wusste damals wenig von dieser Welt und gar nichts von der nächsten.

Der Kapitän gab sich jedoch damit zufrieden, diese beiden hinrichten zu lassen, und einige der Übrigen wurden auf ihre demütige Bitte und das Versprechen hin, sich in Zukunft gut zu betragen, begnadigt; er befahl jedoch, fünf Mann an Land auszusetzen und dort zu lassen, und ich war darunter. Mein Herr machte seinen ganzen Einfluss auf den Kapitän geltend, um Verzeihung für mich zu erwirken, vermochte es jedoch nicht zu erreichen, denn jemand hatte dem Kapitän gesagt, ich sei einer von denen gewesen, die ausgesucht waren, ihn zu töten, und als mein Herr bat, man möge mich nicht an Land aussetzen, erklärte ihm der Kapitän, ich solle an Bord bleiben, wenn er es wünsche, dann aber würde ich gehängt; er möge also wählen, was er für besser halte. Anscheinend war der Kapitän besonders darüber aufgebracht, dass ich an dem Verrat beteiligt war, weil er sich mir gegenüber so gütig gezeigt und mich ausgesucht hatte, ihn zu bedienen, wie ich bereits erwähnte; vielleicht war dies der Grund, weshalb er meinen Herrn vor eine so harte Wahl stellte, mich entweder an Land aussetzen oder aber an Bord hängen zu lassen. Und hätte mein Herr gewusst, welches Wohlwollen ich für ihn empfand, dann hätte er nicht lange gezögert, die Wahl für mich zu treffen, denn ich war fest entschlossen, ihm bei der ersten Gelegenheit, die sich bot, etwas Böses anzutun. Deshalb war es eine gute Fügung des Schicksals, die mich daran hinderte, meine Hände in Blut zu tauchen, und sie machte mich danach weichherziger in Dingen, die Blut betrafen, als ich es, wie ich glaube, sonst gewesen wäre. Was aber die Anklage anging, ich sei einer von denen gewesen, die den Kapitän hatten töten sollen, so geschah mir damit Unrecht, denn nicht ich war es, sondern einer von denen, die begnadigt wurden, und er hatte das Glück, dass diese Tatsache nie ans Licht kam.

Ich sollte nun ein unabhängiges Leben führen, worauf ich wirklich sehr schlecht vorbereitet war, denn ich war in meinem Betragen völlig ungehemmt und liederlich, kühn und verworfen, solange ich einen Herrn über mir hatte, und jetzt gänzlich ungeeignet, dass man mich mit meiner Freiheit betraute, denn ich war so reif für irgendeine Schufterei, wie man es bei einem jungen Burschen, dem nie ein anständiger Gedanke eingepflanzt wurde, nur erwarten konnte. Eine Erziehung hatte ich, wie der Leser bereits weiß, nicht genossen, und all die kleinen Szenen des Daseins, die ich erlebt hatte, waren voller Gefahren und von verzweifelten Umständen begleitet gewesen; ich war jedoch entweder so jung oder so töricht, dass ich dem Schmerz und der Angst, die sie hätten erwecken können, entgangen war, weil mir nicht bewusst war, wohin sie führten und welche Folgen sie haben mussten.

Diese gedankenlose, unbekümmerte Einstellung hatte tatsächlich einen Vorteil, nämlich dass sie mich wagemutig und bereit machte, jeden Frevel zu begehen, und mir den Kummer fernhielt, der mich sonst überwältigt hätte, wenn ich in einen Frevel verfiel; diese meine Torheit bedeutete für mich wirklich ein Glück, denn sie ließ meine Gedanken ledig, sich mit einer Möglichkeit des Entkommens und der Befreiung aus meiner Not zu beschäftigen, so groß diese auch sein mochte, während meine Elendsgenossen von ihrer Furcht und ihrem Kummer derartig niedergedrückt waren, dass sie einzig nur ihre jämmerliche Lage sahen und keinen anderen Gedanken hatten als den, sie müssten umkommen und verhungern, würden von wilden Tieren gefressen, ermordet, vielleicht von Kannibalen verspeist und dergleichen mehr.

Ich war zwar nur ein junger Bursche, vielleicht siebzehn oder achtzehn Jahre alt; als ich aber hörte, welches Schicksal mir zugedacht war, nahm ich es mit keinem Zeichen der Entmutigung auf, sondern fragte nur, wie sich mein Herr dazu geäußert hatte, und als ich erfuhr, dass er seinen ganzen Einfluss geltend gemacht hatte, um mich zu retten, der Kapitän ihm aber geantwortet hatte, ich solle entweder an Land gehen oder an Bord gehängt werden, was immer er vorziehe, gab ich alle Hoffnung auf, dass man mich wieder aufnähme. Ich war meinem Herrn in Gedanken nicht sehr dankbar dafür, dass er sich beim Kapitän für mich verwendet hatte, denn ich wusste: was er tat, geschah nicht aus Güte mir gegenüber, sondern vielmehr aus Eigennutz, nämlich um sich die Heuer zu erhalten, die er für mich bekam und die über sechs Dollar monatlich betrug, inbegriffen die Summe, die der Kapitän ihm für meine persönlichen Dienste bezahlte. Als ich erfuhr, dass mein Herr so scheinbar gütig gewesen war, fragte ich, ob man mir nicht gestatten würde, mit ihm zu sprechen, und erhielt die Antwort, das könne ich, wenn mein Herr zu mir herunterkommen wolle, ich dürfe aber nicht zu ihm hinaufgehen. So äußerte ich also den Wunsch, man möge meinen Herrn bitten, zu mir herunterzukommen, und das tat er. Ich fiel vor ihm auf die Knie und flehte ihn an, mir zu verzeihen, wenn ich etwas getan hatte, was ihm missfiel, und tatsächlich lastete mir zu dieser Zeit mein Entschluss, ihn zu ermorden, schwer auf dem Gewissen, sodass ich einmal nahe daran war, es zu gestehen und meinen Herrn zu bitten, mir zu vergeben, aber ich behielt es für mich. Er erklärte mir, er habe getan, was er konnte, um meine Begnadigung vom Kapitän zu erwirken, es sei ihm aber nicht gelungen und er wisse keinen anderen Weg für mich als nur, mich mit Ergebenheit in mein Schicksal zu fügen, und falls sie am Kap Gelegenheit hätten, mit Leuten von Schiffen ihrer Nation zu sprechen, wolle er sich bemühen, sie zu bewegen, hier anzulegen und uns wieder fortzuholen, falls man uns finde.

Nun bat ich ihn, meine Kleidung mit an Land nehmen zu dürfen. Er sagte, er befürchte, ich werde wenig Kleidung brauchen, denn er könne sich nicht vorstellen, dass wir auf der Insel lange am Leben zu bleiben vermöchten, man habe ihm berichtet, die Bewohner seien Kannibalen oder Menschenfresser (freilich war diese Behauptung unbegründet), und wir könnten unter ihnen nicht am Leben bleiben. Ich erwiderte, davor hätte ich weniger Angst als vor der Aussicht, aus Mangel an Nahrungsmitteln zu sterben, und was die Tatsache betreffe, dass die Eingeborenen Kannibalen seien, so hielte ich es für wahrscheinlicher, dass wir sie aufäßen als sie uns, wenn wir ihrer nur habhaft werden könnten. Ich machte mir jedoch große Sorgen, so sagte ich, weil wir keine Waffen hätten, um uns zu verteidigen, und ich wolle jetzt nur darum bitten, dass er mir eine Flinte und einen Säbel gebe sowie ein bisschen Pulver und Blei.

Er lächelte und sagte, sie würden uns nichts nützen, denn wir könnten unmöglich erwarten, unser Leben unter einer so zahlreichen und wilden Bevölkerung, wie es die Bewohner der Insel seien, zu behaupten. Ich erklärte, sie würden uns wenigstens den Vorteil verschaffen, dass wir nicht sofort getötet oder aufgefressen würden, und deshalb bäte ich sehr um die Flinte. Endlich erklärte er mir, er wisse nicht, ob ihm der Kapitän genehmigen werde, mir eine Flinte zu geben, wenn nicht, wage er nicht, es zu tun; er versprach aber, sich dafür einzusetzen, dass ich sie erhielte, was er auch tat, und am nächsten Tag schickte er mir eine Flinte mit etwas Munition, teilte mir aber mit, der Kapitän gestatte nicht, dass man uns die Munition aushändigte, bis er uns habe an Land setzen lassen und im Begriff sei auszulaufen. Mein Herr sandte mir auch ein paar Kleidungsstücke, die ich auf dem Schiff besaß, und das waren wirklich nicht viele.

Zwei Tage darauf wurden wir alle zusammen an Land gebracht; als meine Mitverbrecher hörten, dass ich ein Gewehr sowie etwas Pulver und Blei hatte, baten sie um die Erlaubnis, das Gleiche mitnehmen zu dürfen, und erhielten sie. Auf diese Weise wurden wir an Land gesetzt und waren auf uns selbst angewiesen.

Als wir auf die Insel kamen, empfanden wir zuerst heftige Angst beim Anblick der barbarischen Bewohner, die uns schrecklicher erschienen, als sie in Wirklichkeit waren, da wir an die Beschreibung dachten, die uns die Matrosen von ihnen gegeben hatten. Als wir dann aber schließlich eine Weile mit ihnen gesprochen hatten, stellten wir fest, dass sie nicht, wie man uns berichtet hatte, Kannibalen waren und nicht sogleich über uns herfielen, um uns aufzufressen. Sie kamen vielmehr und setzten sich zu uns, bestaunten unsere Kleidung und unsere Waffen sehr und machten Zeichen, sie wollten uns die Nahrungsmittel geben, die sie hatten, und das waren gegenwärtig nur aus dem Boden gegrabene Wurzeln und Pflanzen; später brachten sie uns aber Geflügel und Fleisch in reichlicher Menge.

Dies ermunterte die anderen vier Leute, die bei mir waren und zuvor den Mut hatten sinken lassen, sehr; sie begannen sich recht vertraulich zu den Eingeborenen zu verhalten und gaben ihnen durch Zeichen zu verstehen, dass wir dableiben und bei ihnen wohnen würden, wenn sie uns freundlich behandelten, worüber sie sich zu freuen schienen, denn sie hatten keine Ahnung, dass wir dazu gezwungen waren und wie sehr wir uns vor ihnen fürchteten.

Nach weiteren Überlegungen beschlossen wir jedoch, nur so lange in diesem Teil der Insel zu bleiben, wie das Schiff in der Bucht lag, und sie in dem Glauben zu lassen, wir seien mit ihm fortgefahren; dann wollten wir uns davonmachen und, wenn möglich, einen Ort aufsuchen, wo keine Einwohner zu sehen waren, leben, wie wir konnten, und vielleicht nach einem Schiff Ausschau halten, das wie unseres an die Küste verschlagen würde.

Das Schiff blieb noch vierzehn Tage auf Reede liegen; die Mannschaft besserte einige Schäden aus, die der letzte Sturm verursacht hatte, und nahm Holz sowie Wasser an Bord. Das Boot kam während dieser Zeit häufig an Land, und die Leute brachten uns allerlei Lebensmittel; die Eingeborenen glaubten, wir gehörten zum Schiff, und waren recht höflich. Wir lebten in einer Art Zelt am Strand oder vielmehr in einer Hütte, die wir mit Zweigen von den Bäumen gebaut hatten, und nachts zogen wir uns manchmal vor den Einheimischen in den Wald zurück, damit sie dachten, wir seien an Bord des Schiffs. Wir stellten freilich fest, dass sie von Natur aus recht barbarisch, verräterisch und schuftig und nur aus Furcht höflich waren; daraus schlossen wir, wir würden bald in ihre Hände fallen, wenn das Schiff erst einmal fort war.

Dieses Bewusstsein verfolgte meine Leidensgefährten bis zum Wahnsinn, und einer von ihnen, ein Zimmermann, schwamm eines Nachts in seiner schrecklichen Angst zum Schiff, obwohl es eine Meile weit draußen lag, und bettelte so jämmerlich darum, an Bord zu dürfen, dass der Kapitän sich schließlich bewegen ließ, ihn heraufzunehmen, nachdem sie ihn drei Stunden im Wasser hatten schwimmen lassen, bevor er sich bereitfand.

Nach Ablauf dieser Zeit und auf seine demütige Unterwerfung hin ließ ihn der Kapitän an Bord, weil die Zudringlichkeit dieses Menschen (der lange darum gefleht hatte, dass er wieder aufgenommen würde, und wenn sie ihn auch hängten, sobald sie ihn hätten) so groß war, dass man ihm nicht zu widerstehen vermochte, denn nachdem er so lange rings um das Schiff geschwommen war, hatte er nicht mehr die Kraft, das Ufer zu erreichen, und der Kapitän sah offensichtlich, dass er den Mann an Bord nehmen oder ertrinken lassen müsse, und da die gesamte Mannschaft sich erbot, für sein gutes Verhalten zu bürgen, gab der Kapitän schließlich nach und nahm ihn auf, wenn der Mann auch durch den langen Aufenthalt im Wasser fast tot war.

Als er sich an Bord befand, ließ er nicht nach, den Kapitän und alle übrigen Offiziere unseretwegen, die wir zurückgeblieben waren, zu behelligen, aber: der Kapitän war bis zum letzten Tag unerbittlich. Zum Zeitpunkt, als sie Vorbereitungen trafen, in See zu stechen, und er den Befehl gegeben hatte, die Boote an Bord zu holen, kamen alle Matrosen gemeinsam zur Reling des Achterdecks, wo der Kapitän mit einigen seiner Offiziere auf und ab ging; sie bestimmten den Bootsmann zu ihrem Sprecher, und er trat vor den Kapitän hin, fiel vor ihm auf die Knie und flehte ihn so unterwürfig wie nur möglich an, die vier Leute wieder an Bord zu nehmen. Er sagte, sie alle erböten sich, für ihre Treue zu bürgen oder aber sie in Ketten liegen zu lassen, bis sie Lissabon erreichten und man sie dort der Justiz übergebe, lieber als dass sie dort zurückblieben und, wie sie sagten, durch die Wilden ermordet oder von wilden Tieren aufgefressen würden. Es dauerte lange, bis der Kapitän Notiz von ihnen nahm, dann aber befahl er, den Bootsmann festzunehmen, und drohte, ihn zur Ankerwinde führen zu lassen, weil er für sie gesprochen hatte.

Nach dieser Äußerung der Strenge ersuchte einer der Matrosen, der kühner war als die Übrigen, dabei aber dem Kapitän allen nur möglichen Respekt erwies, Seine Ehren, wie er ihn nannte, er möge doch einigen von ihnen die Erlaubnis geben, an Land zu gehen, damit sie zusammen mit ihren Kameraden sterben oder aber ihnen, wenn möglich, im Widerstand gegen die Barbaren beistehen könnten. Der Kapitän, den dies eher herausforderte als einschüchterte, kam zum Achterdeck und sprach sehr vorsichtig zu den Männern (denn wenn er grob gewesen wäre, hätten zwei Drittel von ihnen, wenn nicht alle, das Schiff verlassen). Er erklärte ihnen, er sei ebenso im Interesse ihrer Sicherheit wie seiner eigenen zu dieser Strenge gezwungen; Meuterei an Bord eines Schiffs sei das Gleiche wie Verrat im Palast eines Königs, und er könne es vor den Schiffseigentümern, die seine Brotgeber seien, nicht verantworten, das ihm anvertraute Schiff und die Waren darauf Leuten zugänglich zu machen, deren Absichten von der schlimmsten und schwärzesten Art gewesen seien. Er wünschte von Herzen, er würde sie anderswo an Land gesetzt haben, wo sie sich vielleicht in geringerer Gefahr vor den Wilden befänden, denn wenn es seine Absicht gewesen wäre, dass sie umkämen, dann hätte er sie ebenso gut wie die beiden anderen an Bord hinrichten lassen können. Er wünschte, sie lägen an irgendeinem anderen Ort der Welt, wo er sie der Zivilgerichtsbarkeit übergeben oder sie unter Christen lassen könnte. Es sei jedoch besser, *ihr* Leben befinde sich in Gefahr als seins und die Sicherheit des Schiffs; und obgleich er sich dessen nicht bewusst sei, von irgendeinem unter ihnen so Böses verdient zu haben, dass sie lieber das Schiff verlassen als ihre Pflicht tun wollten, werde er doch, falls jemand dazu entschlossen sei, ihn nicht daran hindern, bevor er sich bereit erklärte, eine Bande von Verrätern an Bord zu nehmen, die, wie er vor ihnen allen bewiesen, sich verschworen habe, ihn zu ermorden, noch wolle er ihnen ihre gegenwärtige Zudringlichkeit nachtragen; jedoch, auch wenn er als Einziger auf dem Schiff bliebe, werde er nicht gestatten, dass sie an Bord kämen.

Er brachte diese Rede so gut vor, und sie war an sich so vernünftig, so gemäßigt und schloss doch so kühn mit einer Verneinung, dass sie den größten Teil der Leute für den Augenblick zufriedenstellte. Da sie aber Anlass dazu gab, dass Cliquen und Kabalen entstanden, beruhigten sich die Männer stundenlang nicht; der Wind flaute gegen Abend auch ab, und so befahl der Kapitän, die Anker nicht vor dem nächsten Morgen zu lichten.

Noch in derselben Nacht wandten sich dreiundzwanzig Leute, darunter der zweite Geschützmeister, der Gehilfe des Schiffsarztes und zwei Zimmerleute, an den Ersten Offizier und erklärten ihm, der Kapitän habe ihnen ja die Erlaubnis gegeben, zu ihren Kameraden an Land zu gehen, und sie bäten ihn, diesem auszurichten, er solle es ihnen nicht übel nehmen, dass sie den Wunsch hätten, sich zu ihren Gefährten zu begeben und mit ihnen zu sterben; sie seien der Meinung, in einer solchen Notlage könnten sie nicht umhin, sich ihnen anzuschließen, denn wenn es irgendeinen Weg gebe, ihr Leben zu retten, dann den, ihre Zahl zu vergrößern und sie genügend zu verstärken, sodass sie einander beistehen und sich gegen die Wilden verteidigen könnten, bis sie vielleicht früher oder später Mittel und Wege fänden, von dort zu entkommen und in ihre Heimat zurückzukehren.

Der Erste Offizier erwiderte ihnen, er wage nicht, dem Kapitän von einer solchen Absicht zu sprechen, und er bedaure sehr, dass sie nicht mehr Achtung vor ihm hätten, als von ihm zu verlangen, solch eine Botschaft zu überbringen; wenn sie aber zu diesem Unternehmen entschlossen seien, rate er ihnen, da ihnen der Kapitän die Erlaubnis dazu gegeben habe, am frühen Morgen das Großboot zu nehmen und davonzufahren, einen höflichen Brief an den Kapitän zurückzulassen und ihn zu bitten, er möge seine Leute an Land senden, um das Boot zurückzuholen, das sie ihm auf redliche Weise wieder aushändigen wollten, und er versprach ihnen, bis dahin darüber zu schweigen.

Dementsprechend schifften sich eine Stunde vor Sonnenaufgang die dreiundzwanzig Mann, jeder mit einer Muskete und einem kurzen Säbel, einige mit Pistolen und drei mit Hellebarden bewaffnet, samt einem guten Vorrat an Schießpulver und Blei, jedoch ohne irgendwelche Lebensmittel außer ungefähr einem halben Zentner Brot, wohl aber mit ihren Seekisten und allen ihren Kleidungsstücken, ihrem Werkzeug, ihren Instrumenten, Büchern und dergleichen mehr, völlig geräuschlos ein, sodass der Kapitän nichts davon bemerkte, bis sie schon halb an Land waren.

Sobald er es hörte, rief er nach dem Zweiten Geschützmeister, denn der Geschützmeister lag zu der Zeit krank in seiner Kajüte, und befahl, auf sie zu schießen; zu seinem großen Verdruss aber gehörte der Zweite Geschützmeister zu den Abtrünnigen und war mit ihnen gefahren; tatsächlich hatten sie gerade darum so viele Waffen und eine solche Menge Munition erhalten. Als der Kapitän festgestellt hatte, wie die Dinge lagen und dass daran nichts zu ändern war, beruhigte er sich ein bisschen und nahm es auf die leichte Schulter; er rief die Leute zusammen und sprach freundlich mit ihnen. Er sagte, er sei sehr zufrieden mit der Treue und Tüchtigkeit der Leute, die jetzt noch dageblieben waren, und zu ihrer Ermutigung wolle er die Heuer der von Bord Gegangenen unter sie aufteilen lassen; er sei sehr froh, dass das Schiff nun frei sei von einem so meuterischen Haufen, der keinerlei Grund habe, aufsässig zu werden.

Die Leute schienen recht zufrieden zu sein; und besonders das Versprechen, sie bekämen die Heuer derjenigen, die das Schiff verlassen hatten, wirkte sehr auf sie. Danach übergab der Schiffsjunge dem Kapitän den Brief, den sie anscheinend bei ihm hinterlassen hatten. Darin stand so ziemlich das Gleiche, was sie zu dem Ersten Offizier gesagt hatten und was er nicht hatte ausrichten wollen; nur am Ende ihres Briefes schrieben sie dem Kapitän, sie hätten keine unlauteren Absichten und deshalb auch nichts mitgenommen, was ihnen nicht gehörte, mit Ausnahme von einigen Waffen und etwas Munition, die absolut unentbehrlich für sie seien, sowohl zu ihrer Verteidigung gegen die Wilden als auch, um zu ihrer Ernährung Vögel oder Wild zu schießen, damit sie nicht umkämen, und da ihnen als Heuer beträchtliche Summen zustanden, hofften sie, er werde ihnen die Waffen und die Munition gegen ihr Guthaben überlassen. Sie schrieben, was das Großboot des Schiffs betreffe, das sie mitgenommen hätten, um an Land zu gehen, so wüssten sie, dass er es brauche, und seien durchaus bereit, es ihm zurückzugeben. Wenn er es holen lassen wolle, würden sie es seinen Leuten ordnungsgemäß aushändigen, und niemandem von denen, die es holen kämen, sollte irgendein Leid geschehen, und keinen von ihnen wollten sie auffordern oder überreden, bei ihnen zu bleiben. Am Schluss des Briefes ersuchten sie ihn demütig, er möge ihnen zu ihrer Verteidigung und um ihr Leben zu sichern ein Fass Pulver sowie etwas Munition schicken und ihnen erlauben, den Mast und das Segel des Boots zu behalten, sodass sie, falls es ihnen gelänge, sich ein Boot irgendeiner Art zu bauen, damit zur See fahren und sich in den Teil der Welt retten könnten, in den sie ihr Schicksal führte.

Hierauf trat der Kapitän, der bei dem restlichen Teil der Leute durch seine Ansprache sehr gewonnen hatte und ganz beruhigt war, was den allgemeinen Frieden betraf (denn tatsächlich waren die Aufsässigsten von Bord), auf das Achterdeck hinaus, rief die Mannschaft zusammen, teilte ihr den Inhalt des Briefes mit und erklärte, zwar hätten die Schreiber eine solche Großmut von ihm nicht verdient, trotzdem aber wolle er sie doch nicht mehr Gefahren aussetzen, als sie selbst es wollten; er sei geneigt, ihnen Munition zu schicken, und da sie nur um ein Fass Pulver gebeten hätten, werde er ihnen zwei schicken und entsprechend Kugeln oder Blei und Gießformen, damit sie daraus Kugeln herstellen konnten. Und um ihnen zu zeigen, dass er ihnen gegenüber großmütiger war, als sie verdienten, befahl er, auch ein Fass Arrak und einen großen Sack Brot zu ihnen hinüberzuschaffen, damit sie versorgt wären, bis sie sich selbst zu etwas verhelfen könnten.

Die auf dem Schiff gebliebenen Leute zollten der Großmut des Kapitäns Beifall, und jeder von ihnen sandte uns irgendetwas. Gegen drei Uhr nachmittags legte die Pinasse am Ufer an und brachte uns alle diese Dinge, über die wir uns sehr freuten; wir gaben das Großboot wie versprochen zurück. Was die Männer betraf, die mit der Pinasse gekommen waren, so hatte der Kapitän Leute ausgesucht, von denen er wusste, dass sie nicht zu uns übergehen würden; sie hatten auch strengen Befehl, bei Todesstrafe keinen von uns wieder mit an Bord zu bringen, und beide Seiten hielten sich so gewissenhaft an die Verabredung, dass weder wir sie aufforderten zu bleiben noch sie uns mitzukommen.

Wir waren jetzt ein recht ansehnlicher Trupp, im Ganzen siebenundzwanzig Mann, sehr gut bewaffnet und mit allem außer Proviant ausgerüstet; wir hatten zwei Zimmerleute bei uns, einen Geschützmeister und, was so viel wert war wie alle Übrigen zusammen, einen Wundarzt oder Doktor, das heißt, er war in Goa der Gehilfe eines Wundarztes gewesen und wurde bei uns als Überzähliger geführt. Die Zimmerleute hatten ihr gesamtes Werkzeug mitgebracht, der Doktor alle seine Instrumente und Arzneien, und wir hatten wirklich eine große Menge Gepäck bei uns, jedenfalls insgesamt, denn einige von uns hatten kaum mehr als die Kleidung, die sie auf dem Leib trugen, darunter auch ich; ich hatte jedoch etwas, was keiner von ihnen besaß, nämlich die zweiundzwanzig Goldmoidors, die ich in Brasilien gestohlen hatte, und zwei Pesos zu acht Realen. Die beiden Pesos und einen Moidor zeigte ich, und keiner vermutete jemals, dass ich außerdem noch irgendwelches Geld besaß, denn sie wussten ja, dass ich nur ein armer Junge war, aus Barmherzigkeit aufgelesen, wie der Leser weiß, und als Sklave benutzt von meinem grausamen Herrn, dem Steuermann.

Der Leser mag sich wohl leicht vorstellen, dass uns vieren, die wir als Erste dort geblieben waren, die Ankunft der übrigen Freude bereitete, ja dass sie uns freudig überraschte, wenn wir auch anfangs Furcht empfanden und gedacht hatten, sie kämen uns holen, um uns zu hängen; sie taten jedoch das ihrige, uns davon zu überzeugen, dass sie in der gleichen Lage waren wie wir, nur mit dem Unterschied, dass sie sich freiwillig, wir jedoch gezwungenermaßen darin befanden.

Das Erste, was sie uns nach einem kurzen Bericht darüber, wie sie das Schiff verlassen hatten, mitteilten, war, dass sich unser Kamerad an Bord befand; wie er aber dorthin gelangt war, vermochten wir uns nicht vorzustellen, denn er war heimlich ausgerissen, und wir hätten nicht gedacht, dass er gut genug schwimmen konnte, um sich bis zu dem so weit draußen liegenden Schiff zu wagen, ja wir hatten nicht einmal gewusst, dass er überhaupt schwimmen konnte, und in keiner Weise vermutet, was wirklich geschehen war, sondern wir waren der Meinung gewesen, er habe sich im Wald verlaufen und sei von wilden Tieren zerrissen worden oder den Eingeborenen in die Hände gefallen und von ihnen ermordet worden. Diese Annahme hatte vielerlei Befürchtungen in uns geweckt, es könne früher oder später auch unser Schicksal sein, den Eingeborenen in die Hände zu fallen. Als wir nun aber hörten, dass er an Bord war und dort mit Müh und Not wieder Aufnahme und Verzeihung gefunden hätte, waren wir ruhiger als zuvor.

Da wir jetzt, wie gesagt, eine beträchtliche Anzahl Leute und deshalb in der Lage waren, uns zu verteidigen, versprachen wir einander als Erstes in die Hand, uns aus keinem Anlass trennen zu wollen, sondern miteinander zu leben und zu sterben, kein Wild zu töten, ohne es mit den Übrigen zu teilen, uns in allem durch die Mehrheit leiten zu lassen und nicht auf unserem Willen zu beharren, wenn die Mehrheit dagegen war; wir wollten einen von uns zum Kapitän ernennen, der unser Befehlshaber und Anführer sein sollte, solange es uns gefiel. Während er im Amt war, wollten wir ihm bei Todesstrafe rückhaltlos gehorchen, und alle sollten an die Reihe kommen; der Kapitän dürfe aber in keiner Angelegenheit ohne den Rat der Übrigen handeln, sondern nach dem Willen der Mehrheit.

Nachdem wir diese Regeln festgelegt hatten, beschlossen wir, das Nötige zu tun, um uns Nahrung zu beschaffen und Verhandlungen mit den Einwohnern oder Eingeborenen der Insel aufzunehmen, damit sie uns versorgten. Was Lebensmittel betraf, so waren jene uns zuerst sehr nützlich, aber wir wurden ihrer schon bald müde, denn es waren unwissende, habsüchtige, rohe Menschen, schlimmer noch als die Eingeborenen aller anderen Länder, die wir gesehen hatten, und wir stellten nach kurzer Zeit fest, dass wir uns den Hauptteil unserer Nahrung mit unseren Gewehren beschaffen konnten, indem wir Rehe, anderes Wild sowie Vögel jeder Art schossen, die dort reichlich vorhanden sind.

Wir bemerkten, dass uns die Eingeborenen nicht störten und sich nicht viel um uns kümmerten; sie fragten auch nicht und wussten wohl nicht, ob wir bei ihnen blieben oder nicht, und noch viel weniger, dass unser Schiff endgültig abgefahren war und uns dagelassen hatte, wie es tatsächlich der Fall war, denn am nächsten Morgen, nachdem wir das Großboot zurückgeschickt hatten, stach das Schiff südostwärts in See und war nach vier Stunden außer Sicht.

Am folgenden Tag begaben sich zwei von uns auf einem Weg und zwei auf einem anderen ins Landesinnere, um sich umzusehen, in was für einer Gegend wir uns befanden, und wir stellten bald fest, dass das Land sehr reizvoll und fruchtbar war – angenehm, darin zu leben, aber, wie gesagt, von einer Schar von Geschöpfen bewohnt, die kaum menschlich waren und sich in keiner Weise umgänglich machen ließen.

Wir stellten auch fest, dass es in der Gegend viel Vieh und Nahrungsmittel gab, wussten aber nicht, ob wir wagen konnten, sie uns zu nehmen, wo wir sie fanden, und obgleich wir Vorräte brauchten, wollten wir uns doch nicht ein ganzes Volk von Teufeln auf einmal auf den Hals ziehen, und deshalb erklärten sich einige unserer Leute bereit, mit ein paar von den Einheimischen wenn möglich zu sprechen, um herauszubekommen, wie wir uns ihnen gegenüber verhalten mussten. Elf von unseren Männern unternahmen diesen Gang, gut bewaffnet und zur Verteidigung gerüstet. Sie brachten die Nachricht zurück, sie hätten einige der Eingeborenen gesehen, die ihnen gegenüber sehr höflich zu sein schienen, aber sehr scheu und ängstlich wurden, als sie ihre Gewehre erblickten, denn offensichtlich wussten sie, was diese waren und wozu sie dienten.

Die Männer machten ihnen Zeichen, dass sie etwas zu essen wollten, und da gingen sie fort und holten ein paar Kräuter und Wurzeln sowie ein bisschen Milch; anscheinend beabsichtigten sie aber nicht, sie zu verschenken, sondern sie zu verkaufen, und erkundigten sich durch Zeichen, was unsere Leute geben wollten.

Das versetzte diese in Verlegenheit, denn sie hatten nichts zum Tauschen; einer von ihnen zog jedoch ein Messer heraus und zeigte es ihnen; es gefiel ihnen so gut, dass sie bereit waren, um seinetwillen aufeinander loszugehen. Als der Seemann das sah, wollte er sein Messer vorteilhaft losschlagen und ließ sie eine gute Weile darum feilschen, während ihm einige Wurzeln, andere Milch boten; endlich bot ihm einer eine Ziege an, und er nahm sie. Dann zeigte ihnen ein Zweiter unserer Leute ein Messer, sie hatten aber nichts, was gut genug dafür gewesen wäre, und so machte einer ein Zeichen, sie wollten gehen und etwas holen; nun warteten unsere Männer drei Stunden lang auf ihre Rückkehr. Als sie kamen, brachten sie eine kleine, gedrungene, dicke Kuh, die fettes, gutes Fleisch hatte, und gaben sie ihm für sein Messer.

Der Markt hier war gut, unser Pech war jedoch, dass wir keine Ware besaßen, denn unsere Messer brauchten wir ebenso notwendig wie sie, und hätten wir keinen Mangel an Nahrungsmitteln gelitten und sie uns nicht dringend beschaffen müssen, dann hätten sich die Männer nicht von ihren Messern getrennt. Kurze Zeit darauf stellten wir jedoch fest, dass die Wälder voll waren von lebenden Geschöpfen, die wir zu unserer Ernährung erlegen konnten, ohne Anstoß bei den Einwohnern zu erregen; so gingen unsere Leute täglich auf die Jagd und kehrten niemals ohne die eine oder die andere Beute zurück, denn was die Eingeborenen betraf, so hatten wir keine Tauschwaren, und unser gesamter Geldvorrat hätte uns nicht lange am Leben erhalten. Wir beriefen aber eine allgemeine Versammlung ein, um zu sehen, wie viel Geld wir hatten, und um alles zusammenzulegen, damit es so weit reichte wie nur möglich, und als ich an die Reihe kam, zog ich einen Moidor sowie die beiden schon erwähnten Pesos hervor.

Den Moidor wagte ich zu zeigen, damit sie mich nicht verachteten, weil ich zu wenig zu dem Vorrat beigesteuert hatte, und sich nicht herausnahmen, mich zu durchsuchen; sie waren sehr gefällig zu mir, in der Annahme, ich sei ihnen gegenüber so redlich gewesen, ihnen nichts zu verbergen.

Unser Geld nützte uns jedoch wenig, denn die Leute kannten weder seinen Wert und Zweck, noch verstanden sie das Gold im Verhältnis zum Silber einzuschätzen, sodass unsere Barschaft, die nicht groß war, nachdem wir alles zusammengelegt hatten, uns nur wenig Vorteil brachte, das heißt, um uns Nahrungsmittel zu kaufen.

Als Nächstes überlegten wir, wie wir von diesem verfluchten Ort fortkommen und wohin wir uns wenden könnten. Als ich an der Reihe war, meine Meinung zu äußern, erklärte ich den anderen, ich wolle alles völlig ihnen überlassen und ich sähe es lieber, wenn sie mich in den Wald gehen lassen wollten, um Nahrung für sie zu suchen, anstatt sich mit mir zu beraten, denn ich sei mit allem einverstanden, was sie zu tun beschlossen; hierzu waren sie aber nicht bereit, da sie nicht erlauben wollten, dass jemand von uns allein in den Wald ginge, weil wir, obwohl wir noch keine Löwen oder Tiger in den Wäldern gesehen hatten, doch mit Sicherheit annahmen, dass es viele auf der Insel gab, neben anderen, ebenso gefährlichen oder vielleicht noch gefährlicheren Tieren, wie wir später durch eigene Erfahrung auch feststellten.

Wir erlebten auf der Jagd nach Nahrung viele Abenteuer in den Wäldern und trafen auf wilde, schreckliche Tiere, deren Namen wir nicht kannten; da sie aber ebenso wie wir Beute suchten und von keinerlei Nutzen für uns waren, störten wir sie so wenig wie möglich.

Die Beratungen, die wir jetzt, wie schon erwähnt, darüber abhielten, wie wir von diesem Ort entkommen konnten, endeten nur mit dem Ergebnis, dass wir, weil sich zwei Zimmerleute unter uns befanden und sie Werkzeug fast jederlei Art bei sich hatten, versuchen wollten, uns ein Boot zu bauen, mit dem wir über das Meer von hier fort und dann vielleicht zurück nach Goa gelangen oder an irgendeinem anderen geeigneten Ort landen könnten, um unsere Flucht zu bewerkstelligen. Die Beratungen auf dieser Versammlung waren zwar nicht übermäßig bedeutungsvoll, da sie aber anscheinend bemerkenswertere Abenteuer anbahnten, die sich viele Jahre später unter meiner Führung hier in der Gegend ereigneten, denke ich, dass es ganz unterhaltsam sein mag, wenn ich über diese Miniaturausgabe meiner künftigen Unternehmungen berichte.

Gegen den Bau eines Boots hatte ich nichts einzuwenden, und sie machten sich sogleich an die Arbeit; dabei aber ergaben sich große Schwierigkeiten, wie der Mangel an Sägen, um unsere Planken zu schneiden; des Weiteren an Nägeln, Bolzen und Dornen zum Befestigen der Bretter, an Hanf, Pech und Teer zum Kalfatern und Schmieren der Ritzen und dergleichen mehr. Schließlich schlug einer aus der Gesellschaft vor, sie sollten anstelle einer Barke, Schaluppe oder wie immer sie es nennen wollten, mit der sie so viele Schwierigkeiten hatten, eine große Piroge oder ein Kanu bauen, was ganz leicht auszuführen sei.

Jemand wandte ein, wir könnten niemals ein Kanu bauen, das groß genug sei, um damit über den weiten Ozean zu fahren, den wir überqueren mussten, um die Küste von Malabar zu erreichen; es würde nicht nur ungeeignet sein, dem Meer standzuhalten, sondern auch, die Last aufzunehmen, denn wir waren ja siebenundzwanzig Mann, führten eine Menge Gepäck bei uns und mussten darüber hinaus zu unserem Unterhalt noch viel mehr mitnehmen.

Ich hatte niemals zuvor Anstalten gemacht, bei ihren allgemeinen Beratungen meine Meinung zu äußern, da ich aber sah, dass sie sich nicht entscheiden konnten, welche Art Fahrzeug sie bauen und wie sie es bauen sollten, was für unsere Zwecke am geeignetsten sei und was nicht, sagte ich ihnen, ich dächte, sie befänden sich bei ihren Überlegungen auf einem toten Punkt. Freilich könnten wir niemals wagen, die Überfahrt nach Goa an der Küste von Malabar mit einem Kanu zu unternehmen, in dem wir zwar alle Platz finden und das dem Meer ganz gut standhalten, das aber keinesfalls unsere Vorräte aufnehmen könnte, besonders nicht genügend Trinkwasser für die Fahrt; wenn wir uns auf ein solches Abenteuer einließen, bedeutete das nichts anderes, als dass wir in den sicheren Tod gingen; trotzdem aber sei ich dafür, ein Kanu zu bauen.

Sie erwiderten, sie hätten alles, was ich zuvor gesagt habe, recht gut verstanden; was ich aber damit meinte, ihnen erst zu erklären, wie gefährlich und unmöglich es sei, die Flucht in einem Kanu zu wagen, und ihnen dann doch zu raten, ein Kanu zu bauen, könnten sie nicht begreifen.

Darauf antwortete ich, meiner Meinung nach sei es für uns nicht das Zweckmäßigste, zu versuchen, in einem Kanu zu entkommen, sondern, da ja außer unserem Schiff noch andere Fahrzeuge auf See waren und nur wenige Völker, die an der Meeresküste lebten, so primitiv waren, dass sie nicht mit irgendwelchen Booten das Meer befuhren, sei es das Zweckmäßigste für uns, vor der Küste der Insel, die sehr lang war, zu kreuzen und das Erstbeste unserem in seiner Seetüchtigkeit überlegene Fahrzeug, das wir kapern konnten, zu nehmen, und mit diesem ein anderes, bis wir vielleicht schließlich ein gutes Schiff erbeuteten, das uns überallhin trüge, wohin wir fahren wollten

»Ein ausgezeichneter Rat«, sagte einer. »Ein bewundernswerter Rat«, erklärte ein anderer. »Ja, ja«, äußerte sich der Dritte (es war der Geschützmeister), »der englische Hund hat uns einen ausgezeichneten Ratschlag gegeben, aber der ist durchaus geeignet, uns alle an den Galgen zu bringen. Der Gauner hat uns einen teuflischen Rat gegeben, zu rauben, bis wir von einem kleinen Boot zu einem großen Schiff kommen, und so werden wir zu richtigen Piraten, die schließlich am Galgen enden.«

»Du kannst uns Piraten nennen, wenn du willst«, erwiderte ein anderer, »und wenn wir in die falschen Hände fallen, werden wir vielleicht als Seeräuber behandelt, aber das ist mir gleich, ich will lieber ein Seeräuber oder sonst etwas sein, ja sogar als Seeräuber gehängt werden, ehe ich hier verhungere. Darum halte ich den Rat für sehr gut.«

Und so riefen alle: »Lasst uns ein Kanu bauen.« Der von den anderen überstimmte Geschützmeister fügte sich; als wir aber die Versammlung auflösten, trat er zu mir, nahm mich bei der Hand und blickte sehr ernst in meine Handfläche und auch in mein Gesicht. »Mein Junge«, sagte er, »du bist geboren, um eine Menge Unheil anzurichten; du hast sehr jung als Pirat begonnen, aber hüte dich vor dem Galgen, junger Mann, hüte dich, sage ich, denn du wirst ein berühmter Räuber werden.«

Ich lachte ihn aus und erwiderte, ich wisse nicht, was vielleicht später aus mir würde, wie unsere Lage aber jetzt sei, so machte ich mir keinerlei Gewissen daraus, um unsere Freiheit zu erlangen, das erstbeste Schiff zu kapern, das des Wegs käme; ich wünschte nur, wir könnten eins erblicken und es erbeuten.

Während wir noch sprachen, berichtete uns einer unserer Leute, der an der Tür unserer Hütte stand, der Zimmermann, der sich anscheinend in einiger Entfernung auf einem Hügel befand, habe gerufen: »Ein Segel! Ein Segel!« Wir liefen sogleich alle hinaus, aber obwohl sehr klares Wetter herrschte, vermochten wir nichts zu sehen; der Zimmermann brüllte uns jedoch immer weiter zu: »Ein Segel! Ein Segel!« Wir rannten den Hügel hinauf und sahen dort nun deutlich ein Schiff, aber es befand sich in sehr großer Entfernung, zu weit fort, als dass wir ihm ein Signal hätten geben können. Trotzdem zündeten wir mit allem Holz, das wir zusammenraffen konnten, auf dem Hügel ein Feuer an und erzeugten so viel Rauch wie nur möglich. Der Wind hatte sich gelegt, und es war fast windstill; durch ein Fernglas, das der Geschützmeister in der Tasche trug, glaubten wir jedoch zu erkennen, dass die Segel des Schiffs sich blähten und es mit rauem Wind auf ablaufendem Kurs nach Ostnordost steuerte, ohne auf unser Signal zu achten, und auf das Kap der Guten Hoffnung zuhielt, und so brachte es uns keinen Trost.

Wir machten uns daher sogleich an die Arbeit, um unsere Absicht auszuführen und ein Kanu zu bauen; nachdem wir einen sehr großen Baum ausgesucht hatten, der unserem Wunsch entsprach, begaben wir uns ans Werk, und da wir drei gute Äxte mit uns hatten, gelang es uns, ihn zu fällen; es dauerte jedoch vier Tage, obgleich wir sehr hart arbeiteten. Ich erinnere mich nicht, aus was für Holz wir das Boot fertigten, noch an seine genauen Ausmaße, ich weiß aber noch, dass es sehr groß war, und als wir es vom Stapel ließen und es aufrecht und ruhig schwimmen sahen, waren wir davon so ermutigt, wie wir es zu einem anderen Zeitpunkt gewesen wären, wenn wir ein gutes Kriegsschiff zu unserer Verfügung gehabt hätten.

Das Boot war so groß, dass es uns alle ganz ohne jede Schwierigkeiten trug und auch zwei bis drei Tonnen Gepäck aufgenommen hätte, und so begannen wir zu beraten, ob wir nicht übers Meer direkt nach Goa fahren sollten; viele andere Überlegungen brachten uns aber – besonders, als wir uns näher damit befassten – von diesem Gedanken ab. Zum Beispiel hatten wir keine Nahrungsmittel und keine Fässer für Trinkwasser, keinen Kompass, um danach zu steuern, keine Deckung gegen die Brecher des offenen Meers, die uns gewiss zum Scheitern brächten, keinen Schutz vor der Sonnenhitze und dergleichen mehr, sodass sie alle bereitwillig meinem Plan zustimmten, dort, wo wir uns befanden, umherzukreuzen und abzuwarten, was sich uns böte.

Wir fuhren also, um unsere Laune zu befriedigen, eines Tages alle zusammen mit dem Boot aufs Meer hinaus, und wir hatten bald genug davon, denn als wir sämtlich an Bord und etwa eine halbe Meile weit draußen waren, ging die See ziemlich hoch, obgleich wenig oder kein Wind wehte, und das Boot schaukelte dermaßen auf dem Wasser, dass wir glaubten, es werde sich schließlich mit dem Kiel nach oben drehen, und so legten wir alle Hand an, um es näher an die Küste zu bringen. Als wir es dann auf einem anderen Kurs hatten, schwamm es ruhiger, und durch einige harte Arbeit bekamen wir es wieder in die Nähe des Landes.

Wir befanden uns jetzt in großer Verlegenheit. Die Eingeborenen waren uns gegenüber recht höflich und kamen oft, um sich mit uns zu unterhalten; einmal brachten sie einen Mann mit, dem sie – als einem König unter ihnen – großen Respekt erwiesen, und sie richteten einen hohen Pfahl zwischen sich und uns auf, mit einer langen Haarquaste daran, die nicht oben auf der Spitze, sondern ein wenig über der Pfahlmitte hing und mit kleinen Ketten, Muscheln, Messingstückchen und dergleichen verziert war. Wie wir später erfuhren, war dies ein Zeichen der Freundschaft und der Zuneigung, und sie brachten uns reichlich Nahrungsmittel – Vieh, Geflügel, Kräuter und Wurzeln; wir aber waren sehr verlegen, denn wir hatten nichts, um es damit zu kaufen oder einzutauschen, und umsonst wiederum wollten sie uns die Dinge nicht geben. Was unser Geld betraf, so war es für sie nur Plunder, und sie maßen ihm keinerlei Wert bei, sodass wir auf dem Wege des Verhungerns waren. Hätten wir nur einigen Spiel- und Flimmerkram gehabt,

Messingketten, Zierrat, Glasperlen oder, mit einem Wort, gerade die belanglosen Dinge, von denen eine Schiffsladung voll nicht so viel wert gewesen wäre wie die Frachtkosten, dann hätten wir genügend Vieh und Vorräte für eine ganze Armee kaufen oder eine Flotte von Kriegsschiffen mit Lebensmitteln versorgen können; für Gold oder Silber aber konnten wir nichts erhalten.

Das bestürzte uns sehr. Ich war nur ein junger Bursche, aber ich erklärte mich dafür, sie mit Feuerwaffen zu überfallen, ihnen ihr gesamtes Vieh fortzunehmen und sie, anstatt selbst zu verhungern, zum Teufel zu schicken, damit er ihren Hunger stillte; ich dachte aber nicht daran, dass uns dies vermutlich am nächsten Tag zehntausend von ihnen auf den Hals gezogen hätte, und wenn wir wohl auch eine große Anzahl von ihnen getötet und die Übrigen vielleicht eingeschüchtert hätten, so wäre doch ihre Verzweiflung und unsere geringe Anzahl ein solcher Anreiz für sie gewesen, dass sie uns früher oder später alle umgebracht hätten.

Während unserer Beratung fuhr einer unserer Leute, der Messerschmied oder Metallarbeiter gewesen war, plötzlich auf und fragte den Zimmermann, ob er ihm unter all seinem Werkzeug nicht zu einer Feile verhelfen könne. »Ja«, sagte der Zimmermann, »das kann ich, aber es ist nur eine kleine.« – »Je kleiner, umso besser«, erwiderte der andere. Daraufhin begab er sich ans Werk; erhitzte zuerst ein Stück von einem alten, abgebrochenen Meißel im Feuer und stellte sich dann mithilfe seiner Feile mehrere Arten von Werkzeug für seine Arbeit her. Dann nahm er drei oder vier Pesomünzen und schlug sie mit dem Hammer auf einem Stein aus, bis sie ganz breit und flach waren; danach schnitt er sie zur Form von Vögeln und Tieren zurecht, machte daraus kleine Ketten für Armbänder und Halsschmuck und verwandte sie zu so vielen Dingen seiner Fantasie, dass man sie kaum beschreiben kann.

Nachdem er seinen Kopf und seine Hände etwa vierzehn Tage lang angestrengt hatte, erprobten wir die Wirkung seiner Erfindungsgabe und waren bei einem neuen Zusammentreffen mit den Eingeborenen über die Torheit der armen Menschen überrascht. Für ein Stückchen Silber, das zur Form eines Vogels zugeschnitten war, erhielten wir zwei Kühe, und wenn es Messing gewesen wäre, und das war unser Pech, dann hätte es noch mehr Wert gehabt. Für eins der Kettenarmbänder gaben sie uns so viele Vorräte der verschiedensten Art, dass sie in England fünfzehn oder sechzehn Pfund gekostet hätten, und ebenso für die übrigen Dinge. So hatte das, was in der Form einer Münze für uns keine sechs Pennys wert gewesen war, nachdem es zu Spielzeug und Tand umgearbeitet war, das Hundertfache seines eigentlichen Werts, und wir konnten damit alles kaufen, was wir brauchten.

Unter diesen Umständen lebten wir über ein Jahr, aber wir begannen alle dessen sehr müde zu werden und beschlossen, was auch daraus würde, den Versuch zu wagen, von hier zu entkommen. Wir hatten uns mit nicht weniger als drei sehr guten Kanus ausgerüstet, und da die Monsun- oder Passatwinde fast das gesamte Land berühren und in den meisten Teilen der Insel sechs Monate des Jahres in einer Richtung und die übrigen sechs in der anderen wehen, schlossen wir, dass wir in der Lage wären, die Seefahrt ganz gut zu überstehen. Immer aber, wenn wir eingehender darüber nachdachten, brachte uns der Mangel an Trinkwasser davon ab, ein solches Abenteuer zu unternehmen, denn die Entfernung ist sehr groß, und kein Mensch auf Erden hätte sie ohne Trinkwasser bewältigen können.

Nachdem uns also unsere eigene Vernunft dazu gebracht hatte, den Gedanken an diese Fahrt fallen zu lassen, sahen wir zwei Möglichkeiten vor uns. Die eine war, zur anderen Seite, nämlich nach Westen, in See zu stechen und Kurs auf das Kap der Guten Hoffnung zu nehmen, wo wir früher oder später auf Schiffe aus unserer Heimat träfen oder aber das afrikanische Festland ansteuern und dann entweder über Land reisen oder aber längs der Küste zum Roten Meer segeln konnten. Dort fänden wir mit Gewissheit bald ein Schiff irgendeiner Nationalität, das uns aufnähme, oder vielleicht könnten wir es kapern, was, nebenbei gesagt, der Gedanke war, der mir ständig im Kopf umging.

Unser erfinderischer Messerschmied, den wir von da ab nur noch den Silberschmied nannten, schlug dies vor, aber der Geschützmeister erklärte ihm, er sei auf einer Schaluppe aus Malabar im Roten Meer gefahren und wisse: wenn wir uns ins Rote Meer wagten, würden uns entweder die wilden Araber töten oder aber die Türken fangen und uns zu Sklaven machen; deshalb sei er nicht dafür, dass wir diesen Weg wählten.

Hierauf sah ich mich veranlasst, wieder meine Meinung zu äußern. »Warum sprechen wir davon, dass uns die Araber töten oder die Türken zu Sklaven machen werden?«, sagte ich. »Sind wir nicht fähig, so ziemlich jedes Fahrzeug zu entern, dem wir auf diesem Meer begegnen und, anstatt dass sie uns zu Gefangenen machen, sie gefangen zu nehmen?« – »Gut gesprochen, Pirat«, sagte der Geschützmeister (derjenige, der mir in die Hand geschaut und mir vorausgesagt hatte, ich würde am Galgen enden). »Das will ich ihm zugutehalten – er sieht die Sache immer auf die gleiche Weise an. Ich glaube aber, bei meinem Gewissen, dass dies jetzt unser einziger Ausweg ist.« – »Sag nicht zu mir, ich sei ein Pirat, wir müssen ja Piraten oder sonst etwas werden, um von diesem verdammten Ort wegzukommen.«

Mit einem Wort, sie schlossen auf meinen Rat hin alle, unser Anliegen sei, zu kreuzen, bis wir irgendein Fahrzeug sichteten. Ich sagte zu ihnen: »Nun, dann müssen wir als Erstes ausfindig machen, ob die Leute auf der Insel hier nicht Schifffahrt betreiben und was für Fahrzeuge sie benutzen, und haben sie irgendwelche, die größer und besser sind als unsere, dann lasst uns eins davon nehmen.« Zuerst ging unser ganzes Trachten tatsächlich dahin, uns, wenn möglich, ein Boot mit Deck und Segel zu beschaffen, denn dann könnten wir unsere Vorräte aufbewahren, was sonst nicht der Fall war.

Zu unserem großen Glück hatten wir einen Matrosen unter uns, der Hilfsmutje gewesen war. Er erklärte uns, er werde eine Methode finden, unser Rindfleisch ohne Fass oder Pökelbrühe zu konservieren, und er tat dies auf wirksame Weise, indem er es mithilfe von Salpeter, wovon es auf der Insel große Mengen gab, in der Sonne dörrte, sodass wir, bevor wir einen Weg ausfindig machten, auf dem wir von dort fortkommen konnten, das Fleisch von sechs oder sieben Kühen und jungen Ochsen sowie von zehn oder zwölf Ziegen trockneten, und der Geschmack dieses Fleisches war so gut, dass wir uns nie die Mühe machten, es zu kochen, bevor wir es aßen, sondern es entweder rösteten oder es gedörrt aßen. Unsere Hauptschwierigkeit, die Versorgung mit Trinkwasser, aber blieb bestehen, denn wir hatten kein Gefäß, um es hineinzufüllen, und erst recht nichts, um einen Vorrat davon für die Seefahrt aufzubewahren.

Da uns unsere erste Fahrt aber nur entlang der Küste unserer Insel führen sollte, beschlossen wir, sie zu wagen, wie tollkühn sie auch immer sein mochte und was auch die Folgen wären; und um so viel Trinkwasser wie nur möglich mitzuführen, fertigte der Zimmermann in der Mitte eines der Kanus einen Wasserbehälter an, den er von den anderen Teilen des Fahrzeugs dicht abteilte und mit einem Deckel schloss, sodass wir hinauftreten konnten, und dieser Behälter war so groß, dass er mit Leichtigkeit ein Oxhoft Wasser fasste. Ich kann ihn nicht besser beschreiben, als wenn ich sage, er glich denen, mit welchen die kleinen Fischerboote in England ausgerüstet sind, um die gefangenen Fische lebend zu befördern; nur war dieser, anstatt mit Löchern versehen zu sein, damit das Salzwasser hereinlief, ringsum gänzlich undurchlässig, damit es draußen blieb, und ich glaube, er war der erste Behälter seiner Art, der für diesen Zweck erdacht wurde, aber die Not regt den Scharfsinn an und macht erfinderisch.

Jetzt bedurfte es nur noch einer kurzen Beratung, um zu beschließen, dass wir auslaufen wollten. Unser erstes Ziel war, längs der Küste rings um die Insel zu fahren und uns umzuschauen, ob wir wohl irgendein geeignetes Fahrzeug aufzubringen vermochten, auf dem wir uns einschiffen konnten, sowie auch jede Gelegenheit wahrzunehmen, zum Festland hinüberzugelangen, und deshalb beschlossen wir, zum inneren oder westlichen Ufer der Insel zu segeln, da sich dort das Land, wenigstens an einem Punkt, weit nach Nordwesten hin erstreckt und die Entfernung zwischen der Insel und der afrikanischen Küste nicht allzu groß ist.

Eine solche Fahrt mit einer so verzweifelten Besatzung wurde wohl noch niemals unternommen, denn sicher ist, dass wir die ungünstigste Seite der Insel wählten, um nach Schiffen Ausschau zu halten, besonders nach denen anderer Völker, da sie ganz fernab der Route lag; wir schifften uns jedoch, nachdem wir alle unsere Vorräte und Munition an Bord gebracht hatten, mit Sack und Pack ein. Für unsere beiden großen Pirogen hatten wir Mast und Segel hergestellt, und die dritte paddelten wir hinterher, so gut wir konnten; als sich jedoch ein Wind erhob, nahmen wir sie ins Schlepptau.

Mehrere Tage lang segelten wir munter voran, und uns begegnete nichts, was uns aufgehalten hätte. Wir sahen einige fischende Eingeborene in kleinen Kanus, und manchmal bemühten wir uns, dicht genug zu ihnen heranzufahren, um mit ihnen sprechen zu können; sie waren jedoch immer scheu, fürchteten sich vor uns und hielten auf die Küste zu, sobald wir den Versuch unternahmen, bis sich einer aus unserer Gesellschaft an das Freundschaftszeichen erinnerte, das die Eingeborenen vom südlichen Teil der Insel für uns errichtet hatten, nämlich den langen Pfahl, und uns den Gedanken eingab, es bedeutete vielleicht für sie das Gleiche wie für uns eine Parlamentärsfahne. So beschlossen wir, es zu versuchen, und als wir das nächste Mal eins ihrer Fischerboote auf dem Meer sichteten, stellten wir in dem Kanu, das kein Segel hatte, eine Stange auf und ruderten zu ihnen hin. Sobald sie die Stange sahen, warteten sie auf uns, und während wir uns ihnen näherten, paddelten sie auf uns zu; als sie bei uns angelangt waren, zeigten sie sich sehr erfreut und schenkten uns einige große Fische, deren Namen wir nicht kannten, aber sie schmeckten sehr gut. Es war wieder unser Pech, dass wir nichts hatten, was wir ihnen als Entgelt geben konnten, aber unser Künstler, den ich schon erwähnte, schenkte ihnen zwei kleine dünne Silberscheiben, die er, wie gesagt, aus einem Pesostück gehämmert hatte; sie waren in Karoform zugeschnitten, die eine Hälfte länger als die andere, und in die längere Spitze war ein Loch gestanzt; diese Scheiben gefielen ihnen so gut, dass sie uns zum Bleiben nötigten, bis sie ihre Angeln und ihre Netze wieder ausgeworfen hatten, und sie gaben uns so viele Fische, wie wir haben wollten.

Die ganze Zeit über hatten wir ihre Boote im Auge und musterten sie sehr genau, um zu prüfen, ob eins davon unseren Zwecken entsprach; es waren aber armselige, jämmerliche Dinger, die Segel aus einer großen Matte gemacht, und nur ein einziges bestand aus einem Stück Baumwollstoff, der nur wenig taugte, und ihre Taue waren aus Schwertlilienblättern gedreht und hielten nicht viel aus. So kamen wir zu dem Schluss, wir seien gegenwärtig besser dran, und ließen sie in Ruhe. Wir fuhren weiter nach Norden und hielten uns zwölf Tage lang dicht bei der Küste, und da der Wind von Ost und Ostsüdost wehte, kamen wir gut voran. An Land sahen wir keinerlei Ortschaften, oft aber ein paar Hütten an der Küste auf den Felsen und in ihrer Umgebung viele Leute; wir konnten beobachten, wie sie zusammenliefen und uns anstarrten.

Unsere Fahrt war so merkwürdig wie nur je eine, die Menschen unternommen haben; wir waren eine kleine Flottille von drei Booten und eine Armee von zwanzig bis dreißig so gefährlichen Kerlen, wie sie wohl kaum zuvor unter den Inselbewohnern geweilt hatten, und hätten sie gewusst, wer wir waren, dann hätten sie sich zusammengetan und uns gegeben, was wir nur wünschten, um uns wieder loszuwerden.

Andererseits befanden wir uns in einer so elenden Lage, wie die Natur es nur zuließ; wir fuhren zwar, aber waren doch nicht auf einer Fahrt mit irgendeinem und doch keinem Ziel, denn wenn wir auch wussten, was wir zu tun beabsichtigten, so wussten wir doch in Wirklichkeit nicht, was wir taten. Wir segelten weiter und immer weiter auf nördlichem Kurs, und während wir segelten, wurde die Hitze immer größer und begann für uns, die wir uns ohne Schutz vor Hitze und Feuchtigkeit auf dem Wasser befanden, unerträglich zu werden; außerdem hatten wir jetzt Oktober, und während wir uns täglich der Sonne näherten, näherte auch sie sich uns täglich, bis wir schließlich bei zwanzig Grad südlicher Breite waren, und da wir den Wendekreis schon vor fünf oder sechs Tagen überquert hatten, würde die Sonne in ein paar Tagen im Zenit stehen, uns genau über dem Kopf.

Bei dieser Überlegung beschlossen wir, uns eine gute Stelle zu suchen, um wieder an Land zu gehen und unsere Zelte dort aufzuschlagen, bis die Hitze nachließ. Inzwischen hatten wir die halbe Insel umschifft und waren zu dem Teil gekommen, wo sich die Küste nach Nordwesten hin erstreckte und versprach, dass unsere Überfahrt zum afrikanischen Festland weitaus kürzer würde, als wir erwartet hatten. Trotzdem aber hatten wir guten Grund anzunehmen, dass sie ungefähr hundertundzwanzig Meilen lang sein werde.

Wir beschlossen also, uns in Anbetracht der Hitze einen Hafen zu suchen; außerdem gingen auch unsere Vorräte zu Ende, und wir hatten nur noch für wenige Tage Proviant. Als wir deshalb am frühen Morgen Land anliefen, wie wir es gewöhnlich alle drei, vier Tage taten, um Trinkwasser aufzunehmen, setzten wir uns hin und berieten, ob wir weitersegeln oder dort unseren Standplatz nehmen wollten; nach einigen Überlegungen aber, die wiederzugeben hier zu weit führte, gefiel uns die Stelle nicht, und wir beschlossen, noch ein paar Tage zu fahren.

Nachdem wir mit einem frischen Wind aus Südost etwa sechs Tage lang Nordwest bei Nord gesegelt waren, entdeckten wir in großer Entfernung einen langen Vorsprung oder eine Landzunge, die weit ins Meer hinausragte, und da wir außerordentlich gern sehen wollten, was hinter ihr lag, beschlossen wir, sie zu umschiffen, bevor wir in einen Hafen einliefen, und so setzten wir unseren Weg fort, bei anhaltendem Wind; aber es dauerte vier Tage, bevor wir die Landzunge erreichten. Ich kann jedoch unmöglich die Mutlosigkeit beschreiben, die uns alle befiel, als wir dort anlangten, denn sobald wir um die Spitze der Landzunge liefen, sahen wir voller Überraschung, dass das Land auf der anderen Seite ebenso weit zurückfiel, wie es auf dieser vorgetreten war, und sogar noch viel weiter, sodass wir, wenn wir uns zur afrikanischen Küste hinüberwagen wollten, es von hier aus tun mussten, denn wenn wir weitersegelten, würde die Entfernung über das Meer noch größer werden, und wie groß, wussten wir nicht.

Während wir über diese Entdeckung nachdachten, überraschte uns sehr ungünstiges Wetter, besonders ein heftiger, von Donner und Blitz begleiteter Regen, der uns ungewöhnlich schrecklich vorkam. In dieser schlimmen Lage liefen wir die Küste an, gelangten an die Leeseite der Landzunge, ließen unsere Fregatten in eine kleine Flussmündung einlaufen, wo wir sahen, dass das Land mit Bäumen bewachsen war, und beeilten uns, ans Ufer zu kommen, denn wir waren ganz durchnässt und von der Hitze, dem Donner, Blitz und Regen erschöpft.

Hier dachten wir, unsere Lage sei wirklich sehr bedauernswert, und deshalb errichtete unser Künstler, von dem ich schon so oft gesprochen habe, auf dem Hügel, der eine Meile von der äußersten

Spitze des Landes entfernt lag, ein großes hölzernes Kreuz mit der folgenden Inschrift darauf, jedoch in portugiesischer Sprache:

> Kap der Verzweiflung.
> Jesus erbarme dich!

Wir machten uns sogleich an die Arbeit, uns ein paar Hütten zu bauen und unsere Kleidung zu trocknen, und obwohl ich jung und in solchen Dingen nicht bewandert war, werde ich doch niemals die kleine Stadt vergessen, die wir bauten, denn eine solche war es, und wir befestigten sie entsprechend; die Vorstellung davon ist mir im Gedächtnis noch so lebendig, dass ich nicht umhinkann, sie kurz zu beschreiben.

Unser Lager befand sich auf der Südseite eines kleinen Schlupfhafens am Meer, im Schutze eines steilen Hügels, der zwar auf der anderen Seite der Bucht, trotzdem aber nur eine Viertelmeile von uns entfernt in nordnordwestlicher Richtung lag und während der ganzen zweiten Hälfte des Tages auf sehr glückliche Weise die Sonnenhitze von uns fernhielt. An der Stelle, die wir ausgesucht hatten, gab es einen Bach oder schmalen Wasserlauf mit Süßwasser, der neben uns in die Bucht mündete; in der Ebene sahen wir Kühe weiden und weiter östlich und südlich von uns eine Niederung. Hier errichteten wir zwölf kleine Hütten, wie Soldatenzelte, aber aus Zweigen, die wir in den Boden steckten und an den Spitzen mit Weiden und anderem, was wir finden konnten, zusammenbanden; im Norden war der Schlupfhafen unsere Verteidigung, im Westen ein kleiner Bach, und die Süd- sowie die Ostseite waren durch eine Erderhöhung befestigt, die unsere Hütten völlig deckte und, da sie schräg verlief, unsere Stadt zu einem Dreieck machte. Hinter der Erderhöhung oder Böschung standen unsere Hütten und hinter diesen in einiger Entfernung drei weitere Hütten. In eine davon, die klein war und weiter abseits stand, legten wir unser Schießpulver und sonst nichts, aus Furcht vor Gefahr, in der zweiten, die größer war, bereiteten wir unsere Nahrung zu und brachten dort alle für uns notwendigen Geräte unter, und in der dritten, der größten, nahmen wir unsere Mahlzeiten ein, hielten unsere Beratungen ab und saßen dort und vertrieben uns die Zeit mit Gesprächen, die wir miteinander führten und die damals wahrhaftig nicht interessant waren.

Es war unbedingt notwendig, uns mit den Eingeborenen in Verbindung zu setzen, und nachdem unser Künstler, der Messerschmied, eine Vielzahl von jenen karoförmigen kleinen Silbervierecken hergestellt hatte, war es uns möglich, bei den schwarzen Leuten einzutauschen, was wir brauchten, denn sie gefielen ihnen wirklich außerordentlich gut, und so erhielten wir reichlich Vorräte. Vor allem erstanden wir als Erstes etwa fünfzig Stück Schwarzrinder und Ziegen, und unser Küchengehilfe bestreute sie mit Salpeter, trocknete sie sorgsam und salzte sie ein, um sie als unseren wichtigsten Proviant haltbar zu machen, und das fiel uns auch nicht schwer, denn das Salz und der Salpeter waren von sehr guter Qualität, und die Sonne brannte äußerst heiß. Hier lebten wir ungefähr vier Monate lang.

Die südliche Sonnenwende war vorüber, und die Sonne näherte sich wieder der Tagundnachtgleiche; da planten wir unser nächstes Abenteuer, nämlich über das Meer von Zanguebar, wie die Portugiesen Sansibar nennen, zu fahren und, wenn möglich, auf dem afrikanischen Kontinent zu landen.

Wir sprachen darüber mit vielen Eingeborenen, soweit wir uns ihnen verständlich machen konnten, aber wir vermochten von ihnen nur zu erfahren, dass jenseits des Meeres ein großes Land der Löwen liege, es sei jedoch sehr weit entfernt. Wir wussten ebenso gut wie sie, dass der Weg lang war, aber unsere Leute hatten darüber sehr verschiedene Ansichten; einige sagten, die Entfernung betrage hundertundfünfzig Meilen, andere, nicht über hundert. Einer unserer Männer, der eine Weltkarte besaß, zeigte uns anhand ihres Maßstabs, dass es nicht mehr als achtzig Meilen waren. Einige behaupteten, auf dem ganzen Wege lägen Inseln verstreut, die wir berühren konnten, andere dagegen, es gebe dort nicht eine einzige Insel.

Was mich betraf, so wusste ich überhaupt nichts darüber und hörte mir alles gelassen an, ob es nun nah oder weit war; so viel erfuhren wir jedoch von einem alten blinden Mann, den ein Junge umherführte: Falls wir bis Ende August dort blieben, konnten wir sicher sein, dass der Wind günstig und das Meer die ganze Zeit über glatt wäre.

Dies bedeutete eine Ermutigung; es war uns jedoch eine unwillkommene Nachricht, dass wir bleiben mussten, denn dann würde sich die Sonne wieder nach Süden wenden, weshalb unsere Leute dazu nicht bereit waren. Endlich beriefen wir eine Versammlung unserer gesamten Mannschaft ein; die Debatten dabei waren zu langatmig, um sie hier niederzuschreiben, ich will nur erwähnen, dass, als Kapitän Bob an der Reihe war (denn so nannten sie mich, seit ich vor einem ihrer Anführer eine Verantwortung übernommen hatte), ich mich auf keine Seite stellte, denn es war mir wahrhaftig gleichgültig, und so erklärte ich ihnen, ob wir führen oder dort blieben – ich hätte kein Zuhause und mir sei die ganze Welt eins und deshalb überließe ich es gänzlich ihnen, die Entscheidung zu treffen.

Kurz, sie sahen deutlich, dass dort, wo wir uns befanden, ohne Schiff nichts zu machen war; wenn es nur darum ging, zu essen und zu trinken, konnten wir auf der Welt keinen besseren Ort finden, wenn wir aber fort und in unsere Heimat zurückkehren wollten, dann hätten wir keinen ungeeigneteren finden können.

Ich gestehe, dass mir das Land sehr gut gefiel und ich schon damals den merkwürdigen Einfall hatte, zurückzukehren, um dort zu leben, und ich erklärte ihnen oftmals, wenn ich nur ein Schiff mit zwanzig Kanonen und eine Schaluppe hätte, beides gut bemannt, dann wünschte ich mir keinen besseren Ort in der Welt, um so reich zu werden wie ein König.

Um aber wieder auf die Beratungen zurückzukommen, so entschieden sich unsere Leute für die Abfahrt. Alles in allem beschlossen sie, sich zum Festland hinüber zu wagen, und wir wagten es törichterweise wirklich, obwohl die Jahreszeit in diesem Land die falsche war, eine solche Fahrt zu unternehmen, denn während die Winde in den Monaten März bis September ständig von Osten wehen, herrscht dort im Laufe des übrigen Jahres im Allgemeinen Westwind, und wir hatten ihn gegen uns. Sobald wir mit einer Art Landbrise etwa fünfzehn bis zwanzig Meilen zurückgelegt hatten – gerade genug, wie ich sagen möchte, um uns zu verirren –, stellten wir denn auch fest, dass der Wind in einer kräftigen Brise von der See her westlich aus Westsüdwest oder Südwest bei West und niemals weiter vom Westen her wehte, sodass wir, mit einem Wort, nichts damit anzufangen vermochten.

Andererseits waren Fahrzeuge, wie wir sie hatten, nicht geeignet, hart am Wind zu liegen, sonst hätten wir Kurs auf Nordnordwest halten können, wo wir an einer großen Anzahl von Inseln vorbeigekommen wären, wie wir später erfuhren; wir schafften es jedoch nicht, obwohl wir es versuchten und uns mit dem Versuch beinah alle ins Verderben stürzten, denn während wir nach Norden segelten, so hart am Wind wie nur möglich, vergaßen wir die Umrisse und Lage der Insel Madagaskar selbst sowie auch die Tatsache, dass wir von einem Kap oder einer Landzunge abgefahren waren, die ungefähr in der Mitte der Insel lag und sich nach Westen hin weit hinaus ins Meer erstreckte, und dass die Küste der Insel jetzt, nachdem wir vierzig Meilen nach Norden gefahren waren, wieder über zweihundert Meilen weit nach Osten hin abfiel, sodass wir uns mittlerweile im offenen Ozean befanden, zwischen der Insel und dem Festland und von beiden fast hundert Meilen weit entfernt.

Da nun der Wind wie zuvor wieder kräftig von Westen her blies, hatten wir eine glatte See und liefen mühelos vor dem Wind, und so nahmen wir unser kleinstes Kanu ins Schlepptau und hielten mit allen Segeln, die wir setzen konnten, auf die Küste zu. Dies war ein sehr gewagtes Abenteuer, denn wenn sich die leiseste Bö erhoben hätte, wären wir alle verloren gewesen, da unsere Kanus tief lagen und keineswegs geeignet waren, einem hohen Seegang zu widerstehen.

Für diese Fahrt brauchten wir jedoch im Ganzen elf Tage, und endlich, als wir schon fast unseren gesamten Proviant und auch den letzten Tropfen Wasser verbraucht hatten, erspähten wir zu unserer großen Freude Land, wenn auch in einer Entfernung von zehn oder elf Meilen, und da sich der Wind in der Nähe des Landes drehte, zu einer Landbrise wurde und hart gegen uns wehte, kostete es uns noch weitere zwei Tage, bis wir das Ufer erreicht hatten. Während dieser ganzen Zeit herrschte heißes Wetter, wir aber besaßen keinen Tropfen Wasser noch sonst eine Flüssigkeit, außer etwas Likör, von dem einer aus unserer Gesellschaft noch einen Rest in einer Kiste mit Flaschen hatte.

Dies gab uns eine Vorstellung davon, wie es uns ergangen wäre, wenn wir uns mit flauem Wind und unbeständigem Wetter weitergewagt hätten, und es vergällte uns unseren Plan, zum Festland zu segeln, zumindest, solange wir keine besseren Fahrzeuge unter den Füßen hatten. So gingen wir also wieder an Land und errichteten unser Lager wie zuvor, auf eine so praktische Weise wie nur möglich, und befestigten es gegen irgendwelche Überraschungen; aber die Eingeborenen waren hier sehr freundlich und viel gesitteter als im Südteil der Insel, und obwohl wir nicht verstehen konnten, was sie sagten, und sie uns ebenfalls nicht, fanden wir doch Mittel und Wege, um ihnen klarzumachen, dass wir Seefahrer und Fremde waren, die sich aus Mangel an Vorräten in Not befanden.

Den ersten Beweis ihrer Zuvorkommenheit erhielten wir, als einer ihrer Anführer oder Könige – denn wir wussten nicht, wie wir sie nennen sollten –, sobald sie uns an Land kommen und unsere Behausungen errichten sahen, mit fünf oder sechs Männern und ein paar Frauen herunterkam und uns fünf Ziegen sowie zwei junge, fette Stiere brachten, die sie uns unentgeltlich gaben, und als wir ihnen etwas anboten, erlaubte der Anführer oder König nicht, dass einer von ihnen es anrührte oder irgendetwas von uns nahm. Etwa zwei Stunden später kam ein anderer König oder Anführer, dem vierzig oder fünfzig Leute folgten. Wir begannen uns vor ihm zu fürchten und legten die Hände an unsere Waffen. Er aber sah es und ließ zwei Männer vorangehen, von denen jeder eine lange Stange in den Händen trug. Sie hielten sie senkrecht, so hoch sie nur konnten, was, wie wir bald verstanden, ein Zeichen des Friedens war. Diese beiden Stangen stellten sie dann auf, indem sie sie in den Boden steckten; alle stießen ihre Lanzen senkrecht in die Erde, näherten sich uns unbewaffnet und ließen die Lanzen sowie auch Bogen und Pfeile hinter sich zurück.

Dies sollte uns davon überzeugen, dass sie als Freunde kamen, und wir waren froh, es zu sehen, denn wir hatten nicht die Absicht, Streit mit ihnen anzufangen, wenn wir es vermeiden konnten. Als der Anführer dieses Trupps bemerkte, dass einige unserer Leute ihre Hütten bauten und dies nur ungeschickt zustande brachten, winkte er ein paar von seinen Männern herbei, die uns helfen sollten. Sogleich kamen fünfzehn oder sechzehn, mischten sich unter uns und begannen mit der Arbeit für uns, und sie verstanden es tatsächlich besser als wir, denn im Nu hatten sie drei, vier Hütten errichtet, und zwar viel hübscher als unsere.

Danach schickten sie uns Milch, Paradiesfeigen, Kürbisse und eine reichliche Menge Wurzeln und Grüngemüse, die sehr gut schmeckten; darauf verabschiedeten sie sich und wollten von dem, was wir hatten, nichts nehmen. Einer unserer Männer bot dem König oder Anführer dieser Leute einen Schnaps an, den er trank und der ihm ausgezeichnet mundete; er streckte die Hand nach einem zweiten aus, und wir schenkten ihm ein. Kurz gesagt, machte er es sich zur Gewohnheit, uns zwei- oder dreimal in der Woche zu besuchen, und immer brachte er uns irgendetwas mit; einmal schickte er uns sieben Stück Schwarzvieh, von denen wir einige zubereiteten und dörrten, wie zuvor beschrieben.

Und hier kann ich nicht umhin, mich an etwas zu erinnern, was uns danach sehr zugutekam, nämlich: Das Fleisch ihrer Ziegen und auch ihrer Rinder, besonders aber der Ziegen, sah, nachdem wir es getrocknet und geräuchert hatten, rot aus und war beim Essen knusprig und fest wie getrocknetes Rindfleisch in Holland; es gefiel ihnen so gut und war für sie ein solcher Leckerbissen, dass sie es danach jederzeit im Tauschhandel bei uns erwerben wollten, ohne zu wissen oder auch nur zu ahnen, was es war, und so gaben sie uns für zehn, zwölf Pfund im Rauch getrockneten Rindfleischs einen ganzen Ochsen oder eine Kuh oder irgendetwas anderes, was wir begehrten.

Hier beobachteten wir zwei Dinge, die für uns sehr wichtig, ja sogar von außerordentlich großer Bedeutung waren; erstens stellten wir fest, dass sie sehr viel Tongeschirr hatten, das sie auf vielerlei Weise benutzten, wie wir auch; insbesondere hatten sie schmale, tiefe Tonkrüge, die sie in den Boden versenkten, um ihr Trinkwasser kühl und angenehm zu halten, und zweitens sahen wir, dass sie längere Kanus hatten als ihre Nachbarn. Dies veranlasste uns, sie zu fragen, ob sie keine größeren Schiffe hätten als diejenigen, die wir hier sahen, oder ob nicht irgendwelche anderen Einwohner solche Fahrzeuge besäßen. Sie erklärten uns durch Zeichen, sie hätten keine größeren Boote als die, welche sie uns zeigten, die Leute auf der anderen Seite der Insel aber besäßen größere Boote mit Decks darauf und großen Segeln. Dies brachte uns zu dem Entschluss, längs der Küste die ganze Insel zu umfahren, um sie uns anzusehen. So bereiteten wir also unsere Kanus für die Reise vor und beluden sie mit Proviant; kurz, wir stachen zum dritten Mal in See.

Zu dieser Fahrt brauchten wir wohl einen Monat oder sechs Wochen. Während dieser Zeit gingen wir mehrmals an Land, um Wasser und Nahrungsmittel zu übernehmen, und wir fanden die Eingeborenen stets sehr unbefangen und höflich. Eines frühen Morgens, am Ende des nördlichsten Teils der Insel, überraschte uns der Ausruf eines unserer Männer: »Ein Segel! Ein Segel!« Bald darauf sahen wir weit draußen auf dem Meer ein Fahrzeug; nachdem wir es aber durch unser Fernglas betrachtet und uns alle Mühe gegeben hatten, zu erkunden, was es war, wussten wir nicht, was wir davon halten sollten, denn es war weder ein richtiges Schiff noch eine Ketsch noch eine große oder kleine Galeere, noch irgendetwas, was wir je zuvor gesehen hatten, und alles, was wir feststellen konnten, war, dass es von uns weg aufs offene Meer hinausfuhr. Kurz, wir verloren es bald aus den Augen, denn wir waren nicht in der Lage, irgendetwas nachzujagen, und sahen das Schiff nie wieder. Nach allem aber, was wir davon zu Gesicht bekommen hatten, und nach ähnlichen Fahrzeugen zu schließen, die uns später begegneten, war es irgendein arabisches Schiff, das an der Küste von Mosambik oder von Sansibar Handel getrieben hatte – eben dem Ort, wohin wir uns danach begaben, wie der Leser hören wird.

Ich führte bei dieser Reise kein Logbuch und verstand auch damals nichts von Navigation, nicht mehr, als ein Leichtmatrose wissen muss, und so kann ich nichts über die Breitengrade oder die Entfernungen nach irgendwelchen Orten sagen, die wir anliefen, oder wie weit wir an einem Tag segelten; ich erinnere mich jedoch, dass wir nun, nachdem wir um die Insel gelangt waren, längs der Ostküste südwärts segelten wie zuvor nördlich längs der Westküste.

Ich erinnere mich auch nicht, dass sich die Eingeborenen sehr voneinander unterschieden hätten, weder im Körperbau noch in ihrer Hautfarbe, in ihren Gewohnheiten, ihrer Kleidung, ihren Waffen oder überhaupt in irgendetwas, und doch vermochten wir nicht zu bemerken, dass sie miteinander verkehrten; aber sie verhielten sich auch auf dieser Seite der Insel, wie auf der anderen, uns gegenüber außerordentlich freundlich und gesittet.

Wir setzten unsere Fahrt nach Süden viele Wochen lang fort, unterbrachen sie freilich mehrfach und gingen an Land, um Proviant und Wasser zu holen. Als wir schließlich um eine Landzunge bogen, die ungefähr eine Meile weiter als gewöhnlich ins Meer hinausragte, waren wir angenehm überrascht bei einem Anblick, der zweifellos für die Betroffenen ebenso unangenehm war, wie er uns erfreute. Es war das Wrack eines europäischen Schiffs, das auf den Felsen gestrandet war, die an dieser Stelle weit ins Meer hinausragten.

Wir sahen bei Ebbe deutlich, dass ein großes Stück des Fahrzeugs trocken lag; sogar bei Flut war es nicht gänzlich vom Wasser bedeckt, und es lag höchstens eine Meile weit vom Ufer entfernt. Der Leser mag sich leicht vorstellen, dass uns unsere Neugier veranlasste, da auch Wind und Wetter es erlaubten, sogleich zu ihm zu fahren, und wir gelangten ohne Schwierigkeiten dorthin. Wir sahen bald, dass es ein in Holland gebautes Schiff war, das sich noch nicht lange in diesem Zustand befinden konnte, denn ein guter Teil der oberen Ausrüstung des Hecks war noch fest, und auch der Kreuzmast stand noch. Das Heck schien zwischen zwei Felskanten festgerammt zu sein und war ganz geblieben, während der gesamte Vorderteil des Schiffs zertrümmert war.

Wir konnten in dem Wrack nichts entdecken, was sich für uns zu bergen gelohnt hätte; wir beschlossen jedoch, zu landen und eine Weile dort in der Nähe zu bleiben, um festzustellen, ob wir wohl etwas über seine Geschichte erfahren konnten; wir hofften auch, dass wir vielleicht Näheres über die Mannschaft hörten und unter Umständen dort an Land einige Leute fänden, die in der gleichen Lage waren wie wir, sodass sich unsere Gesellschaft womöglich vergrößerte.

Ein erfreulicher Anblick bot sich uns, als wir gelandet waren und alle Anzeichen und Spuren einer Schiffswerft vor uns sahen, wie einen Stapelblock und Stapelschlitten, Gerüste, Planken und Stücke von Brettern – Überbleibsel vom Bau eines Schiffs oder Boots und, mit einem Wort, viele Dinge, die uns geradezu einluden, uns an die gleiche Arbeit zu begeben. Wir begriffen rasch, dass die Mannschaft, die zu dem gescheiterten Schiff gehört hatte, sich, vielleicht im Boot, an Land gerettet, eine Barke oder Schaluppe gebaut und sich wieder aufs Meer hinaus begeben hatte. Als wir die Eingeborenen befragten, in welche Richtung sie ausgelaufen war, zeigten sie nach Süden und Südwesten, woraus wir leicht entnehmen konnten, dass sie Kurs auf das Kap der Guten Hoffnung genommen hatte.

Niemand wird sich vorstellen, wir seien so dumm gewesen, dass wir nicht daraus geschlussfolgert hätten, auch wir könnten die gleiche Methode anwenden, um von hier zu entkommen, und so beschlossen wir als Erstes, dass wir versuchen wollten, uns irgendein Boot zu bauen und damit aufs Meer hinauszufahren, dorthin, wohin unser Schicksal uns führte.

Zu diesem Zweck veranlassten wir die beiden Schiffszimmerleute, sich zunächst einmal umzusehen, welche Materialien, die wir gebrauchen könnten, die Holländer hinterlassen hatten, und sie entdeckten besonders einen Gegenstand, der uns sehr nützlich war und mit dem ich mich viel zu beschäftigen hatte, nämlich einen Pechkessel mit ein wenig Pech darin. Als wir uns näher mit der Arbeit befassten, fanden wir sie sehr mühsam und schwierig, da wir nur wenig Werkzeug und weder Eisenteile noch Taue, noch Segel zur Verfügung hatten, sodass wir, kurz gesagt, bei allem, was wir bauten, gezwungen waren, unsere eigenen Schmiede, Seiler und Segelmacher zu sein und tatsächlich zwanzig Berufe auszuüben, von denen wir wenig oder nichts verstanden. Die Not machte uns jedoch erfinderisch, und wir stellten viele Dinge her, deren Fertigung wir zuvor für undurchführbar gehalten hatten, das heißt in unserer Lage.

Nachdem die beiden Zimmerleute sich für die Größe des Fahrzeugs, das sie bauen wollten, entschieden hatten, beauftragten sie uns sämtlich, mit unseren Booten hinüberzufahren, das Wrack des alten Schiffs zu zerlegen und alles, was wir nur konnten, von da fortzubringen, besonders, wenn möglich, den Kreuzmast, der noch stand. Wir führten es unter großen Schwierigkeiten aus, und vierzehn von unseren Leuten hatten über zwanzig Tage damit zu tun.

Wir holten von dort auch eine große Menge Eisenteile, wie Bolzen, Spieker, Nägel und dergleichen, aus denen uns unser Künstler, von dem ich schon sprach und der jetzt zu einem sehr geschickten Schmied geworden war, Nägel und Scharniere für das Steuer sowie Spieker machte, wie wir sie brauchten.

Wir mussten jedoch einen Anker haben, und hätten wir ihn, dann wären wir nicht in der Lage gewesen, eine Trosse herzustellen; so beschränkten wir uns darauf, mithilfe der Eingeborenen aus dem Zeug, aus dem sie ihre Matten flochten, Taue zu drehen, und aus diesen stellten wir ein Kabel oder Schlepptau her, das stark genug war, um unser Fahrzeug am Ufer festzumachen, womit wir uns für den Augenblick begnügten.

Um es zusammenzufassen: Wir blieben dort vier Monate und arbeiteten sehr schwer; am Ende dieser Zeit ließen wir unsere Fregatte vom Stapel; sie wies, um es mit wenigen Worten zu sagen, viele Fehler auf, war aber, alles in allem, so gelungen, wie man nur erwarten konnte.

Kurz, es war eine Art Schaluppe mit einer Wasserverdrängung von etwa achtzehn bis zwanzig Tonnen, und hätten wir Maste und Segel, stehendes und laufendes Gut gehabt, wie es in solchen Fällen üblich ist, sowie andere Hilfsmittel, dann hätte uns das Schiff tragen können, wohin wir nur immer segeln wollten. Von allen Materialien, die uns fehlten, war am schlimmsten, dass wir weder Teer noch Pech hatten, um die Fugen zu verpechen und den Boden dicht zu machen, und obwohl wir taten, was wir konnten, um aus Öl und Wachs eine Mischung herzustellen, die wir dazu benutzen konnten, gelang es uns doch nicht, sie für unseren Zweck völlig geeignet zu machen, und als wir das Schiff zu Wasser ließen, war es so leck und nahm so rasch Feuchtigkeit auf, dass wir glaubten, unsere ganze Arbeit sei umsonst gewesen, denn wir hatten große Mühe, es zum Schwimmen zu bringen, und was eine Pumpe betraf, so hatten wir weder eine noch die Mittel, sie herzustellen.

Schließlich aber zeigte uns einer der Eingeborenen, ein tiefschwarzer Neger, einen Baum, dessen Holz, ins Feuer gelegt, eine Flüssigkeit ausscheidet, die so klebrig und fast so stark ist wie Teer und aus der wir durch Kochen etwas herstellten, was uns als Pech diente und seinen Zweck wirksam erfüllte, denn wir dichteten unser Schiff gänzlich ab, sodass wir überhaupt kein Pech und keinen Teer brauchten. Dieses Geheimnis hat mir am selben Ort später bei vielen Anlässen genützt. Nachdem unser Fahrzeug soweit beendet war, machten wir ihm aus dem Kreuzmast des Wracks einen sehr guten Mast und rüsteten ihn, so gut wir konnten, mit unseren Segeln aus; danach stellten wir ein Ruder und eine Ruderpinne her, kurz, alles, was wir in unserer gegenwärtigen Zwangslage benötigten, und nachdem wir das Schiff mit Lebensmitteln versehen und so viel Trinkwasser an Bord gebracht hatten, wie wir unserer Meinung nach brauchten oder wie wir unterbringen konnten (denn wir hatten noch immer keine Fässer), stachen wir bei günstigem Wind in See.

Wir hatten bei unserem Herumstreifen und mit dieser Arbeit fast noch ein Jahr verbracht, denn jetzt war nach unserem Kalender, wie unsere Leute sagten, etwa Anfang Februar, und die Sonne entfernte sich zusehends von uns, sehr zu unserer Zufriedenheit, da die Hitze außerordentlich groß war. Der Wind stand, wie gesagt, günstig, denn wie ich inzwischen erfahren habe, weht er gewöhnlich von Osten, während die Sonne sich dem Norden zu bewegt.

Wir diskutierten darüber, welchen Weg wir wählen sollten, und kaum jemals waren Männer so unentschlossen gewesen, wie wir es waren; einige sprachen sich dafür aus, dass wir nach Osten segeln und geradenwegs auf die Küste von Malabar zuhalten sollten, andere aber, die ernsthafter die Länge dieser Fahrt bedachten, schüttelten den Kopf über diesen Vorschlag, denn sie wussten sehr wohl, dass weder unsere Vorräte, besonders das Wasser, noch das Fahrzeug einer solchen Reise von fast zweitausend Meilen ohne irgendwelches Land, das wir unterwegs anlaufen konnten, gewachsen waren.

Diese Leute hatten auch schon die ganze Zeit über Lust gehabt, zum afrikanischen Festland zu segeln, denn dort hätten wir, wie sie sagten, eine recht gute Chance, am Leben zu bleiben, und konnten gewiss sein, Reichtümer zu erwerben, wohin wir uns auch wandten, wenn es uns nur gelänge, zur anderen Seite hinüberzukommen, ob nun über das Meer oder über Land.

Außerdem hatten wir, wie die Dinge für uns lagen, keine große Auswahl, was unseren Weg betraf; denn wenn wir uns für den Osten entschieden hätten, dann wäre die Jahreszeit die falsche, und wir hätten bis April oder Mai dort bleiben müssen, bevor wir in See stechen konnten. Da der Wind von Südost und Ostsüdost kam und das Wetter schön und viel versprechend war, entschieden wir uns schließlich alle für den anderen Vorschlag und wählten die afrikanische Küste zu unserem Ziel, und wir stritten auch nicht lange darüber, ob wir entlang der Küste segeln sollten, denn für die Fahrt, die wir beabsichtigten, befanden wir uns jetzt auf der falschen Seite der Insel, und so hielten wir nach Norden, und nachdem wir das Kap umrundet hatten, fuhren wir im Windschutz der Insel nach

Süden, mit der Absicht, die Westspitze zu erreichen, die, wie schon gesagt, in Richtung der afrikanischen Küste weit hinausragt, was unsere Fahrt über das Meer fast um hundert Meilen verkürzt hätte. Als wir aber etwa dreißig Meilen weit gesegelt waren, stellten wir fest, dass der Wind in der Nähe der Küste sehr wechselhaft war und gegen uns stand, und so beschlossen wir, geradenwegs hinüberzuhalten, denn in dem Fall war uns der Wind günstig, und unser Fahrzeug war zu schlecht ausgerüstet, um dicht am Wind zu steuern oder überhaupt anders als nur gerade vor dem Wind zu segeln.

Nachdem wir uns entschieden hatten, legten wir deshalb wieder an Land an und versorgten uns von Neuem mit Trinkwasser und anderen Vorräten, und etwa in der zweiten Hälfte des Monats März liefen wir nach der Küste des afrikanischen Festlands aus, mehr von Kühnheit als von Umsicht, mehr von Entschluss- als von Urteilskraft erfüllt.

Was mich betraf, so machte ich mir darüber keine Sorgen; solange wir nur Aussicht hatten, irgendein Land zu erreichen, war es mir gleich, was es war oder wo es sich befand, denn ich hatte zu dieser Zeit keine Ahnung, was vor mir lag, und verschwendete nicht viele Gedanken darauf, was mir geschehen konnte; mit so wenig Besonnenheit, wie in meinem Alter wohl zu erwerben war, stimmte ich jedem Vorschlag zu, so abenteuerlich die Sache auch sein mochte und so unwahrscheinlich ihr Erfolg.

Ebenso wie wir die Fahrt eher aus großer Unwissenheit und Verzweiflung unternahmen, führten wir sie auch tatsächlich mit sehr wenig Entschiedenheit und Überlegung durch, denn über den Kurs, den wir steuern mussten, wussten wir nur, dass es notwendig war, ungefähr nach Westen zu halten, mit zwei oder drei Strich Abweichung nach Norden oder Süden, und da wir keinen anderen Kompass bei uns hatten als nur einen kleinen Taschenkompass aus Messing, den einer unserer Leute eher zufällig bei sich führte, vermochten wir unseren Kurs nicht sehr genau zu bestimmen.

Da es Gott aber gefiel, den Wind auch weiterhin günstig aus Südost zu Ost wehen zu lassen, fanden wir, Nordwest zu West, das genau vor dem Wind lag, sei ein ebenso guter Kurs wie nur irgendeiner, den wir wählen konnten, und so segelten wir weiter.

Die Fahrt war viel länger, als wir erwartet hatten; unser Schiff, das kein seiner Größe entsprechendes Segel führte, kam auch nur langsam durch das Meer voran und war schwerfällig. Auf dieser Reise erlebten wir keine großen Abenteuer, da wir uns abseits von allem befanden, was uns hätte unterhalten können, und was den Anblick eines Schiffs betraf, so hatten wir auf der ganzen Fahrt keine Gelegenheit, unterwegs irgendeines anzurufen, denn wir sahen nicht ein Fahrzeug, weder ein großes noch ein kleines, weil das Meer, auf dem wir fuhren, gänzlich außerhalb jeder Handelsroute lag. Die Bevölkerung von Madagaskar wusste auch nicht mehr über Afrika als wir, nur, dass in dieser Richtung ein Land der Löwen lag, wie sie es nannten.

Wir waren acht oder neun Tage mit günstigem Wind gesegelt, als einer unserer Leute zu unserer großen Freude »Land!« rief. Wir hatten guten Grund, uns über diese Entdeckung zu freuen, denn wir besaßen nur noch für zwei oder drei Tage Wasser, wenn wir sparsam damit umgingen. Obgleich wir das Land aber am frühen Morgen erblickten, gelangten wir fast erst bei Einbruch der Nacht dorthin, denn der Wind flaute beinah gänzlich ab, und unser Schiff war, wie gesagt, sehr schwerfällig.

Als wir das Land erreichten, waren wir sehr enttäuscht, denn wir sahen, dass es nicht das afrikanische Festland, sondern nur eine kleine unbewohnte Insel war, jedenfalls konnten wir keine Einwohner entdecken und auch kein Vieh, außer ein paar Ziegen, von denen wir nur drei töteten. Sie gaben uns jedoch frisches Fleisch, und wir fanden ausgezeichnetes Wasser. Es dauerte noch vierzehn weitere Tage, bis wir das Festland erreichten, wohin wir aber schließlich gelangten, und das war dringend notwendig für uns, denn wir kamen dort gerade zu dem Zeitpunkt an, als alle unsere Vorräte erschöpft waren. Man konnte sogar sagen, sie waren schon vorher erschöpft, denn wir hatten während der letzten beiden Tage nur noch einen halben Liter Wasser für jeden. Zu unserer großen Freude sahen wir aber am Abend zuvor das Land, wenn auch in weiter Ferne, und infolge einer schönen steifen Brise während der Nacht befanden wir uns am Morgen zwei Meilen vor der Küste.

Wir hatten keinerlei Bedenken, an der ersten Stelle, wo wir ankamen, an Land zu gehen, obgleich wir mit ein bisschen Geduld etwas weiter nördlich wohl einen sehr günstigen Fluss gefunden hätten. Mithilfe zweier großer Stangen jedoch, die wir wie Pfosten in den Boden rammten, um unsere Fregatte festzumachen, hielten wir diese flott, und die kleinen schwachen Stricke, die wir, wie schon berichtet, aus dem Mattenstroh gedreht hatten, erwiesen sich als recht nützlich, um das Fahrzeug zu vertäuen.

Sobald wir uns das Land ein wenig angesehen, frisches Wasser geholt und uns mit Nahrung versorgt hatten, die wir hier nur sehr spärlich fanden, gingen wir mit unseren Vorräten wieder an Bord. Der einzige Proviant, den wir uns beschaffen konnten, waren ein paar Stück Geflügel, die wir getötet hatten, und eine Art wilden Büffel oder Stier, sehr klein, aber mit gutem Fleisch. Nachdem wir das also alles an Bord hatten, beschlossen wir, entlang der Küste, die sich nach Nordnordost hin erstreckte, zu segeln, bis wir einen Wasserlauf oder einen Fluss fanden, den wir hinaufsegeln konnten, um ins Innere des Landes zu gelangen, oder aber auf irgendeine Stadt oder Menschen stießen, denn wir hatten Grund anzunehmen, dass in einiger Entfernung die Gegend bewohnt war, da wir nachts mehrfach aus allen Richtungen Feuerschein und tagsüber Rauch gesehen hatten.

Endlich gelangten wir zu einer sehr großen Bucht, und darin mündeten mehrere kleine Wasserläufe oder Flüsse ins Meer. Wir liefen kühn in den ersten davon ein, und als wir dort einige Hütten und in ihrer Nähe Wilde am Strand sahen, lenkten wir unser Schiff in einen kleinen Schlupfhafen an der Nordseite des Wasserlaufs und hielten eine lange Stange mit einem weißen Stofffetzen daran als Friedenszeichen empor. Wir sahen, dass sie gleich verstanden, denn sie kamen herbeigeströmt, Männer, Frauen und Kinder, die meisten, beiderlei Geschlechts, splitternackt. Zuerst standen sie da, staunten und starrten uns an, als wären wir Ungeheuer und als fürchteten sie sich, später aber bemerkten wir, dass sie Zutrauen zu uns fassten. Um sie zu erproben, hielten wir zuerst einmal die Hände an den Mund, als wollten wir trinken, was bedeutete, wir wünschten Wasser zu haben. Das verstanden sie bald, und drei von ihren Frauen sowie zwei Knaben rannten landwärts. Nach ungefähr acht Minuten kehrten sie mit mehreren Tonkrügen zurück, die recht hübsch und, wie ich glaube, in der Sonne getrocknet waren; sie hatten sie mit Wasser gefüllt und setzten sie in der Nähe des Ufers ab. Dort ließen sie sie stehen und zogen sich etwas zurück, damit wir sie holten – was wir taten.

Einige Zeit darauf brachten sie uns Wurzeln und Gemüse sowie auch einige Früchte, von welcher Sorte, weiß ich nicht mehr, und gaben sie uns; da wir aber nichts hatten, was wir ihnen schenken konnten, mussten wir feststellen, dass sie nicht so selbstlos waren wie die Leute auf Madagaskar. Unser Messerschmied begab sich jedoch an die Arbeit, und da er etwas Eisen, das aus dem Wrack stammte, aufgehoben hatte, stellte er eine große Menge Spielzeug, Vögel, Hunde, Nadeln, Haken und Ringe her, und wir halfen, sie glattzufeilen und sie für ihn glänzend zu polieren, und als wir ihnen einige davon gaben, brachten sie uns alle Arten von Nahrungsmitteln, die sie hatten, wie Ziegen, Schweine, Kühe, und wir erhielten genügend Proviant.

Wir waren jetzt auf dem afrikanischen Kontinent gelandet, dem verlassensten, wüstesten und ungastlichsten Gebiet der Welt, selbst Grönland und sogar Nowaja Semlja nicht ausgenommen, nur mit dem Unterschied, dass wir auch den schlimmsten Teil bewohnt fanden; freilich wäre es angesichts der Natur und des Charakters mancher dieser Bewohner für uns besser gewesen, es hätte dort gar keine gegeben.

Und was zu der Klage, die ich hier über die Beschaffenheit des Landes laut werden lasse, noch hinzukommt: Wir trafen dort eine der voreiligsten, abenteuerlichsten und verzweifeltsten Entscheidungen, die ein Mensch oder eine Anzahl von Leuten jemals getroffen hatte, nämlich über Land, durch das Herz des Erdteils, von der Küste Mosambiks am östlichen Ozean bis zur Küste von Angola oder Guinea am westlichen oder Atlantischen Ozean, zu reisen, durch einen ganzen Kontinent von mindestens tausendachthundert Meilen – eine Reise, bei der wir schreckliche Hitze zu erdulden, unwegsame Wüsten zu durchqueren, dabei aber keine Wagen, Kamele oder sonstwelche Lasttiere zum Transport unseres Gepäcks hatten; wir würden einer Unmenge wilder, raubgieriger Tiere begegnen, wie Löwen, Leoparden, Tigern, Echsen und Elefanten, und wären gezwungen, uns unter dem Himmelsäquator fortzubewegen, also im Zentrum der glutheißen Zone, müssten mit ganzen Völkerstämmen von Wilden, die im höchsten Grade barbarisch und brutal waren, rechnen und Hunger und Durst bezwingen – mit einem Wort, das waren Schrecken, die genügten, auch das tapferste Herz einzuschüchtern, das jemals in einer Hülle von Fleisch und Blut seinen Platz hatte.

Und doch fürchteten wir uns vor all dem nicht und beschlossen, das Abenteuer zu wagen; dementsprechend begaben wir uns an die Vorbereitungen unserer Reise, soweit sie der Ort, an dem wir uns befanden, zuließ und unsere geringe Erfahrung, was das Land betraf, uns vorschrieb.

Wir hatten uns schon seit einiger Zeit daran gewöhnt, auf den Felsen, dem Kies, dem Gras und dem Sand der Küste barfuß zu gehen, da wir aber fanden, dass das Schlimmste für unsere Füße das

Wandern oder Reisen über den trockenen, brennenden Sand im Innern des Landes war, fertigten wir uns aus den Häuten wilder Tiere, die wir in der Sonne getrocknet hatten, eine Art Schuhe an, wobei wir das Fell nach innen nahmen, sodass die Außenseite dick und hart war und lange halten würde. Kurz, wir machten uns Füßlinge, wie ich sie nannte, und ich halte die Bezeichnung noch immer für sehr treffend, und wir fanden sie sehr praktisch und bequem.

Wir unterhielten uns mit einigen der Eingeborenen des Landes, die ganz freundlich waren. Welche Sprache sie sprachen, behaupte ich noch immer nicht zu wissen. Wir machten uns ihnen verständlich, so gut wir konnten, nicht nur, was unsere Vorräte, sondern auch, was unser Unternehmen betraf, und fragten sie, welches Land dort liege, wobei wir mit den Händen nach Westen deuteten. Sie teilten uns nur wenig Nützliches mit, wir glaubten jedoch, ihrem ganzen Gerede zu entnehmen, dass da überall Menschen der einen oder der anderen Sorte lebten, es viele größere Flüsse und zahlreiche Löwen, Tiger, Elefanten sowie bösartige wilde Katzen (von denen wir schließlich feststellten, dass es Zibetkatzen waren) und dergleichen mehr gebe.

Als wir sie fragten, ob jemals Leute dorthin gewandert waren, erwiderten sie, jawohl, einige seien dorthin gegangen, wo die Sonne schläft, womit sie den Westen meinten; sie vermochten jedoch nicht zu sagen, wer sie gewesen waren. Als wir darum baten, dass uns jemand führte, zuckten sie mit den Achseln, wie es die Franzosen tun, wenn sie sich vor etwas fürchten. Als wir sie nach den Löwen und wilden Tieren fragten, lachten sie und ließen uns wissen, dass die uns nichts zuleide täten, und zeigten uns eine gute Methode, um mit ihnen fertig zu werden, nämlich ein Feuer anzuzünden, was sie stets verscheuche, und wir überzeugten uns, dass es tatsächlich so war.

Auf diese ermutigende Auskunft hin beschlossen wir, die Reise zu unternehmen. Hierzu brachten uns viele Überlegungen, um deretwillen wir, wenn die Sache an sich durchführbar war, nicht so sehr Tadel verdienten, wie es sonst erscheinen mag; ich will nur einige davon nennen, um den Bericht nicht allzu ermüdend zu machen.

Erstens fehlten uns alle Mittel, um auf eine andere Weise für unser Entkommen sorgen zu können; wir waren an einem Ort gelandet, der sich fern jeder europäischen Schifffahrtsroute befand, sodass wir keinesfalls damit rechnen konnten, irgendwelche unserer Landsleute würden uns in diesem Teil der Welt befreien und fortbringen. Zweitens, wenn wir das Abenteuer gewagt hätten, entlang der Küste von Mosambik und den öden Ufern von Afrika nach Norden weiterzusegeln, bis wir ins Rote Meer gelangten, durften wir kein anderes Schicksal erwarten als nur, dass uns die Araber gefangen nähmen und als Sklaven an die Türken verkauften, was für uns alle nicht viel besser gewesen wäre als der Tod. Wir waren nicht in der Lage, ein Fahrzeug zu bauen, das uns über das große Arabische Meer nach Indien getragen hätte, und auch nicht, das Kap der Guten Hoffnung zu erreichen, da die Winde zu unbeständig wehten und das Meer in diesen Breiten zu stürmisch war; wir wüssten nur, dass wir, wenn wir den Kontinent zu Land überqueren konnten, vielleicht an den einen oder den anderen der großen Flüsse, die in den Atlantischen Ozean münden, gelangen mochten und uns an seinem Ufer Kanus bauen könnten, die uns weitertrügen, und wenn es tausend Meilen weit wäre, sodass wir nichts benötigten als nur Proviant, von dem wir sicher waren, dass wir ihn mit unseren Flinten in genügender Menge erjagen konnten; und um unsere Befreiung noch zufriedenstellender zu machen, rechneten wir damit, dass vielleicht jeder von uns eine gewisse Menge Gold fände, die uns, wenn wir entkamen, für unsere Mühen reichlich entschädigen musste.

Ich kann nicht sagen, dass ich bis zu diesem Punkt bei unseren sämtlichen Beratungen das Für und Wider aller Unternehmungen, die wir bisher gewagt hatten, erwogen hätte. Zuvor war ich für einen, wie ich dachte, sehr guten Plan gewesen, nämlich dass wir in den Golf von Arabien oder die Mündung des Roten Meeres segeln und dort einem der hinaus- oder hineinfahrenden Schiffe, von denen es dort viele gibt, auflauern und das erstbeste, auf das wir trafen, mit Gewalt nehmen sollten, nicht nur, um uns an dessen Ladung zu bereichern, sondern auch, um uns von ihm in irgendeinen Teil der Welt tragen zu lassen, der uns behagte. Als die anderen mir aber von einem zwei- bis dreitausend Meilen langen Fußmarsch und einer Wanderung durch Wüsten inmitten von Löwen und Tigern sprachen, gestehe ich, dass mir das Blut erstarrte und ich alle Argumente vorbrachte, die ich nur erdenken konnte, um sie davon abzubringen.

Sie waren aber alle dafür, und ich hätte ebenso gut den Mund halten können; so fügte ich mich denn und erklärte ihnen, ich wolle mich an unser oberstes Gesetz halten, mich von der Mehrheit leiten zu lassen, und daher beschlossen wir, uns auf unsere Reise zu machen. Als Erstes unternahmen wir eine Standortbestimmung, damit wir wüssten, auf welchem Fleck der Erde wir uns aufhielten. Wir fanden heraus, dass wir bei zwölf Grad fünfunddreißig Minuten südlicher Breite waren. Als Nächstes sahen wir auf den Seekarten nach, suchten die Küste des Landes, das unser Ziel war, und stellten fest, dass sie bei acht bis elf Grad südlicher Breite lag, wenn wir zur Küste von Angola wanderten, und bei zwölf bis neunundzwanzig Grad, wenn wir uns zum Fluss Niger und zur Küste von Guinea wandten.

Wir wählten die Küste von Angola zu unserem Ziel, da sie unseren Karten nach so ziemlich auf dem gleichen Breitengrad lag, auf dem wir uns jetzt befanden; unser Kurs dorthin führte geradenwegs nach Westen, und da wir sicher waren, auf Flüsse zu stoßen, zweifelten wir nicht daran, dass sie unsere Reise erleichtern würden, besonders, wenn wir Mittel und Wege fänden, den großen See oder das Inlandmeer zu überqueren, das die Eingeborenen Coalmucoa nennen und von dem man sagt, der Nil habe dort seinen Ursprung oder seine Quelle. Wir machten die Rechnung jedoch ohne den Wirt, wie der Leser im Verlauf des Berichts erfahren wird.

Als Nächstes mussten wir überlegen, wie wir unser Gepäck transportieren könnten, ohne das wir auf keinen Fall reisen wollten; und dies war uns auch gar nicht möglich, denn allein unsere Munition, die für uns absolut notwendig war und von der unser Leben, ich meine unsere Nahrung und auch unsere Sicherheit und besonders unsere Verteidigung gegen wilde Tiere und wilde Menschen abhing, allein unsere Munition also war eine Last, die zu schwer wog, als dass wir sie durch ein Land zu schleppen vermochten, in dem die Hitze so groß war, dass wir uns selbst genug Last wären.

Wir erkundigten uns bei den Einwohnern und stellten fest, dass sie keine Lasttiere kannten, das heißt weder Pferde noch Maultiere, Esel, Kamele oder Dromedare; das einzige Geschöpf, das sie hatten, war eine Art Büffel oder zahmer Bulle, wie der, den wir getötet hatten, und einige davon hatten sie so gezähmt, dass sie ihnen beigebracht hatten, auf das Kommando ihrer Stimme hin zu kommen, wenn sie sie riefen, oder zu gehen, wenn sie sie fortschickten, und ihre Lasten zu tragen; vor allem durchquerten sie auf ihnen Flüsse und Seen, denn die Tiere schwammen sehr hoch und kräftig im Wasser.

Wir verstanden jedoch nichts davon, solch ein Geschöpf zu führen oder eine Last darauf festzumachen. Dieser letzte Teil unserer Beratung stellte uns vor ein sehr schwer zu lösendes Problem. Schließlich schlug ich den anderen eine Methode vor, die sie sehr annehmbar fanden. Sie bestand darin, mit irgendwelchen Eingeborenen Streit anzufangen, zehn oder zwölf von ihnen gefangen zu nehmen, sie als Sklaven zu binden, sie zu zwingen, mit uns zu ziehen und sie unser Gepäck tragen zu lassen, was, wie ich erklärte, in vielerlei Hinsicht bequem und nützlich wäre, sowohl, damit sie uns den Weg zeigten, wie auch, um uns über sie mit anderen Eingeborenen zu verständigen.

Diesen Rat wollten sie zuerst nicht befolgen, aber die Eingeborenen gaben ihnen bald darauf Anlass, ihn gutzuheißen, und Gelegenheit, ihn in die Tat umzusetzen, denn während unser kleiner Tauschhandel mit den Bewohnern bisher auf dem guten Glauben ihrer anfänglichen Freundlichkeit beruht hatte, lernten wir schließlich einige Schuftigkeit ihrerseits kennen, denn nachdem wir Vieh von ihnen gekauft hatten gegen unser Spielzeug, das unser Messerschmied, wie gesagt, hergestellt hatte, und sich zwischen einem unserer Leute und ihrem Hökerer eine Meinungsverschiedenheit ergab, beleidigten sie ihn auf ihre Art, behielten die Dinge, die er ihnen für das Vieh angeboten hatte, veranlassten ihre Leute, das Vieh vor seiner Nase davonzutreiben, und lachten ihn aus. Als unser Mann bei dieser Gewalttat laut brüllte und einige von uns, die nicht weit davon entfernt waren, herbeirief, warf der Neger, mit dem er verhandelt hatte, eine Lanze nach ihm; die so genau traf, dass sie ihm, wenn er nicht mit großer Behändigkeit beiseitegesprungen wäre und sie mit der emporgehaltenen Hand im Flug abgewendet hätte, durch den Körper gedrungen wäre; so verwundete sie ihn am Arm, worauf der Mann in seinem Zorn seine Flinte anlegte und dem Angreifer durchs Herz schoss.

Die anderen in seiner Nähe und alle diejenigen, die sich in einiger Entfernung von ihm und näher bei uns befanden, waren sowohl durch das Feuer als auch durch den Knall und schließlich durch den Anblick ihres toten Landsmanns so fürchterlich erschrocken, dass sie eine Zeit lang stocksteif dastanden; als sie sich aber ein wenig von ihrer Angst erholt hatten, erhob plötzlich einer von ihnen, der ziemlich weit von uns entfernt stand, ein durchdringendes Geschrei, das sie anscheinend dann ausstoßen, wenn sie im Begriff sind zu kämpfen, und da alle Übrigen verstanden, was er meinte, antworteten sie ihm und rannten zu der Stelle hin, auf der er sich befand. Wir, die wir nicht wussten, was das bedeutete, standen da und sahen einander an, als wären wir schwachsinnig.

Bald aber begriffen wir, denn nach weiteren zwei, drei Minuten hörten wir ein Geschrei und Getöse von einem Ort zum anderen durch alle ihre kleinen Ansiedlungen erschallen, ja sogar über den Wasserlauf hinweg zur anderen Seite hinüber, und plötzlich sahen wir aus allen Richtungen eine nackte Menge wie zu einem Stelldichein zu dem Platz hinrennen, wo der erste Mann das Geschrei begonnen hatte, und in weniger als einer Stunde waren, so glaube ich, fast fünfhundert von ihnen zusammengelaufen, einige mit Pfeil und Bogen, die meisten aber mit einem Speer bewaffnet, den sie ziemlich weit und so sicher warfen, dass sie einen Vogel im Flug treffen konnten.

Uns blieb nur wenig Zeit zur Beratung, denn die Menge wuchs von einem Augenblick zum anderen, und ich glaube tatsächlich, wenn wir noch länge geblieben wären, dann wären in kurzer Zeit zehntausend zusammengekommen. Wir hatten also keine andere Wahl, als entweder zu unserem Schiff oder unserer Barke zurückzufliehen, wo wir uns sehr gut verteidigen konnten, oder aber vorzurücken und die Wirkung von einer oder zwei Salven Schrot auszuprobieren.

Wir entschieden uns sogleich für Letzteres und verließen uns darauf, dass unser Feuer und die Panik bei unseren Schüssen sie bald in die Flucht jagen mussten; so stellten wir uns alle in einer Reihe auf und marschierten kühn auf sie zu. Sie standen bereit, uns zu empfangen, in der Erwartung, wie ich annehme, uns alle mit ihren Speeren zu erledigen. Bevor wir aber nahe genug zu ihnen gelangt waren, dass sie sie hätten schleudern können, blieben wir, ziemlich weit voneinander entfernt, um unsere Linie möglichst zu strecken, stehen und sandten ihnen einen Gruß mit unserem Blei, der neben denen, die wir verwundeten und deren Anzahl wir nicht kannten, sechzehn von ihnen auf dem Fleck niedermachte, und drei waren so lahm geschossen, dass sie zwanzig oder dreißig Yard weiter zu Boden fielen.

Sobald wir Feuer gegeben hatten, ließen sie ein so grässliches Gekreisch und Gebrüll ertönen, das teilweise von den Verwundeten und teilweise von denen stammte, die über den tot auf der Erde Liegenden jammerten und klagten, wie ich es weder zuvor noch seitdem je gehört habe.

Wir blieben unbeweglich stehen, nachdem wir geschossen hatten, und luden unsere Flinten wieder, und da wir sahen, dass die Eingeborenen sich nicht vom Fleck rührten, schossen wir von Neuem auf sie. Bei dieser zweiten Salve töteten wir ungefähr neun, da sie aber nicht mehr so dicht beieinander standen wie zuvor, gaben nicht alle unsere Leute Feuer, denn sieben hatten Befehl erhalten, die Munition aufzusparen und vorzugehen, sobald die anderen geschossen hatten, während die Übrigen ihre Flinten von Neuem lüden, wovon ich gleich noch einmal sprechen werde.

Sobald wir die zweite Ladung abgefeuert hatten, brüllten wir, so laut wir konnten; die sieben Leute rückten vor, und als sie etwa zwanzig Yard weit von ihnen entfernt waren, schossen sie noch einmal, und die anderen, die hinter ihnen in aller Eile wieder geladen hatten, folgten ihnen. Sobald die Eingeborenen aber sahen, dass wir vorrückten, rannten sie schreiend davon, als wären sie behext.

Auf dem Schlachtfeld angekommen, sahen wir zahlreiche Gestalten auf dem Boden liegen, viel mehr, als wir vermuten konnten, getötet oder verwundet zu haben, ja viel mehr noch, als wir beim Abfeuern Kugeln in unseren Flinten gehabt hatten, und wir wussten nicht, wie wir uns das erklären sollten; endlich aber begriffen wir, wie es gekommen war, nämlich dass sie vor Angst den Verstand verloren hatten, und ich glaube sogar, dass einige der wirklich Toten buchstäblich vor Schreck gestorben waren, denn sie wiesen keinerlei Wunden auf.

Von den so Verängstigten, wie eben beschrieben, kamen einige, nachdem sie wieder zu sich gekommen waren, auf uns zu und beteten uns an (denn sie hielten uns für Götter oder Teufel, welches von beiden, vermag ich nicht zu sagen, und es kümmerte uns auch wenig); einige knieten nieder, andere warfen sich flach auf den Boden und machten tausend närrische Gebärden, alle jedoch mit den Anzeichen äußerster Unterwerfung. Mir fiel sogleich ein, dass wir jetzt Gelegenheit hatten, kraft des Gesetzes der Waffen so viele gefangen zu nehmen, wie wir nur wollten, sie zu zwingen, mit uns zu reisen und sie unser Gepäck tragen zu lassen. Sobald ich das vorschlug, stimmten mir alle unsere Leute zu, und dementsprechend versicherten wir uns etwa sechzig kräftiger junger Burschen und gaben ihnen zu verstehen, dass sie mit uns kommen mussten, wozu sie durchaus willens zu sein schienen. Die nächste Frage aber, die wir uns stellten, war, was wir tun sollten, damit wir ihnen trauen durften, denn wir hatten ja die Erfahrung gemacht, dass diese Leute nicht wie die auf Madagaskar waren, sondern hitzig, rachsüchtig und verräterisch, und aus diesem Grunde war ich sicher, dass wir von ihnen nichts erwarten durften als nur die Dienstleistungen von Sklaven – keinerlei Unterwerfung, die länger anhielte als ihre Furcht vor uns, und keinerlei Arbeit außer durch Gewalt.

Bevor ich weiter berichte, muss ich dem Leser zu verstehen geben, dass ich von diesem Zeitpunkt an ein bisschen ernsthafter zu begreifen anfing, in welcher Lage ich mich befand, und mich mehr um die Lenkung unserer Angelegenheiten kümmerte, denn obwohl meine Kameraden sämtlich ältere Leute waren, begann ich doch zu erkennen, dass sie völlig ratlos waren oder, wie ich es jetzt nenne, über keinerlei Geistesgegenwart verfügten, wenn es um die Ausführung einer Sache ging. Die erste Gelegenheit, bei der ich dies beobachtete, war das kürzlich ausgetragene Gefecht mit den Eingeborenen, wo ihnen das Herz, trotz des guten Entschlusses, sie anzugreifen und auf sie zu schießen, doch schwach zu werden begann, nachdem sie einmal ihre Flinten abgefeuert und gesehen hatten, dass die Neger nicht davonliefen, wie sie es erwartet hatten, und ich bin davon überzeugt, dass sie alle miteinander geflohen wären, wenn sie ihre Barke zur Hand gehabt hätten.

Bei diesem Anlass nahm ich es auf mich, sie ein wenig zu ermutigen und ihnen zuzurufen, sie sollten wieder laden und eine zweite Salve auf die Eingeborenen abfeuern; ich erklärte ihnen, wenn sie meinen Anweisungen folgten, wolle ich mich verpflichten, dafür zu sorgen, dass sie sehr rasch davonliefen. Ich sah, dass sie dies ermutigte, und deshalb forderte ich sie auf, ein paar von ihren Kugeln für einen gesonderten Angriff aufzubewahren, wie oben beschrieben.

Nach der zweiten Salve war ich tatsächlich gezwungen zu kommandieren, wie ich es nennen kann. »Jetzt, Seigniors, wollen wir sie ein Hurra hören lassen«, sagte ich. So holte ich tief Atem und schrie dreimal laut, wie es unsere englischen Matrosen bei solchen Gelegenheiten tun. »Und jetzt folgt mir«, sagte ich zu den sieben, die nicht geschossen hatten, »und ich verbürge mich dafür, dass wir mit ihnen fertig werden«, und so geschah es auch, denn sobald die Eingeborenen uns kommen sahen, rannten sie, wie oben berichtet, davon.

Von diesem Tage an nannten mich unsere Leute nicht mehr anders als »Seignior Capitanio«, aber ich erklärte ihnen, ich wolle mich nicht »Seignior« nennen lassen. »Nun«, sagte der Geschützmeister, der gut Englisch sprach, »dann nennen wir Euch ›Kapitän Bob‹«, und so gaben sie mir von nun an diesen Titel.

Für die Portugiesen ist nichts bezeichnender als dies, ob man sie nun als Nation oder als Einzelpersonen betrachtet: Wenn jemand sie ermuntert und entflammt, indem er vor ihnen hergeht und sie durch ein Beispiel ermutigt, dann halten sie sich recht gut, wenn sie aber nur ihr eigenes Maß haben, dem sie folgen, dann lassen sie unverzüglich den Mut sinken. Diese Leute wären zweifellos vor einem Rudel nackter Wilder geflohen, selbst dann, wenn sie auch durch die Flucht ihr Leben nicht hätten retten können, hätte ich nicht gerufen und gebrüllt und aus der Sache eher einen Sport als einen Kampf gemacht, damit sie beherzt blieben.

Auch bei späteren Anlässen war dies nicht weniger notwendig, und ich gestehe, dass ich mich oft darüber gewundert habe, wieso eine Schar von Männern, die sich, wenn es aufs Äußerste ging, so wenig auf ihre eigene Courage verlassen konnten, anfangs den Mut hatten, das verzweifeltste und undurchführbarste Unternehmen vorzuschlagen und in Angriff zu nehmen, das je auf der Welt begonnen wurde.

Es gab freilich drei oder vier unermüdliche Leute unter ihnen, deren Mut und Unternehmungsgeist alle Übrigen anspornte, und diese drei oder vier waren von Anfang an die Leiter. Zu ihnen gehörten der Geschützmeister, der Messerschmied, den ich den Künstler nenne, und als Dritter, der ganz gut war, wenn auch nicht wie diese beiden, einer der Zimmerleute. Sie waren tatsächlich der Kern der ganzen Mannschaft, und ihrem Mut verdankten alle Übrigen die Entschlusskraft, die sie gelegentlich bewiesen. Als diese aber sahen, dass ich ein wenig Verantwortung auf mich nahm, wie oben beschrieben, umarmten sie mich und behandelten mich von da an mit besonderer Zuneigung.

Dieser Geschützmeister war ein ausgezeichneter Mathematiker, ein belesener Mensch und voll ausgebildeter Seemann, und von ihm erhielt ich danach in vertraulichen Unterredungen die Grundlagen aller Kenntnisse, die ich seitdem in jenen für die Schifffahrt nützlichen Wissenschaften erworben habe, besonders aber in der Erdkunde.

Sogar in unseren Gesprächen pflanzte er mir die Keime einer Allgemeinbildung ins Gehirn, da er sah, dass ich begierig war zu begreifen und zu lernen; er gab mir die richtige Vorstellung von der Form der Erde, der Lage der Länder, dem Lauf der Flüsse, der Lehre von den Himmelskörpern, der Bewegung der Sterne und lehrte mich, kurz gesagt, eine Art System der Astronomie, das ich später vervollkommnete.

Auf eine ganz besondere Weise füllte er mir den Kopf mit ehrgeizigen Gedanken und erweckte in mir den ernsthaften Wunsch, alles zu lernen, was es zu lernen gab, und er überzeugte mich davon, dass mich einzig und allein nur eine höhere Bildung, als sie unter Seeleuten üblich war, für großartige Unternehmungen zu befähigen vermochte. Er erklärte mir, dass Unwissenheit mit Sicherheit eine niedrige Stellung in der Welt bedeutete, Wissen aber die erste Stufe zur Beförderung sei. Er schmeichelte mir stets mit meiner guten Auffassungsgabe, und obwohl dies meinen Stolz nährte, erweckte es andererseits, da ich insgeheim eine gewisse Strebsamkeit empfand, die zu dieser Zeit in mir wuchs, bei mir einen unstillbaren Durst nach allgemeinem Wissen, und ich beschloss, wenn ich jemals nach Europa zurückkehrte und genügend Geld übrig hätte, wollte ich Meister in allen Kenntnissen werden, die notwendig waren, um einen erstklassigen Seemann aus mir zu machen. Später aber, als ich Gelegenheit dazu hatte, war ich mir selbst gegenüber nicht so gerecht, es auch auszuführen.

Um aber auf unsere Sache zurückzukommen: Nachdem der Geschützmeister gesehen hatte, welche Dienste ich während des Kampfs geleistet, und meinen Vorschlag gehört hatte, eine Anzahl von Gefangenen für unseren Marsch zu behalten, damit sie unser Gepäck trugen, wandte er sich vor den anderen an mich. »Kapitän Bob«, sagte er, »ich denke, Ihr müsst unser Befehlshaber sein, denn Euch verdanken wir den ganzen Erfolg dieses Unternehmens.« – »Nein, nein«, sagte ich, »macht mir keine Komplimente. Ihr werdet unser Seignior Capitanio sein – Ihr werdet der General sein, ich bin zu jung dafür.« So kamen wir also alle überein, dass er uns führen solle, aber er wollte es nicht allein übernehmen, sondern mich zu seiner Hilfe haben, und da alle Übrigen zustimmten, war ich gezwungen anzunehmen.

Die erste Aufgabe, die sie mir in dieser neuen Kommandotätigkeit übertrugen, war eine so schwierige, wie sie sie nur zu erdenken vermochten, nämlich die Gefangenen zu bändigen, was ich jedoch recht guten Muts übernahm, wie der Leser bald hören wird. Die allererste Beratung aber war von noch größerer Bedeutung; dabei ging es erstens darum, welchen Weg wir wählen, und zweitens, wie wir uns für die Reise mit Proviant versorgen wollten.

Unter den Gefangenen befand sich ein großer, gut gewachsener, hübscher Bursche, dem die Übrigen viel Achtung zu erweisen schienen; er war, wie uns später klar wurde, der Sohn eines ihrer Könige. Den Vater hatte wohl unsere erste Salve getötet, und er selbst hatte eine Schusswunde am Arm sowie eine zweite am Oberschenkel oder an der Hüfte. Da dies eine Fleischwunde war, blutete sie stark, und er war vom Blutverlust halb tot. Was die Kugel im Arm betraf, so hatte sie ihm ein Handgelenk gebrochen, und durch diese beiden Verwundungen war er völlig arbeitsunfähig, sodass wir ihn dem Tode überlassen wollten. Hätten wir es getan, dann wäre er freilich innerhalb von wenigen Tagen gestorben, da ich aber bemerkte, dass der Mann Achtung genoss, kam mir der Gedanke, er könne uns vielleicht nützlich und möglicherweise eine Art Vorgesetzter der anderen werden. So veranlasste ich unsren Schiffsarzt, ihn zu behandeln, und redete dem armen Kerl gut zu, das heißt, ich machte mich ihm, so gut ich konnte, durch Zeichen verständlich, damit er begriff, dass wir ihn wieder gesund machen wollten.

Dies erweckte in ihnen neue Ehrfurcht vor uns, denn sie glaubten, ebenso wie wir durch etwas ihnen Unsichtbares (denn das waren unsere Kugeln ja tatsächlich) aus der Ferne zu töten vermochten, könnten wir sie auch wieder heilen. Darauf rief der junge Prinz (so nannten wir ihn später) sechs oder sieben der Wilden herbei und sagte etwas zu ihnen; was es war, wussten wir nicht, aber sogleich kamen alle sieben zu mir, knieten vor mir nieder, hoben die Hände empor und machten Gebärden des Flehens, wobei sie auf die Stelle zeigten, wo einer von denen lag, die wir getötet hatten.

Es dauerte lange, bevor ich oder irgendjemand von uns sie verstand; einer der Gefangenen aber lief fort und hob einen Toten auf; er deutete auf seine Wunde im Auge, denn er hatte einen Kopfschuss, der durch ein Auge eingedrungen war. Dann wies ein anderer auf den Schiffsarzt, und endlich begriffen wir, dass es bedeutete, er solle auch des Prinzen Vater heilen, der infolge eines Kopfschusses, wie oben beschrieben, tot war.

Wir verstanden die Aufforderung – wollten aber nicht sagen, dass wir dessen unfähig waren, sondern gaben ihnen zu verstehen, dass die Getöteten diejenigen waren, die uns als Erste überfallen und uns herausgefordert hatten; wir seien keineswegs willens, sie wieder lebendig zu machen, und wenn andere handelten wie sie, dann würden wir sie gleichfalls töten und sie nie wieder leben lassen. Wenn er (der Prinz) aber mit uns kommen und unseren Anweisungen folgen wolle, würden wir ihn nicht sterben lassen und seinen Arm wieder gesund machen. Darauf schickte er seine Leute aus, ihm einen langen Stock oder Stab zu holen, und legte sich auf den Boden nieder. Als sie den Stecken brachten, sahen wir, dass es ein Pfeil war. Er ergriff ihn mit der linken Hand (denn die andere hatte seine Wunde gelähmt), hielt ihn zur Sonne empor, zerbrach ihn in zwei Stücke, setzte die Spitze auf seine Brust und übergab sie dann mir. Dies hieß, wie ich später verstand, er wünsche, dass die Sonne, die sie anbeteten, ihm einen Pfeil durch die Brust schießen möge, wenn er jemals aufhörte, mein Freund zu sein, und dass er mir die Pfeilspitze übergab, bedeutete, ich sei der Mann, dem er geschworen hatte; und niemals hielt ein Christ seinen Eid gewissenhafter als er diesen, denn danach war er viele von Mühsal erfüllte Monate lang unser treu ergebener Diener.

Als ich ihn zu dem Schiffsarzt brachte, verband der sogleich seine Wunde an der Hüfte oder am Gesäß; er stellte fest, dass die Kugel das Fleisch nur gestreift hatte, weitergeflogen und nicht im Muskel stecken geblieben war, sodass die Wunde sich schon bald schloss und heilte. Am Arm aber stellte er fest, dass ein Knochen, der sich am Unterarm zwischen Handgelenk und Ellenbogen befand, gebrochen war; den richtete er, schiente ihn und band den Arm in eine Schlinge, die er ihm um den Hals hängte; er gab ihm durch Zeichen zu verstehen, dass er ihn nicht bewegen durfte, und der Prinz befolgte diese Anweisung so genau, dass er sich niedersetzte und sich nicht nach links oder rechts rührte, es sei denn, der Schiffsarzt hätte es ihm erlaubt.

Ich gab mir viel Mühe, um ihm verständlich zu machen, was wir zu tun beabsichtigten und welchen Gebrauch wir von seinen Leuten machen wollten, ganz besonders auch, um ihm die Bedeutung von dem, was wir sagten, beizubringen, vor allem, ihn einige Worte zu lehren wie »ja« und »nein« und was sie bedeuteten, um ihn mit unserer Sprechweise vertraut zu machen; er war sehr bereit und fähig, alles zu lernen, was ich ihn lehrte.

Es war leicht, ihm klarzumachen, dass wir beabsichtigten, unseren Proviant vom ersten Tag an mit uns zu tragen; er erklärte uns jedoch durch Zeichen, dass wir das nicht brauchten, denn wir fänden vierzig Tage lang überall genügend Vorräte. Es fiel uns sehr schwer zu verstehen, wie er »vierzig« ausdrückte, denn er kannte keine Zahlen, sondern nur einige Worte, die sie zueinander sagten und mit denen sie sich darüber verständigten. Schließlich legte einer der Neger auf seinen Befehl vierzig kleine Steinchen nebeneinander, um uns zu zeigen, wie viele Tage wir reisen und dabei genügend Proviant finden konnten.

Dann zeigte ich ihm unser Gepäck, das sehr schwer war, besonders unser Schießpulver, Schrot, Blei, Eisen, Zimmermanns- und Seemannswerkzeug, die Kisten mit den Flaschen und andere

Holzbehälter. Er nahm einige der Gegenstände mit der Hand auf, um ihr Gewicht zu prüfen, und schüttelte den Kopf darüber, wie schwer sie waren. So teilte ich unseren Leuten mit, sie müssten sich entschließen, die Sachen in kleine Päckchen aufzuteilen und sie tragbar zu machen; das taten sie dann auch, und auf diese Weise waren wir bereit, alle unsere Kisten zurückzulassen, elf im Ganzen.

Dann machte er uns Zeichen, dass er einige Büffel besorgen wollte oder junge Bullen, wie ich sie nannte, die unser Gepäck schleppen sollten, und er gab uns auch zu verstehen, dass sie uns ebenfalls tragen könnten, wenn wir müde waren; dem maßen wir jedoch kein Gewicht bei und waren nur bereit, die Tiere zu nehmen, weil wir sie schließlich, wenn sie uns nicht mehr als Lastenträger dienen konnten, verzehren wollten, falls wir sie als Nahrung brauchten.

Nun brachte ich ihn zu unserer Barke und zeigte ihm, welche Gegenstände wir dort hatten. Der Anblick unseres Schiffs schien ihn zu erstaunen, da er noch niemals etwas Ähnliches erblickt hatte, denn ihre Boote sind ganz kümmerliche Dinger, wie ich sie noch nie zuvor gesehen hatte – ohne Bug und Heck und nur aus Ziegenhäuten hergestellt, die mit getrockneten Ziegen- oder Schafsdärmen zusammengenäht und mit einem klebrigen Zeug, wie Harz und Öl, überstrichen waren, das abscheulich und Übelkeit erregend roch, und es waren ganz ärmliche jämmerliche Fahrzeuge, die schlechtesten, die es überhaupt nur irgendwo gibt; ein Kanu ist damit verglichen eine ausgezeichnete Erfindung.

Um aber zu unserem Boot zurückzukehren: Wir trugen unseren neuen Prinzen dorthin und halfen ihm wegen seiner ihn lähmenden Verwundung über die Reling. Wir erklärten ihm durch Zeichen, dass seine Leute unsere Habe für uns tragen mussten, und zeigten ihm, was wir besaßen. Er antwortete: »Si, Seignior« oder »Ja, Sir« (denn wir hatten ihn dieses Wort und seine Bedeutung gelehrt), nahm ein Bündel auf und gab uns durch Gesten zu verstehen, dass er einiges für uns tragen wolle, sobald sein Arm wieder gesund sei.

Ich antwortete ihm durch Zeichen, dass wir ihn nichts tragen lassen würden, wenn er seine Leute veranlasste, die Sachen zu schleppen. Wir hatten alle Gefangenen auf einem engen Raum sichergestellt, sie dort mit Baststricken gebunden und ringsum einen Palisadenzaun aus Pfählen errichtet, und als wir nun den Prinzen an Land getragen hatten, brachten wir ihn zu ihnen und forderten ihn durch Zeichen auf, sie zu fragen, ob sie gewillt seien, mit uns ins Land der Löwen zu ziehen. Dementsprechend hielt er ihnen eine lange Rede, und wir verstanden davon, dass er ihnen sagte, wenn sie bereit seien, müssten sie »Si, Seignior« sagen, und ihnen erklärte, was es bedeutete. Sie antworteten sogleich: »Si, Seignior« und klatschten in die Hände, wobei sie zur Sonne hinaufblickten, und der Prinz machte uns verständlich, dass sie uns damit Treue schworen. Sobald sie es aber gesagt hatten, hielt einer der Leute dem Prinzen eine lange Rede, und aus seinen Gesten, die sehr seltsam waren, entnahmen wir, dass sie etwas von uns begehrten und es ihnen große Sorgen bereitete. Deshalb fragte ich ihn, so gut ich konnte, was sie von uns wünschten. Durch Zeichen ließ er uns wissen, dass sie wünschten, wir sollten, zur Sonne gewandt, in die Hände klatschen, also schwören, dass wir sie nicht töten, ihnen »chiaruck« (das bedeutete so viel wie Brot) geben, sie nicht verhungern und auch nicht von den Löwen fressen lassen würden. Ich sagte ihm, wir versprächen all das, dann deutete er auf die Sonne und klatschte in die Hände, womit er mir bedeutete, ich solle es ebenfalls tun, und ich tat es. Darauf ließen sich alle Gefangenen flach auf den Boden fallen, erhoben sich wieder und stießen die seltsamsten, wildesten Schreie aus, die ich je gehört hatte.

Ich glaube, hier überkamen mich zum ersten Mal im Leben irgendwelche religiösen Gedanken; ich konnte nicht umhin, darüber nachzudenken und fast in Tränen auszubrechen, was für ein

Glück es war, dass ich nicht unter Geschöpfen wie diesen geboren wurde und nicht ebenso töricht, dumm und barbarisch war. Dies verging jedoch bald wieder, und für lange Zeit beunruhigten mich keinerlei Gedanken dieser Art mehr.

Als die Zeremonie nun vorüber war, kümmerten wir uns darum, Nahrungsmittel zu beschaffen, sowohl für die unmittelbaren Bedürfnisse unserer Gefangenen als auch für unsere eigenen. Ich erklärte unserem Prinzen durch Zeichen, dass wir über die Frage nachdachten, und er bedeutete mir durch Gebärden, wenn ich einen der Gefangenen in seine Stadt gehen ließe, dann werde er Proviant und auch Lasttiere mitbringen. Ich tat, als sei ich abgeneigt, ihm zu trauen, und als nähme ich an, er werde davonlaufen; der Prinz machte weit ausholende Gebärden der Treue, knüpfte sich mit eigener Hand einen Strick um den Hals und bot mir dessen eines Ende an, womit er mich aufforderte, ich solle ihn hängen, wenn der Mann nicht wiederkäme. So gab ich mein Einverständnis, er versah ihn mit vielerlei Anweisungen und schickte ihn dann fort, wobei er auf das Sonnenlicht deutete, womit er ihm wohl sagte, wann er wieder zurück sein musste.

Der Bursche rannte, als sei er von Sinnen, und hielt das Tempo, bis er außer Sicht war; daraus entnahm ich, dass er einen weiten Weg hatte. Am nächsten Morgen, etwa zwei Stunden vor der ausgemachten Zeit, winkte mir der schwarze Prinz, denn so nannte ich ihn immer, mit der Hand und äußerte auf seine Art durch Rufen den Wunsch, ich möge zu ihm kommen. Ich tat es, und als er auf einen niedrigen, etwa in zwei Meilen Entfernung liegenden Hügel zeigte, sah ich deutlich eine kleine Viehherde und einige Leute, die sie begleiteten. Er erklärte mir durch Zeichen, dies seien der Mann, den er fortgeschickt hatte, noch ein paar weitere Leute und Vieh für uns.

Zur festgelegten Zeit war er demgemäß bei unseren Hütten angelangt und brachte viele Kühe, junge Zwergochsen, etwa sechzehn Ziegen und vier junge Bullen, die abgerichtet waren, Lasten zu tragen.

Dies war ein genügend großer Vorrat an Lebensmitteln, und was das Brot betraf, so waren wir gezwungen, uns mit ein paar Wurzeln zu begnügen, wie wir sie schon zuvor gegessen hatten. Nun dachten wir daran, einige große Ranzen anzufertigen, wie Soldatentornister, in denen die Leute unsere Sachen leichter tragen konnten, und als die Ziegen geschlachtet waren, befahl ich, die Häute in der Sonne auszuspannen. Nach zwei Tagen waren sie so trocken, wie wir nur wünschen konnten, und wir fanden Mittel und Wege, daraus kleine Ranzen für unseren Gebrauch zu machen; wir begannen unser Gepäck aufzuteilen und es darin zu verstauen. Als der schwarze Prinz sah, wozu sie dienten und wie leicht sie sich tragen ließen, nachdem wir sie uns aufluden, lächelte er ein wenig und schickte den Mann von Neuem fort, Häute zu holen, und der brachte noch zwei Eingeborene mit, die Häute von ganz anderer Art herbeischleppten, deren Namen wir gar nicht kannten und die besser gegerbt waren als unsere.

Diese beiden Leute brachten dem schwarzen Prinzen zwei Lanzen, wie die Eingeborenen sie dort zu ihren Kämpfen benutzen, aber feinere als die gewöhnlichen, denn sie waren aus glattem, schwarzem Holz von so guter Qualität wie Ebenholz und an ihrem Ende mit der Spitze eines langen Zahns von irgendeinem Tier versehen – von was für einem, vermochten wir nicht zu sagen; die Speerspitze war so fest aufgesetzt und der Zahn so stark, obwohl nicht größer als mein Daumen, und so scharf, dass ich noch nirgendwo etwas Ähnliches gesehen hatte.

Der Prinz wollte sie ohne meine Zustimmung nicht annehmen, sondern bedeutete ihnen, sie sollten sie mir übergeben; ich erlaubte ihm jedoch, sie selbst zu nehmen, denn ich sah bei ihm offensichtliche Anzeichen von ehrenhaften, gerechten Grundsätzen.

Wir bereiteten uns jetzt auf unseren Marsch vor. Der Prinz kam zu mir, wies auf die verschiedenen Himmelsrichtungen und fragte durch Zeichen, wohin wir gehen wollten, und als ich es ihm zeigte, indem ich nach Westen deutete, ließ er mich wissen, dass sich etwas weiter nördlich ein großer Fluss befand, der unsere Barke viele Meilen weit nach Westen hin ins Land tragen konnte; ich nahm den Wink zur Kenntnis und erkundigte mich nach der Mündung dieses Flusses, die, wie ich von ihm erfuhr, etwa einen Tagesmarsch weit entfernt lag; nach unseren Schätzungen befand er sich ungefähr sieben Meilen weit von uns. Ich nehme an, dass es der große Fluss war, den unsere Kartenmacher am nördlichsten Punkt der Küste von Mosambik verzeichnen und der dort Quilloa genannt wird.

Nachdem wir miteinander beratschlagt hatten, beschlossen wir, den Prinzen und so viele Gefangene wie möglich in unserer Fregatte unterzubringen und entlang dem Ufer der Bai zum Fluss zu fahren; acht von uns sollten mit unseren Waffen über Land dorthin marschieren und die Übrigen am Flussufer treffen, denn der Prinz hatte uns zu einer Bodenerhebung begleitet und uns in weiter Ferne deutlich sichtbar den Fluss gezeigt; an einer Stelle waren es nicht mehr als sechs Meilen dorthin.

Mir fiel das Los zu, über Land zu marschieren und der Befehlshaber der ganzen Karawane zu sein. Ich hatte acht unserer Leute bei mir und siebenunddreißig Gefangene ohne Gepäck, denn alle unsere Sachen waren noch an Bord. Wir trieben die jungen Bullen mit uns; es hat wohl kaum jemals zahmere gegeben, die so arbeitswillig und bereit gewesen wären, Lasten zu tragen. Die Gefangenen ritten zu viert auf ihnen, und sie trabten ganz bereitwillig dahin. Sie fraßen uns aus den Händen, leckten uns die Füße und waren so zutraulich wie Hunde.

Wir trieben als Fleischvorrat sechs oder sieben Kühe mit uns, aber unsere Neger wussten nichts vom Einsalzen und Trocknen des Fleischs, um es haltbar zu machen, bis wir es ihnen zeigten, und dann waren sie gern dazu bereit, solange unser Salzvorrat reichte, und sie trugen auch das Salz sehr weit, nachdem wir festgestellt hatten, dass wir keines mehr fänden.

Für uns, die wir über Land gingen, war der Marsch zum Flussufer leicht, und wir erreichten es in einem Tag, denn die Entfernung betrug, wie gesagt, nur sechs englische Meilen, wohingegen die anderen ganze fünf Tage brauchten, um über das Wasser zu uns zu gelangen, weil der Wind sie in der Bai im Stich gelassen hatte und der Weg wegen eines großen Flussbogens ungefähr fünfzig Meilen weit war.

Wir verbrachten die Zeit mit etwas, worauf die Gefangenen durch die beiden Fremden, die dem Prinzen die zwei Lanzen gebracht hatten, gekommen waren: Wir stellten nämlich aus den Ziegenhäuten Flaschen her, um Trinkwasser darin mitzuführen, denn anscheinend wussten sie, dass es uns später mangeln würde, und die Männer taten es so geschickt, dass, bis das Schiff anlegte, jedem von ihnen ein aus den getrockneten Häuten, die ihnen diese beiden Leute gebracht hatten, gefertigter Beutel für Trinkwasser von der Schulter hing. Er sah aus wie eine Blase und war an einem ungefähr drei Zoll breiten, aus anderen Häuten gemachten Riemen befestigt, der dem Trageriemen einer Flinte glich.

Unser Prinz hatte, damit wir sicher waren, dass seine Leute uns auf diesem Marsch Treue erwiesen, befohlen, dass jeweils zwei mit den Handgelenken aneinandergebunden werden sollten, wie wir in England Gefangenen Handfesseln anlegen, und er überzeugte sie von der Vernünftigkeit der Sache, indem er es sie selbst ausführen ließ und vier von ihnen ernannte, welche die Übrigen banden; wir fanden sie jedoch so ehrlich und besonders ihm gegenüber so gehorsam, dass wir sie freiließen, nachdem wir uns von ihrer Heimat ein wenig entfernt hatten. Als er zu uns stieß, wollte er jedoch, dass sie wieder gebunden würden, und sie blieben es eine ziemlich lange Weile.

Das ganze Land am Flussufer war hoch gelegen und wies keinerlei moorigen Sumpf auf, das Gras war gut, und wo immer wir vorbeikamen oder wohin wir auch blickten, überall weidete viel Vieh darauf; es gab kaum Wald, jedenfalls nicht in unserer Nähe, in größerer Entfernung aber sahen wir Eichen, Zedern und Pinien, von denen einige sehr hoch waren.

Der Fluss, eine schöne offene Wasserstraße, war etwa so breit wie die Themse unterhalb von Gravesend, mit einer stärken Flutströmung, die, wie wir feststellten, ungefähr sechzig Meilen weit anhielt; die Fahrrinne war tief, und wir litten sehr lange keinen Wassermangel. Kurz, wir fuhren frohen Muts mit der Flut stromaufwärts, und noch immer wehte ein frischer Wind aus Ost und Ostnordost.

Wir hielten auch mit Leichtigkeit der Ebbe stand, besonders, solange der Fluss noch so breit und tief war; als wir aber über den Punkt hinauskamen, den die Flutwelle erreichte, und die natürliche Strömung des Flusses gegen uns hatten, fanden wir, dass sie zu stark für uns war, und begannen daran zu denken, unsere Barke zu verlassen. Der Prinz aber war damit durchaus nicht einverstanden, und als er sah, dass wir an Bord einen ziemlich guten Vorrat von Stricken hatten, die, wie ich zuvor beschrieben habe, aus Bastfasern und Schilf hergestellt waren, befahl er allen Gefangenen, die sich an Land befanden, die Stricke zu nehmen und uns vom Ufer aus flussaufwärts zu treideln; und da wir auch unser Segel setzten, um ihnen zu helfen, liefen die Männer rasch mit uns voran.

Auf diese Weise trug uns der Fluss nach unserer Berechnung fast zweihundert Meilen weit, und dann wurde er zusehends schmaler und war nicht mehr breiter als die Themse etwa bei Windsor, und nach einem weiteren Tag gelangten wir an einen großen Wasserfall oder Katarakt, der geeignet war, uns Furcht einzujagen, denn ich glaube, die gesamte Wassermasse stürzte auf einmal senkrecht in einen über sechzig Fuß tiefen Abgrund hinab, unter so lautem

Tosen, dass die Menschen davon hätten taub werden können, und wir hörten es schon aus zehn Meilen Entfernung.

Hier mussten wir haltmachen, und nun gingen unsere Gefangenen als Erste an Land. Sie hatten sehr hart und sehr fröhlichen Muts gearbeitet und einander abgelöst, wobei wir diejenigen, die müde waren, in die Barke aufgenommen hatten. Wären wir im Besitz von Kanus oder irgendwelchen Booten gewesen, die Menschenkraft hätte tragen können, dann wären wir in der Lage gewesen, in kleinen Booten noch zweihundert Meilen weit flussaufwärts zu fahren; unser großes Schiff aber vermochte sich nicht mehr weiter zu bewegen.

Den ganzen Weg über hatte das Land einen grünen, freundlichen Anblick geboten, wir hatten überall Vieh und auch einige Menschen gesehen, wenn auch nur wenige; so viel bemerkten wir jetzt aber, dass die Leute hier unsere Gefangenen nicht besser verstanden, als wir sie verstehen konnten, da sie anscheinend verschiedenen Völkern mit verschiedenen Sprachen angehörten. Bisher hatten wir noch keine wilden Tiere zu Gesicht bekommen oder zumindest keine, die sich in unsere unmittelbare Nähe wagten; zwei Tage, bevor wir an den Wasserfall gelangten, hatten wir allerdings drei der schönsten Leoparden, die wir je erblickt hatten, am Nordufer des Flusses stehen sehen, während sich alle unsere Gefangenen auf der anderen Seite des Wassers befanden. Als Erster erspähte sie unser Geschützmeister, und er rannte fort, um seine Flinte zu holen und sie mit einer ungewöhnlich großen Kugel zu laden. Dann kam er zu mir und fragte: »Nun, Kapitän Bob, wo ist Euer Prinz?« Daraufhin rief ich diesen. »Sag deinen Leuten«, erklärte der Geschützmeister, »dass sie keine Angst haben sollen. Sag ihnen, sie würden sehen, wie das Ding hier in meiner Hand mit Feuer zu einem der Raubtiere spricht und es veranlasst, sich selbst zu töten.«

Die armen Neger sahen aus, als sollten sie alle getötet werden, ungeachtet dessen, was ihr Prinz zu ihnen sagte; sie standen da, starrten und warteten auf den Ausgang der Sache, als der Geschützmeister plötzlich Feuer gab, und da er ein sehr guter Schütze war, erlegte er das Tier mit zwei Kugeln, die es genau in den Kopf trafen. Sobald das Leopardenweibchen fühlte, dass es getroffen war, bäumte es sich auf, sodass es aufrecht auf den Hinterbeinen stand, schlug mit den Vorderpfoten in die Luft, fiel knurrend und sich wehrend auf den Rücken und war sogleich tot; die anderen beiden flohen, durch das Feuer und den Knall erschreckt, und waren im Augenblick außer Sicht.

Die beiden erschrockenen Leoparden waren jedoch nicht halb so verängstigt wie unsere Gefangenen; vier oder fünf von diesen fielen zu Boden, als seien sie getroffen, und mehrere andere warfen sich auf die Knie und erhoben die Hände zu uns – ob nun, um uns anzubeten oder um uns anzuflehen, sie nicht zu töten, wussten wir nicht; aber wir bedeuteten ihrem Prinzen durch Zeichen, sie zu beruhigen, und er tat es, brachte sie jedoch nur mit viel Mühe zu Verstand. Ja, trotz allem, was wir gesagt hatten, um ihn vorzubereiten, fuhr beim Knall der Flinte sogar der Prinz auf, als wolle er in den Fluss springen.

Da wir das Tier nun tot daliegen sahen, bekam ich Lust auf sein Fell und machte dem Prinzen Zeichen, er solle einige seiner Leute hinüberschicken, um es zu häuten. Sobald er nur ein Wort gesagt hatte, wurden vier Männer, die sich dazu erboten hatten, von ihren Fesseln befreit, und sie sprangen sogleich ins Wasser, schwammen hinüber und machten sich an die Arbeit. Der Prinz, der ein Messer besaß, das wir ihm geschenkt hatten, stellte damit vier so geschickt gearbeitete hölzerne Messer her, wie ich sie noch nie im Leben gesehen hatte, und nach kaum einer Stunde brachten sie mir das Leopardenfell, das riesengroß war, denn es maß von den Ohren bis zum Schwanz etwa sieben Fuß, war am Rücken fast fünf Fuß breit und überall wunderschön gefleckt. Dieses Leopardenfell brachte ich viele Jahre später mit nach London.

Wir waren, was unsere Weiterreise betraf, jetzt alle gleichgestellt, da wir kein Schiff mehr hatten, denn unsere Barke wollte nicht weiterschwimmen und war zu schwer, als dass man sie hätte auf dem Rücken tragen können. Da wir aber feststellten, dass der Fluss noch viel länger war, berieten wir mit unseren Zimmerleuten, ob wir das Schiff nicht zerlegen und drei oder vier kleine Boote daraus bauen könnten, um mit ihnen weiterzufahren. Sie erklärten uns, das sei möglich, nähme aber viel Zeit in Anspruch, und wenn wir es geschafft hätten, verfügten wir weder über Pech oder Teer, um sie wasserdicht zu machen, noch über Nägel, um die Planken zu befestigen. Einer aber sagte, sobald er einen großen Baum am Flussufer fände, wolle er uns in einem Viertel der Zeit ein oder zwei Kanus bauen, die uns für unsere Zwecke ebenso nützlich sein würden wie Boote; und wenn wir damit an einen Wasserfall gelangten, könnten wir sie aufheben und eine Meile oder zwei auf den Schultern über Land tragen.

Daraufhin gaben wir den Gedanken an unsere Fregatte auf, zogen sie in einen Schlupfhafen oder eine Einbuchtung an der Mündung eines kleinen Baches, der in den Strom floss, und legten sie für diejenigen auf, die nach uns kämen; dann begannen wir unseren Marsch. Zwei Tage verbrachten wir damit, das Gepäck aufzuteilen und unsere zahmen Büffel sowie unsere Neger zu beladen. Unser Pulver und unsere Munition, mit denen wir am sorgfältigsten umgingen, brachten wir folgendermaßen unter: Zuerst verteilten wir das Pulver in kleine Ledersäcke, das heißt Beutel aus getrockneten Häuten, mit dem Fell nach innen, damit das Pulver nicht nass wurde; danach legten wir diese Beutel in andere, aus sehr dicken und harten Ochsenhäuten gefertigte, mit dem Fell nach außen, damit keine Feuchtigkeit eindrang, und dies erwies sich als so gut, dass unser Pulver auch bei den stärksten Regenfällen, die wir erlebten, darunter einige sehr heftige und lang andauernde, stets trocken blieb. Neben diesen Beuteln, die unseren Hauptvorrat enthielten, teilten wir an jeden von uns ein viertel Pfund Pulver und ein halbes Pfund Blei aus, die wir stets bei uns trugen. Dies genügte für unseren gegenwärtigen Bedarf, denn wir wollten wegen der Hitze nicht mehr Gewicht schleppen, als unbedingt notwendig war.

Solange wir uns am Flussufer aufgehalten hatten, gab es für uns nur wenig Berührung mit den Einwohnern des Landes, denn da wir unsere Barke auch mit ausreichenden Vorräten ausgestattet hatten, brauchten wir uns nicht außerhalb nach Proviant umzusehen. Jetzt aber, wo wir den Fußmarsch unternahmen, waren wir gezwungen, uns häufig nach Nahrung umzutun. Der erste Ort, auf den wir am Fluss stießen und wo wir haltmachten, war eine kleine Ortschaft, die aus ungefähr fünfzig Hütten bestand, und etwa vierhundert Menschen erschienen, denn alle kamen heraus, um uns zu sehen und zu bestaunen. Als unsere Neger auftauchten, begannen die Einwohner zu ihren Waffen zu laufen, denn sie vermuteten einen feindlichen Überfall. Die Unsrigen erklärten ihnen jedoch, obgleich sie ihre Sprache nicht beherrschten, durch Zeichen, sie seien ja unbewaffnet und als Gefangene zu zweit aneinandergebunden; hinter ihnen aber befänden sich Leute, die von der Sonne gekommen seien und sie alle töten und wieder lebendig machen könnten, wenn sie wollten. Sie würden ihnen indessen nichts tun und kämen in friedlicher Absicht. Sobald sie dies verstanden hatten, legten sie ihre Lanzen, Bogen und Pfeile nieder, näherten sich, steckten als Friedenszeichen zwölf große Stangen in den Boden und verbeugten sich vor uns, um ihre Unterwerfung auszudrücken. Sobald sie aber weiße Männer mit Bärten erblickten, das heißt mit Schnurrbärten, rannten sie schreiend davon, als fürchteten sie sich.

Wir hielten uns in einiger Entfernung von ihnen, um allzu große Vertraulichkeit zu vermeiden, und wenn wir erschienen, dann immer nur zu zweit oder zu dritt. Unsere Gefangenen gaben ihnen zu verstehen, dass wir Proviant von ihnen forderten, und sie brachten uns einige schwarze Rinder, denn dort haben die Leute überall Kühe und Büffel in reichlicher Anzahl, und es gibt in diesem Land auch viele Rehe. Unser Messerschmied, der jetzt eine große Anzahl seiner Arbeiten vorrätig hatte, gab ihnen einigen kleinen Krimskrams, wie Scheiben aus Silber und Eisen, die er zu Karo, Herzen und Ringen zurechtgeschnitten hatte, und es erfreute sie sehr. Sie brachten auch ein paar Früchte und Wurzeln; zwar kannten wir sie nicht, aber unsere Neger ließen sie sich munden, und als wir sie davon essen sahen, taten wir es ebenfalls.

Nachdem wir uns hier mit so viel Fleisch und Wurzelgemüse versorgt hatten, wie wir zu tragen vermochten, teilten wir die Lasten unter unseren Gefangenen auf und bürdeten jedem Mann etwa vierzig Pfund Gewicht auf, was, wie wir glaubten, für ein heißes Land schwer genug war, und sie murrten keineswegs darüber, sondern halfen einander zuweilen, sobald sie müde wurden, was hin und wieder vorkam, wenn auch nicht oft. Da der größte Teil ihres Gepäcks aus unserem Proviant bestand, wurde es außerdem – wie Asops Brotkorb – täglich leichter, bis wir die Vorräte wieder auffüllen konnten. Übrigens banden wir ihnen die Hände los, wenn wir sie beluden, und fesselten je zwei von ihnen mit einem Fuß aneinander.

Am dritten Tag unseres Marsches, nachdem wir diesen Ort verlassen hatten, wünschte unser oberster Zimmermann, dass wir haltmachten und einige Hütten errichteten, weil er ein paar passende Bäume entdeckt und beschlossen hatte, uns Kanus daraus zu bauen, denn er wusste, so sagte er zu mir, dass wir einen ziemlich langen Fußmarsch bewältigen mussten, wenn wir erst einmal den Fluss verlassen hatten, und er war entschlossen, nicht weiter über Land zu marschieren, als unbedingt notwendig war.

Kaum hatten wir Befehl gegeben, unser kleines Lager zu errichten, und unseren Gefangenen erlaubt, ihre Lasten niederzulegen, als sie sich auch schon an die Arbeit machten, unsere Hütten zu bauen, und obwohl sie, wie oben beschrieben, gefesselt waren, stellten sie sich dabei doch so geschickt an, dass es uns erstaunte. Hier befreiten wir einige gänzlich von ihren Fesseln, da sich der Prinz für ihre Treue verbürgt hatte, und mehreren von diesen befahlen wir, den Zimmerleuten zu helfen, was sie mit ein bisschen Anleitung sehr gewandt taten. Andere sandten wir aus, damit sie sich umsahen, ob sie hier in der Gegend irgendwelche Vorräte beschaffen konnten, aber anstatt mit Vorräten kehrten drei von ihnen mit zwei Bogen und Pfeilen sowie mit fünf Lanzen zurück. Es fiel ihnen nicht leicht, uns verständlich zu machen, wie sie dazu gekommen waren; sie hatten angeblich ein paar Frauen überrascht, die sich in einigen Hütten aufhielten und deren Männer abwesend waren, und sie hatten die Lanzen und Bogen in den Hütten oder Häusern gefunden, während die Frauen und Kinder bei ihrem Anblick geflohen waren, da sie sie für Räuber hielten. Wir sagten ihnen, dass wir sehr zornig auf sie waren, veranlassten den Prinzen, sie zu fragen, ob sie nicht etwa Frauen und Kinder getötet hätten, und ließen sie glauben, wenn sie jemand getötet hätten, müssten wir sie zwingen, sich gleichfalls umzubringen, aber sie versicherten uns ihre Unschuld, und so verziehen wir ihnen. Dann überreichten sie uns die Bogen, Pfeile und Lanzen; aber auf einen Wink ihres schwarzen Prinzen hin gaben wir ihnen Bogen und Pfeile zurück, mit der Erlaubnis, loszugehen und Umschau zu halten, ob sie irgendetwas Essbares erlegen konnten. Hier machten wir ihnen die Gesetze klar, was die Waffen betraf: nämlich wenn jemand sie angriff, auf sie schoss oder sie mit Gewalt bedrohte, durften sie ihn töten; sie durften aber niemanden töten oder verletzen, der ihnen Frieden anbot oder die Waffen niederlegte, und auf keinen Fall Frauen oder Kinder. So lauteten unsere Kriegsregeln.

Diese beiden Burschen waren noch nicht länger als drei oder vier Stunden fort gewesen, als einer von ihnen ohne Bogen und

Pfeile zu uns gerannt kam und schon eine ganze Weile, bevor er uns erreichte, rief und brüllte: »Okoamo, okoamo!«, was anscheinend »Hilfe, Hilfe!« bedeutete. Die Übrigen erhoben sich rasch und eilten, so gut sie es vermochten, jeweils zu zweit auf ihren Kameraden zu, um zu erfahren, was geschehen war. Mir selbst und auch allen unseren Leuten war es rätselhaft; der Prinz sah aus, als habe sich etwas Unglückseliges ereignet, und einige unserer Leute nahmen ihre Waffen zur Hand, um für alle Fälle bereit zu sein. Aber sie erfuhren bald, was geschehen war, denn kurz darauf sahen wir vier, mit einer großen Last Fleisch beladen, zurückkehren. Folgendes hatte sich ereignet: Jene beiden, die sich mit Bogen und Pfeilen auf den Weg gemacht hatten, waren in der Ebene auf ein großes Rudel Rehe gestoßen und hatten drei davon erlegt, und nun kam einer zu uns gerannt, damit wir ihnen halfen, die Tiere herbeizuschleppen. Dies war das erste Rehwild, dem wir bei unserem ganzen Marsch begegnet waren, und wir taten uns daran gütlich. Hier überredeten wir unseren Prinzen zum ersten Mal dazu, das Fleisch, auf unsere Weise zubereitet, zu essen, und danach ließen sich seine Leute durch sein Beispiel bewegen, es gleichfalls zu tun, während sie zuvor fast ihr gesamtes Fleisch roh gegessen hatten.

Wir wünschten jetzt, wir hätten ein paar Bogen und Pfeile mitgebracht, was wir hätten tun können, und begannen unseren Negern so viel Vertrauen zu schenken und uns so an sie zu gewöhnen, dass wir sie häufig frei von ihren Fesseln gehen ließen, oder zumindest den größten Teil von ihnen, in der Gewissheit, dass sie uns nicht verlassen würden und auch nicht wussten, wohin sie sich ohne uns wenden sollten. Nur mit einer Sache wollten wir sie nicht betrauen, und das war das Laden unserer Flinten; sie glaubten vielmehr stets, unsere Flinten hätten irgendeine himmlische Macht in sich, die Feuer und Rauch ausspie, mit schrecklicher Stimme sprach und aus der Entfernung tötete, wann immer wir sie dazu aufforderten.

Nach ungefähr acht Tagen hatten wir drei Kanus fertig, und darin schifften wir Weiße uns zusammen mit dem Gepäck, unserem Prinzen und einigen der Gefangenen ein. Wir hielten es auch für notwendig, dass immer ein paar von uns an Land blieben, nicht nur, um die Neger zu beaufsichtigen, sondern auch, um sie vor Feinden und wilden Tieren zu beschützen. Auf diesem Marsch gab es viele kleine Zwischenfälle, die sich unmöglich alle in meinem Bericht wiedergeben lassen; insbesondere sahen wir jetzt mehr wilde Tiere als zuvor, ein paar Elefanten und zwei oder drei Löwen, Arten, denen wir zuvor nicht begegnet waren, und wir stellten fest, dass unsere Gefangenen sich viel mehr vor ihnen fürchteten als wir, vor allem, weil sie weder Bogen, Pfeile noch Lanzen hatten – die Waffen, an deren Gebrauch sie von klein auf gewöhnt waren.

Wir heilten sie jedoch von ihrer Furcht, indem wir mit unseren Feuerwaffen stets bereit waren. Da wir aber sparsam mit unserem Pulver umgehen wollten und uns das Töten der wilden Tiere jetzt keinen Vorteil brachte, weil die Felle zu schwer waren, als dass wir sie hätten tragen können, und sich ihr Fleisch nicht genießen ließ, beschlossen wir, bei einigen unserer Flinten nur Pulver aufzuschütten, ohne sie zu laden, und wenn wir es in der Zündpfanne aufflammen ließen, fuhren die Bestien, sogar die Löwen, bei diesem Anblick stets zurück, machten kehrt und liefen sogleich davon.

Wir kamen hier am oberen Teil des Flusses an vielen Einwohnern vorbei, und es war bemerkenswert, dass wir fast alle zehn Meilen auf einen anderen Volksstamm stießen, und jeder sprach seine eigene Sprache, oder aber ihre Sprache hatte unterschiedliche Dialekte, sodass sie einander nicht verstanden. Alle besaßen viel Rindvieh, besonders am Flussufer, und am achten Tag dieser zweiten Flussfahrt gelangten wir durch eine kleine Ortschaft, wo die Eingeborenen eine reisähnliche Kornart, die sehr süß schmeckte, angepflanzt hatten. Da uns die Einheimischen davon gaben, bereiteten wir daraus tadellose Brotlaibe, zündeten ein Feuer an und buken sie, nachdem die Glut fortgefegt war, recht gut auf dem Boden. Von da an litten wir keinerlei Mangel mehr an irgendeinem Proviant, den wir uns hätten wünschen können.

Da unsere Neger die Kanus zogen, kamen wir ziemlich rasch voran; nach unseren Berechnungen konnten es nicht weniger als zwanzig bis fünfundzwanzig englische Meilen am Tag sein. Der Fluss war auch weiterhin von der gleichen Breite und sehr tief, bis wir am zehnten Tag wieder an einen Wasserfall gelangten, denn eine Hügelkette kreuzte den Flusslauf, und das Wasser kam auf eine merkwürdige Weise von einer Stufe zur anderen die Felsen hinabgestürzt, sodass das Ganze eine Kette von Katarakten bildete, wie eine Kaskade, nur dass die Wasserfälle zuweilen eine Viertelmeile voneinander entfernt lagen und ihr Dröhnen undeutlich und beängstigend klang.

Wir dachten, nun habe die Schifffahrt für uns ein Ende gefunden, aber als drei von uns zusammen mit zwei Negern an einer anderen Stelle die Hügel bestiegen, um einen Überblick über den Verlauf des Flusses zu gewinnen, stellten wir fest, dass er, wenn wir ungefähr eine halbe Meile zu Fuß marschierten, wieder gut schiffbar wurde und vermutlich noch eine Weile so blieb. So riefen wir alle Mann zur Arbeit, luden unsere Fracht aus und zogen unsere Kanus an Land, um festzustellen, ob wir sie tragen konnten.

Bei dem Versuch ergab sich, dass sie sehr schwer waren; unsere Zimmerleute aber hieben in nur eintägiger Arbeit so viel Holz von der Außenseite der Boote ab, dass sie bedeutend leichter wurden und dabei doch ebenso gut schwammen wie zuvor. Als dies getan war, hoben zehn mit Stangen ausgerüstete Leute eins der Kanus auf und trugen es ohne Schwierigkeiten. Daraufhin befahlen wir zwanzig Mann an jedes Kanu, damit jeweils zehn die anderen ablösen konnten, und so trugen wir alle Kanus und ließen sie wieder zu Wasser; danach holten wir unser Gepäck und beluden sie von Neuem damit, das Ganze an einem Nachmittag, und am nächsten

Morgen machten wir uns wieder auf den Weg. Nach vier Tagen Treidelfahrt bemerkte der Geschützmeister, der unser Lotse war, dass wir nicht genau den richtigen Kurs einhielten, denn der Fluss wand sich ein wenig nach Norden, und er machte uns darauf aufmerksam. Wir wollten jedoch den Vorteil des Transports zu Wasser nicht aufgeben, wenigstens nicht, solange wir nicht dazu gezwungen waren, und so bewegten wir uns langsam weiter; der Fluss diente uns noch etwa sechzig Meilen, dann aber wurde er schmal und seicht, nachdem wir an den Mündungen mehrerer kleiner Bäche oder Rinnsale, die sich in den Fluss ergossen, vorbeigekommen waren, und schließlich wurde der Fluss selbst zum Bach.

Wir treidelten, solange unsere Boote schwimmen wollten, noch zwei Tage bachaufwärts und hatten so etwa zwölf Tage auf diesem letzten Teil des Flusses verbracht, indem wir die Boote entlastet und das Gepäck ausgeladen hatten, das wir die Neger tragen ließen, denn wir wollten es uns möglichst lange leicht machen; nach diesen zwei Tagen aber gab es, kurz gesagt, nicht einmal mehr genügend Wasser, dass eine Londoner Fähre darauf hätte schwimmen können.

Nun zogen wir ausschließlich an Land weiter, ohne jede Aussicht einer weiteren Beförderung zu Wasser. Unsere ganze Sorge um dieses Nass war künftig, uns mit genügend Trinkwasser zu versorgen, und deshalb kletterten wir auf den höchsten Punkt jedes Hügels, in dessen Nähe wir kamen, um das vor uns liegende Land zu übersehen und, so gut wir konnten, die für uns beste Route auszuwählen, auf der wir uns möglichst in den Niederungen und jeweils in der Nähe eines Wasserlaufs halten konnten.

Das Land war auch weiterhin grün, reichlich mit Bäumen bewachsen, von Flüssen und Bächen durchzogen und einigermaßen dicht besiedelt. Während eines ungefähr dreißigtägigen Marsches, nachdem wir unsere Kanus zurückgelassen hatten, verlief alles recht gut; wir legten uns nicht fest, wann wir marschieren und wann wir haltmachen wollten, sondern richteten uns jeweils nach den Erfordernissen unserer Bequemlichkeit sowie der Gesundheit und des Wohlbefindens unserer Leute, sowohl unserer Diener wie auch unserer eigenen.

Ungefähr in der Mitte dieses Marsches gelangten wir in eine tiefgelegene, flache Gegend, in der wir eine größere Anzahl von Einwohnern bemerkten, als wir zuvor irgendwo auf unserem Weg angetroffen hatten, schlimmer aber für uns war, dass wir in ihnen wilde, barbarische, heimtückische Menschen fanden, die uns zuerst als Räuber ansahen und sich in großer Menge zusammenrotteten, um uns zu überfallen.

Unsere Leute waren anfangs sehr vor ihnen erschrocken und begannen eine außergewöhnlich heftige Angst zu zeigen; sogar unser schwarzer Prinz schien sich in großer Verwirrung zu befinden, aber ich lächelte ihm zu, deutete auf einige unserer Gewehre und fragte ihn, ob er nicht glaube, dass dasjenige, was die gefleckte Katze (so nannten sie den Leoparden in ihrer Sprache) zu töten vermochte, auch mit einem Schlag tausend dieser nackten Geschöpfe in den Tod befördern könne? Da lachte er und sagte, jawohl, das glaube er. »Nun, dann sag deinen Leuten, sie sollen sich vor diesen Menschen nicht fürchten, denn wir werden ihnen bald eine Kostprobe von dem geben, wozu wir in der Lage sind, wenn sie es wagen, sich mit uns einzulassen.«

Wir überlegten jedoch, dass wir uns inmitten eines weiten Landes befanden und nicht wussten, wie viele Menschen und Völkerstämme uns umgaben; vor allem wussten wir nicht, wie sehr wir vielleicht die Freundschaft der Leute, unter denen wir uns gegenwärtig aufhielten, noch brauchen würden, und deshalb befahlen wir den Negern, alles zu versuchen, was sie nur konnten, um sie zu Freunden zu machen.

So gingen dann die beiden Männer, die sich Bogen und Pfeile besorgt hatten, und zwei weitere, denen wir die beiden schönen

Lanzen des Prinzen gaben, zusammen mit fünf anderen, die lange Stangen in den Händen trugen, voraus; hinter ihnen bewegten sich zehn unserer Leute auf die nächstgelegene Eingeborenenortschaft zu, und wir alle standen bereit, ihnen zu Hilfe zu eilen, wenn es Anlass dazu geben sollte.

Als sie ziemlich nahe bei den Hütten angelangt waren, stießen sie ihre schrillen Schreie aus und riefen die Bewohner so laut an, wie sie nur konnten. Darauf kamen einige der Männer heraus und antworteten, und gleich danach erschien die ganze Ortschaft – Männer, Frauen und Kinder; unsere Neger mit den langen Stangen gingen ein paar Schritte vor, steckten sie in den Boden und traten dann wieder zurück, was in ihrem Lande ein Friedenszeichen war; die anderen verstanden jedoch dessen Bedeutung nicht. Nun legten die beiden mit Pfeil und Bogen Bewaffneten diese nieder, traten unbewaffnet vor und machten Gebärden des Friedens zu den Einheimischen hin, die endlich zu verstehen begannen. So legten zwei ihrer Männer Pfeile und Bogen nieder und kamen auf unsere Leute zu. Diese machten ihnen alle Zeichen der Freundschaft, die sie sich auszudenken vermochten; einige hoben die Hände zum Mund auf, um anzudeuten, dass sie Lebensmittel haben wollten, und die anderen taten, als seien sie erfreut und freundschaftlich gesinnt, kehrten zu ihren Kameraden zurück und sprachen eine Weile mit ihnen; dann kamen sie wieder näher und gaben durch Gebärden zu verstehen, dass sie noch vor Sonnenuntergang einige Vorräte bringen wollten, und so kehrten unsere Leute für diesmal sehr befriedigt zurück.

Eine Stunde vor Sonnenuntergang begaben sie sich wieder zu den Einheimischen, genau unter den gleichen Umständen wie zuvor; die anderen kamen verabredungsgemäß und brachten Rehfleisch, Wurzeln und dieselbe Sorte reisähnlichen Korns, die ich schon zuvor erwähnte. Unsere Neger, die mit einigem von unserem Messerschmied beigesteuertem Krimskrams ausgerüstet waren, gaben ihnen etwas davon, worüber sie sich unendlich zu freuen schienen, und sie versprachen, am nächsten Tag noch mehr Vorräte zu bringen.

Dementsprechend kehrten sie am folgenden Tag wieder, aber unsere Leute bemerkten, dass ihre Anzahl viel größer war als zuvor. Da wir jedoch zehn Mann ausgeschickt hatten, die sich mit Feuerwaffen bereithielten, und außerdem unsere gesamte Armee in Sichtweite stand, überraschten sie uns nicht sehr; der Verrat der Feinde war auch nicht so geschickt befehligt wie in anderen Fällen, denn sie hätten ja unsere Neger, die nur zu neunt waren, unter der Vorspiegelung friedlicher Absichten umzingeln können. Als sie aber sahen, dass unsere Leute fast bis zu der Stelle vorgingen, an die sie sich am Tag zuvor begeben hatten, nahmen die Schufte rasch Bogen und Pfeile auf und rannten, als wären sie Furien, auf unsere Neger zu. Darauf riefen unsere zehn Männer diesen zu, sie sollten zu ihnen zurückkommen, und das taten sie schleunigst schon beim ersten Wort und stellten sich alle hinter unsere Männer. Während sie flohen, rückten die Einheimischen vor und schossen fast hundert Pfeile auf sie ab, womit sie einen der Unseren verwundeten, und einen glaubten wir getötet. Als sie zu den fünf Stangen gelangten, die unsere Männer in den Boden gesteckt hatten, standen sie eine Weile still, versammelten sich um die Pfähle, betrachteten sie und fassten sie an, als fragten sie sich, was sie wohl bedeuten mochten. Da sandten wir, die wir hinter allen in Reih und Glied standen, einen von uns zu unseren zehn Leuten mit der Anweisung, auf sie zu schießen, während sie so dicht beieinander standen, und neben der gewöhnlichen Ladung etwas Schrot in ihre Flinten zu tun; wir ließen ihnen auch sagen, wir würden sogleich bei ihnen sein.

Daraufhin machten sie sich also bereit; als sie jedoch schussfertig waren, hatte die schwarze Armee aufgehört, um die Stangen zu laufen, und machte Miene, sich in Bewegung zu setzen, als wollte sie vorrücken, obwohl sie nicht wusste, was sie davon halten sollte, dass sie noch weitere Männer in einiger Entfernung hinter unseren Negern stehen sah; aber wenn sie zuvor schon nicht wusste, was sie von uns denken sollte, dann wusste sie es nachher noch weniger, denn sobald unsere Leute sahen, dass sie sich in Bewegung zu setzen begann, schossen sie aus etwa hundertundzwanzig Meter Entfernung, soweit wir zu schätzen vermochten, in den dichtesten Knäuel.

Es ist unmöglich, den Schrecken, das Gebrüll und Gekreische dieser elenden Kerle nach der ersten Salve zu beschreiben. Wir töteten sechs und verwundeten vermutlich elf oder zwölf von ihnen, denn da sie dicht beieinander standen und das Schrot, wie wir es nannten, unter ihnen umherflog, hatten wir Ursache anzunehmen, dass wir noch weitere verwundet hatten, die abseits standen, denn unser Schrot bestand aus kleinen Blei- und Eisenstücken, Nagelköpfen und dergleichen, wie sie uns unser geschickter Mechaniker, der Messerschmied, lieferte.

Was die Toten und Verwundeten betraf, so waren die übrigen bestürzten Kerle aufs Äußerste darüber verwundert, dass wir sie verletzt hatten, denn sie vermochten ja nichts weiter als nur Löcher in ihren Körpern zu sehen, von denen sie nicht wussten, wie sie hineingekommen waren. Außerdem erschreckte das Feuer und der Knall alle Frauen und Kinder und ängstigte sie so, dass sie fast den Verstand verloren, sodass sie mit furchtstarrem Blick und heulend wie Wahnsinnige umherliefen.

All dies veranlasste die Feinde jedoch nicht zur Flucht, was wir hatten erreichen wollen; auch starb keiner von ihnen vor Furcht, wie das bei der ersten Gelegenheit geschehen war, und so beschlossen wir, eine zweite Salve abzugeben und dann wieder, wie damals beim ersten Mal, vorzurücken. Wir verabredeten, dass nur drei Leute auf einmal schießen sollten, während die Männer unserer Reserve vorgingen, und dann wie eine Armee, die Pelotonfeuer abgibt, vorwärts zu marschieren; und da wir uns alle in einer Linie befanden, gaben wir zuerst drei Schüsse auf der Rechten, dann drei auf der Linken ab und so fort. Jedes Mal töteten oder verwundeten wir einige von ihnen, sie liefen jedoch noch immer nicht davon; dabei waren sie aber so verängstigt, dass keiner von ihnen Pfeil und Bogen oder seine Lanze benutzte. Wir dachten, ihre Anzahl wachse ständig, besonders nach dem Lärm zu urteilen, und so befahl ich unseren Leuten haltzumachen, forderte sie auf, eine ganze Salve abzufeuern und dann zu brüllen, wie bei unserem ersten Kampf, dabei auf sie zuzurennen und sie mit unseren Musketen niederzuschlagen.

Sie waren jedoch auch dafür zu klug, denn sobald wir eine ganze Salve auf sie abgegeben hatten und ein Gebrüll erhoben, rannten alle fort, Männer, Frauen und Kinder, so schnell, dass wir nach wenigen Augenblicken keinen einzigen von ihnen mehr sahen, außer ein paar Verwundeten und Lahmen, die hier und da, wie sie gerade hingefallen waren, sich windend und schreiend auf dem Boden lagen.

Nun betraten wir das Schlachtfeld und stellten dort fest, dass wir siebenunddreißig, darunter drei Frauen, getötet und etwa vierundsechzig, unter ihnen zwei Frauen, verwundet hatten. Verwundet nenne ich diejenigen, die so schwer verletzt waren, dass sie sich nicht fortbewegen konnten, und diese töteten unsere Neger danach kaltblütig auf feige Weise, worüber wir sehr in Zorn gerieten, und wir drohten ihnen, wir würden sie zu ihnen schicken, wenn sie so etwas noch einmal täten.

Viel Beute gab es nicht zu machen, denn alle waren so splitternackt, wie sie auf die Welt gekommen waren – Männer und Frauen; einige trugen Federn im Haar, andere eine Art Reifen um den Hals, sonst aber nichts. Unsere Neger erbeuteten hier jedoch etwas, worüber wir sehr froh waren, nämlich Bogen und Pfeile der Besiegten, von denen sie mehr fanden, als sie gebrauchen konnten, und die den getöteten und verwundeten Männern gehört hatten. Wir befahlen ihnen, sie aufzulesen, und sie waren uns später sehr nützlich. Nach dem Kampf, als unsere Neger nun Bogen und Pfeile besaßen, schickten wir sie in mehreren Trupps auf die Suche nach Proviant aus; das Beste aber war, dass sie uns noch vier junge Bullen oder Büffel brachten, die dazu erzogen waren, Arbeit zu verrichten und Lasten zu schleppen. Sie erkannten sie anscheinend daran, dass die Lasten, die sie getragen hatten, ihnen den Rücken aufgerieben hatten, denn in diesem Land kennt man keine Sättel, die man den Tieren auflegt.

Die Büffel machten es nicht nur unseren Negern leichter, sondern versetzten uns auch in die Lage, mehr Proviant mitzunehmen, und wir beluden sie hier mit einer großen Last von Fleisch und Wurzeln, die wir später nötig brauchten.

In dieser Ortschaft fanden wir einen winzig kleinen jungen Leoparden, der etwa zwei Spannen groß war. Da ihn, so nehme ich an, die Bewohner wie einen Haushund aufgezogen hatten, war er ganz zahm und schnurrte wie eine Katze, wenn man ihn streichelte. Anscheinend fand ihn unser schwarzer Prinz beim Umherschlendern zwischen den verlassenen Häusern oder Hütten, gab sich viel mit ihm ab, fütterte ihn mit einem oder zwei Stücken Fleisch, und der Leopard folgte ihm wie ein Hund; doch davon später noch mehr.

Unter den in der Schlacht Getöteten befand sich einer, der ein dünnes Goldstück oder eine Scheibe trug, die so groß wie ein Sechspennystück war; sie hing ihm an einer kleinen Schnur aus gedrehtem Darm an der Stirn, und wir entnahmen daraus, dass er ein Mann von einer gewissen Bedeutung unter ihnen gewesen sein musste. Darüber hinaus aber veranlasste uns dieses Goldstück zu einer sehr sorgfältigen Suche danach, ob nicht noch mehr dergleichen dort zu finden sei; wir entdeckten aber nichts.

Wir verließen diese Gegend, marschierten etwa vierzehn Tage lang und sahen uns dann gezwungen, eine hohe Bergkette zu besteigen, die beängstigend anzusehen und die erste ihrer Art war, die wir antrafen, und da wir außer unserem kleinen Taschenkompass keinen Führer hatten, genossen wir nicht den Vorteil einer Information darüber, welches wohl der beste und welches der ungünstigste Weg war, sondern mussten nach dem, was wir sahen, urteilen und uns zurechtfinden, so gut wir es vermochten. Bevor wir zu den Bergen gelangten, trafen wir in der Ebene auf mehrere Völkerstämme von wilden und nackten Menschen. Wir fanden sie viel umgänglicher und freundlicher als jene Teufel, die uns gezwungen hatten, mit ihnen zu kämpfen, und obwohl wir von diesen Leuten nur wenig erfahren konnten, verstanden wir durch die Zeichen, die sie uns machten, dass jenseits der Berge eine große Wüste lag mit »viel Löwe«, wie unsere Neger sich ausdrückten, und »viel gefleckte Katze« (so nannten sie den Leoparden), und die Einheimischen gaben uns auch zu verstehen, dass wir Wasser mitnehmen mussten. Bei dem letzten dieser Völkerstämme versorgten wir uns mit so viel Proviant, wie wir nur zu tragen vermochten, da wir ja nicht wussten, was wir zu erdulden hätten, noch wie weit der Weg war; und um so viel Auskünfte wie nur möglich über diesen zu erhalten, schlug ich vor, unter den letzten Einwohnern, die wir finden konnten, einige Gefangene zu machen und sie mitzunehmen, damit sie uns durch die Wüste als Führer dienten, uns halfen, die Vorräte zu schleppen und vielleicht sogar auch neue zu beschaffen. Der Rat war allzu angebracht, als dass man ihn hätte missachten können, und da wir durch unsere stumme Zeichensprache mit den Einheimischen erfuhren, dass am jenseitigen Fuß der Bergkette, bevor wir zu der Wüste gelangten, ein paar Menschen lebten, beschlossen wir, uns, sei es durch lautere oder durch unlautere Mittel, dort Führer zu beschaffen.

Aus einer ungefähren Berechnung schlossen wir, dass wir uns nun siebenhundert Meilen weit von der Küste befanden, von der wir ausgegangen waren. Unseren schwarzen Prinzen befreiten wir an diesem Tag von der Schlinge, in der sein Arm hing, da unser Wundarzt ihn völlig geheilt hatte; der Prinz zeigte ihn in ganz gesundem Zustand seinen Landsleuten, und es erstaunte sie sehr. Auch unsere beiden Verwundeten begannen sich zu erholen und ihre Verletzungen langsam zu heilen, denn unser Wundarzt behandelte sie auf sehr geschickte Weise.

Nachdem wir mit unendlicher Mühe die Berge bestiegen hatten und das dahinterliegende Land überschauten, hätte der Anblick tatsächlich das tapferste Herz, das je geschaffen wurde, erschüttern können. Vor uns lag eine riesige öde Wüste – kein Baum, kein Fluss, nichts Grünes war zu sehen; so weit das Auge blickte, nichts als nur glühend heißer Sand, den der Wind in Wolken umherwirbelte, die Mensch und Tier zu überwältigen drohten. Wir vermochten auch kein Ende dieser Wüste zu erkennen, weder vor uns in der Richtung unseres Weges noch rechts oder links, sodass unsere Leute wahrhaftig den Mut zu verlieren begannen und davon sprachen, wieder umzukehren. Wir konnten auch wirklich nicht daran denken, uns durch ein so schreckliches Gebiet zu wagen, in dem wir nichts als nur den sicheren Tod sahen.

Der Anblick beeindruckte mich ebenso wie die Übrigen, trotzdem aber vermochte ich den Gedanken, wieder umzukehren, nicht zu ertragen. Ich erklärte ihnen, wir seien nun siebenhundert Meilen weit marschiert, und die Vorstellung, den Weg noch einmal zurückzulegen, sei schlimmer als der Tod; und wenn sie glaubten, es sei unmöglich, die Wüste zu durchqueren, dächte ich, wir sollten lieber unsere Marschrichtung ändern und südwärts ziehen, bis wir zum Kap der Guten Hoffnung kämen, oder nach Norden, zum Land am Nil, wo wir vielleicht irgendeine Gelegenheit fänden, zum westlichen Meer hinüberzugelangen; denn gewiss sei ja nicht ganz Afrika eine Wüste.

Unser Geschützmeister, der, wie ich schon berichtete, unser Führer war, was die Ortsbestimmung anging, sagte, er wisse nicht, wie er sich zu dem Vorschlag, bis zum Kap zu wandern, äußern sollte, denn die Entfernung sei riesig groß, nicht unter fünfzehnhundert Meilen von der Stelle, an der wir uns gegenwärtig befanden. Nach seiner Berechnung hätten wir jetzt ein Drittel des Weges bis zur Küste von Angola zurückgelegt, wo wir an den westlichen Ozean kämen und vielleicht die Möglichkeit für eine Heimkehr hätten. Andererseits, so versicherte er und zeigte es uns auf einer Karte, wenn wir uns nach Norden wandten, ragte die Westküste Afrikas über tausend Meilen weit nach Westen hin ins Meer hinaus, sodass wir danach eine ebenso lange und noch längere Landstrecke zu durchqueren hätten, von der wir nicht wussten, ob sie nicht genauso wild, kahl und öde war wie diese hier. Deshalb schlage er alles in allem vor, wir sollten uns durch die vor uns liegende Wüste wagen; vielleicht erwiese sie sich als nicht ganz so groß, wie wir fürchteten. Auf jeden Fall empfehle er, wir sollten überprüfen, wie weit wir mit unseren Vorräten kämen, besonders mit denen an Wasser, und uns nur halb so weit wagen, wie unser Wasser reichte; wenn wir dann feststellten, dass die Wüste kein Ende hätte, könnten wir ohne Gefahr wieder umkehren.

Dieser Rat war so vernünftig, dass wir ihn alle guthießen, und dementsprechend berechneten wir, dass wir in der Lage waren, Vorräte für zweiundvierzig Tage mit uns zu führen, jedoch nur genügend Wasser für zwanzig Tage und dabei annehmen mussten, dass es schon vor dieser Zeit zu stinken begänne. So kamen wir zu dem Schluss, dass wir umkehren wollten, wenn wir innerhalb von zehn Tagen kein Wasser fänden; träfen wir aber auf Wasser, dann konnten wir einundzwanzig Tage weit ziehen, und wenn wir bis dahin kein Ende der Wüste sahen, wollten wir gleichfalls zurückkehren.

Mit dieser Festlegung unserer Maßnahmen stiegen wir die Berge hinab und erreichten die Ebene erst am zweiten Tag. Dort stießen wir aber zu unserem Trost auf einen schönen kleinen Bach mit ausgezeichnetem Wasser, reichlich Rehwild und einer Art von Tieren, die Hasen glichen, aber nicht so behände waren, deren Fleisch wir aber sehr schmackhaft fanden. Die uns gegebene Auskunft erwies sich jedoch als irreführend, denn wir begegneten keinem Menschen, und so machten wir auch keine weiteren Gefangenen, die uns helfen konnten, unser Gepäck zu tragen.

Die unendlich große Anzahl von Rehen und anderen Wildtieren, die wir hier antrafen, war, wie wir feststellten, durch die Nähe des Ödlands oder der Wüste hervorgerufen, aus der sie sich hierher zurückzogen, um Nahrung und Erquickung zu finden. Wir versorgten uns nun mit einem Vorrat an Fleisch und Wurzeln verschiedener Arten, von denen unsere Eingeborenen mehr verstanden als wir und die uns als Brot dienten; des Weiteren mit genügend Wasser für zwanzig Tage (wobei die tägliche Menge für unsere Neger einen Liter je Mann, anderthalb Liter für jeden von uns und drei Liter für unsere Büffel betrug). Derartig für einen langen qualvollen Marsch ausgerüstet, machten wir uns auf, alle bei bester Gesundheit und guten Muts, aber nicht alle gleich stark für eine so große Anstrengung und, zu unserem Kummer, ohne Führer.

Sofort bei unserem Einzug in die Wüste fühlten wir uns sehr entmutigt, denn der Sand war so tief und brannte uns so glühend heiß an den Füßen, dass wir, nachdem wir ungefähr sieben oder acht Meilen weit eher hindurchgewatet, wie ich es nennen möchte, als gegangen waren, alle rechtschaffen müde und erschöpft waren; sogar die Gefangenen legten sich nieder und keuchten schwer wie Tiere, die man über ihre Kraft hinaus angetrieben hatte.

Hier stellten wir fest, dass der Mangel an Unterkünften sehr zu unserem Nachteil war, denn zuvor hatten wir uns zum Schlafen stets Hütten gebaut, die uns vor der in diesen heißen Ländern besonders ungesunden Nachtluft schützten. Hier aber hatten wir nach einem so anstrengenden Marsch kein Dach über dem Kopf, keinerlei Schutz, denn hier gab es keine Bäume, nein, nicht einmal einen Busch in unserer Nähe, und was noch beängstigender war, als es Nacht wurde, hörten wir die Wölfe heulen, die Löwen brüllen und eine große Anzahl wilder Esel schreien sowie andere hässliche Laute, die uns fremd waren.

Da begriffen wir, wie unvorsichtig wir gewesen waren, nicht wenigstens Stangen und Pfähle in den Händen mitgebracht zu haben, mit deren Hilfe wir uns für die Nacht sozusagen mit einem Palisadenzaun hätten umgeben und so wenigstens in Sicherheit hätten schlafen können, welchen anderen Unannehmlichkeiten wir auch ausgesetzt blieben. Wir fanden indessen eine Methode, die unsere Lage ein wenig erleichterte: Zuerst steckten wir die Lanzen und Bogen in den Boden und versuchten ihre Spitzen so weit zusammenzubiegen wie nur möglich, dann hingen wir unsere Mäntel darüber, wodurch wir eine Art armseliges Zelt erhielten. Das Leopardenfell und ein paar andere Felle, die wir besaßen, nebeneinandergelegt, ergaben eine ganz brauchbare Decke, und so legten wir uns zum Schlummer nieder und schliefen für die erste Nacht auch recht fest. Wir sorgten jedoch für eine gute Bewachung. Sie bestand aus zweien unserer eigenen Leute mit ihren Flinten, und wir lösten sie zuerst stündlich und später alle zwei Stunden ab. Das war auch gut so, denn sie stellten fest, dass die Wüste von Raubtieren aller Art wimmelte, von denen einige bis unmittelbar an unsere Zeltstangen kamen. Unsere Wachen hatten aber Anweisung, uns während der Nacht nicht mit Schüssen aufzuschrecken, sondern vor den Bestien Schießpulver in der Zündpfanne aufflammen zu lassen; das taten sie und fanden es sehr wirksam, denn die Tiere trollten sich, wenn auch knurrend und heulend, sobald sie das Feuer sahen, und verfolgten eine andere Beute, nach der sie sich auf der Jagd befanden.

Wenn uns die Wanderung des Tages ermüdet hatte, so ermüdete uns das nächtliche Lager ebenso sehr. Unser schwarzer Prinz erklärte uns jedoch am Morgen, er wolle uns einen Rat geben, und der erwies sich tatsächlich als sehr gut. Er sagte, wir würden alle umkommen, wenn wir uns ohne irgendeinen Schutz für die Nacht auf diesen Marsch und durch diese Wüste begäben; deshalb rate er uns, zum Ufer des kleinen Flusses zurückzukehren, wo wir die vorige Nacht verbracht hatten, und dort zu bleiben, bis wir uns ein paar Häuser, wie er sie nannte, gebaut hätten, die wir mitführen und in denen wir jede Nacht unterkommen könnten. Da er begonnen hatte, unsere Sprache ein wenig zu verstehen, und wir seine Zeichen inzwischen sehr gut deuten konnten, begriffen wir ohne Schwierigkeit, was er meinte und dass wir dort Matten flechten sollten (denn uns fiel ein, dass wir an diesem Ort sehr viele Faserpflanzen oder Bast gesehen hatten, aus denen die Eingeborenen Matten herstellen), wir sollten also große Matten flechten, um damit nachts unsere Hütten oder Zelte zu unserem Schutze zu bedecken.

Wir waren alle einverstanden, seinem Ratschlag zu folgen, und beschlossen sogleich, diesen einen Tagesmarsch weit zurückzukehren; wir kamen überein, lieber weniger Vorräte, dafür aber Matten als Unterkunft für die Nacht mitzuführen. Einige der Behändesten unter uns gelangten mit größerer Leichtigkeit zu dem Fluss zurück als beim Herweg am Tage zuvor; da wir es aber nicht eilig hatten, rasteten die Übrigen, schlugen noch einmal für eine Nacht ein Lager auf und stießen am nächsten Tag zu uns.

Während unseres eintägigen Rückmarschs erlebten diejenigen unserer Leute, die zwei Tage dazu benötigten, etwas sehr Überraschendes, das ihnen einigen Anlass gab, künftig sehr zu überlegen, ob sie sich wieder von uns trennen sollten. Folgendes geschah nämlich: Am Morgen des zweiten Tages sahen sie, als sie kaum eine halbe Meile weit marschiert waren und hinter sich schauten, dass sich dort eine große Staub- oder Sandwolke in die Luft erhob, wie man sie bei uns im Sommer zuweilen über der Landstraße sieht, wenn sie sehr trocken ist und sich eine große Rinderherde nähert – nur sehr viel gewaltiger. Sie konnten auch unschwer feststellen, dass sie sich hinter ihnen herbewegte, und zwar rascher, als sie vor ihr davonzogen. Die Sandwolke war so groß, dass sie nicht festzustellen vermochten, wodurch sie verursacht wurde, und sie schlossen, es müsse wohl eine feindliche Armee sein, die sie verfolgte. Als sie aber überlegten, dass sie ja aus der weiten, unbewohnten Wüste kam, fiel ihnen ein, dass dort unmöglich irgendein Volksstamm oder irgendwelche Menschen Kenntnis von ihnen und ihrer Marschroute haben konnten, und wenn es deshalb eine Armee war, dann musste es eine wie die ihre sein, die zufällig diesen Weg nahm. Andererseits, da sie wussten, dass es dortzulande keine Pferde gab und sie sie doch so schnell herbeikommen sahen, schlossen sie, es müsse irgendeine große Ansammlung wilder Tiere sein, die sich vielleicht zum Bergland begaben, um dort Futter oder Wasser zu finden, und sie infolge ihrer Anzahl alle auffressen oder mit der Vielzahl ihrer Füße zerstampfen würden.

Bei diesem Gedanken beobachteten sie sehr sorgfältig, wohin sich die Wolke zu bewegen schien, und wichen etwas nordwärts von ihrem Weg ab, in der Annahme, dass sie vielleicht an ihnen vorbeizöge. Nach etwa einer Viertelstunde machten sie halt, um sich zu überzeugen, was es wohl sein mochte. Einer von ihnen, ein hurtigerer Bursche als die Übrigen, lief ein kurzes Stück zurück und kam nach wenigen Minuten so rasch angerannt, wie der schwere Sand es zuließ. Durch Zeichen ließ er sie wissen, dass es eine große Herde oder ein Zug, oder wie immer man es nennen wollte, ganz riesiger Elefanten war.

Da unsere Männer diesen Anblick noch nie erlebt hatten, wollten sie ihn sich nicht entgehen lassen, schreckten aber auch vor der Gefahr ein wenig zurück, denn obwohl Elefanten schwere, ungeschlachte Tiere sind, schritten sie doch im tiefen Sand, der ihnen nichts ausmachte, mit großer Geschwindigkeit voran und würden unsere Leute bald erreicht haben, wenn diese, von ihnen verfolgt, hätten weit laufen müssen.

Unter ihnen befand sich unser Geschützmeister, und er hatte nicht übel Lust, nahe an eines der letzten Tiere heranzutreten, ihm seine Flinte ans Ohr zu halten und sie abzufeuern, denn man hatte ihm erzählt, kein Schuss durchdringe die Haut der Elefanten; die Übrigen aber rieten ihm davon ab, aus Furcht, bei dem Knall könnten sich alle anderen Tiere umwenden und sie verfolgen; und so überredeten sie ihn, den Gedanken aufzugeben, und ließen die Elefanten vorbei, was in ihrer Lage auch gewiss das Richtige war.

Die Herde bestand aus zwanzig bis dreißig Tieren, sie waren aber riesig groß, und obwohl sie unseren Leuten mehrfach zeigten, dass sie sie bemerkt hatten, wichen sie doch nicht von ihrem Weg ab und nahmen auch auf keine andere Weise Notiz von ihnen, wie wir sagen würden, außer dass sie zu ihnen hinsahen. Wir, die wir vorausgegangen waren, erblickten ebenfalls die Staubwolke, die sie aufwirbelten; wir dachten jedoch, es sei unsere eigene Karawane, und beachteten sie deshalb nicht; da sie aber in ihrem Lauf ungefähr einen Kompassstrich weit südlich von Ost abwichen und wir genau nach Osten marschierten, zogen sie in einiger Entfernung an uns vorüber, sodass wir sie nicht zu Gesicht bekamen und auch bis zum Abend, als unsere Leute uns erreichten und von ihnen berichteten, nichts von ihnen erfuhren. Dies war uns aber eine nützliche Lehre für unser künftiges Verhalten beim Marsch durch die Wüste, wie der Leser an geeigneter Stelle erfahren wird.

Wir gingen jetzt an die Arbeit, und unser schwarzer Prinz war unser Meister, denn er war selbst ein ausgezeichneter Mattenflechter, und alle seine Leute verstanden diese Arbeit, sodass sie schon bald an die hundert Matten für uns hergestellt hatten, und da jeder von ihnen eine trug, waren sie keine schwere Last, und wir nahmen ihretwegen nicht eine Unze Proviant weniger mit. Am schwersten war es, sechs lange Stangen sowie einige kürzere Pfähle zu tragen; aber sie machten daraus einen Vorteil, denn sie trugen sie jeweils zu zweit und erleichterten sich so den Transport der Vorräte, die sie zu schleppen hatten, sehr, indem sie sie auf zwei Stangen banden und so drei Paare aus ihnen machten. Sobald wir dies sahen, zogen auch wir einen kleinen Vorteil daraus, denn wir hatten drei oder vier Beutel, Flaschen genannt (ich meine die Häute, die als Wasserbehälter dienten), über das hinaus, was die Leute zu tragen vermochten, und wir ließen sie füllen, trugen sie auf diese Art und hatten über einen Tagesvorrat zusätzlich an Wasser für unseren Marsch.

Als wir nun unsere Arbeit beendet, unsere Matten geflochten, unsere Vorräte mit allen notwendigen Dingen aufgefüllt und eine große Anzahl kleiner Seile und Matten für den laufenden Bedarf, der sich vielleicht ergab, hergestellt hatten, machten wir uns wieder auf den Weg, nachdem wir unseren Marsch im Ganzen acht Tage lang mit dieser Angelegenheit unterbrochen hatten. Zu unserer großen Beruhigung fiel in der Nacht vor unserem Aufbruch ein sehr heftiger Regenschauer, dessen Wirkung wir im Sand bemerkten; denn wenn die Hitze eines Tages seine Oberfläche auch ebenso austrocknete wie zuvor, war doch der Untergrund härter, es ging sich leichter darauf, und er brannte weniger an den Füßen, weshalb wir nach unserer Schätzung etwa vierzehn Meilen weit marschierten anstatt nur sieben, und das mit geringerer Anstrengung.

Als wir schließlich unser Lager aufschlugen, hatten wir alles bereit, denn wir hatten zuvor unser Zelt fertig gebaut und es an seinem Herstellungsort probeweise aufgestellt, sodass wir jetzt in weniger als einer Stunde ein großes Zelt errichteten, mit einem inneren und einem äußeren Raum sowie zwei Eingängen. In dem einen Raum lagen wir und in dem anderen unsere Gefangenen; über uns hatten wir leichte, angenehme Matten und unter uns ebensolche. Wir hatten auch draußen einen besonderen Platz für unsere Büffel vorgesehen, denn sie verdienten, dass wir für sie sorgten, da sie uns ja sehr nützlich waren und dazu noch ihr Futter und ihr Wasser trugen. Ihr Futter bestand aus einer Wurzelart, die unser schwarzer Prinz uns zu finden lehrte und die, nicht unähnlich einer Rübe, sehr saftig und nahrhaft war; es gab davon reichlich überall, wohin wir kamen, mit Ausnahme dieser fürchterlichen Wüste.

Als wir am nächsten Morgen unser Lager abbrachen, nahmen unsere Neger die Zeltmatten herunter, zogen die Stangen aus dem Boden, und in ebenso kurzer Zeit, wie wir für den Aufbau benötigt hatten, befand sich alles schon wieder auf dem Marsch. Auf diese Weise zogen wir acht Tage lang weiter und vermochten doch kein Ende, keine Aussicht auf eine Veränderung zu erblicken; alles sah ebenso wüst und öde aus wie zu Beginn. Wenn sich irgendetwas änderte, dann nur der Umstand, dass der Sand nirgendwo so tief und schwer zu durchqueren war wie während der ersten drei Tage. Dies mochte, so dachten wir, wohl daher kommen, dass dort der Wind im Laufe des Jahres sechs Monate lang von Westen her weht (während der anderen sechs bläst er ständig von Osten) und den Sand mit großer Gewalt zu der Wüstenseite hinübertreibt, von der wir ausgezogen waren, und da es dort sehr hohe Berge gibt, hat der Ostmonsun, wenn er weht, nicht die gleiche Kraft, ihn zurückzufegen. Dies bestätigte sich durch die Tatsache, dass wir an der äußersten westlichen Grenze der Wüste ebenso tiefen Sand vorfanden.

Am neunten Tage unseres Marsches durch diese Ödnis erblickten wir einen großen See, und der Leser mag mir glauben, dass wir darüber außerordentlich froh waren, denn wir hatten nur noch Wasser für zwei oder drei Tage bei der knappsten Ration, ich meine, wenn wir Wasser für unsere Rückkehr aufsparten, falls sie notwendig wurde. Unser Wasser hatte zwei Tage länger gereicht, als wir erwartet hatten, denn unsere Büffel hatten an zwei oder drei Tagen eine Art Gras gefunden, das einer breiten, flachen Distel glich, freilich ohne Dornen, sich auf dem Boden ausbreitete und im Sand wuchs; sie fraßen reichlich davon, und das Gewächs stillte zugleich ihren Durst und ihren Hunger.

Am nächsten Tag, dem zehnten seit unserem Aufbruch, kamen wir also ans Ufer dieses Sees, und zwar an seine Südspitze, was für uns ein glücklicher Umstand war, denn nach Norden hin vermochten wir sein Ende nicht zu sehen, und so zogen wir an ihm vorbei, wozu wir drei Tage brauchten, und das half uns sehr, denn es erleichterte unser Gepäck, da wir kein Wasser mitzunehmen brauchten; wir hatten es ja vor den Augen. Obwohl es dort aber so viel Wasser gab, sahen wir in der Wüste kaum eine Veränderung – da wuchs kein Baum, kein Strauch, kein Grün und kein Gras, außer dieser schon erwähnten Distel, wie ich sie nannte, und noch zwei oder drei Pflanzen, die wir nicht kannten und die jetzt in der Wüste ziemlich häufig wurden.

Die Nachbarschaft dieses Sees hatte uns erfrischt, aber wir waren nun unter eine so große Anzahl gefräßiger Bewohner geraten, wie sie ein menschliches Auge ganz gewiss noch nie erblickt hat, denn ich bin fest davon überzeugt, dass seit der Sintflut noch nie ein Mensch oder eine Gruppe von Menschen durch diese Wüste gezogen war, und ebenso fest glaube ich, dass es nirgendwo eine solche Ansammlung wilder, fressgieriger, alles verzehrender Geschöpfe gibt wie dort, ich meine, nicht an einem Ort.

Denn eine Tagesreise bevor wir zu dem See gelangten und während der ganzen drei Tage, als wir daran vorbeizogen, sowie danach noch weitere sechs oder sieben Tagesmärsche lang fanden wir den Boden mit einer ganz unglaublich großen Anzahl von Elefantenzähnen übersät, und da einige von ihnen dort wohl bereits seit Jahrhunderten lagen, weil nämlich das Material, aus dem sie bestehen, kaum jemals zerfällt, mögen sie an dieser Stelle vielleicht bis zum Ende aller Zeiten liegen. Die Größe einiger dieser Zähne sowie auch ihre Anzahl kam so manchen Leuten, denen ich davon berichtete, geradezu unglaubhaft vor, und ich kann dem Leser versichern: ein paar davon waren so schwer, dass auch der stärkste Mann unter uns sie nicht aufzuheben vermochte. Und was ihre

Anzahl betrifft, so lagen dort ohne Zweifel genügend herum, dass man sie auf tausend Segel der größten Schiffe der Welt hätte häufen können, womit ich sagen will, man kann sich ihre Menge gar nicht vorstellen, denn ihr Anblick dauerte während eines Marsches von über achtzig Meilen an, und ihre Lagerstätte mochte sich ebenso weit nach rechts und auch genauso weit oder noch viele Male weiter nach links hin erstrecken; anscheinend ist die Anzahl der Elefanten hier ungeheuer groß. Vor allem an einer Stelle sahen wir den Kopf eines Elefanten mit mehreren Zähnen darin – einen der größten, den ich je erblickt habe; das Fleisch war natürlich schon vor vielen hunderten von Jahren verwest sowie auch alle anderen Knochen, aber drei unserer stärksten Männer vermochten diesen Schädel nicht aufzuheben. Die großen Stoßzähne wogen meines Erachtens wohl mindestens drei Zentner, und besonders bemerkenswert schien mir meine Beobachtung, dass der ganze Schädel aus ebenso gutem Elfenbein bestand wie die Zähne, und er wog, wie ich annehme, alles in allem mindestens sechs Zentner. Nach derselben Regel könnten wohl alle Knochen des Elefanten aus Elfenbein sein, aber ich glaube, dagegen lässt sich einwenden, dass das Beispiel, das wir vor uns hatten, es widerlege, denn dann hätten sich ja auch alle übrigen Knochen des Elefanten und nicht nur sein Schädel dort befunden.

Ich schlug unserem Geschützmeister vor, wir sollten angesichts der Tatsache, dass wir jetzt vierzehn Tage ohne Unterbrechung marschiert waren, hier Wasser hatten, um unseren Durst zu stillen, bisher nicht unter Mangel an Lebensmitteln litten und ihn auch nicht befürchten mussten, unseren Leuten ein wenig Ruhe gönnen und uns gleichzeitig umsehen, ob wir an diesem Ort vielleicht irgendwelches zu unserer Nahrung geeignetes Wild erlegen konnten. Der Geschützmeister, der in solchen Dingen umsichtiger war als ich, hieß den Vorschlag gut und setzte hinzu, vielleicht sollten wir auch versuchen, im See ein paar Fische zu fangen. Das Erste, was wir dann tun mussten, war, uns zu bemühen, Angelhaken herzustellen, und dies forderte das Äußerste von unserem Mechaniker; nach einiger Arbeit und manchen Schwierigkeiten gelang es ihm jedoch, und wir fingen mehrere Sorten frischer Fische. Derjenige, der den See und die ganze Welt geschaffen hat, weiß allein, wie sie dorthin gelangt waren, denn ganz gewiss hatte keine Menschenhand sie jemals hineingesetzt noch einige herausgeholt.

Wir fingen nicht nur genügend, um sie uns gegenwärtig gut schmecken zu lassen, sondern trockneten auch eine Anzahl großer Fische – von welchen Arten, vermag ich nicht zu sagen – in der Sonne, wodurch wir unseren Vorrat an Proviant erheblich vergrößerten, denn die Sonnenhitze dörrte sie ohne jedes Salz so gründlich, dass sie innerhalb eines Tages völlig haltbar, trocken und hart waren.

Wir ruhten uns hier fünf Tage lang aus und hatten während dieser Zeit so manches belustigende Erlebnis mit den wilden Tieren – öfter, als ich hier erzählen kann. Eins davon war etwas Besonderes: ein Wettlauf zwischen einem Löwenweibchen oder einer Löwin und einem großen Reh, und obwohl dieses von Natur aus ein sehr gewandtes Tier ist, an uns vorbeiraste wie der Wind und einen Vorsprung von vielleicht dreihundert Yard vor der Löwin hatte, sahen wir doch, dass diese sich ihm dank ihrer Kraft und ihrer guten Lungen immer mehr näherte. Sie stürmten im Abstand von einer Viertelmeile an uns vorbei; wir behielten sie noch eine gute Weile im Auge und hatten sie schon aufgegeben, da kamen sie zu unserer Überraschung etwa eine Stunde später an unserer anderen Seite wieder zurückgejagt, und nun war die Löwin nur noch dreißig oder vierzig Yard von dem Reh entfernt. Beide rannten mit äußerster Anstrengung, das Reh erreichte den See, sprang hinein und schwamm nun um sein Leben, wie es zuvor darum gelaufen war.

Die Löwin setzte ihm nach ins Wasser, schwamm ein kurzes Stück hinter ihm her, kehrte dann aber um, und als sie wieder an

Land gelangt war, ließ sie ein so fürchterliches Gebrüll ertönen, wie ich es noch nie im Leben gehört hatte, so als sei sie wütend über den Verlust ihrer Beute.

Wir gingen stets am Morgen und am Abend ins Freie und erholten uns während des übrigen Tages im Zelt. Eines frühen Morgens aber sahen wir einen anderen Wettlauf, der uns unmittelbarer anging als der erste, denn unser schwarzer Prinz wurde, als er das Seeufer entlangging, von einem riesengroßen Krokodil verfolgt, das aus dem Wasser kam und sich auf ihn stürzen wollte, und obwohl er sehr behände lief, hatte er doch alle Mühe, dem Tier zu entkommen. Er rannte, so schnell er es vermochte, auf uns zu, und wir wussten wahrhaftig nicht, was wir tun sollten, denn man hatte uns erzählt, dass keine Kugel in ein Krokodil eindringen könne, und zunächst fanden wir das bestätigt, denn obgleich drei unserer Leute auf die Bestie schossen, kümmerte sie sich nicht darum; mein Freund, der Geschützmeister, aber, der ein wagemutiger Bursche mit kühnem Herzen und großer Geistesgegenwart war, trat so nahe an das Tier heran, dass er ihm die Mündung seiner Flinte ins Maul stoßen konnte, gab Feuer, ließ dann jedoch seine Waffe fallen und rannte noch im Augenblick des Abfeuerns davon, so rasch er nur konnte. Das Krokodil tobte eine ganze Weile, ließ seine Wut an der Flinte aus und grub die Spuren seiner Zähne sogar in das Eisen ein; nach einiger Zeit aber erschlaffte es und verendete.

Unsere Neger streiften während dieser ganzen Zeit auf der Suche nach Wild am Seeufer entlang und erlegten schließlich drei Rehe für uns, darunter ein sehr großes, während die anderen beiden klein waren. Auf dem See gab es auch Wasservögel; wir gelangten jedoch niemals nahe genug zu ihnen heran, um sie zu schießen, und was die Wüste betraf, so sahen wir darin keine Vögel, sondern gewahrten sie nur am See.

Wir erlegten auch drei oder vier Zibetkatzen; ihr Fleisch gleicht jedoch dem schlimmsten Aas. Aus der Ferne erblickten wir viele

Elefanten und beobachteten, dass sie stets in großer Gesellschaft, das heißt in beträchtlicher Anzahl gemeinsam wanderten, und immer in gut auseinandergezogener Kampflinie. Man sagt, dies sei ihre Art, sich vor Feinden zu schützen, denn wenn Löwen oder Tiger, Wölfe oder andere Bestien sie angreifen, stellen sie sich in einer manchmal fünf oder sechs Meilen langen Linie auf, und alles, was ihnen in die Quere kommt, wird mit Gewissheit von ihren Füßen zertrampelt, von ihren Rüsseln in Stücke geschlagen oder in die Luft geschleudert, sodass auch hundert des Wegs kommende Löwen oder Tiger, wenn sie auf eine Linie von Elefanten treffen, stets schleunigst kehrtmachen, bis sie genügend Platz sehen, um rechts oder links an ihnen vorbeizulaufen. Ansonsten gelänge es auch nicht einem von ihnen zu entkommen, denn der Elefant ist zwar ein plumpes Tier, aber mit dem Rüssel so gewandt und flink, dass er unfehlbar auch den schwersten Löwen oder irgendein anderes wildes Tier aufhebt, es über seinen Rücken hoch in die Luft schleudert und dann mit den Füßen zu Tode trampelt. Wir erblicken mehrere solcher Kampflinien; eine war so lang, dass ihr Ende nicht abzusehen war, und ich glaube, dass dort vielleicht zweitausend Elefanten in einer Reihe oder Linie gingen. Sie sind keine Beutejäger, sondern leben wie Ochsen von den Gräsern des Feldes, und man sagt, dass ihnen trotz ihrer Größe doch eine kleinere Menge Heu genügt, als sie ein Pferd braucht.

Die Anzahl dieser Tiere dort in der Gegend ist unvorstellbar groß, wie aus der gewaltigen Menge von Zähnen zu schließen ist, die wir in der weiten Wüste sahen; wir fanden hundertmal so viel Elefantenzähne wie Zähne anderer Tiere.

Eines Abends erlebten wir eine große Überraschung. Die meisten von uns hatten sich bereits zum Schlafen auf die Matten gelegt, als unsere Wachen zu uns gerannt kamen, erschreckt von dem plötzlichen Gebrüll einiger Löwen, die dicht neben ihnen aufgetaucht waren und die sie anscheinend, da die Nacht sehr finster war, nicht gesehen hatten, bis sie sich unmittelbar neben ihnen befanden. Es war, wie sich erwies, ein alter Löwe mit seiner ganzen Familie, denn außer dem alten König, der ungeheuer groß war, befanden sich auch die Löwin und drei Junge dort. Eines der kräftig gewachsenen Jungen sprang an einem Wachhabenden hoch, der das Tier bis dahin noch nicht bemerkt hatte; er schrie voller Angst und kam ins Zelt gerannt. Unser zweiter Mann, der ein Gewehr hatte, war zunächst nicht geistesgegenwärtig genug, um auf den Löwen zu schießen, sondern schlug mit dem Kolben seiner Flinte auf ihn ein, worauf dieser ein wenig winselte und ihn dann entsetzlich anknurrte. Der Mann zog sich jedoch zurück, und da wir sämtlich alarmiert waren, packten drei unserer Leute ihre Flinten, liefen zum Eingang des Zelts, wo sie den großen alten Löwen am Funkeln seiner Augen wahrnahmen, und schossen zuerst auf ihn; sie verfehlten ihn jedoch, wie wir glaubten; jedenfalls töteten sie ihn nicht, denn die Tiere liefen alle davon und erhoben ein fürchterliches Gebrüll, das, als hätten sie um Hilfe gerufen, eine große Anzahl von Löwen und anderen wütenden Bestien, welcher Gattung wussten wir nicht, herbeilockte; wir konnten sie nicht sehen, aber rings um uns erhob sich ein Lärm, Geheul und Gebrüll und erklangen ähnliche Laute der Wildnis, als hätten sich alle Bestien der Wüste versammelt, um uns aufzufressen.

Wir fragten unseren schwarzen Prinzen, was wir mit ihnen tun sollten. »Ich gehen«, sagte er, »und sie alle erschrecken.« Er packte also zwei oder drei unserer schlechtesten Matten, veranlasste einen unserer Leute, Feuer zu schlagen, hing die Matten auf eine lange Stange und zündete sie an; sie loderten draußen eine ganze Weile, und sämtliche Bestien machten sich davon, denn wir hörten sie in großer Ferne brüllen und ihre bellenden Laute von sich geben. »Nun«, sagte unser Geschützmeister, »wenn das genügt, brauchen wir unsere Matten nicht zu verbrennen, die ja unsere Matratzen sind, auf denen wir liegen, und unsere Decken, unter denen wir schlafen. Lasst mich nur machen«, sagte er. Dann kehrte er in unser Zelt zurück und begab sich daran, irgendein künstliches Feuerwerk herzustellen; er gab davon unseren Wachen, damit sie es zur Hand hatten, wenn sie es brauchten. Insbesondere steckte er ein großes Stück griechisches Feuer auf dieselbe Stange, auf die unser schwarzer Prinz die Matte gebunden hatte, zündete es an, und dort brannte es so lange, dass uns alle wilden Tiere vorerst mieden.

Wir begannen jedoch einer solchen Gesellschaft müde zu sein, und um sie loszuwerden, machten wir uns zwei Tage früher auf den Weg, als wir ursprünglich beabsichtigt hatten. Wir stellten nun fest, dass der Boden, obgleich die Wüste kein Ende nahm und wir auch noch kein Anzeichen dafür wahrnehmen konnten, doch jetzt mit irgendeiner Pflanzenart bewachsen war, sodass unser Vieh keinen Mangel litt, und ferner auch, dass mehrere kleine Flüsse in den See mündeten; solange die Gegend flach war, fanden wir hier genügend Wasser, was unsere Traglast sehr verminderte. Wir zogen noch sechzehn Tage weiter, ohne einem Anzeichen von besserem Boden zu begegnen. Danach hob sich das Gelände ein wenig, und das kündigte uns an, dass wir kein Wasser mehr finden würden, und deshalb füllten wir aus Furcht vor dem Schlimmsten unsere Beutel oder Blasen mit Trinkwasser. Unser Weg führte uns so drei Tage lang ständig bergan, und dann bemerkten wir plötzlich, dass wir uns, obgleich wir nur allmählich emporgestiegen waren, auf dem Kamm eines hohen Gebirges befanden, wenn es auch nicht so hoch war wie das erste.

Als wir auf der anderen Seite der Berge hinabblickten, sahen wir zu unserer Herzensfreude, dass die Wüste zu Ende, das Land von Grün bedeckt, mit vielen Bäumen bewachsen und von einem großen Fluss durchströmt war. Wir zweifelten nicht daran, dass wir dort Menschen und auch Vieh antreffen würden. Bis hierher waren wir nach Berechnung unseres Geschützmeisters, der unsere Standortbestimmungen vornahm, etwa vierhundert Meilen weit durch diesen öden Ort des Schreckens marschiert, wir hatten dazu vierunddreißig Tage gebraucht und jetzt ungefähr elfhundert Meilen unserer Reise zurückgelegt.

Wir wären gern noch in derselben Nacht die Berge hinabgestiegen, aber es war schon zu spät. Am nächsten Morgen sahen wir alles deutlicher und ruhten unter dem Schatten einiger Bäume aus, die jetzt das Erholsamste waren, das wir uns vorzustellen vermochten, da wir mehr als einen Monat ohne einen Schatten spendenden Baum in der glühenden Hitze verbracht hatten. Wir fanden das Land hier sehr angenehm, besonders in Anbetracht dessen, woher wir kamen, und wir erlegten wieder einige Rehe, die im Schutz des Waldes sehr zahlreich waren. Wir schossen auch ein Tier, das einer Ziege glich und dessen Fleisch uns sehr gut schmeckte, es war jedoch keine Ziege. Wir trafen gleichfalls viele Vögel an, die wie Rebhühner aussahen, aber etwas kleiner und sehr zahm waren, sodass wir hier sehr gut lebten. Menschen fanden wir jedoch nicht, jedenfalls keine, die sich sehen ließen, und das mehrere Tage lang; und um unsere Freude zu dämpfen, störten uns fast jede Nacht Löwen und Tiger; Elefanten aber gewahrten wir hier nicht.

Nach drei Tagen Marsch kamen wir zu einem Fluss, den wir von den Bergen aus gesehen hatten und den »Goldenen Fluss« nannten; wir stellten fest, dass er nach Norden floss, und zum ersten Mal waren wir an einen Fluss gelangt, wo dies der Fall war. Er hatte eine sehr starke Strömung, und unser Geschützmeister holte seine Karte hervor und versicherte mir, es sei entweder der Nil oder aber er fließe in den großen See, in dem, wie man sagt, der Nil seinen Ursprung hat. Er breitete seine Tabellen und Karten aus, auf denen ich mich dank seiner Unterweisung jetzt sehr gut zurechtzufinden begann, und erklärte, er werde mich davon überzeugen. Er machte es mir auch tatsächlich so deutlich, dass ich ihm zustimmte. Ich begriff jedoch keineswegs den Grund, weshalb der Geschützmeister diese Untersuchung vornahm, nein, nicht im Geringsten, bis er fortfuhr und sie folgendermaßen erklärte: »Wenn das der Nil ist, warum dann nicht wieder Kanus bauen und stromabwärts fahren, anstatt uns von Neuem der Wüste und dem brennenden Sand auszusetzen, auf der Suche nach dem Meer, von wo aus wir, wenn wir erst einmal dort sind, ebenso wenig wissen, wie wir heimkommen sollen, wie von Madagaskar?«

Das Argument hätte sich hören lassen können, wenn es nicht Einwendungen dagegen von einer Art gegeben hätte, die keiner von uns zu widerlegen vermochte: Im Ganzen war es aber ein Unternehmen, das wir alle für undurchführbar hielten, und zwar aus mehreren Gründen, und unser Schiffsarzt, der selbst ein recht gebildeter und belesener Mann war, wenn er auch vom Segeln nichts verstand, wandte sich dagegen. Einige seiner Gründe waren, wie ich mich erinnere, folgende: erstens, die Entfernung, die – nach seinen wie auch nach des Geschützmeisters Angaben – auf dem Wasserwege mit allen Windungen des Flusses mindestens viertausend Meilen betrage; zweitens, die unzähligen Krokodile im Fluss, denen wir niemals entgehen könnten; drittens, die schrecklichen Wüsten auf dem Weg; und schließlich die sich nähernde Regenzeit, in welcher der Nil und seine Nebengewässer so reißend würden und so anschwöllen, dass sie weit und breit die ganze Ebene überfluteten und wir nicht feststellen könnten, wann wir uns im Flussbett befänden und wann nicht. Wir würden ganz gewiss schiffbrüchig, das Boot müsse kentern oder so häufig auf Grund laufen, dass es unmöglich würde, auf einem so außerordentlich gefährlichen Fluss weiterzufahren.

Den letzten Einwand brachte er so einleuchtend vor, dass wir die Sache einzusehen begannen, übereinkamen, den Gedanken fallen zu lassen und auf unserem ersten Kurs, nach Westen zum Meer hin, weiterzumarschieren; aber als könnten wir uns nur schwer trennen, hielten wir uns zu unserer Erholung noch zwei Tage lang am Fluss auf. Während dieser Zeit kam eines Abends unser schwarzer Prinz, dem es viel Vergnügen bereitete, umherzuwandern, zu uns und brachte uns mehrere kleine Stücke von etwas ihm Unbekanntem, das sich schwer anfühle und gut aussehe, wie er meinte, und er zeigte es mir als etwas, was er für eine Seltenheit hielt. Ihm gegenüber ließ ich mir nicht viel Aufmerksamkeit anmerken, aber ich trat hinaus, rief den Geschützmeister zu mir, zeigte es ihm und sagte ihm, was ich davon hielt, nämlich dass es ganz gewiss Gold sei.

Er stimmte mir hierin und auch in dem Folgenden zu: dass wir am nächsten Tag mit dem schwarzen Prinzen ausgehen und ihn veranlassen wollten, uns zu zeigen, wo er es gefunden hatte. Wenn es dort eine größere Menge gab, wollten wir unserer Gesellschaft davon Mitteilung machen, gab es jedoch nur wenig, dann wollten wir schweigen und es selbst behalten.

Wir vergaßen aber, den Prinzen in das Geheimnis einzuweihen, der ganz unschuldig allen Übrigen so viel davon erzählte, dass sie errieten, was es war, und zu uns kamen, um es sich anzusehen. Als wir feststellten, dass es öffentlich bekannt war, bestand unsere Sorge vor allem darin, die anderen von dem Verdacht abzuhalten, dass wir irgendwie beabsichtigten, es vor ihnen zu verbergen; wir sagten offen, was wir davon hielten, und riefen unseren Mechaniker, der alsbald unserer Ansicht zustimmte, dass es Gold war. So schlug ich vor, wir sollten sämtlich mit dem Prinzen zu der Stelle gehen, wo er es gefunden hatte, und wenn es dort eine größere Menge gab, hier eine Weile unser Lager aufschlagen und sehen, was wir daraus machen konnten.

Demgemäß begaben wir uns alle ohne Ausnahme dorthin, denn keiner wollte bei einer solchen Entdeckung zurückbleiben. Als wir zu der Stelle kamen, stellten wir fest, dass sie an der Westseite des Wassers lag, nicht am Hauptfluss, sondern an einem anderen kleinen Wasserlauf oder Fluss, der von Westen kam und dort in den großen Strom mündete. Wir begannen, den Sand zusammenzuscharren und ihn in den Händen zu waschen, und wir nahmen selten eine Handvoll Sand auf, ohne daraus einige kleine runde Klumpen, die so groß waren wie Stecknadelköpfe und manchmal so groß wie Weintraubenkerne, in unseren Händen auszuwaschen. Nach zwei, drei Stunden stellten wir fest, dass alle etwas gefunden hatten, und so kamen wir überein, die Suche zu unterbrechen und essen zu gehen.

Während wir unser Mahl einnahmen, kam mir in den Sinn, dass es, solange wir in diesem Tempo arbeiteten, um uns in den Besitz einer so angenehmen und bedeutungsvollen Sache zu setzen, gewiss zehn zu eins stand, dass das Gold, das ja der Zankapfel der Welt ist, uns früher oder später veranlassen würde, uns in den Haaren zu liegen, unsere nützlichen Verhaltensregeln zu vergessen und unserem guten Einvernehmen ein Ende zu bereiten, vielleicht sogar, uns zu trennen oder noch Schlimmeres zu tun. Ich erklärte ihnen deshalb, ich sei zwar der jüngste der Gesellschaft, sie hätten mir jedoch immer erlaubt, meine Meinung über die Dinge zu äußern, und seien manchmal gern meinem Rat gefolgt, daher hätte ich jetzt etwas vorzuschlagen, was meines Erachtens zu unser aller Vorteil sei und von dem ich glaubte, dass es ihrer aller Beifall fände. Ich sagte, wir hielten uns in einem Land auf, von dem wir ja wüssten, dass es dort viel Gold gebe und wohin die ganze Welt Schiffe entsende, um dieses Gold zu holen; wir wüssten freilich nicht, wo es liege, und mochten deshalb sehr viel oder auch nur wenig finden, das könnten wir nicht sagen; ich schlüge ihnen aber vor zu überlegen, ob es für uns nicht das Beste wäre, um die gute Harmonie und Freundschaft zu bewahren, die stets zwischen uns geherrscht habe und die für unsere Sicherheit so völlig unerlässlich sei, alles, was wir finden würden, zu einem gemeinsamen Vorrat zusammenzulegen, der zum Schluss in gleiche Teile geteilt werden solle, anstatt Gefahr zu laufen, dass zwischen uns Unstimmigkeiten aufkämen, weil der eine mehr und der andere weniger fände. Ich sagte zu ihnen, wenn wir sämtlich in einem Boot säßen, würden wir uns alle fleißig an die Arbeit machen, und außerdem könnten wir unsere Neger für uns arbeiten lassen und so die Frucht sowohl ihrer Arbeit wie auch der unseren ernten, und da wir alle den gleichen Anteil erhielten, könne es keinen gerechten Anlass zu Streit oder Verärgerung zwischen uns geben.

Alle hießen den Vorschlag gut, und jeder Einzelne schwor und gab den anderen die Hand darauf, dass er nicht das kleinste Körnchen Gold vor den Übrigen verbergen wolle, und erklärte sich einverstanden, dass jedem, der dabei ertappt wurde, etwas zu verstecken, alles abgenommen und unter den Übrigen verteilt werden solle. Unser Geschützmeister fügte aus ebenso guten und gerechten Gründen noch etwas hinzu, nämlich wenn einer von uns während der ganzen Reise, bis zu unserer Rückkehr nach Portugal, durch ein Knobel-, Hazard- oder Glücksspiel oder aber durch eine Wette irgendwelches Geld oder Gold oder dessen Gegenwert von einem anderen gewänne, dann wollten wir ihn alle verpflichten, es wieder zurückzugeben, oder aber dadurch bestrafen, dass wir ihn entwaffneten, aus der Gesellschaft ausstießen und ihm in keiner Weise mehr behilflich wären. Dies sollte verhindern, dass unsere Leute Wetten abschlossen und um Geld spielten, wozu sie auf die verschiedenste Weise und durch alle möglichen Spiele neigten, obwohl sie weder Karten noch Würfel besaßen.

Nachdem wir dieses zweckmäßige Abkommen getroffen hatten, begaben wir uns munter ans Werk und zeigten unseren Gefangenen, wie sie für uns tätig sein sollten; wir arbeiteten uns an beiden Ufern und auf dem Grund des Flusses stromaufwärts und verbrachten etwa drei Wochen damit, im Wasser zu plantschen. In dieser Zeit waren wir, da es auf unserem Wege lag, ungefähr sechs Meilen und nicht weiter vorangekommen, und je höher wir gelangten, desto mehr Gold fanden wir, bis wir schließlich, nachdem wir an einem Hügelabhang vorbeigekommen waren, plötzlich feststellten, dass das Gold aufhörte und wir nach dieser Stelle kein bisschen mehr fanden. Mir kam in den Sinn, dass der Fluss demzufolge alles Gold, das wir gefunden hatten, vom Abhang dieses kleinen Hügels hinabgespült haben musste.

Darauf kehrten wir zu dem Hügel zurück und machten uns dort an die Arbeit. Wir fanden die Erde locker und von lehmiggelber Farbe; an einigen Stellen war sie von einer harten weißen Gesteinsart durchsetzt, die, wie mir einige unserer Kenner seither erklärten, nachdem ich sie ihnen beschrieben hatte, der Spat war, der beim Erz gefunden wird und der es im Boden umgibt.

Allerdings, auch wenn er reines Gold gewesen wäre, so besaßen wir doch kein Werkzeug, um ihn herauszubrechen, und darum gingen wir daran vorbei. Als wir aber mit den Fingern im lockeren Boden herumkratzten, gelangten wir an eine überraschende Stelle, wo etwa zwei Scheffel Erde schon fast beim bloßen Berühren auseinanderbröckelten und es den Anschein hatte, als sei eine große Menge Gold darin. Wir nahmen alles sorgfältig auf und wuschen es im Wasser; nachdem wir die lehmige Erde abgespült hatten, blieb nur der Goldstaub in unseren Händen übrig, und was noch bemerkenswerter war: als wir den gesamten lockeren Boden fortgeräumt hatten und zu dem Felsen oder harten Gestein kamen, war nicht ein Körnchen Gold mehr zu finden.

Am Abend versammelten wir uns alle, um festzustellen, wie groß unsere Ausbeute war, und es ergab sich, dass wir im Erdhaufen dieses Tages ungefähr fünfzig Pfund Goldstaub gefunden hatten und etwa vierunddreißig Pfund insgesamt bei unserer übrigen Arbeit im Fluss.

Die Enttäuschung darüber, dass wir das Ende unserer Arbeit gekommen sahen, war ein Glück für uns; denn solange es überhaupt noch Gold gab, auch wenn die Bindigkeit noch so gering gewesen wäre, weiß ich nicht, wann wir aufgegeben hätten. Nachdem wir diesen Platz durchsucht und nicht das kleinste bisschen Gold an irgendeiner anderen Stelle oder im Boden der Umgebung gefunden hatten außer dem in diesem Flecken lockeren Lehms gewonnenen, folgten wir dem kleinen Fluss von Neuem in Richtung seiner Mündung und suchten wieder und wieder, solange wir überhaupt noch etwas zu finden vermochten, und sei es die geringste Menge; beim zweiten Mal betrug das Ergebnis tatsächlich noch sechs oder sieben Pfund. Dann stiegen wir in den Hauptfluss und untersuchten ihn stromauf- und stromabwärts, zuerst auf der einen Seite und dann auf der anderen. Stromaufwärts fanden wir nichts, kein einziges Korn, stromabwärts sehr wenig, nicht mehr als eine halbe Unze bei der Arbeit auf zwei Meilen, und so kehrten wir zu dem Goldenen Fluss zurück, wie wir ihn treffenderweise nannten, und suchten dort noch zweimal jeweils stromauf- und stromabwärts. Jedes Mal fanden wir ein bisschen Gold und hätten vielleicht auch noch weiterhin etwas gefunden, wenn wir bis heute dort geblieben wären; aber zum Schluss war die Menge so gering und die Arbeit umso härter, dass wir übereinkamen, sie aufzugeben, damit wir uns nicht derartig ermüdeten, dass wir nicht mehr marschfähig wären.

Als wir unseren gesamten Ertrag zusammenbrachten, hatten wir alles in allem dreieinhalb Pfund Gold je Mann bei gleichmäßiger Teilung, nach der Waage und den Gewichten, die unser erfinderischer Messerschmied, freilich nur nach seiner Schätzung, zum Abwiegen für uns hergestellt hatte, aber er sagte, die abgewogene Menge sei ganz gewiss eher schwerer als leichter, und so erwies es sich auch am Ende, denn es waren fast zwei Unzen mehr in jedem Pfund. Daneben blieben noch sieben oder acht Pfund übrig, und wir kamen überein, sie in seinen Händen zu lassen, damit er sie zu den von uns gewünschten Formen verarbeitete, als Geschenk für Leute, denen wir vielleicht noch begegneten und bei denen wir uns veranlasst sehen mochten, Vorräte oder sogar ihre Freundschaft oder dergleichen zu kaufen. Vor allem schenkten wir unserem schwarzen Prinzen ungefähr ein Pfund, und mit seinen unermüdlichen Händen und einigem Werkzeug, das ihm unser Handwerker lieh, hämmerte er es zu kleinen runden Gebilden zurecht, die fast so rund waren wie Perlen, wenn auch in der Form nicht so ebenmäßig. Er bearbeitete und durchbohrte sie und zog danach alle auf eine Schnur, die er an seinem schwarzen Hals trug, wo sie sehr gut aussahen, wie ich dem Leser versichern kann; aber er brauchte viele Monate dazu. Und so endete unser erstes Goldabenteuer.

Jetzt begannen wir etwas zu entdecken, worüber wir uns zuerst nicht weiter den Kopf zerbrochen hatten, nämlich, unabhängig davon, ob die Gegend, in der wir uns befanden, günstig oder ungünstig war, würden wir für eine gewisse Weile nicht in der Lage sein, unsere Reise fortzusetzen. Wir waren jetzt fünf Monate und länger unterwegs, und die Jahreszeit begann zu wechseln; die Natur ließ uns wissen, dass wir, da wir uns in einem Klima befanden, in dem es ebenso einen Winter wie einen Sommer gab, wenn auch von anderer Art als in unserem Land, eine Regenzeit zu erwarten hatten und während dieser nicht weiterreisen konnten, sowohl wegen des Regens selbst als auch wegen der Überschwemmungen, die er überall, wohin wir kämen, mit sich brächte. Wir hatten zwar diese Regenzeiten auf der Insel Madagaskar kennengelernt, aber seitdem wir uns auf den Weg gemacht hatten, nicht viel daran gedacht, denn wir waren bei Sonnenwende aufgebrochen, das heißt, als sich die Sonne in der größten nördlichen Entfernung von uns befand, und das war uns bei unserer Reise zugutegekommen. Jetzt bewegte sie sich jedoch in immer größerer Nähe von uns, und wir stellten fest, dass es zu regnen begann; daraufhin beriefen wir wieder eine Versammlung ein, in der wir über unsere gegenwärtige Lage berieten, insbesondere darüber, ob wir weitermarschieren oder uns nach einem geeigneten Platz am Ufer des Goldenen Flusses, der uns so viel Glück gebracht hatte, umsehen sollten, um dort unser Lager für den Winter aufzuschlagen.

Einstimmig beschlossen wir zu bleiben, wo wir uns befanden, und es war kein geringer Umstand unseres Glücks, dass wir dies taten, wie sich noch zeigen wird.

Nachdem wir diese Übereinkunft getroffen hatten, setzten wir als Erstes unsere Gefangenen an die Arbeit, um Hütten oder Häuser zu unserer Unterkunft zu bauen, und sie taten dies sehr geschickt; nur wählten wir einen anderen Standort dafür als den zuerst ausgesuchten, denn wir dachten, dass der Fluss diesen bei einem plötzlichen Regenguss erreichen könnte, was dann auch geschah. Unser Lager glich einer kleinen Ortschaft, in deren Zentrum sich unsere Hütten befanden; ihre Mitte bildete wiederum eine große Hütte, in die unsere Wohnungen mündeten, sodass keiner in seine Unterkunft ging, ohne das öffentliche Zelt zu betreten, wo wir alle gemeinsam aßen und tranken, unsere Ratsversammlungen und unsere geselligen Zusammenkünfte abhielten, und unsere Zimmerleute fertigten uns Tische, Bänke und Hocker in reichlicher Menge an – so viel wir haben wollten.

Schornsteine brauchten wir nicht, denn es war auch ohne Feuer heiß genug; schließlich aber sahen wir uns gezwungen, aus einem besonderen Grunde jede Nacht ein Feuer anzuzünden. Obwohl unsere Lage zwar in jeder anderen Hinsicht sehr günstig und angenehm war, belästigten uns doch hier die unwillkommenen Besuche wilder Tiere mehr als sogar in der Wüste, denn da Rehe und anderes sanftmütiges Getier, Schutz und Nahrung suchend, hierherkam, trieben sich an diesem Ort auf der Jagd nach Beute auch fortwährend Löwen, Tiger und Leoparden herum.

Als wir dies entdeckten, waren wir so beunruhigt, dass wir zuerst daran dachten, unseren Standort zu wechseln, nachdem wir aber viel darüber beratschlagt hatten, beschlossen wir, unser Lager auf eine solche Weise zu befestigen, dass uns von ihnen keine Gefahr drohte, und dies geschah durch unsere Zimmerleute, die als Erstes aus langen Stangen ringsum einen Palisadenzaun errichteten, denn wir hatten Holz genug; diese Stangen standen nicht wie bei einem Lattenzaun nebeneinander, sondern wurden auf unregelmäßige Weise in den Boden gerammt, in dem sie in großer Anzahl so aufgepflanzt wurden, dass der Zaun beinahe eine Tiefe von zwei Yard hatte – einige waren länger, andere kürzer, alle aber oben zugespitzt, und der Abstand zwischen ihnen betrug etwa einen Fuß, sodass jedes Tier, das darübersetzte, wenn es nicht glatt über die Stangen hinwegsprang, und das war sehr schwierig, an zwanzig oder dreißig Spießen hing.

Der Eingang bestand aus stärkeren Pfählen als der übrige Teil der Palisade, und sie waren so voreinander gesetzt, dass sie drei oder vier kurze Windungen bildeten, durch die kein Vierfüßler, der größer als ein Hund war, einzudringen vermochte; und damit uns nicht ein zahlreicheres Rudel auf einmal angriff und uns in unserem Schlaf störte, wie das zuvor geschehen war, sodass wir gezwungen wären, unsere Munition zu verschwenden, mit der wir sehr sparsam umgingen, unterhielten wir außerhalb des Eingangs unseres Palisadenzauns jede Nacht ein großes Feuer, und wir bauten für unsere beiden Wachen zum Schutz vor dem Regen gleich innerhalb des Eingangs, unmittelbar vor dem Feuer, eine Hütte.

Um dieses Feuer zu unterhalten, schlugen wir eine große Menge Holz und schichteten es zum Trocknen auf. Mit den grünen Zweigen fertigten wir ein zweites Dach für unsere Hütten an, das hoch und dicht genug war, um den Regen vom ersten abzuhalten, sodass wir trocken blieben.

Kaum hatten wir diese ganze Arbeit beendet, da begann es so heftig und so andauernd zu regnen, dass wir nur wenig Zeit hatten, uns auf der Suche nach Nahrung hinauszubegeben; unsere Neger freilich, die keine Kleidung trugen, schienen sich nichts aus dem Regen zu machen; für uns Europäer aber ist in diesem heißen Klima nichts gefährlicher.

Dort blieben wir vier Monate lang, das heißt von Mitte Juni bis Mitte Oktober, denn wenn auch der Regen ungefähr zur Tagundnachtgleiche aufhörte oder doch zumindest weniger heftig wurde, so beschlossen wir trotzdem, da die Sonne zu dieser Zeit genau senkrecht über uns stand, noch zu bleiben, bis sie sich ein wenig weiter nach Süden gewandt hatte.

Während wir dort unser Lager aufgeschlagen hatten, erlebten wir mehrere Abenteuer mit den Raubtieren dieser Gegend, und ich frage mich, ob unser ganzer Zaun, sosehr wir ihn auch später noch mit zwölf, vierzehn oder noch mehr Reihen von Pfählen verstärkten, ein Schutz für uns gewesen wäre, wenn wir unser Feuer nicht ständig am Brennen gehalten hätten. Sie störten uns stets während der Nacht, und manchmal kamen sie in solchen Mengen, dass wir glaubten, alle Löwen und Tiger, Leoparden und Wölfe Afrikas hätten sich zusammengerottet, um uns anzugreifen. Eines Nachts, so erzählte unser wachhabender Mann, glaubte er tatsächlich, bei hellem Mondschein zehntausend wilde Tiere der einen oder der anderen Sorte an unserem kleinen Lager vorbeiziehen zu sehen; jedes Mal wenn sie das Feuer erblickten, wichen sie vor ihm aus, sobald sie aber vorbei waren, heulten oder brüllten sie, oder was immer die Laute waren, die sie von sich gaben.

Die Musik ihrer Stimmen klang alles andere als angenehm in unseren Ohren, und manchmal störte sie uns so, dass wir ihretwegen nicht schlafen konnten; oft riefen uns, die wir munter waren, auch unsere Wachen, damit wir hinauskämen und sie uns ansähen. In einer bewegten, stürmischen Nacht nach einem Regentag weckten sie uns sogar aus dem Schlaf, denn eine so zahllose Menge teuflischer Geschöpfe lief auf uns zu, dass unsere Wachen wirklich dachten, sie würden uns angreifen. Sie kamen nicht auf die Seite, wo sich das Feuer befand, und obwohl wir uns sonst überall für sicher hielten, erhoben wir uns doch und griffen zu den Waffen. Es war fast Vollmond, aber über den ganzen Himmel jagten Wolken, und ein gewaltiger, orkanhafter Sturm erhöhte die Schrecken der Nacht. Ich blickte zu dem hinteren Teil unseres Lagers hinüber und glaubte, innerhalb unserer Befestigung ein Tier zu sehen, und dort befand es sich auch tatsächlich, bis auf seine Beine, denn es war vermutlich mit einem Anlauf gesprungen und hatte sich mit ganzer Kraft glatt über unsere Palisaden geworfen, außer über einen großen Pfahl, der höher als die übrigen emporragte und es auffing, und durch sein Gewicht hatte es sich darauf aufgespießt. Die Spitze des Pfahls war ihm durch die Innenseite des Hinterschenkels oder der Hüfte gedrungen, und daran hing es nun und biss knurrend und wütend in das Holz. Ich entriss einem Mann, der unmittelbar neben mir stand, eine Lanze, rannte auf die Bestie zu, stach drei- oder viermal hinein und tötete sie, da ich nicht schießen wollte, denn ich beabsichtigte, eine Salve auf die Übrigen abgeben zu lassen, die ich draußen so dicht gedrängt stehen sah wie eine Ochsenherde, die zum Markt getrieben wird. Ich rief sogleich unsere Leute heraus, zeigte ihnen den Gegenstand der Furcht, den ich erblickt hatte, und ohne weitere Beratung feuerten wir eine Salve auf sie ab. Die meisten unserer Flinten waren jeweils mit zwei, drei Metallklumpen oder Kugeln geladen. Sie verursachten einen furchtbaren Wirrwarr unter ihnen, und so ziemlich alle machten sich aus dem Staub; wir konnten jedoch beobachten, dass einige mit größerer Würde und Majestät davonstolzierten als die Übrigen, da der Lärm und das Feuer sie nicht so erschreckt hatte. Wir sahen etliche, die anscheinend mit dem Tode rangen, auf dem Boden liegen, wagten uns jedoch nicht hinaus, um nachzusehen, was für Tiere es waren.

Die Bestien hatten tatsächlich so dicht beieinander und in so kurzer Entfernung von uns gestanden, dass wir nicht umhinkonnten, einige von ihnen zu erlegen oder doch zu verwunden. Vermutlich hatten sie sowohl uns als auch das Wild, das wir erbeutet hatten, gewittert, denn am Tage zuvor hatten wir ein Reh sowie drei oder vier jener ziegenähnlichen Tiere geschossen und einige der Abfälle hinter unser Lager geworfen. Wir nahmen an, dass dies sie so stark angezogen hatte; danach aber vermieden wir es.

Obwohl die Bestien geflohen waren, hörten wir doch die ganze Nacht über ein fürchterliches Gebrüll von dem Fleck, wo sie sich aufgehalten hatten, und wir vermuteten, dass es von einigen verwundeten Tieren herrührte. Sobald es tagte, gingen wir hinaus, um nachzusehen, welche Verheerungen wir angerichtet hatten. Der Anblick war dann auch wirklich erstaunlich: Drei Tiger und zwei Wölfe lagen tot da, abgesehen von der Bestie, die ich innerhalb unserer Palisade erlegt hatte und die anscheinend eine hässliche Kreuzung zwischen einem Tiger und einem Leoparden war. Außerdem befand sich dort ein noch lebender, majestätischer alter Löwe, dessen beide Vorderbeine jedoch zerschmettert waren, sodass er sich nicht fortzubewegen vermochte; er hatte sich fast zu Tode gequält, indem er sich die ganze Nacht über abgekämpft hatte, und wir stellten fest, dass dies der Verwundete war, der so laut gebrüllt und uns so viel Störung verursacht hatte. Unser Schiffsarzt sah ihn sich an und lächelte. »Wenn ich sicher sein könnte«, sagte er, »dass mir dieser Löwe ebenso dankbar wäre wie einer der Vorfahren Seiner Majestät es Androklus, dem römischen Sklaven, gegenüber war, dann würde ich ganz gewiss seine beiden Beine schienen und ihn wieder heilen.« Ich hatte die Geschichte von Androklus noch nicht gehört, und er erzählte sie mir ausführlich; was aber den Schiffsarzt betraf, so erklärten wir ihm, er habe keine andere Möglichkeit festzustellen, ob sich der Löwe ebenso verhalten werde oder nicht, als nur die, ihn erst einmal zu kurieren und auf sein Ehrgefühl zu bauen. Er hatte aber kein Vertrauen zu ihm und schoss ihm, um ihn zu erledigen und ihn von seiner Qual zu erlösen, eine Kugel in den Kopf und tötete ihn, worauf wir ihn von da an nur noch den Königstöter nannten.

Unsere Neger fanden nicht weniger als fünf von diesen wilden

Tieren, die verwundet in einiger Entfernung von unserer Wohnstätte umgefallen waren, darunter einen Wolf und einen schön gefleckten jungen Leoparden; die übrigen waren Bestien, deren Namen wir nicht kannten.

Danach trieben sich noch mehrere Vertreter dieser erlesenen Gattung in unserer Umgebung herum, aber nie wieder gab es ein solches allgemeines Stelldichein, wie es das hier gewesen war. Es hatte für uns jedoch die nachteilige Wirkung, dass es die Rehe und anderes Getier, dessen Gesellschaft für uns viel wünschenswerter war und das wir zu unserem Unterhalt brauchten, aus unserer Nachbarschaft verscheuchte. Unsere Neger zogen aber jeden Tag mit Bogen und Pfeilen hinaus auf die Jagd, wie sie es nannten, und brachten uns fast immer irgendetwas heim. Vor allem fanden wir in dieser Gegend, nachdem der Regen einige Zeit angedauert hatte, in reichlicher Menge Wildvögel, wie wir sie in England haben, nämlich Stockenten, Krickenten, Pfeifenten und so fort, sowie einige Gänse und ein paar Arten, die wir noch nie zuvor gesehen hatten, und wir erlegten oft welche. Wir fingen im Fluss noch große Mengen frischer Fische, sodass es uns nicht an Nahrung mangelte. Wenn uns etwas fehlte, dann war es Salz zu unserem frischen Fleisch, wir hatten aber nur noch ein bisschen übrig und gingen sparsam damit um. Was unsere Neger betraf, so mochten sie es nicht, und ihnen schmeckte auch kein Fleisch, das damit zubereitet war.

Das Wetter begann jetzt heiterer zu werden, der Regen war gefallen, und die Überschwemmungen ließen nach; die Sonne hatte den Zenit überschritten und stand jetzt ein gutes Stück weiter südlich, und so bereiteten wir uns auf den Abmarsch vor.

Am 12. Oktober oder ungefähr an diesem Tage begaben wir uns wieder auf den Weg, und da sich das Land ohne Schwierigkeiten durchqueren ließ und uns auch mit Nahrungsmitteln versorgte, obwohl wir dort noch immer keine Einwohner antrafen, kamen wir rascher voran und legten zuweilen nach unserer Berechnung zwanzig bis fünfundzwanzig Meilen am Tag zurück; auf einem elftägigen Marsch machten wir auch nirgends länger halt, außer an einem Tag, den wir dazu nutzten, uns ein Floß zu bauen, mit dem wir über einen kleinen Fluss setzten, in dem das Wasser noch nicht wieder ganz gesunken war, nachdem ihn die Regenfälle hatten anschwellen lassen.

Als wir diesen Fluss, der, nebenbei gesagt, gleichfalls nach Norden floss, überquert hatten, fanden wir eine hohe Bergkette auf unserem Weg. Nach rechts hin sahen wir freilich in weiter Ferne offenes Land, wir wollten aber unserem Kurs, der uns nach Westen führte, treu bleiben und waren deshalb nicht gewillt, einen großen Umweg zu machen, nur um ein paar Berge zu umgehen. So zogen wir also weiter, waren aber überrascht, als einer aus unserer Gesellschaft, der mit zwei Begleitern vorausgestiegen war, kurz bevor wir zum Gipfel gelangten, ausrief: »Das Meer! Das Meer!«, und zu tanzen und zu springen begann, um seiner Freude Ausdruck zu verleihen.

Den Geschützmeister und mich wunderte das sehr, denn wir hatten erst an diesem Morgen berechnet, dass wir noch etwa tausend Meilen bis zum Meer vor uns hatten und nicht erwarten konnten, es zu erreichen, bevor uns eine weitere Regenperiode ereilte. So wurde der Geschützmeister wütend, als der Mann ausrief: »Das Meer«, und er erklärte ihn für verrückt.

Wir waren aber beide aufs Höchste überrascht, als wir zum Gipfel des Berges gelangten und, obwohl er sehr hoch war, doch weiter nichts als nur Wasser erblickten, vor uns sowie auch zur Rechten und zur Linken ein weites Meer ohne andere Begrenzung als nur den Horizont.

Wir stiegen in großer Verwirrung hinab und wussten nicht, wo wir uns befanden und was das sein mochte, denn auf allen unseren Karten sahen wir, dass das Meer noch weit fort lag.

Erst in drei Meilen Entfernung von den Bergen gelangten wir an den Strand oder die Küste, und dort merkten wir zu unserer weiteren Überraschung, dass es Süßwasser und angenehm zu trinken war, sodass wir, kurz gesagt, nicht wussten, wohin wir uns wenden sollten. Das Meer, wofür wir es hielten, gebot unserer Weiterreise Einhalt (ich meine, der nach Westen), denn es lag genau auf unserem Weg. Die nächste Frage war, in welche Richtung wir unseren Marsch fortsetzen sollten, nach rechts oder nach links; sie wurde jedoch bald gelöst, denn da wir nicht wussten, wie weit sich das Wasser erstreckte, dachten wir, dass wir, wenn es wirklich das Meer war, von hier aus nach Norden ziehen müssten, und wenn wir uns daher jetzt nach Süden wandten, werde uns das schließlich von unserem Weg abkommen lassen. Nachdem wir einen guten Teil des Tages mit unserer Überraschung über die Sache verbracht und beraten hatten, was zu tun sei, begaben wir uns nach Norden.

Wir zogen volle dreiundzwanzig Tage an den Ufern dieses Meeres entlang, bevor wir zu einem Schluss kamen, was es war. Am Ende dieser Zeit rief eines Morgens einer unserer Seeleute: »Land!«, und es war auch kein falscher Alarm, denn wir sahen in großer Entfernung im Westen jenseits des Wassers deutlich einige Berggipfel; aber obwohl es uns davon überzeugte, dass dies nicht der Ozean war, sondern vielmehr ein Binnenmeer oder ein See, erblickten wir nach Norden hin doch kein Land, das heißt kein Ende des Gewässers, und waren gezwungen, noch weitere acht Tage und fast hundert Meilen weit zu marschieren, bevor wir sein Ende erreichten und dann feststellten, dass dieses Meer oder dieser See in einen sehr großen Fluss mündete, der nach Norden oder Nord zu Ost floss, ebenso wie der andere Fluss, den ich bereits erwähnte.

Mein Freund, der Geschützmeister, prüfte die Sachlage und sagte, er glaube, er habe sich zuvor geirrt und dies hier sei der Nil, blieb aber bei unserer vorigen Meinung, dass wir nicht daran denken sollten, auf diesem Weg nach Ägypten zu reisen; darum beschlossen wir, den Fluss zu überqueren, was jedoch nicht so leicht war wie zuvor, denn er war sehr reißend und sein Bett sehr breit.

Es kostete uns daher eine Woche, die wir mit der Beschaffung des Materials verbrachten, um uns und das Vieh über den Fluss zu befördern, denn obgleich es hier eine große Anzahl von Bäumen gab, war doch keiner groß genug gewachsen, dass er zum Bau eines Kanus ausgereicht hätte.

Während unseres Marschs am Ufer entlang ermüdeten wir sehr und bewältigten daher nur eine geringere Anzahl von Meilen als zuvor, denn es gab eine große Menge von kleinen Flüssen, die auf der Ostseite von den Bergen strömten, sich in diesen Golf ergossen und alle Hochwasser führten, da der Regen erst seit Kurzem vorüber war.

Während der letzten drei Tage unserer Reise trafen wir auf einige Einwohner, stellten aber fest, dass sie auf den niedrigen Hügeln wohnten und nicht am Flussufer. Wir hatten auf diesem Marsch auch einige Nahrungssorgen, da wir vier oder fünf Tage lang nichts erlegt und nur ein paar Fische im See gefangen hatten, und auch die nicht in so reichlicher Menge wie zuvor.

Zu unserer Entschädigung aber störten uns an dem gesamten Seeufer keinerlei wilde Tiere; die einzige Unannehmlichkeit dieser Art war, dass wir auf dem feuchten Boden in der Nähe des Sees eine giftige, missgestalte Schlange antrafen, die uns mehrmals verfolgte, als wolle sie uns angreifen, und wenn wir nach ihr schlugen oder etwas nach ihr warfen, dann richtete sie sich auf und zischte so laut, dass es von Weitem zu hören war. Sie hatte ein abschreckend hässliches, deformiertes Aussehen und eine ebensolche Stimme, und unsere Männer ließen sich nicht davon abbringen, dass es der Teufel sei, nur wussten wir nicht, was der Satan dort zu tun hatte, wo es doch keine Menschen gab.

Bemerkenswert war, dass wir jetzt tausend Meilen weit gereist waren, ohne im Herzen des ganzen Kontinents Afrika irgendjemand anzutreffen, und gewiss hatte noch nie ein Mensch den Fuß dorthin gesetzt, seit die Söhne Noahs sich über die ganze Erdoberfläche ausgebreitet hatten. Auch hier unternahm unser Geschützmeister eine Standortbestimmung mit seinem Messstab, um festzustellen, auf welchem Breitengrad wir uns befanden, und er ermittelte, dass wir uns, nachdem wir ungefähr dreiunddreißig Tage lang nordwärts gewandert waren, bei sechs Grad zweiundzwanzig Minuten südlicher Breite aufhielten.

Nachdem wir unter großen Schwierigkeiten über den Fluss gelangt waren, kamen wir in ein merkwürdiges, wildes Land, das uns ein wenig zu ängstigen begann, denn obgleich es keine Wüste mit glühend heißem Sand war, wie wir sie zuvor durchquert hatten, war es doch bergig, kahl und voller entsetzlich wilder Tiere – mehr als irgendein anderes Gebiet, durch das wir gekommen waren. Auf dem Boden wuchs eine Art derbes Gras, hier und da standen ein paar Bäume oder eher Büsche. Menschen vermochten wir jedoch nicht zu entdecken, und wir begannen uns wegen unserer Nahrung große Sorgen zu machen, denn wir hatten schon lange kein Reh erlegt, sondern – immer in der Nähe des Ufers – hauptsächlich von Fisch und Geflügel gelebt, die uns jetzt beide zu verlassen schienen. Unsere Bestürzung war umso größer, als wir uns hier keinen Vorrat anlegen konnten, wie wir es zuvor getan hatten, um damit voranzukommen; wir waren vielmehr gezwungen, uns mit spärlichen Beständen auf den Weg zu machen, ohne die Gewissheit, sie auffüllen zu können.

Es blieb uns jedoch nichts weiter übrig, als Geduld zu üben, und nachdem wir ein paar Vögel geschossen und einige Fische getrocknet hatten, so viele, wie uns bei knappen Rationen schätzungsweise fünf Tage reichen mussten, beschlossen wir, uns weiterzuwagen, und wir wagten es; wir hatten auch allen Grund, uns vor der Gefahr zu fürchten, denn wir zogen die fünf Tage durch das Land und fanden weder einen Fisch noch Geflügel noch irgendein vierfüßiges Getier, dessen Fleisch essbar gewesen wäre, und lebten in schrecklicher Angst vor dem Verhungern. Am sechsten Tag fasteten wir beinahe, oder, wie man sagen könnte, wir aßen die Reste von allem, was übrig geblieben war, und legten uns am Abend bedrückt und ohne Abendbrot auf unsere Matten nieder; am achten Tag waren wir gezwungen, einen unserer Büffel, die uns so treu gedient und unser Gepäck getragen hatten, zu schlachten. Das Fleisch dieses Tieres war sehr gut, und wir aßen so sparsam davon, dass es für uns alle dreieinhalb Tage reichte. Es war gerade zu Ende und wir wollten schon wieder einen Büffel töten, als wir vor uns ein Gebiet erblickten, das Besseres versprach, denn es war mit hohen Bäumen bewachsen, und mitten hindurch zog sich ein großer Fluss.

Dies ermutigte uns, und wir beschleunigten unseren Marsch zum Flussufer, wenn auch mit leerem Magen und sehr ermattet und schwach; bevor wir jedoch an den Fluss kamen, hatten wir das Glück, auf ein paar junge Rehe zu stoßen – ein schon lange herbeigesehntes Ereignis. Kurz gesagt, nachdem wir drei davon erlegt hatten, machten wir halt, um uns den Bauch zu füllen, und ließen das Fleisch gar nicht erst erkalten, bevor wir es aßen – ja wir hatten sogar Mühe, uns die Zeit zu nehmen, es zu töten und nicht lebendig aufzuessen, denn wir waren, mit einem Wort, am Verhungern.

In jenem ganzen unwirtlichen Land hatten wir ständig Löwen, Tiger, Leoparden, Zibetkatzen und jederlei Arten von Bestien gesehen, die wir nicht kannten; wir trafen keine Elefanten, erblickten aber hin und wieder einen Elefantenzahn, der auf dem Boden lag, und manche davon waren schon halb vergraben, so lange hatten sie dort gelegen.

Als wir an das Ufer dieses Flusses gelangten, stellten wir fest, dass er gleichfalls nach Norden floss, wie es die übrigen Wasserläufe getan hatten, aber mit dem Unterschied, dass die anderen nach Nord zu Ost oder Nordnordost geflossen waren, dieser jedoch Kurs auf Nordwest zu Nord hielt.

Auf dem jenseitigen Ufer sahen wir einige Anzeichen von Bewohnern, begegneten jedoch am ersten Tag keinem; am nächsten aber gelangten wir in eine bewohnte Gegend, wo die Menschen schwarz waren und splitternackt gingen, ohne sich zu schämen, Männer wie Frauen.

Wir machten ihnen Zeichen der Freundschaft und fanden in ihnen sehr offenherzige, höfliche, freundliche Leute. Sie kamen ohne jeden Argwohn und gaben uns auch keinen Anlass, sie irgendeiner Schuftigkeit zu verdächtigen, wie es die anderen getan hatten. Wir machten ihnen Zeichen, dass wir Hunger hatten, und sogleich rannten ein paar nackte Frauen davon und holten uns große Mengen von Wurzeln und Dingen, die aussahen wie Kürbisse und die wir ohne Scheu aßen; unser Kunsthandwerker zeigte ihnen ein paar Stücke von dem Tand, den er angefertigt hatte, einige aus Eisen, einige aus Silber, aber keine aus Gold. Sie hatten genügend Urteilskraft, die silbernen den eisernen vorzuziehen, als wir ihnen aber etwas Gold zeigten, sahen wir, dass sie es nicht so hoch schätzten wie jedes der beiden übrigen Metalle.

Für ein paar von diesen Gegenständen brachten sie uns noch weitere Lebensmittel und drei lebende Tiere, welche die Größe von Kälbern hatten, aber keine waren; wir hatten solche auch noch nie gesehen. Ihr Fleisch schmeckte sehr gut, und danach brachten uns die Leute noch einmal zwölf von diesen sowie einige kleinere Tiere, die wie Hasen aussahen, und alle waren sie uns, die wir Vorräte wirklich dringend brauchten, sehr willkommen.

Wir wurden recht vertraut mit diesen Leuten; in ihnen hatten wir tatsächlich die zuvorkommendsten und freundlichsten Menschen vor uns, denen wir überhaupt begegnet waren, und sie freuten sich sehr über uns. Ganz bemerkenswert war, dass wir uns ihnen viel leichter verständlich machen konnten als irgendwelchen anderen Eingeborenen, die wir bisher angetroffen hatten.

Schließlich erkundigten wir uns nach unserem Weg, indem wir nach Westen deuteten. Sie machten uns mühelos verständlich, dass wir dorthin nicht gehen konnten, und zeigten uns, dass wir uns nach Nordwesten wenden sollten. Wir hatten bald verstanden, dass uns wieder ein See den Weg versperrte, was sich auch als wahr erwies, denn nach zwei weiteren Tagen sahen wir ihn deutlich vor uns, und er lag, bis wir die Äquinoktiallinie überschritten hatten, immer zu unserer Linken, wenn auch in großer Entfernung.

Während wir so nach Norden zogen, war unser Geschützmeister sehr um unsere Marschrichtung besorgt; er versicherte uns und machte es mir anhand der Karten, die er mich lesen gelehrt hatte, bewusst, dass sich das Land, sobald wir ungefähr sechs Grad nördlicher Breite erreichten, nach Westen hin so weit hinzog, dass wir erst nach einem Marsch von über tausendfünfhundert Meilen noch weiter westlich, als das Land lag, in das wir gelangen wollten – ans Meer kämen. Ich fragte ihn, ob wir nicht auf irgendwelche schiffbaren Flüsse stoßen würden, die in den westlichen Ozean mündeten und uns vielleicht stromabwärts tragen könnten; dann kämen wir recht gut voran, auch wenn der Weg tausendfünfhundert Meilen oder sogar doppelt so lang wäre, vorausgesetzt, dass wir uns mit Nahrung versorgen könnten.

Hier zeigte er mir die Karten von Neuem; und auf ihnen war kein längerer Fluss verzeichnet, der uns vielleicht auf angenehme Weise bis auf zwei- oder dreihundert Meilen Entfernung vom Ozean gebracht hätte, außer dem Rio Grande, wie man ihn nennt, der mindestens siebenhundert Meilen weiter nördlich von uns floss und von dem der Geschützmeister nicht wusste, durch was für eine Gegend er uns tragen mochte, denn er sagte, seiner Meinung nach sei die Hitze nördlich des Äquators sogar auf dem gleichen Breitengrad noch heftiger und das Land öder, unfruchtbarer und barbarischer als im Süden, und wenn wir zu den Negern gelangten, die im nördlichen Teil Afrikas am Meer wohnten, besonders zu denen, die Europäer kennengelernt und mit ihnen Handel getrieben hatten, wie mit Holländern, Engländern, Portugiesen, Spaniern und so fort, dann waren die meisten Einheimischen von diesen früher oder später so schlecht behandelt worden, dass sie uns ganz gewiss alles nur mögliche Schlimme antäten, nur um sich zu rächen.

Nach diesen Überlegungen riet er uns, sobald wir den See hinter uns gelassen hätten, nach Westsüdwest weiterzuziehen, das heißt leicht nach Süden abweichend, dann würden wir schließlich an den großen Fluss Kongo gelangen, nach dem die Küste genannt wird, ein wenig nördlich von Angola, wohin wir uns zuerst hatten wenden wollen.

Ich fragte ihn, ob er jemals an der kongolesischen Küste gewesen sei. Er sagte, jawohl, er sei dort gewesen, aber niemals an Land gegangen. Dann fragte ich ihn, wie wir von da die Küste erreichen könnten, wohin die europäischen Schiffe kämen, da sich das Land ja tausendfünfhundert Meilen weit nach Westen hinziehe und wir die ganze Küste entlangwandern müssten, bevor wir an die westlichste Spitze gelangten.

Er erklärte mir, es stehe zehn zu eins, dass wir von irgendwelchen europäischen Schiffen hören würden, die uns aufnehmen könnten, denn sie liefen häufig die Küsten von Kongo und Angola an, um Handel zu treiben, und wenn nicht, dann könnten wir doch, falls wir Proviant fänden, unseren Weg ebenso gut entlang der Küste wie entlang dem Ufer des Flusses wählen, bis wir die Goldküste erreichten, die, wie er sagte, nicht weiter als vier- oder fünfhundert Meilen nördlich von Kongo lag, dazu kämen noch etwa dreihundert Meilen, wo die Küste einen Bogen nach Westen machte, denn sie lag auf dem sechsten oder siebenten Breitengrad; dort hätten die Engländer, die Holländer oder die Franzosen Niederlassungen oder Faktoreien – vielleicht sogar alle drei.

Ich gestehe, dass ich, während er seine Gründe erklärte, eher Lust hatte, nach Norden zu ziehen und uns auf dem Rio Grande einzuschiffen, oder, wie ihn die Händler nennen, den Negro oder Niger, denn ich wusste, dass uns das zum Kap Verde hinüberbrächte, wo wir ganz gewiss Hilfe fänden, während wir an der Küste, wohin wir uns jetzt wandten, noch sehr weit entweder zur See oder über Land reisen mussten und keine Gewissheit hatten, dass wir uns Lebensmittel beschaffen konnten, außer durch Gewalt. Vorläufig hielt ich jedoch den Mund, weil es ja die Meinung meines Lehrers war.

Als wir aber seinem Wunsch gemäß schließlich nach Süden abbogen, nachdem wir an dem zweiten großen See vorbeigezogen waren, begannen alle unsere Leute unsicher zu werden, und sie sagten, jetzt seien wir ganz gewiss vom Wege abgekommen, denn wir entfernten uns immer mehr von unserer Heimat, von der wir doch wahrhaftig schon weit genug entfernt seien.

Kaum waren wir aber zwölf Tage lang gewandert, von denen wir acht dazu gebraucht hatten, den See zu umgehen, und vier weitere, um in südwestlicher Richtung zum Kongo zu gelangen, als wir uns von Neuem veranlasst sahen haltzumachen, da wir in eine so öde, so schreckliche und kahle Gegend gelangten, dass wir nicht wussten, was wir davon halten und was wir tun sollten, denn sie bot den Anblick einer furchterregenden, endlosen Wüste ohne Wald, Bäume, Flüsse oder Bewohner; sogar der Ort, an dem wir uns befanden, war menschenleer, und wir hatten keine Möglichkeit, für den Marsch durch die Wüste Vorräte anzulegen, wie wir es getan hatten, bevor wir durch die erste gezogen waren, es sei denn, wir kehrten vier Tagesmärsche weit zurück zu der Stelle, wo wir um die Spitze des Sees gebogen waren.

Trotz alledem aber wagten wir uns hindurch, denn Leuten, die derart wilde Gebiete durchquert hatten wie wir, vermochte nichts so verzweifelt erscheinen, als dass wir es nicht unternommen hätten. Wir wagten es also, und das umso mehr, als wir in weiter Ferne sehr hohe Berge sahen, die auf unserem Weg lagen, und wir sagten uns, wo es Berge gebe, dort würden auch Quellen und Flüsse vorhanden sein, und wo Flüsse vorhanden seien, dort wüchsen auch Bäume und Gras, und wo Bäume und Gras wüchsen, dort sei auch Vieh zu finden, und wo Vieh zu finden sei, dort gebe es auch irgendwelche Einwohner. Schließlich betraten wir dieser philosophischen Spekulationen zufolge die Einöde, ausgerüstet mit einer großen Menge Wurzeln und Gemüse, die uns die Eingeborenen statt Brot gegeben hatten, sowie mit einem ganz geringen Vorrat an Fleisch und Salz und mit nur wenig Wasser.

Zwei Tage lang zogen wir auf diese Berge zu, und noch immer schienen sie so weit von uns entfernt zu sein wie zu Beginn, und erst am fünften Tag erreichten wir sie; freilich zogen wir nur langsam weiter, denn es war entsetzlich heiß, und wir bewegten uns fast genau auf der Äquinoktiallinie voran und wussten kaum, ob südlich oder nördlich von ihr.

Unsere Schlussfolgerung, wo Berge seien, müsse es auch Quellen geben, erwies sich als richtig; wir waren jedoch nicht nur überrascht, sondern wahrhaft erschrocken, als wir feststellten, dass die erste Quelle, auf die wir träfen und die wunderbar klar und schön aussah, so salzhaltig war wie Sole. Das war eine arge Enttäuschung für uns und ließ uns zuerst Schlimmes befürchten, aber der Geschützmeister, der nicht zu entmutigen war, erklärte uns, wir sollten uns davon nicht beunruhigen lassen, sondern vielmehr froh sein, denn Salz sei eine Wegzehrung, die wir so dringend brauchten wie nur irgendetwas, und zweifellos würden wir nicht nur Salz, sondern auch Trinkwasser finden. Hier mischte sich unser Schiffsarzt ein und erklärte uns zu unserer Ermutigung, er werde uns eine Methode zeigen, falls wir sie noch nicht kannten, um dieses Wasser zu entsalzen, und das gab uns tatsächlich neuen Mut, obwohl wir uns fragten, was er wohl meinte.

Inzwischen hatten unsere Leute, ohne eine Aufforderung abzuwarten, nach weiteren Quellen gesucht und einige gefunden, aber alle waren salzhaltig, woraus wir schlossen, dass es dort einen

Salzfelsen oder Mineralstein im Gebirge gebe; vielleicht bestand es auch gänzlich daraus. Ich überlegte mir noch immer, durch welche Hexerei unser Künstler, der Schiffsarzt, dieses Salzwasser in Trinkwasser zu verwandeln gedachte, und ich wollte das Experiment brennend gern sehen; es war auch tatsächlich merkwürdig, aber er begab sich mit einer solchen Sicherheit daran, als hätte er es hier an Ort und Stelle bereits zuvor ausprobiert.

Er nahm zwei unserer großen Matten und nähte sie aneinander, sodass sie eine Art Sack ergaben, der vier Fuß breit, dreieinhalb Fuß hoch und etwa anderthalb Fuß dick war, als er gefüllt wurde.

Diesen Sack ließ er uns mit trockenem Sand füllen und ihn mit den Füßen so fest stampfen wie möglich, ohne dass die Matten platzten. Als der Sack auf diese Weise bis auf einen Fußbreit vom Rande gefüllt war, suchte er eine andere Erdsorte, stopfte ihn damit gänzlich voll und trat wieder alles so fest, wie er nur konnte. Als er damit fertig war, grub er in die obere Schicht ein Loch, das nicht ganz so tief wie ein großer Hut, aber etwas breiter war, hieß einen Neger Wasser hineinfüllen und, als es versickerte, das Loch von Neuem füllen und ständig voll halten. Den Sack hatte er ungefähr in der Höhe von einem Fuß über dem Boden auf zwei Holzblöcke stellen und darunter einige unserer Häute ausbreiten lassen, um das Wasser aufzufangen. Nach etwa einer Stunde, nicht eher, begann es unten aus dem Sack zu tropfen, und zwar zu unserer großen Überraschung als gänzlich klares Süßwasser, und dies dauerte mehrere Stunden lang an; zum Schluss aber begann es etwas brackig zu werden. Als wir ihm das mitteilten, sagte er: »Nun, dann schüttet den Sand aus und füllt den Sack wieder.« Ob er dies als ein von ihm erdachtes Experiment durchführte oder ob er es zuvor gesehen hatte, weiß ich nicht mehr.

Am nächsten Tag stiegen wir auf die Berggipfel, von wo die Aussicht wirklich verblüffend war, denn so weit das Auge blickte – nichts war zu sehen als nur eine riesige leere Wüste ohne einen

Baum, ohne einen Fluss oder etwas Grünes. Die Oberfläche war, wie die Strecke, über die wir am Tage zuvor gekommen waren, mit einer Art dickem Moos von toter, schwarzer Färbung bedeckt, und nichts war daran, das aussah, als könne es Mensch oder Tier zur Nahrung dienen.

Hätten wir – wie beim ersten Mal – ausreichend Vorräte und Trinkwasser gehabt, um zehn oder zwanzig Tagereisen weit durch diese Wüste zu ziehen, dann hätten wir den Mut aufgebracht, es zu wagen, selbst dann, wenn wir hätten umkehren müssen, denn wir wussten nicht, ob wir bei einem Marsch nach Norden nicht das Gleiche antreffen würden; aber wir hatten keine Vorräte und befanden uns auch nicht an einem Ort, wo wir sie uns hätten beschaffen können. Am Fuße dieser Berge erlegten wir ein paar wilde Tiere, aber außer zwei Exemplaren, die keinem Wild glichen, das wir je zuvor gesehen hatten, trafen wir auf keine Beute, die essbar gewesen wäre. Diese beiden Geschöpfe waren eine Art Mittelding zwischen Büffel und Reh, aber doch wie keins von beiden, denn sie hatten keine Hörner, lange Beine wie Kühe und dabei einen schmalen Kopf und schlanken Hals wie Rehe. Mehrmals schossen wir auch einen Tiger sowie zwei junge Löwen und einen Wolf, aber Gott sei Dank waren wir noch nicht so weit gekommen, dass wir Aas gegessen hätten.

Bei dieser furchtbaren Aussicht wiederholte ich meinen Vorschlag, uns nach Norden zu wenden, zum Fluss Niger oder Rio Grande zu ziehen und dann westwärts zu den englischen Siedlungen an der Goldküste abzuschwenken. Alle stimmten dem bereitwillig zu, bis auf unseren Geschützmeister, der tatsächlich unser bester Führer war, wenn er sich auch diesmal irrte. Er empfahl, da unsere Küste jetzt nördlich liege, sollten wir schräg nach Nordwesten marschieren, sodass wir, wenn wir quer durch das Land zögen, vielleicht auf einen anderen Fluss stießen, der nach Norden in den Rio Grande mündete oder südlich hinunter zur Goldküste floss und uns auf diese Art den Weg weisen sowie unsere Mühe erleichtern könnte; außerdem, wenn das Land irgendwo bewohnt und fruchtbar war, dann gewiss an den Ufern der Flüsse, und nur dort könnten wir uns mit Proviant versorgen.

Dies war ein guter Rat und zu vernünftig, als dass wir ihn in den Wind geschlagen hätten, aber gegenwärtig standen wir vor der Frage, was wir tun sollten, um aus der furchtbaren Gegend, in der wir uns hier befanden, fortzukommen. Hinter uns lag eine Wüste, die uns schon fünf Tagesmärsche gekostet hatte, und wir verfügten nicht mehr über genügend Nahrung, um den fünftägigen Rückmarsch auf demselben Weg bewältigen zu können. Vor uns lag nichts als Schrecken, wie oben beschrieben, und so beschlossen wir, da der Kamm der Berge, auf denen wir standen, einigermaßen fruchtbar aussah und ziemlich weit nach Norden zu führen schien, uns dicht darunter auf dem östlichen Abhang zu halten, ihm zu folgen, so weit wir konnten, und uns sorgfältig nach Nahrung umzusehen.

Dementsprechend machten wir uns am nächsten Morgen auf den Weg, denn wir hatten keine Zeit zu verlieren, und zu unserer großen Erleichterung trafen wir, während wir weiterzogen, schon am ersten Tag auf einige Quellen mit sehr gutem Trinkwasser. Für den Fall, dass es wieder knapp würde, füllten wir alle unsere Wasserbeutel und nahmen es mit. Ich hätte auch erwähnen sollen, dass unser Wundarzt, der das Salzwasser zu Trinkwasser gemacht hatte, die Gelegenheit bei den Salzquellen genutzt hatte, um fast einen Scheffel ausgezeichnetes Salz für uns herzustellen.

Auf unserem dritten Marsch fanden wir eine unerwartete Proviantquelle, denn in den Bergen gab es viele Hasen. Sie waren von etwas anderer Art als die unseren in England, größer und nicht so behände im Lauf, aber ihr Fleisch war sehr gut. Wir schossen mehrere, und der kleine zahme Leopard, den wir, wie ich oben erwähnte, aus der von uns geplünderten Ortschaft mitgenommen hatten, jagte sie wie ein Hund und schlug jeden Tag mehrere für uns, aber er wollte nichts davon fressen, wenn wir es ihm nicht anboten, was in unserer Lage wirklich sehr zuvorkommend war. Wir salzten sie ein wenig ein, dörrten sie unzerlegt in der Sonne und trugen ein gewaltiges Paket mit uns. Ich glaube, es waren fast dreihundert, denn wir wussten nicht, wann wir wieder diese oder ähnliche Nahrung finden mochten. Wir setzten unseren Marsch unter den Berggipfeln acht oder neun Tage lang auf sehr bequeme Weise fort und stellten dann zu unserer großen Befriedigung fest, dass das Land unter uns ein etwas besseres Aussehen annahm. Was die Westseite der Berge betraf, so erkundeten wir sie so lange nicht, bis drei aus unserer Gesellschaft eines Tages, während die Übrigen haltmachten, um sich auszuruhen, aus Neugier wieder auf die Gipfel stiegen. Sie erblickten dort aber das gleiche Bild, und es schien auch kein Ende zu nehmen, jedenfalls nicht nordwärts, wohin wir zogen; und als wir daher am zehnten Tage feststellten, dass die Berge einen Bogen machten und anscheinend in die große Wüste führten, verließen wir sie und setzten unseren Weg nach Norden hin fort, wo das Land ziemlich bewaldet war und gelegentlich wohl einige Wüsten, jedoch keine übermäßig langen aufwies, bis wir, nach der Beobachtung unseres Geschützmeisters, zur Breite von acht Grad fünf Minuten kamen, wozu wir noch neunzehn Tage brauchten.

Auf diesem ganzen Weg fanden wir keine Einwohner, aber sehr viele Raubtiere, die uns jetzt so vertraut geworden waren, dass wir uns wirklich nicht mehr viel um sie kümmerten. Wir sahen jede Nacht und jeden Morgen Löwen, Tiger und Leoparden in großer Menge, da sie aber selten in unsere Nähe kamen, ließen wir sie ihren Geschäften nachgehen; machten sie jedoch Anstalten, sich uns zu nähern, dann gaben wir mit irgendeiner ungeladenen Büchse falsches Feuer, und sobald sie den Blitz sahen, trollten sie sich.

Was die Nahrung betraf, so behalfen wir uns den gesamten Weg über recht gut, denn zuweilen erlegten wir Hasen, zuweilen Vögel, aber um nichts in der Welt vermag ich sie zu benennen, außer einer Art Rebhuhn und einem Tier, das unserer Schildkröte glich. Hin und wieder begegneten wir wieder Elefanten in großen Herden; diese Tiere liebten vor allem die bewaldeten Gebiete des Landes.

Der lang ausgedehnte Marsch erschöpfte uns sehr; zwei unserer Leute wurden krank, und zwar so schwer, dass wir glaubten, sie würden es nicht überleben, und einer unserer Neger starb plötzlich. Unser Wundarzt sagte, es sei ein Schlaganfall, aber er erklärte, er wunderte sich darüber, denn der Mann hatte sich niemals über allzu reiche Nahrung beklagen können. Ein Zweiter von ihnen wurde sehr krank, und mit viel Mühe überzeugte ihn unser Wundarzt – er zwang ihn sogar fast dazu –, einen Aderlass vornehmen zu lassen, und er wurde wieder gesund.

Wir legten hier unserer Kranken wegen einen Aufenthalt von zwölf Tagen ein, und unser Wundarzt bewegte mich und drei oder vier andere von uns dazu, ihm zu gestatten, dass er uns während dieser Ruhezeit zur Ader ließ, und neben anderen Dingen, die er uns gab, trug es sehr viel dazu bei, dass wir auf einem so ermüdenden Marsch und in einem so heißen Klima gesund blieben.

Unterwegs schlugen wir jede Nacht unsere Mattenzelte auf, und sie waren sehr angenehm für uns, wenn es auch an den meisten Plätzen Wald und Bäume gab, die uns Schutz boten. Wir fanden es sehr merkwürdig, dass wir in diesem ganzen Teil des Landes keine Einwohner antrafen; der Hauptgrund dafür aber war, wie wir später feststellten, dass wir, da wir zuerst einen westlichen und dann einen nördlichen Kurs eingehalten hatten, zu weit in die Mitte des Landes und in die Wüsten geraten waren, während die Einwohner sowohl im Südwesten als auch im Norden hauptsächlich an den Flüssen und Seen sowie in den Niederungen zu finden sind.

Die wenigen kleinen Flüsse, an die wir kamen, hatten einen so niedrigen Wasserstand, dass darin außer in einigen pfützenähnlichen Gruben so gut wie kein Wasser zu sehen war, und sie ließen eher erkennen, dass sie nur während der Regenmonate ein Flussbett hatten, als dass sie gegenwärtig tatsächlich Wasser führten. Daraus konnten wir leicht ersehen, dass wir noch weit zu gehen hatten; dies entmutigte uns jedoch nicht, solange wir nur über Vorräte und angemessenen Schutz vor der großen Hitze verfügten, die, wie ich dachte, jetzt viel heftiger war als zu dem Zeitpunkt, wo die Sonne genau über uns stand.

Nachdem sich unsere Leute erholt hatten, zogen wir weiter, gut mit Proviant und reichlich mit Wasser ausgestattet. Wir bogen auf unserem nördlichen Kurs ein wenig nach Westen ab, in der Hoffnung, zu einem günstigen Strom zu gelangen, der ein Kanu zu tragen vermochte; wir fanden jedoch innerhalb von zwanzig Tagen keinen, einbegriffen acht Ruhetage, denn da unsere Leute schwach waren, rasteten wir sehr häufig, besonders wenn wir an Orte kamen, die sich für unsere Zwecke eigneten, wo wir Rinder, Vögel oder irgendetwas erlegen konnten, um uns zu ernähren. In diesen zwanzig Marschtagen gelangten wir um vier Grad nordwärts und dazu um einige Meridiandistanz nach Westen, und wir trafen auf viele Elefanten und auch auf eine große Anzahl von Elefantenzähnen, die hier und da, vor allem in den zuweilen sehr ausgedehnten Waldgebieten, verstreut lagen. Sie bedeuteten für uns jedoch keine Beute; uns ging es darum, Nahrungsmittel und einen guten Reiseweg aus dem Land hinaus zu finden. Uns lag vielmehr daran, ein gutes, fettes Reh aufzuspüren und es zu erlegen, damit es uns als Nahrung diente, als hundert Tonnen Elefantenzähne einzusammeln. Wie der Leser bald erfahren wird, dachten wir also, als wir unsere Reise zu Wasser fortsetzten, trotzdem einmal daran, ein großes Kanu zu bauen, um es mit Elfenbein zu beladen, damals wussten wir jedoch noch nichts über die Flüsse und hatten keine

Ahnung, wie gefährlich und schwierig die Fahrt darauf sein würde, noch hatten wir das Gewicht in Betracht gezogen, das wir zum Flussufer, wo wir uns einschiffen konnten, schleppen mussten.

Nach zwanzig Reisetagen, wie gesagt, bei drei Grad sechzehn Minuten nördlicher Breite, entdeckten wir in einem von unserem Standort ziemlich weitab liegenden Tal einen recht ansehnlichen Wasserlauf, der, wie wir dachten, verdiente, dass wir ihn einen Fluss nannten, und der nach Nordnordwest floss, genau wie wir es brauchten. Da wir uns in Gedanken auf eine Weiterfahrt zu Wasser eingestellt hatten, hielten wir dies für eine Gelegenheit, den Versuch zu machen, und lenkten unsere Schritte geradenwegs in das Tal.

Unmittelbar an unserem Weg lag ein kleines Dickicht, und ohne an etwas Böses zu denken, gingen wir daran vorbei, als plötzlich einer unserer Neger gefährlich durch einen Pfeil verwundet wurde, der ihn in den Rücken traf und schräg zwischen den Schulterblättern stecken blieb.

Dies veranlasste uns, jäh haltzumachen, und als drei unserer Leute zusammen mit zwei Gefangenen das recht kleine Gehölz durchkämmten, fanden sie einen Mann mit einem Bogen ohne Pfeil. Er wäre entflohen, aber einer unserer Leute, die ihn aufgespürt hatten, erschoss ihn aus Rache für das Unheil, das er angerichtet hatte, und so verloren wir die Gelegenheit, ihn gefangen zu nehmen. Hätten wir es getan, ihn gut behandelt und nach Hause geschickt, dann hätte dies vielleicht andere Eingeborene veranlasst, sich uns in freundlicher Absicht zu nähern.

Als wir ein wenig weitergegangen waren, gelangten wir zu fünf Hütten oder Häusern, die anders gebaut waren als alle, die wir bisher gesehen hatten. Neben der Tür einer dieser Hütten lagen, an der Wand der Hütte aufgeschichtet, sieben Elefantenzähne, als seien sie für einen Markt bestimmt. Hier befanden sich keine Männer, aber sieben oder acht Frauen und fast zwanzig Kinder.

Wir behandelten sie in keiner Weise ungebührlich, sondern gaben jeder der Frauen ein Stück dünngeschlagenes Silber, das, wie zuvor beschrieben, karoförmig oder in Form eines Vogels zugeschnitten war, worauf sie überglücklich waren und uns allerlei Nahrungsmittel herausbrachten, die wir nicht kannten, denn es waren aus dem Mehl einer Wurzel hergestellte Kuchen, die sie in der Sonne gebacken hatten und die sehr gut schmeckten. Wir begaben uns ein wenig abseits und schlugen für die Nacht unser Zeltlager auf, ohne daran zu zweifeln, dass unsere Höflichkeit gegenüber den Frauen eine gute Wirkung hätte, wenn ihre Ehemänner heimkehrten.

Dementsprechend kamen am nächsten Morgen die Frauen mit elf Männern, fünf kleinen Jungen und zwei schon recht großen Mädchen zu unserem Lager. Bevor sie ganz bei uns angelangt waren, stießen die Frauen laute Rufe und einen merkwürdigen Schrei aus, um uns herauszulocken. Wir kamen auch, und zwei Frauen zeigten unsere Geschenke, deuteten auf die Gesellschaft hinter ihnen und machten Zeichen, die, wie wir leicht zu begreifen vermochten, Freundschaft bedeuteten. Danach traten die Männer mit Bogen und Pfeilen näher, legten sie auf die Erde nieder, kratzten Sand zusammen, warfen ihn über ihren Kopf und drehten sich dreimal um sich selbst, wobei sie die erhobenen Hände auf den Kopf legten. Dies war anscheinend ein feierlicher Schwur der Freundschaft. Daraufhin winkten wir ihnen mit den Händen, näher zu kommen. Zuerst schickten sie uns die Knaben und Mädchen, damit sie uns weitere Kuchen und einiges grünes Gemüse zu essen brachten, die wir annahmen; nun hoben wir die Jungen auf und küssten sie sowie auch die kleinen Mädchen. Darauf kamen die Männer nahe zu uns heran, setzten sich auf den Erdboden und machten uns Zeichen, wir sollten uns zu ihnen setzen, was wir auch taten. Sie sprachen viel miteinander, aber wir vermochten sie nicht zu verstehen und uns ihnen auch nicht verständlich zu machen, viel weniger noch, ihnen zu erklären, wohin wir gingen und was wir wollten, außer dass wir ihnen ohne Schwierigkeiten unseren Bedarf an Lebensmitteln zu verstehen gaben. Darauf blickte sich einer der Männer zu einer Anhöhe um, die etwa eine halbe Meile weit entfernt lag, fuhr auf, als sei er erschrocken, rannte zu der Stelle, wo sie ihre Bogen und Pfeile niedergelegt hatten, nahm einen Bogen und zwei Pfeile auf und lief wie ein Rennpferd zu der Anhöhe. Dort angekommen, schoss er seine beiden Pfeile ab und kehrte mit der gleichen Geschwindigkeit zu uns zurück. Als wir sahen, dass er mit dem Bogen, aber ohne die Pfeile wiederkam, wurden wir neugieriger; der Bursche sagte jedoch nichts zu uns, winkte einem unserer Neger, er solle mit ihm kommen, und wir hießen ihn gehen. Da führte er ihn zurück zu der Stelle, wo eine Art Reh lag, das er mit zwei Pfeilen geschossen hatte; es war aber noch nicht ganz tot, und zusammen brachten sie es zu uns hinab. Das sollte ein Geschenk sein, und es war uns sehr willkommen, wie ich dem Leser versichern kann, denn unser Vorrat war nur noch gering. Diese Leute waren alle splitternackt.

Am nächsten Tag kamen etwa hundert Menschen zu uns, Männer und Frauen, die uns die gleichen ungeschickten Zeichen der Freundschaft machten, tanzten, sich sehr erfreut zeigten und uns alles gaben, was sie hatten. Wie der Mann im Gehölz so blutdürstig und roh hatte sein können, auf unsere Leute zu schießen, ohne dass zuerst ein Streit stattgefunden hatte, konnten wir uns nicht erklären, denn bei allen sonstigen Berührungen, die wir mit diesen Menschen hatten, zeigten sie sich einfach, geradezu und gutmütig.

Von dort aus gingen wir am Ufer des schon erwähnten kleinen Flusses entlang, wo wir, wie sich herausstellte, die Einheimischen antreffen sollten; ob sie uns aber freundlich gesinnt waren oder nicht, vermochten wir noch nicht zu beurteilen.

Der Fluss nützte uns lange nichts, was unsere Absicht betraf, Kanus zu bauen, und an seinem Ufer zogen wir weitere fünf Tage durch das Land, bis unsere Zimmerleute, da sie fanden, der Fluss sei nun größer geworden, vorschlugen, wir sollten unsere Zelte aufschlagen und beginnen, uns Kanus zu bauen. Nachdem wir aber mit der Arbeit angefangen, zwei oder drei Bäume gefällt und dazu fünf Tage gebraucht hatten, wanderten einige unserer Leute weiter flussabwärts und brachten uns die Nachricht, dass der Fluss eher kleiner als größer wurde, da er im Sand versickerte oder durch die Sonnenhitze austrocknete, sodass er nicht das kleinste Kanu befördern konnte, das von Nutzen für uns gewesen wäre. Wir waren deshalb gezwungen, unser Unternehmen aufzugeben und weiter zu marschieren.

Bei unserer fortgesetzten Erforschung dieses Weges begaben wir uns drei Tage lang genau nach Westen, denn im Norden war das Land außerordentlich bergig und ausgedörrter und trockener als alles, was wir bisher gesehen hatten, während wir in dem gerade nach Westen gelegenen Teil ein liebliches Tal fanden, das sich zwischen zwei hohen Bergketten weit dahinzog. Die Berge sahen furchtbar aus, denn sie waren völlig kahl und wegen der Trockenheit des Sandes geradezu weiß, im Tal aber fanden wir Bäume, Gras, etwas Wild, das sich zur Nahrung eignete, sowie hin und wieder einige Einwohner.

Wir kamen an etlichen Hütten oder Häusern vorbei und sahen in ihrer Nähe Menschen; sie rannten jedoch in die Berge davon, sobald sie uns erblickten. Am Ende dieses Tals gelangten wir in eine bevölkerte Gegend, und das erweckte zuerst Zweifel in uns, ob wir uns dorthin begeben oder uns weiter nördlich zu den Bergen wenden sollten, und da wir noch immer, wie schon zuvor, beabsichtigten, vor allem den Fluss Niger zu erreichen, waren wir geneigt, uns hierfür zu entscheiden und nach dem Kompass Kurs in nordwestlicher Richtung zu halten. So marschierten wir ohne Aufenthalt noch sieben Tage lang, bis wir überraschenderweise auf Umstände stießen, die noch viel trostloser und verzweifelter waren als die unseren, was schließlich kaum glaubhaft scheinen wird.

Wir bemühten uns nicht besonders darum, Kontakt mit den Eingeborenen des Landes aufzunehmen oder ihre Bekanntschaft zu machen, außer dann, wenn wir sie brauchten, um uns mit Nahrung zu versorgen oder nach dem Weg zu fragen, und obwohl wir feststellten, dass die Gegend hier anfing, sehr bevölkert zu werden, besonders nach Süden hin, zu unserer Linken, hielten wir uns nördlich in einiger Entfernung und folgten dabei immer noch einer westlichen Route.

Auf dieser Strecke fanden wir allerlei Wild, das wir erlegen und essen konnten, und deshalb waren wir mit dem Notwendigsten versorgt, wenn auch nicht so reichlich wie zu Beginn unseres Marsches, und während wir es uns angelegen sein ließen, bewohnte Gebiete zu meiden, kamen wir schließlich zu einem sehr lieblichen, angenehmen Wasserlauf, der nicht groß genug war, dass man ihn einen Fluss hätte nennen können, der aber nach Nordwesten floss, genau in die Richtung, in die wir zu gelangen wünschten.

Am jenseitigen Ufer gewahrten wir ein paar Hütten, nicht viele, und in einer kleinen Niederung etwas Mais oder Indianerkorn, was uns verriet, dass es auf der anderen Seite des Wasserlaufs Bewohner gab, die weniger barbarisch waren als die, mit welchen wir anderswo Berührung gehabt hatten.

Während wir uns mit unserer ganzen Karawane in geschlossenem Trupp dorthin bewegten, riefen unsere Neger, die an der Spitze marschierten, sie sähen einen weißen Mann. Wir waren zuerst nicht sehr betroffen, da wir glaubten, die Burschen hätten sich geirrt, und fragten sie, was sie meinten. Da trat einer von ihnen zu mir hin und deutete auf eine Hütte auf der anderen Seite des Hügels. Zu meinem Erstaunen gewahrte ich tatsächlich einen weißen, jedoch splitternackten Mann, der neben der Tür seiner Hütte sehr beschäftigt war; er bückte sich mit etwas, das er in der Hand hielt, zum Boden hinunter, als verrichte er dort irgendeine Arbeit, und da er uns den Rücken kehrte, sah er uns nicht.

Ich gab Weisung, kein Geräusch zu machen, und wartete, bis mehrere unserer Leute heran waren, um ihnen den Anblick zu zeigen, damit sie wussten, dass ich mich nicht irrte, und bald waren wir unserer Sache gewiss, denn der Mann, der etwas gehört hatte, fuhr auf und blickte uns voll an. Seine Betroffenheit war sicher ebenso groß wie die unsere, aber ob nun aus Furcht oder aus Hoffnung, konnten wir in dem Augenblick nicht erkennen.

Ebenso wie er uns entdeckte, taten dies auch die übrigen Einwohner, die zu den umliegenden Hütten gehörten; alle liefen zusammen und betrachteten uns aus der Ferne, wobei ein kleiner Talgrund, in den der Wasserlauf floss, zwischen uns lag. Der weiße Mann sowie alle Übrigen wussten nicht recht, wie er uns später erzählte, ob sie dableiben oder davonlaufen sollten. Mir kam jedoch alsbald der Gedanke, wenn es weiße Männer unter ihnen gab, dann musste es viel leichter als bei anderen sein, ihnen unsere Absichten, was Krieg oder Frieden betraf, verständlich zu machen, und so banden wir zwei weiße Lappen an ein Stockende und schickten damit zwei Neger, welche die Stange so hoch hielten, wie sie nur konnten, ans Ufer des Gewässers. Es wurde sogleich verstanden, und zwei ihrer Männer kamen mit dem Weißen ans jenseitige Ufer.

Da der Weiße aber kein Portugiesisch sprach, konnten sie einander nur durch Zeichen verstehen. Als unsere Leute ihm begreiflich machten, dass sie ebenfalls weiße Männer bei sich hätten, lachte er über diese Nachricht. Jedoch, um mich kurz zu fassen, unsere Leute kehrten zurück und teilten uns mit, dass es lauter gute Freunde seien, und nach ungefähr einer Stunde gingen vier der unseren, zwei Männer und der schwarze Prinz ans Flussufer, wo der Weiße sich zu ihnen begab.

Es dauerte keine sieben Minuten, da kam einer zu mir gerannt und berichtete, der Weiße sei Inglese, wie er sich ausdrückte; darauf rannte ich voller Eifer, wie sich der Leser wohl vorstellen kann, mit ihm zurück und erfuhr, dass es so war, wie er gesagt hatte:

er war ein Engländer. Nun umarmte mich dieser sehr innig, und die Tränen rannen ihm über das Gesicht. Die erste Überraschung über unseren Anblick war schon vorüber, als wir anlangten, aber jeder kann sich ein Bild davon machen, denn dem kurzen Bericht zufolge, den er uns danach von seinen sehr unglücklichen Lebensumständen und einer Befreiung gab, die so unerwartet war, wie sie wohl noch kein Mensch erlebt hatte, stand es eine Million zu eins, dass er jemals erlöst würde; nur ein Abenteuer, wie man es noch nie vernommen oder gelesen hatte, passte auf seinen Fall, wenn der Himmel nicht durch ein Wunder für ihn handelte, das er niemals erhoffen durfte.

Anscheinend war er ein Gentleman und kein Mensch von gewöhnlichem Stand, wie etwa ein Seemann oder ein Handwerker; dies zeigte sich im ersten Augenblick unserer Unterhaltung und trotz aller Nachteile seiner elenden Lage in seinem Benehmen.

Er war ein Mann mittleren Alters, nicht älter als sieben- oder achtunddreißig, obwohl sein Bart übermäßig lang gewachsen war und ihm das Haupt- und Gesichtshaar auf merkwürdige Weise bis zur Mitte des Rückens und der Brust hinabhing; er war weiß und seine Haut sehr fein, wenn auch verfärbt und an manchen Stellen mit Blasen und einer schwarzbraunen Schicht, die schorfig, schuppig und hart war, bedeckt, eine Folge der sengenden Sonnenhitze. Er war völlig nackt, und das schon, wie er uns erzählte, seit über zwei Jahren.

Unser Zusammentreffen hatte ihn so überwältigt, dass er an diesem Tage kaum eine Unterhaltung mit uns zu führen vermochte, und als er sich für eine kurze Weile von uns fortbegeben konnte, sah ich ihn mit den überschwänglichsten Beweisen einer unbändigen Freude allein umhergehen, und auch danach hatte er noch tagelang ständig Tränen in den Augen, sobald wir nur mit dem kleinsten Wort auf seine Lage anspielten oder er selbst auf seine Befreiung.

Wir fanden sein Benehmen so höflich und gewinnend, wie ich es nur je bei einem Menschen erlebt habe, und bei allem, was er tat oder sagte, ließ er die offensichtlichsten Merkmale eines gesitteten, wohlerzogenen Menschen sehen, und unsere Leute fühlten sich von ihm sehr angezogen. Er war ein gebildeter Mann und Mathematiker, Portugiesisch konnte er freilich nicht sprechen, er redete jedoch Lateinisch mit unserem Wundarzt, Französisch mit einem anderen unserer Leute und Italienisch mit einem Dritten. Seine Gedanken ließen ihm keine Zeit zu fragen, woher wir kamen, wohin wir gingen noch wer wir waren, sondern er antwortete sich stets selbst, wir kämen ganz gewiss vom Himmel, wohin wir auch gingen, und seien ausdrücklich zu dem Zweck gesandt, ihn aus der schrecklichsten Lage zu retten, in die je ein Mensch geraten war.

Als unsere Leute ihr Lager am Ufer des kleinen Flusses gegenüber seiner Hütte aufschlugen, begann er sich zu erkundigen, welche Vorräte wir hatten und wie wir uns zu versorgen gedachten. Als er feststellte, dass unsere Bestände nur gering waren, sagte er, er wolle mit den Eingeborenen sprechen, dann würden wir genügend Vorräte bekommen, denn sie seien die zuvorkommendste, gutherzigste Bevölkerungsgruppe in diesem ganzen Landesteil, wie wir schon daraus entnehmen könnten, dass er so ungefährdet unter ihnen lebte.

Das, was dieser Gentleman gleich zu Beginn für uns tat, war tatsächlich von großer Bedeutung für uns, denn erstens gab er uns genauestens Auskunft, wo wir uns befanden und welches für uns der richtige Kurs war, den wir halten mussten, zweitens verhalf er uns zu einer ausreichenden Versorgung mit Lebensmitteln, und drittens war er unser vollendeter Dolmetscher und Friedensunterhändler mit allen Eingeborenen, die jetzt auf unserem Wege sehr zahlreich wurden und grimmigere und erfahrenere Leute waren als die, welche wir bisher angetroffen hatten; sie ließen sich durch unsere Waffen nicht so leicht einschüchtern wie die anderen und waren nicht so unwissend, uns für unseren kleinen Krimskrams, den, wie ich schon berichtete, unser Handwerker herstellte, ihre Vorräte und ihr Korn zu geben, denn da sie häufig mit den Europäern an der Küste Handel getrieben und Umgang gepflogen hatten oder aber mit anderen Völkern, die mit jenen Handels- oder andere Beziehungen unterhielten, waren sie weniger unwissend und furchtsam, und infolgedessen konnte man von ihnen nichts erhalten als nur im Austausch gegen das, was ihnen gefiel.

Dies bezieht sich auf die Einheimischen, zu denen wir bald darauf gelangten; was aber die armen Leute betraf, bei welchen er lebte, so waren sie mit den Dingen nicht sehr vertraut, da sie über dreihundert Meilen von der Küste entfernt lebten, nur dass sie in den im Norden gelegenen Bergen Elefantenzähne fanden, die sie sammelten und ungefähr sechzig oder siebzig Meilen weit nach Süden brachten, wo gewöhnlich andere schwarze Händler mit ihnen zusammentrafen und ihnen dafür Glasperlen, Muscheln und Kauris gaben, womit die Engländer, Holländer und andere Händler aus Europa sie versorgten.

Jetzt begannen wir mit unserem neuen Bekannten vertrauter zu werden, und obwohl wir selbst, was Kleidung betraf, recht traurige Figuren abgaben, denn wir besaßen weder Schuhe noch Strümpfe noch Handschuhe, noch alle zusammen auch nur einen Hut und bloß einige wenige Hemden, kleideten wir ihn doch als Erstes ein, so gut wir konnten. Zuvor rasierte ihn unser Wundarzt, der Schere und Rasiermesser hatte, und schnitt ihm das Haar. In unseren gesamten Vorräten hatten wir, wie gesagt, keinen Hut, aber er versorgte sich selbst, indem er sich aus einem Stück Leopardenfell sehr kunstvoll eine Mütze machte. Was Schuhe oder Strümpfe betraf, so war er so lange ohne sie gegangen, dass er nicht einmal die Fellschuhe und Füßlinge mochte, die wir, wie oben beschrieben, trugen.

Ebenso, wie er neugierig war, die ganze Geschichte unserer Reise zu erfahren, und unser Bericht ihn außerordentlich erfreute, waren auch wir nicht weniger gespannt, ihn erzählen zu hören, woher er stammte und wie er so allein in dieses fremde Land und in die oben erwähnten Umstände geraten war. Seine Schilderung gäbe allein schon den Stoff zu einer packenden Geschichte, die ebenso lang und unterhaltsam wäre wie die unsere, denn sie enthielt viele merkwürdige und außergewöhnliche Begebenheiten; wir haben hier jedoch nicht genügend Raum, um so weit von unserem Thema abzuschweifen. Kurz gefasst lautete sein Bericht folgendermaßen:

Er war der Geschäftsführer einer englischen Handelsgesellschaft in Sierra Leone oder einer der anderen Siedlungen der Engländer gewesen, welche die Franzosen erobert hatten, und von Plünderern seiner ganzen Habe sowie des Besitzes, den ihm die Gesellschaft anvertraut hatte, beraubt worden. Ob die Gesellschaft ihm nun Unrecht erwies, indem sie ihm den Verlust nicht ersetzte oder indem sie ihn nicht mehr weiterbeschäftigte – auf jeden Fall verließ er ihren Dienst und fand Beschäftigung bei sogenannten unabhängigen Händlern, und da er später auch hier seine Stellung verlor, trieb er auf eigene Rechnung Handel. Als er unversehens in eine Siedlung der Gesellschaft gelangte, fiel er entweder durch Verrat in die Hände der Eingeborenen oder wurde aus irgendeinem anderen Grunde von ihnen überrumpelt. Da sie ihn jedoch nicht umbrachten, gelang es ihm damals, ihnen zu entkommen, und er floh zu einem anderen Eingeborenenvolk, das mit dem Ersten verfeindet war und ihn deshalb freundlich aufnahm. Dort lebte er eine Zeit lang, aber weil ihm weder seine Unterkunft noch die Gesellschaft behagte, floh er von Neuem und wechselte mehrfach seine Wirtsleute; zuweilen wurde er mit Gewalt entführt, zuweilen trieb ihn die Furcht zur Veränderung seiner Lage (deren Buntheit eine Erzählung für sich verdiente), bis er endlich so weit gewandert war, dass es keine Möglichkeit der Rückkehr mehr gab, und er ließ sich dort nieder, wo wir ihn fanden und wo ihn der König des kleinen Stammes, bei dem er lebte, gut aufgenommen hatte. Zum Entgelt lehrte er die Einheimischen, das Produkt ihrer Arbeit zu schätzen und die Bedingungen zu kennen, zu denen sie Handel trieben mit den Negern, die zu ihnen kamen, um Elefantenzähne einzutauschen.

Da er nackt war und keine Kleidung besaß, war er auch bar aller Waffen zu seiner Verteidigung, denn er hatte weder eine Flinte noch ein Schwert noch einen Knüppel oder sonst ein Kriegsinstrument bei sich, nicht einmal etwas, um sich gegen die Angriffe der wilden Tiere zu wehren, von denen das Land wimmelte. Wir fragten ihn, wie er so völlig alle Sorge um seine Sicherheit hatte aufgeben können? Er antwortete, für ihn, der sich so oft den Tod herbeigewünscht habe, sei es das Leben nicht wert, dass man es verteidige, und da er völlig von der Gnade der Einheimischen abhänge, hätten sie viel größeres Vertrauen zu ihm, wenn sie sähen, dass er keinerlei Waffen besaß, um ihnen etwas zu tun. Und was die wilden Tiere betreffe, so mache er sich ihretwegen keine Gedanken, denn er gehe kaum jemals fort von seiner Hütte, und wenn er sie verlasse, dann begleiteten ihn der König und dessen Leute, die alle mit Bogen und Pfeilen sowie mit Lanzen bewaffnet seien, mit denen sie jedes Raubtier töteten, ob es nun ein Löwe oder sonst etwas sei; sie begäben sich jedoch nur selten am Tage fort, und wenn sie Nachtwanderungen unternähmen, dann bauten sie sich stets eine Hütte und zündeten vor deren Tür ein Feuer an, und das gebe genügenden Schutz.

Wir erkundigten uns bei ihm, was wir als Nächstes tun sollten, um ans Meer zu gelangen. Er sagte uns, wir befänden uns etwa zweihundertzwanzig englische Meilen weit von der Küste entfernt, an der fast alle europäischen Siedlungen und Faktoreien lägen und welche die Goldküste genannt werde. Unterwegs aber gebe es viele verschiedene Völker, und es stehe zehn zu eins, dass wir entweder ständig angegriffen würden oder aber aus Mangel an Vorräten verhungerten; es gebe jedoch noch zwei andere Wege, auf denen er – wie er oft geplant habe – entkommen wäre, wenn er nur Gesellschaft gehabt hätte. Die eine Möglichkeit war, direkt nach Westen zu ziehen, wo wir, obgleich der Weg weiter war, nicht so viele Menschen anträfen und diejenigen, auf die wir stießen, würden sich viel gesitteter uns gegenüber verhalten oder doch leichter zu bekämpfen sein; die andere war, zu versuchen, zum Rio Grande zu gelangen und mit Kanus stromabwärts zu fahren. Wir sagten ihm, dass dies der Weg sei, für den wir uns entschieden hätten, bevor wir ihn fanden; aber dann berichtete er uns, dass wir zuvor eine riesige Wüste und ebenso riesige Wälder durchqueren müssten, bevor wir dorthin gelangten, und beides zusammen bedeute einen Marsch von mindestens zwanzig Tagen für uns, so schnell wir uns auch fortbewegten.

Wir fragten ihn, ob es in diesem Lande keine Pferde, Esel oder auch nur Büffel oder Wasserbüffel gebe, die wir für eine solche Reise benutzen könnten, und wir zeigten ihm unsere Tiere, von denen wir nur noch drei übrig hatten. Er sagte, nein, das ganze Land biete nichts Derartiges.

Er berichtete uns, dass es in dem großen Wald eine unendliche Anzahl von Elefanten gebe und in der Wüste große Mengen von Löwen, Luchsen, Tigern, Leoparden und so fort und dass die Männer in ebendiesen Wald und ebendiese Wüste gingen, um Elefantenzähne zu holen, und dort immer eine große Anzahl davon fanden.

Wir fragten ihn noch genauer aus, besonders auch nach dem Weg zur Goldküste und ob es dorthin keine Flüsse gebe, die uns den Transport erleichtern könnten; wir erklärten ihm, was die Angriffe betreffe, so seien wir darüber nicht sehr besorgt und hätten auch keine Angst vor dem Verhungern, denn wenn sie irgendwelche Lebensmittel besäßen, wollten wir uns unseren Anteil daran schon beschaffen, und wenn er es daher wagen wolle, uns den Weg zu zeigen, wollten wir auch wagen, ihn zu gehen, und was ihn selbst betreffe, erklärten wir, so wollten wir zusammen leben und zusammen sterben – keiner von uns werde sich von seiner Seite rühren.

Er versicherte uns von ganzem Herzen, er wolle sein Schicksal mit uns teilen, wenn wir uns dazu entschlössen, das Wagnis zu unternehmen, und wolle versuchen, uns einen Weg zu führen, auf dem wir freundliche Wilde anträfen, die uns gut behandeln und uns vielleicht gegen andere, die weniger umgänglich waren, beistehen würden. So beschlossen wir, kurz gesagt, uns direkt nach Süden zur Goldküste zu wenden.

Am nächsten Morgen kam er wieder zu uns, und da wir uns sämtlich zur Ratsversammlung, wie man es nennen kann, zusammengefunden hatten, begann er sehr ernsthaft mit uns zu reden und sagte, da wir jetzt, nach einer langen Reise, das Ende unserer Sorgen vor Augen hätten und ihm gegenüber so zuvorkommend gewesen seien, ihm anzubieten, dass wir ihn mitnehmen wollten, habe er sich die ganze Nacht darüber den Kopf zerbrochen, was er und wir alle tun könnten, um uns für unsere zahlreichen Nöte ein wenig zu entschädigen. Als Erstes wolle er uns mitteilen, dass wir uns gerade hier in einem der reichsten Teile der Welt befänden, obgleich die Gegend in jeder anderen Hinsicht nur eine trostlose, verlassene Wildnis sei, »denn«, so sagte er, »hier gibt es keinen Fluss, der nicht Gold mit sich führt, keine Wüste, die nicht, ohne dass man sie pflügt, eine Ernte von Elfenbein hervorbringt. Welche Goldminen und welche ungeheuren Goldvorräte jene Berge dort, wo die Flüsse entspringen, oder die Flussufer enthalten mögen, wissen wir nicht, können uns aber vorstellen, dass sie unendlich reich sein müssen, da das Wasser der Flüsse so viel an die Ufer des Landes heranspült, dass die Menge für alle Händler ausreicht, welche die europäische Welt hierherschickt.« Wir fragten ihn, wie weit sie denn gingen, um es zu suchen, da die Schiffsleute ja nur an der Küste Handel trieben. Er berichtete uns, dass die Einheimischen der Küste längs der Flüsse hundertfünfzig bis zweihundert Meilen weit danach suchten und einen, zwei oder sogar drei Monate lang fortblieben und jedes Mal mit genügender Ausbeute heimkehrten. »Aber bis hierher kommen sie niemals«, sagte er, »und dabei gibt es hier ebenso viel Gold wie dort.« Danach erzählte er uns, dass er wohl hundert Pfund Gold hätte bergen können, seit er hierhergekommen war, wenn er es nur darauf angelegt hätte, danach zu suchen und dafür zu arbeiten; da er aber nicht gewusst habe, was er damit hätte anfangen sollen, und schon lange verzweifelt die Hoffnung aufgegeben habe, dass er jemals aus dem Elend, in dem er sich befand, befreit würde, habe er es gänzlich unterlassen. »Denn welchen Vorteil hätte es mir gebracht«, sagte er, »oder um wie viel wäre ich reicher gewesen, wenn ich eine Tonne Goldstaub besessen, mich darauf niedergelegt und mich darin gewälzt hätte? Sein Besitz hätte mir nicht einen einzigen Augenblick Glückseligkeit verschafft«, sagte er, »und mich auch nicht aus meiner gegenwärtigen Notlage befreit. Nein«, erklärte er, »wie Ihr alle seht, hätte ich mir damit keine Kleidung, um mich zu bedecken, und keinen Tropfen von etwas Trinkbarem kaufen können, um mich vor dem Verdursten zu retten. Es hat hier keinen Wert«, sagte er, »in diesen Hütten gibt es mehrere Leute, die bereit wären, Gold mit ein paar Glasperlen oder einer Muschel aufzuwiegen und eine Handvoll Goldstaub gegen eine Handvoll Kauris einzutauschen.« NB: Dies sind kleine Muscheln, die unsere Kinder Mohrenzähne nennen.

Nachdem er dies gesagt hatte, zog er einen in der Sonne hartgebackenen irdenen Topf hervor. »Hier ist etwas vom Schmutz dieses Landes«, sagte er, »und hätte ich gewollt, dann hätte ich noch viel mehr haben können.« Er ließ uns hineinsehen, und ich glaube, darin waren zwei bis drei Pfund Goldstaub von der gleichen Art und Farbe, wie wir ihn schon besaßen. Nachdem wir ihn eine Weile betrachtet hatten, sagte er lächelnd, wir seien seine Befreier, und alles, was er besitze, sowie auch sein Leben gehöre uns, und da dieses Gold für uns von Wert sein werde, wenn wir in unsere Heimat zurückkehrten, wünsche er, wir möchten es annehmen und unter uns aufteilen; er bereue jetzt zum ersten Mal, dass er nicht noch mehr davon aufgelesen habe.

Ich sprach als sein Dolmetscher für ihn zu meinen Kameraden und dankte ihm auch in ihrem Namen. Dann aber sagte ich zu ihnen auf Portugiesisch, ich wünschte, sie würden die Annahme seiner freundlichen Gabe auf den nächsten Morgen verschieben, und dementsprechend erklärte ich ihm, wir wollten morgen früh darüber sprechen. So trennten wir uns für diesmal von ihm.

Als er gegangen war, stellte ich fest, dass seine Äußerungen, seine großzügige Geisteshaltung und sein prachtvolles Geschenk, das an jedem anderen Ort etwas ganz Außerordentliches gewesen wäre, alle tief beeindruckt hatte. Um den Leser nicht mit Einzelheiten aufzuhalten: Im Endergebnis beschlossen wir, da er ja nun zu uns gehörte und, ebenso wie wir ihm eine Hilfe waren, indem wir ihn aus seiner elenden Lage befreiten, auch er uns eine Hilfe bedeutete, weil er unser Führer durch den übrigen Teil des Landes, unser Dolmetscher bei den Eingeborenen und unser Ratgeber sein wollte, was unser Verhalten gegenüber den Wilden und die Möglichkeit betraf, uns mit den Schätzen des Landes zu bereichern, dass wir sein Gold in unseren gemeinsamen Vorrat einbringen würden und jeder ihm von seinem Anteil so viel abgeben sollte, dass er die gleiche Menge besaß wie jeder von uns. Für die Zukunft wollten wir alles gemeinsam einbringen und ihm das gleiche feierliche Versprechen abnehmen, das wir zuvor einander gegeben hatten, nämlich dass keiner auch nur das kleinste Körnchen Gold, das er finde, vor den anderen verbergen wolle.

In der nächsten Versammlung berichteten wir ihm von unseren Abenteuern am Goldenen Fluss und wie wir unsere dortige Ausbeute zusammengelegt hatten, sodass jeder Einzelne von uns einen größeren Anteil besaß, als er ihn beigesteuert hatte; deshalb seien wir übereingekommen, anstatt von ihm etwas anzunehmen, ein wenig zu seinem Teil hinzuzulegen. Er schien sich sehr zu freuen, dass wir so viel Erfolg gehabt hatten, wollte aber kein Körnchen von uns annehmen, bis er endlich, da wir ihn drängten, erklärte, dann wolle er es auf folgende Weise annehmen: Wenn wir noch mehr fänden, solle von dem ersten Gold so viel ihm gehören, dass er einen ebenso großen Anteil hätte wie wir, und dann sollten wir als gleichbeteiligte Abenteurer weiterziehen. Darauf einigten wir uns.

Dann sagte er, seiner Meinung nach wäre es ein lohnendes Unternehmen, vor dem Aufbruch und nachdem wir uns mit einem Lebensmittelvorrat versorgt hätten, einen Abstecher nach Norden an den Rand der Wüste zu unternehmen, von der er uns erzählt habe und von wo jeder der Unsrigen einen großen Elefantenzahn mitbringen könne; er werde auch noch andere dazu bewegen, ihnen zu helfen, und nachdem sie die Last eine gewisse Strecke getragen hätten, könnten wir sie mit Kanus zur Küste befördern, wo sie einen sehr großen Profit einbrächten.

Ich wandte mich wegen unserer anderen Absicht, uns Goldstaub zu beschaffen, dagegen und weil unsere Neger, die uns, wie wir wussten, Treue erweisen würden, viel mehr einbringen konnten, wenn sie die Flüsse für uns nach Gold absuchten, als wenn sie fünfzig Meilen weit oder noch weiter einen großen Elefantenzahn mit einem Gewicht von hundertundfünfzig Pfund schleppten, was für sie nach einer so anstrengenden Reise eine unerträgliche Arbeit bedeuten und sie ganz gewiss umbringen musste.

Er gab sich mit dieser Antwort zufrieden, hätte es aber gern gesehen, dass wir uns bis zu dem waldigen Teil der Berge und dem Rand der Wüste begaben, damit wir uns die dort überall verstreut herumliegenden Elefantenzähne ansehen konnten; als wir ihm aber erzählten, was wir, wie oben beschrieben, zuvor gesehen hatten, sagte er nichts mehr.

Wir blieben zwölf Tage hier, und während dieser Zeit waren die Eingeborenen sehr zuvorkommend zu uns, brachten uns Obst, Kürbisse und Wurzeln, die wie Mohrrüben aussahen, obwohl sie ganz anders, aber nicht unangenehm schmeckten, sowie eine Art Perlhühner, deren Namen wir nicht kannten. Kurz, sie brachten uns reichlich von allem, was sie hatten, und wir lebten sehr gut und gaben allen von den kleinen Gegenständen, die der Messerschmied hergestellt hatte, denn er besaß jetzt einen ganzen Beutel davon.

Am dreizehnten Tag machten wir uns auf den Weg und nahmen unseren neuen Gentleman mit. Zum Abschied sandte der König ihm zwei Wilde mit einem Geschenk von getrocknetem Fleisch, wobei ich mich jedoch nicht erinnere, was es war, und er gab ihm dafür drei Silbervögel, die ihm unser Messerschmied überlassen hatte, und ich versichere dem Leser, dass dies ein königliches Geschenk war.

Wir zogen jetzt nach Süden, ein wenig westlich, und hier fanden wir nach einem Marsch von über zweitausend Meilen den ersten Fluss, der nach Süden floss, denn alle übrigen flossen nach Norden oder Westen. Wir folgten diesem Fluss, der nicht größer war als in England ein ansehnlicher Bach, bis er mehr Wasser zu führen begann. Hin und wieder sahen wir unseren Engländer fast heimlich zum Wasser hinuntergehen, um dort den Boden zu untersuchen; nachdem wir einen Tagesmarsch am Fluss entlang zurückgelegt hatten, kam er schließlich, die Hände voll Sand, zu uns heraufgerannt und sagte: »Seht einmal her!« Als wir es betrachteten, stellten wir fest, dass ein gutes Teil Goldkörner unter den Fluss-Sand gemischt war. »Ich glaube, jetzt können wir mit der Arbeit beginnen«, sagte er, und so teilte er unsere Neger zu Paaren ein und setzte sie ans Werk, den Sand und den Schlamm im Grund des Flusses, wo er nicht tief war, abzusuchen und zu waschen.

Nach den ersten eineinviertel Tagen hatten unsere Leute zusammen ungefähr ein Pfund und zwei Unzen Gold eingesammelt, und wir fanden, dass die Menge wuchs, je weiter wir den Fluss entlanggingen; wir folgten ihm etwa drei Tage, bis sich ein anderer kleiner Wasserlauf in den ersten ergoss, und als wir dann stromaufwärts suchten, fanden wir auch dort Gold, und so schlugen wir in dem Winkel, wo sich beide Flüsse vereinigten, unser Lager auf und unterhielten uns, wie ich es nennen kann, damit, das Gold aus dem Flusswasser auszuwaschen und uns Vorräte zu besorgen.

Hier blieben wir weitere dreizehn Tage und erlebten während dieser Zeit viele unterhaltsame Zwischenfälle mit den Wilden; es würde zu weit führen, sie alle hier zu erwähnen, und einige wären auch zu intim, um sie zu berichten, denn ein paar von unseren Leuten hatten sich ihren Frauen gegenüber etwas zu frei benommen, und hätte nicht unser neuer Führer unseretwegen mit einem ihrer Männer, zum Preis von sieben schönen Silberstücken, die unser Handwerker in die Form von Löwen, Fischen und Vögeln geschnitten und mit Löchern zum Aufhängen versehen hatte, Frieden geschlossen, dann wären wir gezwungen gewesen, mit ihnen und ihrem gesamten Volk Krieg zu führen.

Während dieser ganzen Zeit wuschen wir geschäftig Goldstaub aus den Flüssen; unser erfinderischer Messerschmied hämmerte, schnitt zu und hatte durch die Übung so viel Geschick erworben, dass er alle möglichen Tierbilder herstellte. Er schnitt Elefanten, Tiger, Zibetkatzen, Strauße, Adler, Kraniche, Hühner, Fische und tatsächlich alles, was er nur wollte, aus dünngehämmertem Goldblech zu, denn sein Silber und sein Eisen waren fast aufgebraucht.

In einer der Ortschaften dieser wilden Völker nahm uns ihr König sehr gut auf, und da ihm der Krimskrams unseres Handwerkers ausgezeichnet gefiel, verkaufte ihm dieser einen Elefanten aus Goldblech, das so dünn wie ein Sechspennystück war, zu einem extravaganten Preis. Der König freute sich so darüber, dass er nicht eher ruhte, als bis er ihm fast eine Handvoll Goldstaub, wie er genannt wird, dafür gegeben hatte. Ich vermute, dass sie wohl ein Dreiviertelpfund wog, während das Gold, aus dem der Elefant war, vielleicht das Gewicht einer Pistole hatte oder eher noch weniger. Unser Künstler war so ehrlich, obgleich die Arbeit und das Können ausschließlich sein Beitrag waren, uns das ganze Gold zu bringen und es dem gemeinsamen Vorrat hinzuzufügen; wir hatten aber auch nicht den geringsten Grund, habsüchtig zu sein, denn, wie unser neuer Führer zu uns sagte, da wir stark genug waren, uns zu verteidigen, und genügend Zeit zu unserer Verfügung hatten (keiner von uns hatte es eilig), konnten wir nach und nach jede Menge Gold zusammenbekommen, die wir haben wollten, sogar hundert Pfund je Mann, falls wir es für angebracht hielten; und er erklärte uns, obwohl auch er allen Grund habe, des Landes ebenso überdrüssig zu sein wie nur irgendeiner von uns, wenn wir unseren Marsch ein wenig nach Südosten ausdehnen wollten und auf einen geeigneten Platz für unser Hauptquartier trafen, könnten wir genügend Nahrungsmittel finden und uns zwei, drei Jahre lang, den Flussufern folgend, auf beiden Seiten über das Land ausbreiten und bald merken, welche Vorteile uns das brächte.

So gut der Vorschlag, vom Standpunkt des Profits aus gesehen, auch war, gefiel er doch keinem von uns, denn bei allen war der Wunsch heimzugelangen größer als der, reich zu werden. Wir waren der übermäßigen Anstrengung müde, seit über einem Jahr ständig zwischen Wüsten und Raubtieren umherzuwandern.

Die Zunge unseres neuen Bekannten hatte jedoch geradezu Zauberkraft, und er bediente sich so überzeugender Argumente und verfügte über eine so große Überredungskunst, dass wir ihm nicht zu widerstehen vermochten. Er erklärte uns, es sei albern, die Frucht all unserer Mühen nicht einzusammeln, jetzt, wo wir ernten könnten; wir sollten doch an die Gefahren denken, denen die Europäer unter großen Kosten Mannschaften sowie Schiffe aussetzten, um ein bisschen Gold zu holen, und wenn wir, die wir uns im Zentrum von dessen Fundort befänden, mit leeren Händen fortgingen, dann sei das unverantwortlich; wir seien stark genug, uns durch das Gebiet ganzer Völkerstämme hindurchzukämpfen, und könnten danach unseren Weg zu jedem gewünschten Teil der Küste fortsetzen, und wir würden es uns, nachdem wir in unsere Heimat gelangten, niemals verzeihen, wenn wir feststellten, dass wir fünfhundert Pistolen in Gold besäßen und ebenso leicht fünf- oder zehntausend oder noch mehr hätten haben können. Er sei nicht habsüchtiger als wir, da es aber in unserer Macht liege, unser Missgeschick unverzüglich wettzumachen und für unser ganzes künftiges Leben Vorsorge zu treffen, hieße es, dass er sich uns gegenüber nicht treu verhalten und uns für das Gute, das wir ihm erwiesen hätten, keine Dankbarkeit zeigen würde, wenn er unsere Aufmerksamkeit nicht auf den Vorteil lenken wollte, den wir bei der Hand hatten, und er versicherte uns, er werde uns begreiflich machen, dass wir bei guter Einteilung und mithilfe unserer Neger innerhalb von zwei Jahren jeder hundert Pfund Gold gewinnen und vielleicht zweihundert Tonnen Elefantenzähne einsammeln konnten, wohingegen wir, wenn wir erst einmal zur Küste weiterzogen und uns trennten, diesen Ort niemals wiedersähen und uns nur übrig bliebe, uns so zu verhalten, wie es die Sünder mit dem Himmel hielten, die sich dorthin wünschten, jedoch wussten, dass er für sie unerreichbar war.

Unser Wundarzt war der Erste, der sich seinen Argumenten beugte, und nach ihm der Geschützmeister; sie hatten ebenfalls großen Einfluss auf uns, aber keiner der Übrigen war gewillt zu bleiben, und auch ich nicht, wie ich zugeben muss, denn ich hatte keine Vorstellung von einer großen Menge Geld, noch was ich selbst anfangen oder mit dem Geld tun sollte, wenn ich es besaß. Ich glaubte, ich hätte bereits genug, und mein einziger Gedanke, wie ich es verwerten wollte, wenn ich wieder nach Europa kam, war, es so rasch wie möglich auszugeben, mir Kleidung zu kaufen, nochmals zur See zu fahren und wieder ein Knecht zu sein, um mir neues Geld zu beschaffen.

Durch seine beredten Worte überzeugte er uns jedoch am Ende, wenigstens noch sechs Monate lang im Lande zu bleiben, und wenn wir dann beschließen würden weiterzuziehen, wollte er sich fügen. So gaben wir also endlich nach, und er führte uns etwa fünfzig englische Meilen weit nach Südosten, wo wir mehrere Wasserläufe fanden, die alle von der großen Bergkette im Nordosten zu kommen schienen; nach unserer Berechnung musste auf dieser Seite die große Wüste beginnen, die uns gezwungen hatte, nach Norden auszuweichen, um sie zu umgehen.

Hier fanden wir das Land recht kahl, hatten aber durch die Hinweise unseres Führers reichlich Nahrung, denn die Wilden brachten uns gegen einige Stücke unseres schon so oft erwähnten Krimskrams, was sie nur hatten, und hier fanden wir etwas Mais oder Indianerkorn, das die Frauen aussäten, wie wir Samen in einem Garten aussäen. Unser neuer Versorgungsmeister befahl sogleich unseren Gefangenen, es zu säen; es ging bald auf, und da wir es häufig bewässerten, brachten wir schon nach kaum drei Monaten eine Ernte ein.

Sobald wir uns niedergelassen und unser Lager eingerichtet hatten, gingen wir wieder unserer alten Beschäftigung nach, nämlich in den oben erwähnten Flüssen nach Gold zu suchen, und unser englischer Gentleman verstand unsere Suche so gut zu leiten, dass unsere Arbeit kaum jemals umsonst war.

Einmal fragte er, nachdem er uns für die Arbeit eingeteilt hatte, ob wir ihm erlauben wollten, sechs oder sieben Tage lang mit vier, fünf Begleitern auszuziehen, um sein Glück zu suchen und sich umzusehen, was er im Lande zu entdecken vermochte; er versicherte uns, was er auch fände, solle für den gemeinsamen Grundstock sein. Alle waren einverstanden; wir liehen ihm eine Flinte, und da zwei unserer Leute mit ihm gehen wollten, nahmen sie sechs von unseren Gefangenen und zwei Büffel mit, die uns den ganzen Weg über begleitet hatten; sie führten einen Brotvorrat für acht Tage mit sich, jedoch kein Fleisch, außer einer für zwei Tage ausreichenden Ration Dörrfleisch.

Sie zogen zum Kamm des schon erwähnten Gebirges hinauf, wo sie (wie unsere Leute danach versicherten) eben die Wüste sahen, die uns so begründeterweise Furcht eingejagt hatte, als wir uns auf ihrer anderen Seite befanden, und die nach unseren Berechnungen mindestens dreihundert Meilen breit und über sechshundert Meilen lang sein musste, ohne dass wir wussten, wo sie endete.

Das Tagebuch der Wanderung unserer Leute ist zu lang, als dass ich mich hier damit befassen könnte. Sie blieben zweiundfünfzig Tage lang fort und brachten uns dann etwas über siebzehn Pfund (wir besaßen keine genauen Gewichte) Goldstaub, darunter einige Stücke, die viel größer waren als alles, was wir bisher gefunden hatten, und dazu noch ungefähr fünfzehn Tonnen Elefantenzähne. Unser Gentleman hatte die Wilden des Landes teils durch gute, teils durch schlechte Behandlung veranlasst, sie zu holen und von den Bergen zu ihm hinunterzubringen; dann ließ er sie durch andere Einheimische den ganzen Weg bis zu unserem Lager tragen. Tatsächlich hatten wir uns gefragt, was da wohl ankam, als wir ihn in Begleitung von über zweihundert Negern sahen; er klärte uns jedoch bald auf, indem er allen befahl, ihre Bürde vor dem Eingang unseres Lagers auf einen Haufen zu werfen.

Außerdem brachten sie noch zwei Löwen- und fünf Leopardenfelle, die alle sehr groß und sehr schön waren. Er bat uns, seine lange Abwesenheit zu entschuldigen, mehr Beute habe er nicht gemacht; er sagte aber, er wolle noch einen Ausflug unternehmen, der, wie er hoffe, ergiebiger sein werde.

Nachdem er sich also ausgeruht und die Wilden, die ihm die Elefantenzähne geschleppt hatten, mit einigen karoförmigen Silber- und Eisenstücken sowie mit zweien, die zur Form kleiner

Hunde geschnitten waren, entlohnt hatte, schickte er sie sehr befriedigt wieder fort.

Auf seiner zweiten Wanderung wollten ihn einige mehr von unseren Leuten begleiten, und sie bildeten einen Trupp von zehn Weißen und zehn Negern sowie den beiden Büffeln, die den Proviant und die Munition für sie trugen. Sie zogen in dieselbe Richtung, wenn auch nicht auf genau demselben Weg, und blieben nur zweiunddreißig Tage fort. Während dieser Zeit erlegten sie nicht weniger als fünfzehn Leoparden, drei Löwen sowie mehrere andere Raubtiere; sie brachten uns bei ihrer Rückkehr vierundzwanzig Pfund und etliche Unzen Goldstaub und dazu diesmal nur sechs Elefantenzähne mit, die aber sehr groß waren.

Unser Freund, der Engländer, zeigte uns, dass unsere Zeit jetzt gut verwandt war, denn in den fünf Monaten, die wir dort verbracht hatten, war so viel Goldstaub zusammengekommen, dass wir nach der Teilung jeder fünfeinviertel Pfund hatten, neben der Menge, die wir schon vorher besessen, sowie sechs oder sieben Pfund, die wir zu verschiedenen Zeiten unserem Handwerker gegeben hatten, damit er daraus Tand machte. Und als wir jetzt davon sprachen, zur Küste weiterzuziehen, um ans Ende unserer Wanderung zu gelangen, da lachte uns unser Führer jedoch aus. »Nein, jetzt könnt Ihr nicht gehen«, sagte er, »denn nächsten Monat beginnt die Regenzeit, und dann kann man sich nicht vom Fleck rühren.« Das fanden wir vernünftig, und so beschlossen wir, uns mit Proviant zu versorgen, um nicht gezwungen zu sein, allzu häufig im Regen fortzugehen, und wir schwärmten – einige in diese, andere in jene Richtung – aus, um uns Vorräte zu beschaffen. Unsere Jäger erlegten einige Rehe für uns, die wir, so gut wir konnten, in der Sonne dörrten, denn wir hatten kein Salz.

Nun setzte die Regenzeit ein, und über zwei Monate lang vermochten wir kaum, den Kopf aus unseren Hütten zu stecken. Das war jedoch noch nicht alles, denn die Flüsse waren vom Hochwasser so angeschwollen, dass wir die kleinen Bäche und Wasseradern fast nicht von den großen schiffbaren Flüssen unterscheiden konnten. Dies wäre für uns eine gute Gelegenheit gewesen, mithilfe von Flößen unsere Elefantenzähne, von denen wir eine große Menge hatten, auf dem Wasserweg zu transportieren, denn da wir den Wilden für ihre Arbeit stets ein Entgelt gaben, brachten uns sogar die Frauen bei jeder Gelegenheit Zähne und manchmal einen sehr großen Zahn, den sie zu zweit trugen, sodass sich unser Bestand daran auf zweiundzwanzig Tonnen erhöht hatte.

Sobald das Wetter wieder gut wurde, sagte unser Engländer, er wolle keinen Druck auf uns ausüben, noch länger dort zu bleiben, da es uns gleichgültig sei, ob wir noch mehr Gold fänden oder nicht; durch uns sei er tatsächlich zum ersten Mal im Leben Menschen begegnet, die erklärten, sie hätten genügend Gold, und von denen man buchstäblich sagen könnte, selbst wenn es sich unter ihren Füßen befände, würden sie sich nicht bücken, um es aufzuheben. Da er uns aber sein Versprechen gegeben habe, wolle er es nicht brechen und uns auch nicht drängen, noch länger dort zu bleiben, nur glaube er uns mitteilen zu müssen, dass jetzt, nach dem Hochwasser, die Zeit gekommen sei, wo man die größte Goldmenge finden könne. Wenn wir nur noch einen Monat dablieben, würden wir tausende von Wilden sehen, die sich über das ganze Land ausbreiteten, um für die europäischen Schiffe, die an die Küste kamen, das Gold aus dem Sand zu waschen. Sie täten dies zu diesem Zeitpunkt, weil die Gewalt der Fluten stets sehr viel Gold aus den Bergen herabschwemmte, und wenn wir den Vorteil, dass wir vor ihnen an Ort und Stelle waren, wahrnehmen wollten, dann könnten wir vielleicht die erstaunlichsten Dinge finden.

Dies war so zwingend, und er brachte es so überzeugend vor, dass sich sein Sieg auf unseren Gesichtern ablesen ließ, und so sagten wir, wir wollten alle dableiben; freilich seien wir einer wie der andere begierig fortzukommen, könnten jedoch der offensichtlichen Aussicht auf so viele Vorteile nicht widerstehen; er irre sich sehr, wenn er behauptete, wir wünschten unseren Goldvorrat nicht zu vergrößern, und deshalb seien wir entschlossen, den Vorteil, der sich uns bot, so weit wie nur möglich zu nutzen. Wir wollten dableiben, solange noch Gold zu haben war, und sei es noch einmal ein Jahr.

Er war kaum imstande, die Freude auszudrücken, die er hierüber empfand, und als das Wetter schön wurde, begannen wir genau nach seinen Anweisungen am Ufer der Flüsse Gold zu suchen. Zuerst fanden wir wenig Ermutigendes und fingen schon an skeptisch zu werden; offensichtlich aber bestand die Ursache darin, dass die Fluten noch nicht genügend gefallen und die Flüsse noch nicht in ihr gewöhnliches Bett zurückgekehrt waren. Nach ein paar Tagen jedoch wurden wir voll belohnt und fanden viel mehr Gold als zuvor, und das in größeren Klumpen; einer unserer Leute wusch ein Goldstück aus dem Sand, das die Größe einer mittleren Nuss besaß und nach unserer Schätzung – denn wir besaßen keine kleinen Gewichte – fast anderthalb Unzen wog.

Dieser Erfolg regte uns zu großem Fleiß an, und in kaum mehr als einem Monat hatten wir alles in allem fast sechzig Pfund Gold gefunden; danach aber trafen wir, wie er uns vorhergesagt hatte, auf eine große Anzahl von Wilden – Männer, Frauen und Kinder –, die jeden Fluss, jeden Bach und sogar auch das trockene Land der Berge nach Gold absuchten, sodass unser Ergebnis nicht mehr mit dem vorherigen zu vergleichen war.

Unser Handwerker aber fand einen Weg, andere Gold für uns suchen zu lassen, ohne dass wir die Arbeit selbst taten, denn als diese Leute sich einzustellen begannen, hatte er eine beträchtliche Menge seines Krimskrams – Vögel, Tiere und ähnliches zuvor Erwähnte – für sie bereit, und mithilfe des englischen Gentleman als Dolmetscher brachte er die Wilden dazu, sie zu bewundern. So hatte unser Messerschmied genügend Kunden und verkaufte seine Ware zu einem gewiss horrenden Preis, denn er erzielte für ein Stück Silber, das etwa einen Groschen wert war, eine Unze und zuweilen zwei Unzen Gold; und wenn es aus Eisen oder aus Gold gewesen wäre, hätten sie deshalb nichts anderes dafür gegeben, und es war fast unglaublich, sich vorzustellen, welche Menge Gold er auf diese Weise erhielt.

Mit einem Wort, um zum Ende dieser glücklichen Reise zu kommen: Wir vergrößerten unseren Goldvorrat hier im Laufe eines Aufenthalts von weiteren drei Monaten in solchem Maße, dass, nachdem wir alles zusammengelegt und unter uns aufgeteilt hatten, auf jeden Mann fast vier Pfund kamen. Nun machten wir uns auf den Weg zur Goldküste, um uns umzutun, auf welche Weise wir die Überfahrt nach Europa bewerkstelligen könnten.

Auf diesem Teil unserer Reise ereigneten sich mehrere bemerkenswerte Zwischenfälle, denen zufolge wir von den verschiedenen Völkerschaften der Wilden, durch deren Gebiet wir kamen, freundlich beziehungsweise unfreundlich aufgenommen wurden; so befreiten wir einen König, der ein Wohltäter unseres neuen Führers gewesen war, aus der Gefangenschaft, und dieser gewann ihm aus Dankbarkeit mit unserer Hilfe sein Königreich, das etwa dreihundert Untertanen umfasste, zurück, worauf er uns ein Festessen gab und seine Untertanen veranlasste, mit unserem Engländer alle unsere Elefantenzähne holen zu gehen, die wir hatten liegen lassen müssen und die sie für uns zum Fluss trugen, dessen Namen ich vergessen habe; dort fanden wir Flöße und gelangten nach elf weiteren Tagen zu einer der holländischen Siedlungen an der Goldküste, wo wir zu unserer großen Zufriedenheit bei bester Gesundheit ankamen. Was unsere Ladung Elefantenzähne betraf, so verkauften wir sie der holländischen Faktorei und erhielten Kleidung sowie andere notwendige Dinge für uns und diejenigen unserer Neger, die wir bei uns zu behalten gedachten. Ich sollte auch bemerken, dass wir am Ende unserer Reise noch vier Pfund Schießpulver übrig hatten. Den Prinzen gaben wir völlig frei, kleideten ihn aus unserem gemeinsamen Vorrat ein und schenkten ihm anderthalb Pfund Gold zu seiner persönlichen Verfügung; er wusste sie auch sehr gut zu verwerten. Hier trennten wir uns alle auf die allerfreundschaftlichste Weise. Unser Engländer blieb einige Zeit in der holländischen Faktorei und starb dort, wie ich später erfuhr, vor Kummer, denn er hatte tausend Pfund Sterling über Holland nach England gesandt, um nach seiner Heimkehr zu den Seinen eine Rücklage zu haben, aber das Schiff wurde von den Franzosen gekapert, und seine ganze Habe ging verloren.

Meine übrigen Kameraden fuhren mit einer kleinen Barke zu den beiden portugiesischen Faktoreien in der Nähe von Gambia auf dem vierzehnten Breitengrad, und ich begab mich mit zwei Negern, die ich bei mir behielt, nach Cape Coast Castle, wo ich eine Passage nach England erhielt. Dort kam ich im September an, und so endete mein erster Versuch, mir die Hörner abzustoßen. Der zweite sollte nicht so vorteilhaft verlaufen.

In England hatte ich weder Freunde noch Verwandte, noch irgendwelche Bekannte, obwohl es mein Geburtsland war; infolgedessen hatte ich niemanden, dem ich das, was ich besaß, anvertrauen konnte oder der mich beraten hätte, wie ich es sicherstellen und zurücklegen konnte. Vielmehr geriet ich in schlechte Gesellschaft, vertraute dem Wirt einer Schänke in Rotherhithe einen guten Teil meines Geldes an und vergeudete eilends den Rest, und infolgedessen war die große Summe, die ich unter so viel Mühen und Gefahren erworben hatte, in kaum zwei Jahren zerronnen. Da mich allein schon der Gedanke, wie ich es verschwendete, in Zorn versetzte, brauche ich wohl nicht näher darauf einzugehen; das Übrige verdient, dass man es errötend verschweigt, denn ich gab es für allerlei törichte und üble Dinge aus. So kann man also von dieser Periode meines Lebens sagen, dass sie mit Diebstahl begann und im Luxus endete; ich hatte eine traurige Ausfahrt und eine noch schlimmere Heimkehr.

Ungefähr im Jahre ... fing ich schon an, den Boden meines Vermögens zu sehen, und erkannte, dass es Zeit war, an neue Abenteuer zu denken, denn meine Verderber, wie ich sie nenne, begannen mich merken zu lassen, dass ihre Achtung in dem Maße, wie mein Geld abnahm, gleichfalls verebbte und dass ich von ihnen nicht mehr zu erwarten hatte als nur das, was ich kraft meines Geldes fordern konnte, und es nicht einen Zoll weiter reichte, trotz allem, was ich vorher zu ihren Gunsten ausgegeben hatte.

Dies versetzte mir einen heftigen Schock, und ich empfand berechtigten Abscheu vor ihrer Undankbarkeit; ich beruhigte mich jedoch wieder und fühlte auch kein Bedauern darüber, dass ich eine so riesige Summe Geldes, wie ich sie nach England mitgebracht, verschwendet hatte.

Als Nächstes schiffte ich mich in einer zweifellos unheilvollen Stunde auf einem Schiff namens ... nach Cadiz ein und war im Laufe unserer Fahrt längs der Küste Spaniens durch einen heftigen Südwestwind gezwungen, La Coruna anzulaufen.

Hier geriet ich in die Gesellschaft einiger Erzspitzbuben, und einer von ihnen, der vorlauter war als die Übrigen, begann sehr vertraut mit mir zu werden, sodass wir einander Brüder nannten und uns gegenseitig alle Einzelheiten unserer Lebensumstände anvertrauten. Sein Name war Harris. Dieser Bursche kam eines Morgens zu mir und fragte mich, ob ich mit ihm an Land fahren wolle, und ich erklärte mich bereit. So holten wir uns die Erlaubnis des Kapitäns, das Boot zu benutzen, und fuhren zusammen los. Während wir so beieinander waren, fragte er mich, ob ich nicht Lust zu einem Abenteuer hätte, das alles vergangene Missgeschick wettmachen könnte. Ich erwiderte, freilich, von ganzem Herzen, denn mir war es gleichgültig, wohin ich ging, da ich nichts zu verlieren hatte und niemanden zurückließ.

Nun fragte er mich, ob ich schwören wolle, ein Geheimnis zu wahren, und falls ich seinem Vorschlag nicht zustimmte, ihn doch niemals zu verraten. Bereitwillig verpflichtete ich mich hierzu mit den feierlichsten Fluchworten und Verwünschungen, die der Teufel und wir beide nur zu erfinden vermochten.

Da erzählte er mir, in dem Schiff dort drüben, und er deutete auf ein zweites englisches Schiff, das im Hafen vor Anker lag, gebe es einen mutigen Burschen, der zusammen mit einigen seiner Kameraden beschlossen habe, am nächsten Morgen zu meutern und sich mit dem Schiff davonzumachen, und wenn wir nur genügend Leute von der Mannschaft unseres Schiffs für uns gewinnen könnten, seien wir in der Lage, das Gleiche zu tun. Mir gefiel der Vorschlag recht gut, und es gelang ihm, acht von uns zu überreden, sich ihm anzuschließen. Er sagte, sobald sein Freund sich ans Werk gemacht habe und Herr auf seinem Schiff sei, sollten wir bereit sein, das Gleiche zu tun. Dies also war sein Plan, und ohne angesichts der Verwerflichkeit der Sache oder der Schwierigkeit ihrer Ausführung auch nur im Geringsten zu zögern, schloss ich mich unverzüglich der üblen Verschwörung an, und so nahm sie unter uns ihren Fortgang; wir vermochten unseren Teil davon jedoch nicht bis ins Letzte durchzuführen.

Verabredungsgemäß begann sein Kumpan, der Wilmot hieß, am festgelegten Tag auf dem anderen Schiff zu handeln, und nachdem er sich des Ersten Offiziers und der anderen Offiziere bemächtigt hatte, brachte er sich in den Besitz des Schiffs und signalisierte es uns. Auf unserem Schiff waren wir nur elf, die in die Verschwörung eingeweiht waren, und wir vermochten auch niemanden mehr zu gewinnen, dem wir vertrauen konnten, und so verließen wir alle das Schiff, bestiegen das Boot und legten ab, um uns an Bord des anderen zu begeben.

Nachdem wir so das Schiff, auf dem ich gefahren war, verlassen hatten, wurden wir von Kapitän Wilmot und seiner neuen Truppe freudig gefeiert. Bereit zu allerlei Schurkereien, tollkühn und voller Verwegenheit (ich spreche von mir), ohne die geringsten Gewissensbisse angesichts dessen, worauf ich mich jetzt eingelassen hatte, oder dessen, was ich wohl später tun mochte, und noch viel weniger mit irgendwelcher Furcht vor den möglichen Folgen, schiffte ich mich also mit dieser Mannschaft ein, durch die ich schließlich dazu kam, mich mit den berüchtigtsten Piraten des Zeitalters zusammenzutun, von denen manche ihre Tage am Galgen beendeten. Ich denke, ein Bericht über einige meiner weiteren Abenteuer mag für den Leser recht unterhaltsam sein, so viel kann ich jedoch – beim Wort eines Seeräubers – schon im Voraus versichern, nämlich dass ich außerstande sein werde, mir auch nur im Entferntesten alle die vielen verschiedenen Unternehmungen, die zu den verwerflichsten gehörten, von denen je ein Mensch der Welt berichten konnte, ins Gedächtnis zu rufen.

Ich, der ich, wie ich schon zuvor andeutete, von Anfang an ein Dieb und der Neigung nach bereits früher ein Seeräuber gewesen war, befand mich jetzt in meinem Element und hatte noch nie im Leben etwas mit größerer Befriedigung unternommen.

Nachdem sich Kapitän Wilmot (denn so müssen wir ihn jetzt nennen) auf solche Weise in den Besitz eines Schiffs gesetzt hatte, wie der Leser soeben erfuhr, vermag sich dieser gewiss unschwer vorzustellen, dass ihm nichts daran lag, im Hafen zu bleiben und abzuwarten, was man wohl vom Land aus unternahm oder welcher Stimmungswechsel möglicherweise unter seinen Leuten stattfinden mochte. Vielmehr lichteten wir noch bei dieser Flut die Anker, hielten aufs offene Meer hinaus und nahmen Kurs auf die Kanarischen Inseln. Unser Schiff hatte zweiundzwanzig Kanonen, vermochte jedoch dreißig zu führen, und da es nur als Handelsschiff ausgerüstet war, hatte es weder genügend Munition noch kleinere Waffen an Bord, die für unsere Zwecke oder für einen Kampf, den wir vielleicht ausfechten mussten, gereicht hätten. So liefen wir Cadiz an, das heißt, wir gingen im Golf vor Anker, und der Kapitän begab sich zusammen mit einem, den wir den jungen Kapitän

Kidd nannten und welcher der Geschützmeister war, sowie mit einigen der vertrauenswürdigsten Leute, darunter meinem Kameraden Harris, der Zweiter Offizier, und mir, der ich Schiffsleutnant geworden war, hinüber an Land. Unsere Leute machten den Vorschlag, einige Ballen unserer englischen Waren zum Verkauf mit an Land zu nehmen, mein Kamerad aber, ein durchtriebener Fachmann in seinem Geschäft, schlug uns etwas Besseres vor. Da er schon früher in der Stadt gewesen war, erklärte er uns, er werde auf sein Wort Pulver und Blei, Handwaffen und auch sonst alles, was wir benötigten, einkaufen, zahlbar bei Lieferung an Bord, und zwar mit den englischen Waren, die wir geladen hatten. Dies war bei Weitem die beste Methode, und demgemäß gingen er und der Kapitän allein an Land, und nachdem sie entsprechend ihren Möglichkeiten einen Handel abgeschlossen hatten, kamen sie nach zwei Stunden wieder und brachten nichts weiter als nur ein Stückfass Wein sowie fünf Fässer Weinbrand mit. Wir kehrten alle miteinander an Bord zurück.

Am nächsten Morgen kamen zwei schwer beladene große Boote mit fünf Spaniern darauf längsseits, um zu handeln. Unser Kapitän verkaufte ihnen gute Werte, und sie lieferten uns sechzehn Fässer Schießpulver, zwölf kleine Fässer bestes Pulver für unsere Kleingewehre, sechzig Musketen und zwölf Flinten für die Offiziere, dazu siebzehn Tonnen Kanonenkugeln, fünfzehn Fässer Musketenkugeln nebst einigen Säbeln und zwanzig guten Pistolen. Außerdem brachten sie uns noch dreizehn Fässer Wein (denn wir, die wir jetzt alle Gentlemen geworden waren, verschmähten das Schiffsbier), dazu fünfzehn Fass Branntwein, zwölf Fässer mit Rosinen und zwanzig Kisten Zitronen. Für all das zahlten wir mit englischen Waren, und darüber hinaus erhielt der Kapitän noch sechshundert Pesos in Bargeld. Sie wären noch einmal gekommen, aber wir wollten nicht länger bleiben.

Von dort segelten wir zu den Kanarischen Inseln und danach

weiter nach Westindien und plünderten unterwegs gelegentlich bei den Spaniern, um uns Vorräte zu beschaffen; wir machten auch einige Beute, jedoch nicht von großem Wert, zumindest nicht während der Zeit, als ich bei ihnen blieb, was damals nicht lange war, denn nachdem wir an der Küste vor Cartagena eine spanische Schaluppe aufgebracht hatten, gab mir mein Freund einen Wink, dass wir den Kapitän Wilmot ersuchen sollten, uns, ausgerüstet mit einem Vorrat an Waffen und Munition, in die Schaluppe zu setzen, sodass wir versuchen konnten, damit zu tun, was wir vermochten, denn sie war für unsere Zwecke viel besser geeignet als das große Schiff, und auch ein besserer Segler. Er erklärte sich damit einverstanden; wir machten einen Treffpunkt in Tobago aus und kamen überein, alles, was die zwei Schiffe erbeuteten, unter die Mannschaft beider zu verteilen, woran wir uns auch getreulich hielten, und wir führten unsere Schiffe etwa fünfzehn Monate später in Tobago, wie oben gesagt, wieder zusammen.

Wir kreuzten fast zwei Jahre in diesen Meeren, vorwiegend auf der Jagd nach Spaniern – nicht dass wir uns geziert hätten, auch englische, holländische oder französische Schiffe aufzubringen, wenn sie uns in den Weg gerieten; insbesondere griff Kapitän Wilmot ein Schiff aus Neuengland an, das von Madeira nach Jamaika fuhr, und ein zweites, das sich mit Vorräten auf der Fahrt von New York nach Barbados befand, und beide kamen uns sehr gelegen. Der Grund aber, weshalb wir uns so wenig wie möglich mit englischen Schiffen einließen, war, dass wir erstens, wenn es größere Schiffe waren, dort mit mehr Widerstand zu rechnen hatten, und zweitens, weil wir feststellten, dass die englischen Schiffe, wenn wir sie kaperten, weniger Beute brachten, denn die Spanier hatten gewöhnlich Bargeld an Bord, und damit wussten wir am meisten anzufangen. Kapitän Wilmot war tatsächlich besonders grausam, wenn er ein englisches Schiff nahm, damit man in England nicht allzu bald von ihm erführe und die Kriegsschiffe auf diese Weise

Befehl erhielten, Ausschau nach ihm zu halten. Diesen Teil aber will ich gegenwärtig mit Schweigen übergehen.

Während der zwei Jahre vergrößerten wir unsere Habe um ein Beträchtliches, denn auf einem Schiff hatten wir sechzigtausend und auf einem anderen hunderttausend Pesos erbeutet, und nachdem wir auf diese Weise zunächst reich geworden waren, beschlossen wir, auch stark zu werden, denn wir hatten eine in Virginia gebaute Brigantine gekapert, ein ausgezeichnetes Seeschiff, das sich gut segeln ließ und in der Lage war, zwölf Kanonen zu führen, sowie ein großes spanisches Schiff in Fregattenbauweise, das sich gleichfalls hervorragend segeln ließ und das wir später mithilfe guter Zimmerleute umbauten, sodass es achtundzwanzig Kanonen führen konnte.

Und jetzt brauchten wir mehr Hilfskräfte, deshalb segelten wir zum Golf von Campeche, denn wir zweifelten nicht daran, dort so viele Leute an Bord nehmen zu können, wie wir nur wollten, und so war es auch.

Hier verkauften wir die Schaluppe, mit der ich fuhr, und da Kapitän Wilmot sein Schiff behielt, übernahm ich das Kommando als Kapitän der spanischen Fregatte, und mein Kamerad Harris wurde Erster Offizier. Er war ein so kühner, unternehmungslustiger Bursche, wie man ihn sich auf der Welt nur vorstellen konnte. Die Brigantine rüsteten wir mit einer Feldschlange aus, und so hatten wir jetzt drei starke Schiffe, die gut bemannt und für zwölf Monate mit Lebensmitteln versehen waren, denn wir hatten zwei oder drei mit Mehl, Erbsen, gepökeltem Rind- und Schweinefleisch beladene Schaluppen aus Neuengland und New York gekapert, die nach Jamaika und Barbados fuhren, und um uns noch mehr Rindfleisch zu besorgen, gingen wir auf der Insel Kuba an Land und töteten dort so viele schwarze Rinder, wie uns gefiel, obgleich wir nur sehr wenig Salz hatten, um sie einzupökeln.

Von allen Schiffen, die wir aufbrachten, beschlagnahmten wir das Pulver und Blei der Besatzung, ihre Feuerwaffen und Stutzsäbel, und was die Mannschaft betraf, so nahmen wir stets den Schiffsarzt und den Zimmermann mit, da uns diese Leute bei vielen Gelegenheiten sehr nützlich sein konnten, und sie kamen auch durchaus nicht immer ungern mit uns, obgleich sie zu ihrer eigenen Sicherheit im Falle von Zwischenfällen ohne Weiteres vorgeben konnten, sie seien gewaltsam mitgeschleppt worden, wovon ich im Laufe eines Berichts über meine anderen Expeditionen noch Unterhaltsames erzählen werde.

Wir hatten einen sehr fröhlichen Menschen bei uns, einen Quäker; er hieß William Walters, und wir hatten ihn von einer Schaluppe geholt, die sich auf der Fahrt von Pennsylvania nach Barbados befand. Er war Schiffsarzt, und sie nannten ihn Doktor, auf der Schaluppe aber war er nicht als Schiffsarzt beschäftigt gewesen, sondern wollte nach Barbados fahren, um dort anzumustern, wie es die Seeleute nennen. Er hatte jedoch eine Kiste mit seinen sämtlichen ärztlichen Instrumenten bei sich, und wir veranlassten ihn, mit uns zu fahren und seine ganze Ausrüstung mitzunehmen. Er war wirklich ein unterhaltsamer Kauz, ein Mann mit sehr gesundem Menschenverstand und ein ausgezeichneter Wundarzt; ebenso großen Wert aber hatte die Tatsache, dass er gut gelaunt, ein angenehmer Gesprächspartner und dazu ein so kühner, kräftiger, tapferer Bursche war wie sonst keiner unter uns.

Ich fand William durchaus nicht abgeneigt, mit uns zu gehen, dabei aber entschlossen, es auf eine Weise zu tun, bei der es so scheinen musste, als hätten wir ihn gewaltsam mitgenommen, und zu diesem Zweck kam er zu mir. »Freund«, sagte er, »du sagst, ich müsse mit dir gehen, und es liegt nicht in meiner Macht, mich dir zu widersetzen, auch dann nicht, wenn ich es wollte; ich möchte aber, dass du den Kapitän der Schaluppe, auf der ich reise, verpflichtest, mir mit seiner Unterschrift zu bezeugen, dass ich gewaltsam und gegen meinen Willen mitgeschleppt wurde.« Dies sagte er mit so zufriedenem Gesicht, dass ich nicht umhinkonnte, ihn zu verstehen. »Ja, ja«, sagte ich, »ob es nun gegen Euren Willen ist oder nicht, ich werde ihn und alle seine Leute veranlassen, Euch eine Bescheinigung darüber auszustellen, sonst nehme ich sie sämtlich mit und halte sie in Gewahrsam, bis sie es tun.« So schrieb ich selbst eine Erklärung, in der ich feststellte, dass ihn ein Piratenschiff mit Gewalt als Gefangenen fortgebracht habe; zuerst hätten die Seeräuber sich seiner Kisten und Instrumente bemächtigt, ihm dann die Hände auf den Rücken gebunden und ihn gezwungen, zu ihnen in ihr Boot zu steigen. Dies ließ ich vom Kapitän und seiner gesamten Mannschaft unterschreiben.

Demgemäß begann ich ihn laut zu beschimpfen und rief meinen Leuten zu, sie sollen ihm die Hände auf den Rücken binden; so brachten wir ihn in unser Boot und fuhren mit ihm davon. Als ich ihn an Bord hatte, ließ ich ihn zu mir kommen. »Nun, Freund«, sagte ich, »ich habe Euch gewaltsam fortgeschleppt, das stimmt, aber ich bin nicht der Meinung, dass ich Euch so sehr gegen Euren Willen mitgenommen habe, wie sie sich dort drüben vorstellen. Also«, sagte ich, »Ihr werdet für uns ein nützlicher Mann sein und gut von uns behandelt werden.« So band ich ihm die Hände los und befahl erst einmal, dass man ihm alles, was ihm gehörte, zurückerstattete, und der Kapitän schenkte ihm ein Glas Branntwein ein.

»Du hast dich anständig zu mir verhalten«, sagte er, »und ich will mich dir gegenüber ehrlich erweisen, ob ich nun freiwillig mit dir gekommen bin oder nicht. Ich werde mich dir so nützlich machen, wie ich nur kann, aber du weißt doch, dass es nicht meine Sache ist, mich in Eure Kämpfe einzumischen.« – »Nein, nein«, erwiderte der Kapitän, »aber Ihr dürft Euch ein bisschen einmischen, wenn wir das Geld teilen.« – »Damit kann man gut die Kiste eines Wundarztes ausrüsten«, sagte William und lächelte, »aber ich werde bescheiden sein.«

Kurz, William war ein sehr angenehmer Gesellschafter; er hatte uns jedoch voraus, dass man uns, falls wir gefangen würden, ganz gewiss hängte, während er sicher war davonzukommen, und das wusste er recht gut. Aber, mit einem Wort, er war ein munterer Bursche und besser zum Kapitän geeignet als irgendeiner von uns. Ich werde im übrigen Teil meiner Erzählung noch oft Gelegenheit haben, von ihm zu sprechen.

Die Tatsache, dass wir schon so lange auf diesen Meeren herumkreuzten, begann jetzt so wohlbekannt zu sein, dass nicht nur in England, sondern auch in Frankreich und Spanien Berichte über unsere Abenteuer verbreitet wurden und man sich viele Geschichten darüber erzählte, wie wir kaltblütig Menschen ermordeten, indem wir sie Rücken an Rücken banden und ins Meer warfen; die Hälfte von all dem entsprach jedoch nicht der Wahrheit, obgleich wir mehr getan haben, als hier berichtet werden muss. Die Folge davon war freilich, dass mehrere Kriegsschiffe mit der ausdrücklichen Weisung nach Westindien ausliefen, im Golf von Mexiko, im Golf von Florida sowie zwischen den Bahamas zu kreuzen und uns, wenn möglich, anzugreifen. Wir waren nicht so unwissend, dass wir das nach einem so langen Aufenthalt in diesem Teil der Welt nicht erwartet hätten; die erste sichere Kunde davon erhielten wir jedoch in Honduras, als wir von einem aus Jamaika kommenden Schiff erfuhren, dass zwei englische Kriegsschiffe auf der Suche nach uns geradenwegs von Jamaika hierher segelten. Wir lagen in der Bucht gleichsam eingeschlossen und hätten nicht die geringste Bewegung machen können, um davonzukommen, wenn sie sich unmittelbar auf uns zubewegt hätten, aber es traf sich, dass ihnen jemand mitgeteilt hatte, wir befänden uns im Golf von Campeche, und sie fuhren unverzüglich dorthin, sodass wir von ihnen befreit waren und außerdem so weit luvwärts vor ihnen lagen, dass sie uns nicht angreifen konnten, auch wenn sie gewusst hätten, dass wir uns dort befanden.

Wir machten uns diesen Vorteil zunutze und liefen nach Cartagena aus, und von dort lavierten wir unter großen Schwierigkeiten in einer gewissen Entfernung von der Küste nach St. Martha, bis wir zur holländischen Insel Curaçao und von da zur Insel Tobago, unserem schon zuvor erwähnten Treffpunkt, kamen, und da dies eine verlassene, unbewohnte Insel war, benutzten wir sie zugleich als Zufluchtsort. Hier starb der Kapitän der Brigantine, und Kapitän Harris, der zu dieser Zeit mein Erster Offizier war, übernahm das Kommando.

Nun beschlossen wir, zur brasilianischen Küste, von da zum Kap der Guten Hoffnung und dann weiter nach Indien zu segeln; Kapitän Harris aber, der, wie gesagt, jetzt Kapitän der Brigantine war, behauptete, sein Schiff sei zu klein für eine so lange Reise; wenn Kapitän Wilmot jedoch einverstanden sei, wolle er das Risiko einer weiteren Kreuzfahrt auf sich nehmen und uns mit dem ersten Schiff, das er kapern konnte, folgen. So verabredeten wir ein Treffen in Madagaskar, weil ich den Ort empfahl und wegen des reichlichen Proviants, den es dort gab.

Darauf verließ uns Kapitän Harris zu einer unheilvollen Stunde, denn anstatt ein Schiff zu kapern, mit dem er uns folgen konnte, wurde das seine, wie ich später erfuhr, von einem englischen Kriegsschiff genommen; er lag in Ketten und starb vor Kummer und Zorn, noch bevor er England erreichte. Sein Erster Offizier wurde, wie ich später hörte, in England als Pirat hingerichtet, und dies war das Ende des Mannes, der mich zuerst zu diesem unglückseligen Gewerbe gebracht hatte.

Wir fuhren drei Tage später von Tobago ab, hielten Kurs auf die brasilianische Küste, befanden uns aber noch keine vierundzwanzig Stunden auf See, als uns ein furchtbarer Sturm, der drei Tage, fast ohne in seiner Wut nachzulassen und beinahe pausenlos, anhielt, voneinander trennte. Zu diesem Zeitpunkt befand sich Kapitän Wilmot unglücklicherweise zufällig an Bord meines Schiffes, zu seinem großen Verdruss, denn wir verloren sein Fahrzeug aus den Augen und sahen es auch nicht wieder, bis wir nach Madagaskar gelangten, wo es gescheitert war. Kurz, nachdem wir in diesem Sturm unseren Fockmast eingebüßt hatten, sahen wir uns gezwungen, zur Insel Tobago zurückzukehren, um dort Schutz zu suchen und unseren Schaden zu beheben, was uns alle fast ins Verderben gestürzt hätte.

Kaum waren wir dort an Land und alle sehr damit beschäftigt, nach einem Baumstamm Ausschau zu halten, der sich zu einer Marsstenge eignete, da erblickten wir ein englisches Kriegsschiff mit sechsunddreißig Kanonen, das auf die Küste zuhielt. Wir waren darüber wirklich sehr bestürzt, weil wir so stark behindert waren; zu unserem großen Glück aber lagen wir dicht an den hohen Felsen, und so bemerkten uns die Leute auf dem Kriegsschiff nicht, sondern gingen wieder auf ablaufenden Kurs. So gaben wir nur acht, wohin es segelte, unterbrachen in der Nacht unsere Arbeit und beschlossen, in See zu stechen, wobei wir einen Kurs steuerten, der dem bei ihm beobachteten entgegengesetzt war, und dies hatte, wie sich herausstellte, den gewünschten Erfolg, denn wir bekamen das Schiff nicht mehr zu Gesicht. Wir hatten eine alte Kreuzmarsstenge an Bord, die uns für den Augenblick als behelfsmäßige Vormarsstenge diente, und so hielten wir auf die Insel Trinidad zu, wo wir, obgleich sich Spanier dort befanden, doch einige unserer Leute mit dem Boot an Land schickten; sie hieben eine sehr schöne Fichte zu einer neuen Marsstenge um, und wir brachten sie mit gutem Erfolg an. Wir fanden hier auch Vieh, um unsere Vorräte aufzubessern. Dann hielten wir Kriegsrat und beschlossen, diese Meere vorerst zu verlassen und die brasilianische Küste anzusteuern.

Zuerst befassten wir uns nur damit, uns Trinkwasser zu beschaffen; wir erfuhren dort aber, dass die portugiesische Flotte im Golf von Todos los Santos lag, bereit, nach Lissabon auszusegeln, und nur auf günstigen Wind wartete. Dies veranlasste uns, vor Anker liegen zu bleiben, in dem Wunsch, sie in See stechen zu sehen und sie, je nachdem, ob die Schiffe mit Bedeckung segelten oder nicht, anzugreifen oder ihr auszuweichen.

Am Abend erhob sich ein stürmischer Wind von Westsüdwest, und da er für die portugiesische Flotte günstig und das Wetter angenehm und heiter war, hörten wir, dass das Signal gegeben wurde, die Anker zu lichten; wir liefen die Insel Si… an, geiten das Großsegel und das Focksegel auf, fierten die Marssegel aufs Eselshaupt und geiten auch sie auf, damit wir so versteckt lagen wie nur möglich, während wir darauf warteten, dass die Schiffe aus dem Hafen kamen, und am nächsten Morgen sahen wir die ganze Flotte heraussegeln, jedoch gar nicht zu unserer Zufriedenheit, denn sie bestand aus sechsundzwanzig Einheiten, und zwar zumeist aus Schiffen, die sowohl schwer beladen als auch gut bestückt waren – Handels- und Kriegsschiffe. Da wir also sahen, dass wir uns nicht mit ihnen einlassen konnten, blieben wir dort, wo wir uns befanden, still liegen, bis die Flotte außer Sicht war, und standen dann auf und ab in der Hoffnung, eine andere Gelegenheit zum Raub zu finden.

Es dauerte auch nicht lange, bis wir ein Segel erspähten, und wir verfolgten es sogleich; das Schiff erwies sich jedoch als ausgezeichneter Segler. Es stand auf Auslaufkurs, und wir sahen deutlich, dass es sich auf seine Fähigkeit, Fersengeld zu geben, verließ, das heißt auf seine Segel. Unser Fahrzeug war jedoch gewandt, wir näherten uns dem anderen, wenn auch langsam, und hätten wir den Tag vor uns gehabt, dann hätten wir es ganz gewiss eingeholt; aber die Nacht brach zusehends herein, und wir wussten, dass wir es dann aus den Augen verlieren mussten.

Als unser fröhlicher Quäker gewahrte, dass wir das Schiff in der Dunkelheit weiter verfolgten, obwohl wir nicht zu sehen vermochten, wohin es fuhr, kam er ohne Umschweife zu mir. »Freund Singleton«, sagte er, »weißt du, was wir tun?« Ich antwortete: »Gewiss, wieso denn, wir verfolgen das Schiff dort drüben, oder etwa nicht?«

»Und woher weißt du das?«, fragte er ganz ernst und ruhig. »Freilich, es stimmt«, sagte ich, »sicher können wir nicht sein.« – »Ja, Freund«, erwiderte er, »ich glaube, wir können sicher sein, dass wir vor ihm davonfahren, anstatt es zu verfolgen. Ich fürchte«, setzte er hinzu, »du bist zum Quäker geworden und hast beschlossen, keine Gewalt anzuwenden, oder du bist ein Feigling und fliehst vor dem Feind.«

»Was willst du damit sagen?«, fragte ich (ich glaube, ich beschimpfte ihn). »Worüber höhnst du jetzt? Immer versetzt du uns irgendeinen Hieb.«

»Nein«, sagte er, »es ist doch offensichtlich, dass das Schiff von der Küste fort genau nach Osten gelaufen ist, nur um uns abzuschütteln, und du kannst gewiss sein, dass es dort nichts zu suchen hat, denn was soll es auf diesem Breitengrad an der Küste von Afrika, so weit südlich wie Kongo oder Angola? Sobald es dunkel wird und wir es aus den Augen verloren haben, wird es über Stag gehen und wieder zur brasilianischen Küste hin und auf den Golf zuhalten, wohin es zuerst segelte, wie du weißt. Laufen wir ihm also nicht davon? Ich lebe in großer Hoffnung, Freund«, sagte dieser trockene, spöttische Kerl, »dass du zum Quäker wirst, denn ich sehe, dass du nicht für den Kampf bist.«

»Also gut, William«, sagte ich, »dann werde ich einen ausgezeichneten Piraten abgeben.« William hatte jedoch recht. Ich begriff sogleich, was er wollte, und auch Kapitän Wilmot, der sehr krank in seiner Kajüte lag, hörte uns und verstand ihn ebenso gut wie ich. Er rief mir zu, William irre sich nicht, und das Beste sei, wenn wir unseren Kurs änderten und auf den Golf zuhielten, wo es zehn zu eins stehe, dass wir das Schiff am Morgen schnappten. So wendeten wir also, holten unsere Backbordtaue ein, setzten die Bramstagsegel und fuhren eilends zum Golf von Todos los Santos, wo wir am frühen Morgen vor Anker gingen, genau außerhalb der Schussweite des Forts; wir rollten die Segel mit Taugarn zusammen, damit wir die Schoten beiholen konnten, ohne, um sie locker zu machen, hinaufzuentern, ließen unsere Großrah und unsere Fockrah hinab, und nun hatte es den Anschein, als lägen wir schon eine ganze Weile dort.

Zwei Stunden darauf sahen wir unser Wild mit vollen Segeln auf den Golf zuhalten, und völlig unschuldig begab es sich sozusagen geradenwegs in unseren Rachen, denn wir lagen still, bis wir es fast in Kanonenschussweite hatten; da unser vorderes Gut Längsschiffs gespannt war, zogen wir zuerst die Rahen hoch und holten dann die Topsegelschoten dicht, wobei das Kabelgarn, mit denen sie aufgerollt waren, von selbst nachgab. Die Segel waren in wenigen Minuten gesetzt; gleichzeitig warfen wir unsere Ankertrosse los und waren neben dem Schiff, bevor es halsen und davonfahren konnte. Die Mannschaft war so überrascht, dass sie keinen oder nur wenig Widerstand leistete, sondern nach der ersten Breitseite die Segel strich.

Als wir überlegten, was wir mit dem Schiff machen sollten, kam William zu mir. »Hör mal, Freund«, sagte er, »du hast jetzt wahrhaftig ein schönes Stück Arbeit geleistet, dir das Schiff deines Nachbarn gleich hier vor dessen Tür auszuborgen und ihn nicht einmal um Erlaubnis zu bitten! Glaubst du nicht, dass dort im Hafen ein paar Kriegsschiffe liegen? Du hast sie genügend in Alarm versetzt, und du kannst dich darauf verlassen, dass du sie, bevor es Abend wird, auf dem Hals hast, weil sie dich fragen wollen, weshalb du das tatest.«

»Gewiss, William«, antwortete ich. »Es mag durchaus sein, dass du recht hast. Was sollen wir also als Nächstes tun?« Da sagte er: »Du kannst nur zwei Dinge tun: entweder in den Hafen einlaufen und alle übrigen Schiffe kapern oder aber verschwinden, bevor sie herauskommen und dich kapern, denn ich sehe, dass die Leute auf dem großen Schiff dort drüben eine Marsstenge setzen, um gleich in See zu stechen, und es wird nicht mehr lange dauern, bis sie herkommen, um sich mit dir zu unterhalten. Und was wirst du ihnen dann antworten, wenn sie dich fragen, warum du dir ohne Erlaubnis ihr Schiff ausgeborgt hast?«

Es war so, wie William sagte. Wir konnten durch unsere Gläser beobachten, dass sie sich sehr damit beeilten, einige dort liegende Schaluppen sowie auch ein großes Kriegsschiff zu bemannen und klarzumachen, und es war offensichtlich, dass sie bald hier sein würden. Wir wussten jedoch, was wir tun mussten; wir stellten fest, dass das von uns aufgebrachte Schiff nichts geladen hatte, was für unsere Zwecke von Bedeutung war, außer etwas Kakao, Zucker und zwanzig Fässer Mehl; die übrige Ladung bestand aus Häuten, und so nahmen wir uns alles, was uns nützlich schien, darunter auch die gesamte Schiffsmunition, Kanonenkugeln und Handwaffen, und danach ließen wir es frei. Wir nahmen auch eine zu dem Schiff gehörende Kabeltrosse und drei Anker, die uns dienlich waren, sowie einige seiner Segel. Es blieben ihm genügend, um es in den Hafen zu führen, mehr aber nicht.

Nachdem wir dies getan hatten, behielten wir den Kurs nach Süden längs der brasilianischen Küste bei, bis wir zur Mündung des Janeiro kamen. Da wir aber zwei Tage lang heftigen Wind aus Südost und Südsüdost hatten, waren wir gezwungen, bei einer kleinen Insel vor Anker zu gehen und dort auf günstigeren Wind zu warten. Während dieser Zeit hatten die Portugiesen anscheinend über Land den dortigen Gouverneur davon benachrichtigt, dass sich ein Pirat an der Küste herumtrieb, und als wir in Sichtweite des Hafens gelangten, sahen wir, dass dort gleich außerhalb der Barre zwei Kriegsschiffe lagen, von denen das eine, wie wir beobachteten, nachdem es die Ankerkette geschlippt hatte, so rasch wie nur möglich unter Segel ging, um sich mit uns zu unterhalten; das andere war nicht so vorwitzig, machte sich aber bereit, dem ersten zu folgen. In kaum einer Stunde liefen beide unter allen verfügbaren Segeln genau hinter uns her.

Wäre es nicht Nacht geworden, dann hätten sich Williams Worte bewahrheitet; die Männer hätten uns ganz gewiss zur Rede gestellt und gefragt, was wir dort zu schaffen hatten, denn wir sahen vor allem auf der einen Halse, dass das vordere Schiff uns näher kam, da wir uns beim Anluven von ihm entfernten; als wir es aber in der Dunkelheit aus den Augen verloren, beschlossen wir, unseren Kurs zu ändern und auf See hinaus zu halten; wir zweifelten nicht daran, dass wir es während der Nacht abschütteln würden.

Ob nun der portugiesische Kapitän erriet, dass wir dies vorhatten, oder nicht, weiß ich nicht, am Morgen aber, als es tagte, stellten wir fest, dass er, anstatt sich von uns abschütteln zu lassen, nur eine Seemeile weit entfernt, hinter uns herjagte. Zu unserem Glück aber erblickten wir nur eins der beiden Kriegsschiffe. Es war jedoch ein großes Fahrzeug, mit sechsundvierzig Kanonen bestückt, und ein hervorragender Segler, was daran zu sehen war, dass es schneller war als wir, denn auch unser Schiff war ein ausgezeichneter Segler, wie ich schon erwähnte.

Als ich das feststellte, erkannte ich sogleich, dass es für uns keinen anderen Weg gab als anzugreifen, und da ich wusste, dass wir von diesen Schuften, den Portugiesen – einer Nation, gegen die ich eine eigenartige Abneigung verspürte –, keine Gnade erwarten konnten, teilte ich Kapitän Wilmot mit, wie die Lage war. Der Kapitän sprang, so krank er war, in seiner Kajüte auf und ließ sich an Deck führen (denn er war sehr schwach), um zu sehen, wie die Dinge standen. »Nun«, sagte er, »wir werden gegen sie kämpfen.«

Unsere Leute waren auch schon zuvor sämtlich guter Dinge gewesen, aber als sie den Kapitän, der zehn oder elf Tage lang an einem Fieber krank gelegen hatte, so munter sahen, erfüllte sie das mit doppeltem Mut, und alle Mann gingen ans Werk, um klar Schiff zu machen und bereit zu sein. William, der Quäker, kam mit einem leisen Lächeln zu mir. »Freund«, sagte er, »weshalb folgt uns wohl dieses Schiff dort?« – »Nun«, sagte ich, »um gegen uns zu kämpfen, darauf könnt Ihr Euch verlassen.« – »Und wird es uns einholen«, fragte er, »was meinst du?« – »Freilich«, erwiderte ich, »Ihr seht ja, dass es das tun wird.« – »Na also, Freund«, sagte dieser trockene Kerl, »warum fliehst du dann immer noch vor ihm her, wenn du siehst, dass es dich überholen wird? Wird es besser für uns sein, uns weiter vorn überholen zu lassen als hier?« – »Das ist alles eins«, sagte ich, »was sollten wir denn Eurer Meinung nach tun?« – »Tun!«, antwortete er. »Wir wollen doch dem armen Menschen nicht mehr Mühe bereiten als notwendig; lass uns hier auf ihn warten und hören, was er uns zu sagen hat.« – »Er wird mit Pulver und Blei zu uns sprechen«, sagte ich. »Nun gut«, erwiderte er, »wenn das seine Landessprache ist, müssen wir in der gleichen zu ihm sprechen, oder? Wie soll er uns sonst verstehen?« – »Also gut, William«, erklärte ich, »wir haben Euch verstanden.« Und der Kapitän, so krank er auch war, rief mir zu: »William hat wieder mal recht. Hier ist es genauso gut wie eine Meile weiter vorn.« Und so gab er das Kommando: »Großsegel aufholen. Wir werden die Segel für ihn reffen.«

Dementsprechend refften wir die Segel, und da wir das Schiff auf unserer Leeseite erwarteten, weil wir gerade mit Steuerbordhalsen segelten, brachten wir achtzehn Kanonen nach Backbord, denn wir hatten beschlossen, ihm eine Breitseite zu geben, um ihm einzuheizen. Es dauerte eine halbe Stunde, bevor das Schiff aufkam, und die ganze Zeit über luvten wir an, damit wir es von Luv abhielten, wodurch wir es zwangen, sich uns von Lee her zu nähern, was unserer Absicht entsprach. Als wir es bei unserem Achterschiff hatten, hielten wir auf Mitwindkurs und empfingen das Feuer von fünf oder sechs seiner Kanonen. Inzwischen befanden sich, dessen mag der Leser gewiss sein, alle unsere Leute auf ihrem Posten, und so legten wir unser Ruder hart nach Luv, ließen die Leebrassen des Großmarssegels laufen und legten es back; nun fielen wir dwars zur Klüse des portugiesischen Schiffs und gaben sogleich eine Breitseite ab, beschossen es vorn und achtern und töteten sehr viele Leute.

Die Portugiesen befanden sich, wie wir sehen konnten, in höchster Verwirrung und ließen, da sie unsere Absicht nicht durchschauten und ihr Schiff in voller Fahrt war, ihren Bugspriet in den vorderen Teil unserer Großwanten laufen; auf diese Weise vermochten sie nicht leicht von uns loszukommen, und wir lagen ineinander verhakt. Der Feind war nicht in der Lage, mehr als nur fünf, sechs Kanonen nebst den Handwaffen auf uns abzufeuern, während wir unsere ganze Breitseite auf ihn abgaben.

Mitten in der Hitze des Gefechts, während ich auf dem Achterdeck sehr beschäftigt war, rief mich der Kapitän, denn er rührte sich nicht von uns fort. »Was zum Teufel macht denn Freund William dort drüben?«, fragte er. »Hat er auf Deck etwas zu suchen?« Ich trat vor, und dort stand Freund William und zurrte zusammen mit zwei, drei kräftigen Burschen das Bugspriet des Kriegsschiffs an unserem Großmast fest, aus Furcht, dass es sich von uns losmachen könnte; hin und wieder zog er eine Flasche aus der Tasche und gab den Leuten einen Schluck zu trinken, um sie zu ermutigen. Die Geschosse flogen ihm so dicht um die Ohren, wie es bei einem solchen Gefecht zu erwarten war, in dem die Portugiesen, das muss ich ihnen lassen, sehr feurig kämpften, wobei sie zuerst glaubten, ihrer Beute sicher zu sein, und sich auf ihre Überlegenheit verließen; aber William stand im Anblick der Gefahr so ruhig und völlig gelassen dort, als sitze er über einer Punschterrine, und war nur eifrig beschäftigt, dafür zu sorgen, dass ein Schiff mit sechsundvierzig Kanonen einem mit achtundzwanzig nicht entfliehen konnte.

Das Gefecht war zu heftig, um lange anzudauern; unsere Leute verhielten sich tapfer, und unser Geschützmeister, ein mutiger Mensch, ließ unter Deck Rufe hören und verschoss seine Kugeln in so rascher Folge, dass das Feuer der Portugiesen nachzulassen begann, denn wir hatten einige ihrer Kanonen dadurch, dass wir ihr Vorschiff beschossen und sie, wie gesagt, vorn und achtern mit einem Kugelhagel bedachten, untauglich gemacht. Nach einer Weile kam William zu mir. »Freund«, sagte er ganz ruhig, »was meinst du? Weshalb besuchst du deinen Nachbarn nicht auf seinem Schiff, wo dir doch die Tür weit offen steht?« Ich wusste sogleich, was er meinte, denn unsere Kanonen hatten den Schiffsrumpf des Portugiesen so weit aufgerissen, dass wir zwei Bullaugen zu einem geschlagen hatten, und ihr Heckschott war in Stücke zersplittert, sodass sie sich achtern nicht verschanzen konnten, und darum gab ich unverzüglich Befehl zum Entern. Unser Zweiter Offizier ging mit ungefähr dreißig Mann sogleich über das Vorschiff an Bord des Portugiesen; ihm folgten einige weitere mit dem Bootsmann. Sie hieben etwa fünfundzwanzig Mann, die sie dort auf Deck antrafen, in Stücke, warfen dann einige Granaten in den hinteren Teil des Schiffs und drangen auch da ein, worauf die Portugiesen alsbald um Gnade baten. Wir waren nun Herren des Schiffs, entgegen unseren eigenen Erwartungen, denn wir hätten uns mit ihnen geeinigt, wenn sie abgedreht hätten, aber da wir uns zuerst dwars vor ihre Klüse gelegt und sie darauf heftig beschossen hatten, ohne ihnen Zeit zu geben, von uns freizukommen und mit ihrem Schiff zu manövrieren, waren sie nicht in der Lage, mit mehr als fünf oder sechs Kanonen zu schießen, obgleich sie, wie schon berichtet, sechsundvierzig besaßen, denn wir schlugen sie sogleich von ihren Geschützen im Vorschiff zurück und töteten viele ihrer Leute, die sich unter Deck befanden, sodass sie kaum genug Männer aufbringen konnten, um auf Deck im Handgemenge mit uns zu kämpfen, nachdem wir ihr Schiff geentert hatten.

Die freudige Überraschung, die Portugiesen um Gnade bitten zu hören und zu sehen, dass sie ihre Flagge strichen, war für unseren Kapitän, der, wie ich schon berichtete, durch sein hohes Fieber sehr geschwächt war, so groß, dass es ihn neu belebte. Die Natur besiegte die Krankheit, und das Fieber ging noch in der Nacht zurück, sodass er sich nach zwei, drei Tagen merklich besser fühlte; seine Kraft begann zurückzukehren, er war in der Lage, wirksam für alles Notwendige seine Befehle zu geben, und nach etwa zehn Tagen war er wieder ganz gesund und bewegte sich auf dem Schiff umher.

Inzwischen nahm ich das portugiesische Kriegsschiff in Besitz, und Kapitän Wilmot ernannte mich (oder vielmehr ernannte ich mich selbst) vorläufig zum Kapitän des Fahrzeugs. Etwa dreißig von den dortigen Matrosen traten bei uns in Dienst, einige von ihnen Franzosen, andere Genuesen; die Übrigen setzten wir am nächsten Tag auf einer kleinen Insel vor der brasilianischen Küste aus – bis auf ein paar Verwundete, die nicht transportfähig waren und die wir an Bord behalten mussten; wir hatten jedoch später am Kap Gelegenheit, sie loszuwerden, und brachten sie auf ihren Wunsch dort an Land.

Kapitän Wilmot war dafür, sobald das Schiff genommen war und wir die Gefangenen untergebracht hatten, wieder den Janeiro anzusteuern, denn er zweifelte nicht daran, dass wir dort das andere Kriegsschiff anträfen, das ganz gewiss zurückgekehrt war, da es uns nicht gefunden und die Gesellschaft seines Gefährten verloren hatte, und dass wir vielleicht mit dem erbeuteten Schiff überraschen konnten, wenn wir die portugiesischen Farben führten; auch unsere Leute waren alle dafür.

Unser Freund William aber beriet uns besser, denn er kam zu mir und sagte: »Freund, wie ich höre, ist der Kapitän dafür, zum Fluss Janeiro zurückzusegeln, in der Hoffnung, auf das andere Schiff zu stoßen, das dich gestern verfolgt hat. Stimmt das, hast du diese Absicht?« – »Aber ja«, sagte ich, »warum denn auch nicht, William?« – »Nun«, antwortete er, »du magst es tun, wenn du willst.« – »Das weiß ich auch, William«, sagte ich. »Aber der Kapitän ist ein Mann, der sich vom Verstand leiten lässt. Was habt Ihr dagegen zu sagen?« – »Nun«, antwortete William ernst, »ich frage nur: Worin besteht dein Ziel und das Ziel all dieser Leute, die du bei dir hast? Nicht etwa darin, Euch Geld zu beschaffen?« – »Freilich, William, so ist es, auf unsere ehrliche Weise.« – »Und möchtest du«, so fuhr er fort, »lieber Geld haben, ohne zu kämpfen, oder lieber kämpfen, ohne Geld zu erwerben? Ich meine, was würdest du wählen, wenn du die Wahl hättest?« – »Ach, William«, sagte ich, »natürlich das Erste.« – »Nun also«, erwiderte er, »welchen großen Gewinn hast du durch die Prise, die du jetzt gemacht hast, obwohl es dich das Leben von dreizehn deiner Leute sowie einige Verwundete gekostet hat? Zwar hast du das Schiff bekommen und auch einige Gefangene, aber auf einem Handelsschiff hättest du doppelt so viel Beute gemacht und nicht ein Viertel so hart kämpfen müssen. Woher weißt du, welche Waffen und wie viel Mann sich vielleicht auf dem anderen Schiff befinden und welche Verluste du erleiden musst, und was gewinnst du damit, wenn du es nimmst? Ich glaube wirklich, du tätest besser daran, es in Ruhe zu lassen.«

»Freilich, William, das stimmt«, sagte ich. »Ich werde zum Kapitän gehen und ihm Eure Meinung berichten und Euch dann mitteilen, was er gesagt hat.« Ich ging also zum Kapitän hinein und erklärte ihm Williams Bedenken, und der Kapitän pflichtete ihm bei, dass wir tatsächlich kämpfen sollten, wenn wir es nicht verhindern konnten, dass aber unser Hauptanliegen sei, uns mit so wenig Schlägen wie nur möglich Geld zu beschaffen. So verzichteten wir auf dieses Abenteuer und hielten wieder Kurs nach Süden entlang der Küste auf den Rio de la Plata zu, denn wir hofften dort auf einige Beute; insbesondere hatten wir unser Augenmerk auf ein paar der spanischen Schiffe aus Buenos Aires gelenkt, die gewöhnlich sehr reich an Silber sind, und wenn wir eins davon erobert hätten, wäre das ein gutes Geschäft für uns gewesen. Wir segelten dort bei … Grad südlicher Breite fast einen Monat lang umher, und nichts bot sich. Nun begannen wir miteinander zu beraten, was wir als Nächstes unternehmen sollten, denn wir hatten noch keinen Entschluss gefasst. Meine Absicht war tatsächlich nach wie vor, zum Kap der Guten Hoffnung und dann weiter nach Ostindien zu segeln. Ich hatte einige in glühenden Farben gemalte Berichte über Kapitän Avery und die großartigen Dinge gehört, die er in Indien vollbracht haben sollte und die zu doppelt und dreifacher und schließlich zu zehntausendfacher Dimension aufgebauscht wurden – und zwar hörten wir über die Tatsache, dass er im Golf von Bengalen große Beute machte, als er eine Dame gefangen nahm, von der es hieß, sie sei die Tochter des Großmoguls, und die eine riesige Menge Juwelen mit sich führte, folgende Geschichte: Er hätte ein Mogulschiff, so nannten es die unwissenden Seeleute, das mit Diamanten beladen war, erbeutet.

Mir wäre lieb gewesen, Freund Williams Rat darüber, wohin wir segeln sollten, zu hören, aber er wich stets mit irgendeiner Quäkerspitzfindigkeit aus. Kurz, er hatte keine Lust, uns irgendwohin zu lenken; ob er sich nun ein Gewissen daraus machte oder ob er nicht Gefahr laufen wollte, dass man es ihm später vorhielte, weiß ich nicht. Zuletzt aber fassten wir unseren Entschluss ohne ihn. Wir brauchten jedoch ziemlich viel Zeit dazu, und es gelüstete uns eine ganze Weile nach dem Rio de la Plata. Schließlich sichteten wir luvwärts ein Segel, und zwar eins, wie es, so glaubte ich, in diesen Breiten schon lange nicht mehr aufgetaucht war. Ich wollte nicht, dass wir Jagd darauf machten, denn es hielt gerade auf uns zu, so gut wie die Leute, die es steuerten, das fertigbrachten, und selbst dies war eher ein Zufall des Wetters als sonst irgendetwas, denn wenn der Wind umgesprungen wäre, dann hätte das Schiff mit ihm laufen müssen. Ich überlasse es jedem, der Seemann ist oder auch nur das Geringste von Schiffen versteht, zu beurteilen, welches Bild dieses Fahrzeug bot, als wir es zuerst zu Gesicht bekamen, und welche Vorstellung wir wohl von dem hatten, was darauf geschehen sein mochte. Die Großmarsstenge war etwa sechs Fuß über dem Spill über Bord heruntergekommen und vornübergefallen, und die Spitze der Bramstenge hing beim Stag in den Fockwanten; gleichzeitig hatte das Rack der Kreuzmarsrah durch irgendein Ereignis nachgegeben, und die Kreuzmarsbrassen (deren stehendes Gut an den Wanten des Großmarssegels festhing) hatten das Kreuzmarssegel mitsamt der Rah mit sich heruntergerissen, und es breitete sich wie ein Sonnendeck über einen Teil des Achterdecks; das Vormarssegel war auf zwei Drittel des Mastes gesetzt, die Schoten waren jedoch nicht belegt. Die Fockrah war auf das Vorderdeck gefiert, die Segel lose, und sie hingen zum Teil über Bord. Auf diese Weise näherte sich uns das Schiff mit einer Backstagsbrise. Mit einem Wort, der Eindruck, den das ganze Schiff machte, war für Leute, die etwas von der Seefahrt verstehen, so bestürzend wie nur möglich. Es führte kein Boot mit sich und hatte auch keine Flagge gehisst.

Als wir in seine Nähe kamen, feuerten wir eine Kanone ab, um es zum Beidrehen zu veranlassen. Es nahm davon keine Notiz, und auch nicht von uns, sondern lief weiter wie zuvor auf uns zu. Wir gaben von Neuem Feuer, aber wieder ohne Erfolg. Endlich gelangten wir in Pistolenschussweite voneinander, aber niemand antwortete, und niemand erschien; so begannen wir zu glauben, es sei ein in Seenot geratenes Schiff, das irgendwo gelandet und dann von seiner Mannschaft verlassen worden sei; später habe die Flut es dann wieder flottgemacht und aufs Meer hinausgeschwemmt. Als wir näher heran gelangten, liefen wir in solcher Nähe längsschiffs, dass wir im Innern des Fahrzeugs ein Geräusch hören und durch die Bullaugen sehen konnten, dass sich mehrere Menschen darin bewegten.

Daraufhin bemannten wir zwei Boote mit gutbewaffneten Leuten und befahlen ihnen, möglichst gleichzeitig an Bord des Schiffs zu gehen, wobei die vom ersten Boot auf der einen Seite bei der vorderen Ankerkette und die vom zweiten mittschiffs auf der anderen Seite entern sollten.

Sobald sie an die Bordwand gelangten, erschienen auf Deck überraschend viele schwarze Matrosen, wenn man sie so nennen kann, und jagten unseren Leuten, mit einem Wort, einen solchen Schrecken ein, dass das Boot, dessen Insassen mittschiffs an Bord gehen sollten, wieder ablegte und sie nicht wagten, das Schiff zu entern, während diejenigen, die vom anderen Boot aus an Bord gingen und feststellten, dass das erste Boot, wie sie glaubten, abgewehrt und das Schiff voller Menschen war, alle in ihr Fahrzeug zurücksprangen und ablegten, da sie nicht wussten, was geschehen war. Nun machten wir uns bereit, eine Breitseite auf das Schiff abzugeben; unser Freund William aber belehrte uns auch hier wieder eines Besseren, denn anscheinend erriet er früher als wir, was geschehen war. Er kam zu mir (unser Schiff war es nämlich, das sich dem anderen genähert hatte) und sagte: »Freund, ich bin der Meinung, dass du in dieser Sache unrecht hast, und auch deine Leute haben sich falsch verhalten. Ich will dir sagen, wie du dieses Schiff nehmen kannst, ohne diese Dinger zu benutzen, die man Kanonen nennt.« – »Wie sollte das möglich sein, William?«, fragte ich. »Nun«, antwortete er, »du kannst es mit deinem Ruder nehmen; du siehst doch, dass es überhaupt nicht steuerfähig gehalten ist, und du siehst auch, in welchem Zustand es sich befindet. Leg auf der Leeseite an seinem Achterschiff an und entere vom Schiff aus. Ich bin überzeugt, dann wirst du es ohne Kampf einnehmen, denn irgendein Unheil, von dem wir nichts wissen, hat dieses Schiff betroffen.«

Um es kurz zu sagen, da die See ruhig war und kaum ein Wind wehte, befolgte ich seinen Rat und legte Längsschiffs an. Sofort enterten unsere Leute das große Fahrzeug und fanden dort über sechshundert Neger, Männer und Frauen, Knaben und Mädchen, aber nicht einen einzigen Christen oder Weißen an Bord.

Mich packte bei dem Anblick Entsetzen, denn ich schloss sogleich, wie es auch teilweise der Fall war, dass diese schwarzen Teufel sich losgemacht, alle Weißen ermordet und sie ins Meer geworfen hatten; und sobald diese Vermutung meinen Leuten gegenüber ausgesprochen war, gerieten sie dermaßen in Wut, dass ich alle Mühe hatte, meine Männer davon zurückzuhalten, die Passagiere sämtlich in Stücke zu schneiden. William setzte sich jedoch mit vielen überzeugenden Worten bei ihnen durch, indem er ihnen sagte, die Schwarzen hätten nichts anderes getan als das, was sie gleichfalls täten, wenn sie sich in deren Lage befänden und Gelegenheit dazu hätten; ihnen sei wirklich die höchste Ungerechtigkeit widerfahren, dass man sie ohne ihre Einwilligung als Sklaven verkaufte, das Gesetz der Natur selbst diktiere ihnen ihr Verhalten, und sie sollten sie nicht töten, denn das hieße vorbedachter Mord.

Dies überzeugte sie und kühlte ihren ersten hitzigen Zorn ab; so schlugen sie nur zwanzig oder dreißig nieder, und alle Übrigen rannten – wie wir vermuteten, in dem Glauben, ihre ersten Herren seien zurückgekehrt – unter Deck, wo sie sich zuerst aufgehalten hatten.

Danach sahen wir uns vor außerordentlich großen Schwierigkeiten, denn wir konnten uns ihnen nicht mit einem Wort verständlich machen und verstanden auch selbst kein Wort von dem, was sie sagten. Wir bemühten uns durch Zeichen um Auskunft, woher sie kamen, sie vermochten sie jedoch nicht zu deuten. Wir zeigten auf die Kajüte, die Hütte, die Kombüse und dann auf unsere Gesichter, um sie zu fragen, ob sie keine Weißen an Bord gehabt hätten und wohin diese verschwunden seien, sie verstanden jedoch nicht, was wir meinten. Sie hingegen wiesen auf unser Boot und auf ihr Schiff und stellten, so gut sie konnten, Fragen, sagten tausenderlei Dinge und drückten sich mit großem Ernst aus, uns war aber nichts von all dem verständlich, und wir wussten nicht, was ihre Zeichen zu bedeuten hatten.

Wir waren uns sehr wohl darüber im Klaren, dass irgendwelche Europäer sie als Sklaven an Bord des Schiffes gebracht hatten.

Wir konnten ohne Weiteres feststellen, dass das Schiff in Holland gebaut, aber sehr verändert worden war, denn es hatte – vermutlich in Frankreich – Aufbauten erhalten, da wir zwei, drei französische Bücher an Bord und später auch Kleidungsstücke, Wäsche, Spitze, ein Paar alte Schuhe und allerlei andere Gegenstände dort fanden. Unter den Vorräten entdeckten wir einige Fässer irisches Rindfleisch, neufundländischen Fisch und mehrere andere Beweise, dass sich Christen an Bord befunden hatten, sahen jedoch keinerlei Überbleibsel von ihnen. Wir fanden kein Schwert, keine Flinte, keine Pistole oder sonst irgendeine Waffe, außer ein paar Stutzsäbeln, und die hatten sie unten, wo sie lagen, versteckt. Wir fragten sie, was aus all den Handwaffen geworden war, indem wir auf unsere eigenen Waffen zeigten und auf die Stelle, wo die zum Schiff gehörenden gehangen hatten. Einer verstand mich nach einiger Zeit und winkte mir, an Deck zu kommen, wo er meine Flinte anfasste, die ich noch eine gute Weile, nachdem wir uns zu Herren des Schiffs gemacht hatten, nicht aus der Hand ließ – er tat so, als wolle er sie nehmen, und machte eine Bewegung, als werfe er sie ins Meer, wodurch ich erriet, was ich später erfuhr, dass sie sämtliche Handwaffen, alles Pulver und Blei, die Schwerter und so fort ins Wasser geworfen hatten, in dem Glauben, wie ich vermutete, dass diese Dinge sie töten würden, obgleich die Männer fort waren.

Nachdem wir das verstanden hatten, waren wir fest davon überzeugt, dass die Schiffsmannschaft, nachdem diese verzweifelten Schurken sie überrascht hatten, den gleichen Weg gegangen war und sie sie ebenfalls über Bord geworfen hatten. Wir sahen auf dem ganzen Schiff nach, ob wir irgendwo Blut finden konnten, und glaubten es an mehreren Stellen zu entdecken, aber die heiße Sonne, die Pech und Teer auf Deck zum Schmelzen brachte, hinderte uns daran, es mit Gewissheit festzustellen, außer in der Hütte, wo wir deutlich sehen konnten, dass dort viel Blut geflossen war. Wir fanden die Luke geöffnet und nahmen an, dass der Kapitän und die Leute, die sich bei ihm befunden hatten, auf diesem Weg den Rückzug in die Kajüte angetreten hatten oder aber durch die Kajüte in die Hütte entkommen waren.

Am meisten jedoch überzeugte uns von dem, was geschehen war, die Tatsache, dass wir bei näherer Nachfrage sieben oder acht Schwerverwundete feststellten; zwei oder drei von ihnen hatten Schusswunden, darunter einer, der mit gebrochenem Bein in elendem Zustand dalag, denn das Fleisch war brandig geworden, und er wäre, wie unser Freund William sagte, nach weiteren zwei Tagen gestorben. William war ein äußerst geschickter Wundarzt, und er bewies es durch seine Heilung, denn obgleich sämtliche Ärzte, die wir auf unseren beiden Schiffen an Bord hatten (und es waren nicht weniger als fünf, die sich ausgebildete Ärzte nannten, neben zwei oder drei Scharlatanen oder Gehilfen), obgleich also alle die Meinung äußerten, das Bein müsse amputiert werden, sonst könne man ihm nicht das Leben retten, denn der Brand habe sich schon bis zum Knochenmark durchgefressen, die Sehnen seien brandig, und falls sein Bein doch heilte, werde er es nie mehr gebrauchen können, sagte William nichts Allgemeines, nur, er sei anderer Meinung und wünsche die Wunde zu öffnen, dann wolle er ihnen mehr sagen. Dementsprechend machte er sich bei dem Bein an die Arbeit, und da er darum gebeten hatte, dass ihm ein paar der Ärzte assistierten, bestimmten wir die beiden fähigsten dazu, ihm zu helfen, und überließen es allen zuzusehen, wenn es ihnen beliebte.

William ging auf seine eigene Weise ans Werk, und einige der anderen maßten sich zuerst an, sie fehlerhaft zu finden. Er fuhr jedoch damit fort und schnitt jede Stelle des Beins auf, von der er vermutete, der Wundbrand habe sie erfasst; mit einem Wort, er schnitt eine Menge brandiges Fleisch heraus, und bei all dem empfand der arme Kerl keinerlei Schmerz. William fuhr fort, bis er die durchschnittenen Adern zum Bluten und den Mann zum Schreien gebracht hatte; dann fügte er die Knochensplitter aneinander, forderte Hilfe und schiente den Bruch, wie wir sagen, verband das Bein und bettete den Mann, der sich viel besser fühlte als zuvor, zur Ruhe.

Als der Verband zum ersten Mal geöffnet wurde, begannen die Ärzte zu triumphieren; der Wundbrand schien sich auszubreiten, ein langer roter Blutstreifen zeigte sich von der Wunde aufwärts bis zur Mitte des Schenkels, und die Ärzte erklärten mir, der Mann werde innerhalb weniger Stunden sterben. Ich ging zu ihm, um es mir anzusehen, und fand William selbst einigermaßen überrascht; als ich ihn aber fragte, wie lange der arme Kerl wohl seiner Meinung nach am Leben bleiben könne, blickte er mich ernst an und sagte: »So lange, wie du es kannst; ich fürchte durchaus nicht für sein Leben, aber ich würde ihn gern heilen, wenn ich könnte, ohne ihn zum Krüppel zu machen.« Ich sah, dass er in diesem Augenblick nicht damit beschäftigt war, das Bein zu operieren, sondern etwas zu mischen, was er dem armen Menschen eingab, um, wie ich dachte, die sich ausbreitende Vergiftung zu bekämpfen und das Fieber, das möglicherweise im Blut aufstieg, zu dämpfen oder zu verhindern. Danach machte er sich wieder ans Werk und schnitt das Bein an zwei Stellen oberhalb der Wunde auf, entfernte eine Menge brandiges Fleisch, das anscheinend von der Binde verursacht wurde, die an diesen Punkten zu fest gedrückt hatte, und da das Blut zu der Zeit mehr als gewöhnlich zum Wundbrand neigte, mochte es dazu beitragen, dass er sich ausbreitete.

Nun, unser Freund William überwand all das, besiegte den um sich greifenden Wundbrand, und der rote Streifen verschwand wieder, das Fleisch begann zu heilen und der Eiter zu fließen; nach ein paar Tagen fasste der Mann wieder Mut, sein Puls schlug regelmäßig, er hatte kein Fieber mehr und wurde von Tag zu Tag kräftiger. Mit einem Wort, nach etwa zehn Wochen war er wieder völlig gesund; wir behielten ihn bei uns und bildeten ihn zum Vollmatrosen aus. Um aber auf das Schiff zurückzukommen: Wir vermochten keinerlei sichere Auskunft darüber zu erhalten, bis uns ein paar der Neger, die wir an Bord bleiben ließen und Englisch sprechen lehrten, später darüber berichteten, insbesondere dieser Versehrte.

Wir fragten sie mithilfe von allen Zeichen und Gesten, die wir uns nur auszudenken vermochten, was aus der Mannschaft geworden sei, und konnten doch nichts aus ihnen herausholen. Unser Erster Offizier war dafür, einige von ihnen zu foltern, damit sie gestanden; William wandte sich aber heftig dagegen, und als er hörte, dass wir es in Betracht zogen, kam er zu mir. »Freund«, sagte er, »ich fordere dich auf, keinen dieser armen Kerle zu foltern.« – »Wieso, William, weshalb denn nicht?«, sagte ich. »Ihr seht doch, dass sie nicht berichten wollen, was aus den Weißen geworden ist.« – »Nein«, erwiderte William, »sag das nicht. Ich nehme an, dass sie dir darüber einen ausführlichen Bericht mit allen Einzelheiten gegeben haben.« – »Wie denn?«, fragte ich. »Inwiefern sind wir denn bitte durch ihr ganzes Geschnatter klüger geworden?« – »Nun«, sagte William, »das mag dein Fehler sein, was weiß ich. Du wirst die armen Menschen doch nicht dafür bestrafen, dass sie kein Englisch sprechen können; vielleicht haben sie noch nie zuvor auch nur ein englisches Wort gehört. Ich darf aber sehr wohl annehmen, dass sie dir über alles einen langen Bericht gegeben haben, denn du siehst doch, mit welchem Ernst und wie lange einige von ihnen mit dir geredet haben, und wenn du ihre Sprache nicht verstehen kannst und sie nicht deine, was können sie dafür? Im besten Falle nimmst du nur an, dass sie dir nicht die ganze Wahrheit über die Sache gesagt haben, ich hingegen nehme an, dass sie es getan haben, und wie willst du die Frage, ob du recht hast oder ob ich recht habe, nun entscheiden? Außerdem, was können sie dir schon sagen, wenn du ihnen auf der Folter eine Frage stellst und sie sie gar nicht verstehen und du nicht weißt, ob sie Ja oder Nein sagen?«

Es gereicht meiner Mäßigung nicht zum Lob, wenn ich sage, dass mich diese Argumente überzeugten, trotzdem aber hatten wir alle viel zu tun, um unseren Zweiten Offizier davon abzuhalten, dass er einige der Passagiere ermordete, um die anderen zum Reden zu veranlassen. Und wenn sie geredet hätten? Er hätte kein Wort davon verstanden, er wollte sich aber nicht davon abbringen lassen, dass sie ihn verstehen müssten, wenn er sie fragte, ob das Schiff ein Boot gehabt habe wie unseres oder nicht und was daraus geworden sei.

Es blieb uns jedoch nichts übrig, als zu warten, bis wir diese Leute gelehrt hatten, Englisch zu verstehen, und den Bericht bis dahin aufzuschieben. Folgende Tatsachen ergaben sich: Wo man sie an Bord des Schiffs gebracht hatte, konnten wir nie erfahren, weil sie die englischen Namen nicht kannten, die wir diesen Küsten gaben, und auch nicht, welcher Nation die Schiffsleute angehörten, da sie die Sprachen nicht voneinander zu unterscheiden vermochten; so viel berichtete uns aber der, den ich befragte, derjenige, den William geheilt hatte, dass sie nicht dieselbe Sprache wie wir und auch nicht wie unsere Portugiesen sprachen, und so mussten es aller Wahrscheinlichkeit nach Franzosen oder Holländer gewesen sein.

Dann erzählte er uns, die Weißen hätten sie barbarisch behandelt und sie unbarmherzig geschlagen; einer der Neger habe eine Frau und zwei Kinder gehabt, darunter eine etwa sechzehnjährige Tochter. Ein Weißer habe zuerst die Frau des Negers und danach seine Tochter vergewaltigt, und das habe, so sagte er, alle männlichen Neger mit Zorn erfüllt. Der Ehemann der Frau sei wutentbrannt gewesen, und das habe den Weißen so aufgebracht, dass er drohte, ihn zu töten. In der Nacht aber habe sich der Mann, der von seinen Fesseln losgekommen sei, einer großen Keule bemächtigt, womit unser Mann, wie er uns verständlich machte, eine Brechstange meinte, und als derselbe Franzose (wenn es ein Franzose war) wieder zu ihnen herunterkam, machte er von Neuem Anstalten, die Frau zu notzüchtigen, worauf dieser die Brechstange hob und ihm mit einem Schlag den Schädel zertrümmerte. Dann bemächtigte er sich des Schlüssels, mit dem der Weiße gewöhnlich die Handschellen der gefesselten Neger aufgeschlossen hatte, und befreite etwa hundert Mann. Sie gelangten durch dieselbe Luke, durch welche die Weißen immer hinunterstiegen, auf Deck, nachdem sie dem Getöteten seinen Stutzsäbel abgenommen hatten, packten oben, was ihnen in die Hände kam, und fielen über die Männer her, die sich dort befanden, töteten sie und erschlugen danach auch diejenigen, die sie auf dem Vorschiff antrafen. Der Kapitän und die übrigen seiner Leute, die sich in der Kajüte und in der Hütte befanden, verteidigten sich mit großem Mut, feuerten aus den Schießöffnungen nach den Angreifern, verwundeten dabei unseren Mann und mehrere andere und töteten einige; nach langem Kampf aber brachen die Angreifer in die Hütte ein und töteten dort zwei der Weißen; der Erzähler gab jedoch zu, dass diese beiden elf seiner Leute getötet hatten, bevor diese in die Hütte einzubrechen vermochten, und danach verwundeten die Übrigen, die durch die Luke in die Kajüte hinabgelangt waren, noch einmal drei der Angreifer.

Der Geschützmeister des Schiffs hatte sich in der Geschützkammer verschanzt, und einer seiner Leute holte das Großboot dicht unter das Heck auf; sie beluden es mit allen Waffen und sämtlicher Munition, die sie erreichen konnten, stiegen hinein und nahmen darauf auch den Kapitän und diejenigen, die bei ihm waren, aus der Kajüte an Bord. Als sie sich so alle eingeschifft hatten, beschlossen sie, sich wieder längsseits des Schiffs zu legen und zu versuchen, es zurückzuerobern. Mit verzweifelter Kühnheit enterten sie es und töteten zuerst jeden, der ihnen im Wege stand; da die Neger zu dieser Zeit aber bereits alle freigekommen waren und sich einiger Waffen bemächtigt hatten, obgleich sie mit Pulver, Blei oder Flinten nicht umzugehen wussten, gelang es den Leuten nicht, sie zu überwältigen. Sie lagen jedoch unter dem Bug des Schiffs und holten alle Männer heraus, die sie in der Kombüse gelassen hatten und die sich trotz allem, was die Angreifer zu tun vermochten, dort hatten halten können und mit ihren Handwaffen dreißig bis vierzig von ihnen getötet hatten; schließlich aber waren sie alle gezwungen, sich zurückzuziehen.

Sie konnten mir nicht berichten, wo das gewesen war, ob nahe der afrikanischen Küste oder weit davon entfernt, und auch nicht, zu welchem Zeitpunkt das passierte, bevor uns das Schiff in die Hände fiel, nur ganz allgemein »vor langer Zeit«, wie sie sich ausdrückten, und nach allem, was wir erfahren konnten, war es zwei oder drei Tage, nachdem sie von der Küste abgesegelt waren, geschehen. Sie erzählten uns, sie hätten etwa dreißig der Weißen getötet, indem sie ihnen mit Brechstangen und Handspaken sowie mit allem, was sie nur finden konnten, den Schädel einschlugen. Einer der Stärksten tötete drei von ihnen mit einer Brechstange, nachdem er zwei Schüsse durch den Körper erhalten hatte; danach schoss ihm der Kapitän selbst am Schott der Hütte, das er mit der Brechstange zertrümmert hatte, eine Kugel in den Kopf, und wir nahmen an, dies sei der Ursprung des vielen Bluts gewesen, das wir dort gesehen hatten.

Derselbe erzählte uns auch, sie hätten das gesamte Pulver und Blei, das sie finden konnten, ins Meer geworfen und dies gern ebenfalls mit den großen Kanonen getan, wenn sie sie hätten heben können. Als wir ihn fragten, wie es gekommen sei, dass sie ihre Segel in einem solchen Zustand hatten, antwortete er: »Sie nicht verstehen, sie nicht wissen, was Segel tun«, das heißt, sie wussten nicht einmal, dass es die Segel waren, die das Schiff voranbrachten, und verstanden nicht, was sie bedeuteten und was sie mit ihnen anfangen sollten. Als wir ihn fragten, wohin sie fuhren, sagte er, sie hätten es nicht gewusst, jedoch geglaubt, sie führen wieder in ihr Land zurück. Ich fragte ihn insbesondere, für wen sie uns zuerst gehalten hätten, als wir auf sie gestoßen waren. Er sagte, sie hätten schreckliche Angst gehabt, denn sie glaubten, wir seien dieselben Weißen, die in ihren Booten fortgefahren waren und jetzt mit einem großen Schiff und den beiden Booten zurückkehrten; sie erwarteten, dass wir sie alle töteten.

So lautete der Bericht, den wir aus ihnen herausbrachten, nachdem wir sie gelehrt hatten, Englisch zu sprechen und die Bezeichnung sowie den Zweck der Dinge zu kennen, die zum Schiff gehörten und die sie erwähnen mussten, und wir beobachteten, dass die Burschen viel zu einfältig waren, um bei ihrer Schilderung etwas zu verbergen, die Einzelheiten auch bei allen übereinstimmten und immer zu der gleichen Geschichte gehörten, was so ziemlich bestätigte, dass sie die Wahrheit sagten.

Nachdem wir dieses Schiff genommen hatten, bestand unsere nächste Sorge darin, was wir mit den Negern tun sollten. Die Portugiesen in Brasilien hätten sie uns alle abgekauft und sich über den Kauf gefreut, wenn wir uns da nicht als Feinde gezeigt hätten und als Piraten bekannt gewesen wären. So wagten wir dort nirgends, an Land zu gehen oder mit einem der Pflanzer zu verhandeln, denn dann hätten wir uns die ganze Gegend auf den Hals gezogen, und wenn es in irgendeinem ihrer Häfen Kriegsschiffe gab, konnten wir gewiss sein, dass sie uns mit allen Streitkräften, über die sie zu Wasser und zu Lande verfügten, angriffen.

Wir konnten auch mit keinem besseren Erfolg rechnen, wenn wir nach Norden zu unseren eigenen Plantagen segelten. Eine Zeit lang waren wir entschlossen, alle bis hinunter nach Buenos Aires zu bringen und sie dort an die Spanier zu verkaufen, aber es waren tatsächlich zu viele, als dass man sie dort hätte verwenden können, und mit ihnen zur Südsee herumzufahren, was als einzige Lösung übrig blieb, bedeutete eine so weite Fahrt, dass wir sie keineswegs so lange hätten ernähren können.

Schließlich half uns unser alter, nie versagender Freund William wieder aus der Klemme, wie er es schon so oft getan hatte. Sein Vorschlag lautete, dass er sich als Kapitän des Schiffs ausgeben und zusammen mit etwa zwanzig Mann, die am vertrauenswürdigsten waren, versuchen wolle, an der brasilianischen Küste unter der Hand mit den Pflanzern Handel zu treiben, und nicht in den großen Häfen, weil das nicht erlaubt war.

Wir erklärten uns alle damit einverstanden und beschlossen, selbst fortzusegeln, mit Kurs auf den Rio de la Plata, den wir auch schon zuvor hatten anlaufen wollen; wir beabsichtigten, auf ihn zu warten, und zwar nicht dort, sondern beim Hafen San Pedro, wie er bei den Spaniern heißt, an der Mündung des Flusses, den sie den Rio Grande nennen und wo sie ein kleines Fort sowie ein paar Leute hatten; wir glaubten jedoch, es sei niemand darin.

Hier nahmen wir unseren Standort auf und kreuzten ab und an, um festzustellen, ob wir nicht irgendwelchen Schiffen begegneten, die nach Buenos Aires oder zum Rio de la Plata fuhren oder von dort kamen, trafen aber auf nichts Beachtenswertes. Wir beschäftigten uns jedoch mit Vorbereitungen, die für unsere Seefahrt notwendig waren, denn wir füllten unsere Wasserfässer und fingen Fische für den unmittelbaren Gebrauch, um von unseren Schiffsvorräten so viel wie möglich aufzusparen.

William segelte inzwischen nach Norden und landete in der Gegend von Kap St. Thomas; zwischen dem Kap und den Tuberonischen Inseln fand er Gelegenheit, den Pflanzern alle seine Leute zu verkaufen, Frauen wie Männer, und das zu einem sehr guten Preis, da William, der ganz gut portugiesisch sprach, ihnen eine sehr glaubhafte Geschichte erzählte: Auf dem Schiff nämlich herrsche Mangel an Lebensmitteln, denn es sei ziemlich weit von seinem Kurs abgekommen, tatsächlich so weit, dass er und seine

Leute sich in einer Klemme befänden und sie müssten nordwärts bis nach Jamaika segeln oder dort an der Küste verkaufen. Dies war eine sehr plausible Erklärung, die leicht Glauben fand, und wenn man ihre Fahrweise sowie das, was ihnen unterwegs geschehen war, in Betracht zieht, dann stimmte jedes Wort davon.

Auf diese Art und da sie redlich miteinander waren, galt William als das, was er tatsächlich war – ich meine, ein sehr ehrlicher Kerl, und mithilfe eines Pflanzers, der ein paar von seinen Nachbarn benachrichtigte und den Handel unter den Pflanzern in die Hand nahm, fand William rasch einen Markt, denn in weniger als fünf Wochen verkaufte er alle seine Leute und schließlich auch das Schiff selbst. Danach schiffte er sich und seine zwanzig Mann mit zwei Knaben, die ihm noch geblieben waren, auf einer Schaluppe ein, einer von denen, welche die Pflanzer zum Schiff geschickt hatten, um die Gefangenen abholen zu lassen. Mit dieser Schaluppe stach Kapitän William, wie wir ihn nun nannten, in See und fand uns bei Fort St. Pedro, bei zweiunddreißig Grad dreißig Minuten südlicher Breite.

Nichts überraschte uns mehr, als eine Schaluppe längs der Küste herankommen zu sehen, welche die portugiesische Flagge führte und geradenwegs auf uns zulief, nachdem wir sicher waren, dass sie unsere beiden Schiffe entdeckt hatte. Als sie näher kam, schossen wir eine Kanone ab, um sie zu veranlassen, vor Anker zu gehen, sogleich aber gab sie zum Gruß fünf Kanonenschüsse ab und hisste die englische Flagge. Nun errieten wir, dass es unser Freund William war, fragten uns aber, was es wohl bedeuten mochte, dass er auf einer Schaluppe kam, wo wir ihn doch auf einem Schiff von fast dreihundert Tonnen fortgeschickt hatten; bald jedoch weihte er uns in die ganze Geschichte seiner Geschäftstätigkeit ein, und wir hatten allen Grund, sehr zufrieden damit zu sein. Sobald er mit der Schaluppe vor Anker gegangen war, kam er an Bord meines Schiffs und berichtete uns dort, wie er mithilfe eines portugiesischen Pflanzers, der in der Nähe der Küste wohnte, begonnen hatte, Handel zu treiben, wie er an Land und zum ersten Haus gegangen war, das er sah, und den Besitzer gebeten hatte, ihm ein paar Schweine zu verkaufen, wobei er zuerst so tat, als habe er die Küste nur angelaufen, um Trinkwasser zu übernehmen und Proviant einzukaufen. Der Mann ließ ihm nicht nur sieben fette Schweine ab, sondern forderte ihn auch auf, ins Haus zu kommen, und setzte ihm sowie den fünf Leuten, die er bei sich hatte, ein ausgezeichnetes Mahl vor. Darauf lud William den Pflanzer ein, ihn an Bord seines Schiffs zu besuchen, und gab ihm, um ihm seine Güte zu entgelten, für seine Frau ein Negermädchen.

Dies verpflichtete den Pflanzer dermaßen, dass er ihm am nächsten Morgen mit einem großen Gepäckboot eine Kuh und zwei Schafe sowie eine Kiste mit Eingemachtem und etwas Zucker nebst einem großen Sack Tabak an Bord sandte, und er lud Kapitän William nochmals an Land ein. Danach erwiesen sie einander fortlaufend Gefälligkeiten und begannen, über den Verkauf einiger Neger zu sprechen. William gab vor, ihm einen Gefallen zu tun, und erklärte sich bereit, ihm dreißig zu seiner persönlichen Verwendung auf seiner Plantage abzulassen, wofür er ihm bar in Gold den Preis von fünfunddreißig Moidors pro Kopf bezahlte. Der Pflanzer musste sie jedoch mit großer Vorsicht an Land schaffen, und deshalb veranlasste er William, den Anker zu hieven, auszulaufen und dann fünfzig Meilen weiter nördlich in einem kleinen Schlupfhafen wieder einzulaufen, wo er die Neger auf einer anderen Plantage, die einem Freund von ihm gehörte, dem er anscheinend vertrauen konnte, an Land brachte.

Durch diesen Abstecher gelangte William in noch engere Berührung, nicht nur mit dem ersten Pflanzer, sondern auch mit dessen Freunden, die ebenfalls einige der Neger erwerben wollten, und sie kauften einer nach dem anderen so viele, dass schließlich ein Großplantagenbesitzer die letzten hundert, die William noch hatte, übernahm und sie mit einem anderen Pflanzer teilte. Dieser feilschte mit William um das Schiff mit allem Zubehör und gab ihm zum Entgelt eine sehr hübsche, große, gut gebaute Schaluppe von fast sechzig Tonnen, die bestens ausgerüstet war und sechs Kanonen führte; später aber erhöhten wir deren Anzahl auf zwölf. William hatte als Zahlung für das Schiff neben der Schaluppe auch dreihundert Moidors in Gold erhalten, und dieses Geld benutzte er, um die Schaluppe mit so viel Vorräten zu beladen, wie sie nur fassen konnte, besonders mit Brot, Schweinefleisch und etwa sechzig lebenden Schweinen; unter den übrigen Vorräten, die William erwarb, befanden sich achtzig Fässer gutes Schießpulver, die uns sehr gelegen kamen, und er übernahm auch alle Vorräte, die sich auf dem französischen Schiff befunden hatten.

Dies war ein sehr angenehmer Bericht für uns, umso mehr, als wir sahen, dass William Gold in Münzform sowie auch nach Gewicht und dazu einige spanische Silbermünzen, sechzigtausend Pesos zu acht Realen, nebst einer neuen Schaluppe und einer großen Anzahl von Vorräten erhalten hatte.

Wir freuten uns besonders über die Schaluppe und berieten, was wir tun sollten, ob wir nicht lieber unser großes portugiesisches Schiff abstoßen und uns an unser erstes Fahrzeug und die Schaluppe halten sollten, da wir kaum genug Leute für alle drei Schiffe hatten und das größte davon für unsere Zwecke auch zu groß war. Eine andere Streitfrage, die wir jetzt entschieden, beendete aber diese Diskussion. Es war die Frage, wohin wir uns wenden sollten. Mein Kamerad, wie ich ihn jetzt nannte, der mein Kapitän gewesen war, bevor wir das portugiesische Kriegsschiff aufbrachten, war dafür, Kurs auf die Südsee zu nehmen und längs der Westküste Amerikas nordwärts zu segeln, wo wir mit Gewissheit bei den Spaniern einige gute Prisen machen mussten; danach könnten wir, wenn es die Umstände erforderten, über die Südsee und Ostindien heimkehren und so rund um die Welt segeln, wie andere es schon vor uns getan hatten.

Ich aber hatte anderes im Sinn. Ich war in Ostindien gewesen und hatte seitdem stets die Vorstellung gehabt, dass wir, wenn wir uns dorthin begaben, ganz gewiss gute Arbeit leisten und bei meinen alten Freunden, den Eingeborenen von Sansibar, an der Küste von Mosambik oder der Insel St. Lorenz, einen sicheren Unterschlupf sowie gutes Rindfleisch als Proviant für unser Schiff finden würden. Das also war meine Absicht, und ich hielt allen so viele Vorträge darüber, wie vorteilhaft sie ihre Stärke zum Erwerb von Beute nutzen könnten, die sie mit Gewissheit im Golf von Mokka oder dem Roten Meer und an der Malabarküste oder im Golf von Bengalen machen würden, dass ich sie in Erstaunen versetzte.

Mit diesen Argumenten überredete ich sie, und wir beschlossen alle, Kurs nach Südost zum Kap der Guten Hoffnung zu nehmen; infolge dieses Beschlusses entschieden wir, die Schaluppe zu behalten und mit allen drei Schiffen zu segeln, da wir zweifellos, wie ich ihnen versicherte, genügend Leute fänden, um die nötige Anzahl voll zu machen, und wenn nicht, waren wir immer noch in der Lage, eins der Fahrzeuge abzustoßen, sobald wir wollten.

Wir konnten nicht umhin, unseren Freund William zum Kapitän der Schaluppe zu machen, die er uns durch so große Geschäftstüchtigkeit eingebracht hatte. Er erklärte uns, wenn auch sehr höflich, er werde sie nicht als Fregatte befehligen; wollten wir sie ihm jedoch als seinen Anteil an dem Schiff aus Guinea geben, das wir auf sehr ehrliche Weise erworben hätten, solle sie uns als Proviantschiff begleiten, wenn wir es ihm befahlen, solange er derselben Gewalt unterliege, die ihn fortgeschleppt habe.

Wir verstanden ihn und übergaben ihm also die Schaluppe, aber unter der Bedingung, dass er uns nicht verließe und gänzlich unter unserem Kommando führe. William fühlte sich jedoch nicht so unbeschwert wie zuvor, und da wir später wollten, dass die Schaluppe zu Raubfahrten mit einem ausgemachten Piraten darauf umherkreuzte, fehlte mir William so, dass ich ihn nicht entbehren konnte, denn er war mein persönlicher Ratgeber und Gesellschafter bei allen Gelegenheiten, und deshalb ernannte ich einen Schotten, einen kühnen, unternehmungslustigen, tapferen Menschen namens Gordon, zu ihrem Befehlshaber und ließ sie mit zwölf Kanonen und vier Kanonieren versehen, obwohl es uns tatsächlich an Leuten mangelte, denn keins unserer Schiffe war voll bemannt.

Anfang Oktober 1706 nahmen wir Kurs auf das Kap der Guten Hoffnung und segelten am 12. des kommenden November in Sichtweite am Kap vorbei, nachdem wir viel ungünstiges Wetter gehabt hatten. Wir sahen dort mehrere Handelsschiffe auf Reede liegen, englische wie auch holländische – ob sie nun auf der Aus- oder auf der Heimreise begriffen waren, vermochten wir nicht zu sagen; aber sei dem, wie ihm wolle, wir hielten es nicht für angebracht, dort vor Anker zu gehen, da wir nicht wussten, wen wir vor uns hatten und was sie gegen uns unternehmen mochten, wenn sie erfuhren, wer wir waren. Da wir jedoch Trinkwasser brauchten, schickten wir die beiden Boote, die zum portugiesischen Kriegsschiff gehörten, ausschließlich mit portugiesischen Matrosen und Negern bemannt, zur Wasserstelle, um Wasser zu übernehmen; inzwischen hissten wir auf See eine portugiesische Flagge und blieben die ganze Nacht dort liegen. Sie wussten nicht, wer wir waren, anscheinend aber hielten sie uns für alles andere als das, was wir in Wirklichkeit waren.

Nachdem unsere Boote am nächsten Morgen gegen fünf Uhr zum dritten Mal voll beladen zurückgekehrt waren, glaubten wir, genügend mit Wasser versorgt zu sein, und liefen mit östlichem Kurs aus; bevor unsere Leute aber, während von Westen eine leichte Brise wehte, zum letzten Mal zurückgekehrt waren, bemerkten wir im Morgengrauen ein Boot unter Segeln, das sich beeilte aufzukommen, wie aus Furcht, wir könnten auslaufen. Wir stellten bald fest, dass es ein englisches Großboot, gedrängt voller Leute, war. Wir vermochten uns nicht vorzustellen, was das bedeutete, aber es war ja nur ein einziges Boot, und so dachten wir, es könne nicht viel schaden, wenn wir dessen Männer an Bord ließen, und falls es sich ergab, dass sie nur kamen, um sich zu erkundigen, wer wir waren, wollten wir ihnen gründlich Auskunft über unsere Geschäfte geben, indem wir sie mitnahmen, da wir so dringend Leute brauchten. Sie ersparten uns aber die Mühe des Zweifelns, was wir mit ihnen anstellen sollten, denn offensichtlich hatten unsere portugiesischen Matrosen, die Wasser holten, am Brunnen nicht so geschwiegen, wie wir geglaubt hatten. Die Sache war, kurz gesagt, die: Kapitän ... (ich nenne gegenwärtig aus einem ganz bestimmten Grund seinen Namen nicht), der Kapitän eines Handelsschiffs, das nach Ostindien fuhr und dann Kurs auf China nehmen wollte, hatte einen Anlass gefunden, sich sehr streng gegenüber seinen Leuten zu verhalten, und einige von ihnen bei St. Helena sehr hart behandelt, sodass sie in Gesprächen untereinander drohten, das Schiff bei der ersten besten Gelegenheit zu verlassen, und sich diese Gelegenheit schon lange herbeiwünschten. Anscheinend waren einige von ihnen am Brunnen auf unser Boot gestoßen und hatten gefragt, wer wir seien, und ob nun die portugiesischen Matrosen bei ihrer Auskunft durch ein Stottern den Verdacht in ihnen weckten, dass wir uns auf Kaperfahrt befanden, oder ob sie es ihnen in schlichtem Englisch erzählten (denn alle sprachen genügend Englisch, um sich verständlich zu machen), jedenfalls verbreiteten die Leute an Bord die Nachricht, die Schiffe, die im Osten auf Reede lagen, seien englische Fahrzeuge und gingen auf Freibeute aus, was ein Seemannsausdruck für Seeräuberei war. Sobald die Männer also davon hörten, begaben sie sich ans Werk, machten in der Nacht ihre Sachen bereit, ihre Seemannskisten, Kleidungsstücke und so weiter, gingen vor Tagesanbruch von Bord und waren gegen sieben Uhr bei uns angekommen.

Als sie längsseits des Schiffs, das unter meinem Befehl stand, gelangt waren, riefen wir sie auf die übliche Weise an, um zu erfahren, wer sie waren und was sie vorhatten. Sie antworteten, sie seien Engländer und wünschten an Bord zu kommen. Wir erklärten ihnen, sie dürften am Schiff anlegen, befahlen aber, dass sie nur einen Mann an Bord senden sollten, bis unser Kapitän ihre Absichten kannte, und er müsste unbewaffnet kommen. Sie sagten, ja, von Herzen gern.

Gleich darauf erfuhren wir ihre Absicht, nämlich dass sie mit uns fahren wollten; was ihre Waffen betraf, so schlugen sie vor, wir sollten Leute an Bord ihres Boots schicken, dann wollten sie uns alle übergeben, und so geschah es. Der Bursche, der zu mir heraufgekommen war, erzählte mir, wie ihr Kapitän sie behandelt hatte, dass er sie hatte hungern lassen und mit ihnen umgesprungen war, als seien sie Hunde, und wenn die übrige Mannschaft wüsste, dass wir sie aufnähmen, sei er gewiss, zwei Drittel würden das Schiff noch verlassen. Wir sahen, dass die Burschen sehr fest entschlossen und recht tatkräftige Seeleute waren; ich erklärte ihnen also, ich wolle nichts ohne unseren Admiral tun, der der Kapitän des anderen Schiffs sei, sandte meine Pinasse zu Kapitän Wilmot hinüber und bat ihn, zu mir an Bord zu kommen. Er fühlte sich jedoch nicht wohl, und da er leewärts lag, ließ er sich entschuldigen und sagen, er überlasse alles mir; bevor mein Boot jedoch zurück war, rief mich Kapitän Wilmot durch sein Sprachrohr an, sodass es alle Leute ebenso hörten wie ich, rief meinen Namen und dann: »Ich höre, dass es ehrliche Burschen sind. Bitte, sagt ihnen, sie sind alle willkommen, und bereitet ihnen eine Terrine Punsch!«

Da die Leute es ebenso gut vernahmen wie ich, war es überflüssig, ihnen mitzuteilen, was der Kapitän gesagt hatte, und sobald das Sprachrohr verstummt war, brüllten sie Hurra, was uns zeigte, dass sie sehr darauf erpicht waren, mit uns zu kommen; aber danach banden wir sie durch eine noch stärkere Verpflichtung an uns, denn als wir nach Madagaskar gelangten, befahl Kapitän Wilmot in Einverständnis mit der ganzen Schiffsmannschaft, dass diese Leute aus dem Gemeingut des Schiffs so viel Geld erhalten sollten, wie ihnen auf dem Fahrzeug, das sie verlassen hatten, als Heuer zustand, und danach zahlten wir jedem zwanzig Pesos Beutegeld aus; auf diese Weise fuhren sie unter den gleichen Bedingungen wie wir auch, und es waren tapfere, stämmige Burschen, achtzehn an der Zahl, darunter zwei Seekadetten und ein Zimmermann.

Am 28. November gingen wir, nachdem wir mehrfach ungünstiges Wetter gehabt hatten, auf Reede vor dem Golf von St. Augustin, am südwestlichen Ende meiner alten Bekannten, der Insel Madagaskar, vor Anker. Dort lagen wir eine Weile und handelten mit den Eingeborenen, um gutes Rindfleisch zu erwerben; freilich herrschte derart große Hitze, dass wir nicht sicher waren, es so einsalzen zu können, dass es sich hielt. Ich zeigte den Leuten aber die Methode, die wir zuvor angewandt hatten, nämlich es zuerst mit Salpeter einzusalzen und es dann haltbar zu machen, indem wir es in der Sonne dörrten, wodurch es sehr angenehm zu essen war, wenn auch nicht so bekömmlich für unsere Männer, da es nicht mit unserer Zubereitungsweise übereinstimmte, das heißt, es mit Yorkshirpudding, in Fleischbrühe getauchtem Brot oder Ähnlichem herzurichten, denn auf diese Weise war es vor allem zu salzig und das Fett rostfarben und vertrocknet, sodass es nicht zu genießen war.

Dies ließ sich jedoch nicht ändern, und wir hielten uns schadlos, indem wir reichlich frisches Rindfleisch aßen, während wir uns dort aufhielten; es war ausgezeichnet, schön fett und ebenso zart und schmackhaft wie in England, und uns kam es viel besser vor als das englische, das wir so lange nicht gekostet hatten.

Nachdem wir nun eine Zeit lang hier verbracht hatten, begannen wir zu überlegen, dass dies kein Ort sei, der sich für unser Geschäft eignete, und ich, der ich meine besonderen Ansichten hatte, erklärte ihnen, dies sei kein Platz für Leute, die auf Beute aus waren; es gebe zwei Gebiete der Insel, die für unsere Zwecke besonders geeignet seien: erstens der Golf an der Ostküste und von da aus die Strecke bis zur Insel Mauritius, die übliche Route für Schiffe, die von der Malabar- oder von der Coromandelküste, vom Fort St. George und so fort kamen, und wenn wir auf sie warten wollten, sollten wir dort unseren Standort wählen.

Andererseits aber, da wir beschlossen hatten, keine europäischen Handelsschiffe zu überfallen, die gewöhnlich gut bestückt und bemannt waren und wo wir Gegenwehr erwarten mussten, hatte ich einen zweiten Plan, von dem ich mir ebenso große Ausbeute versprach, oder vielleicht sogar noch größere, ohne das Risiko und die Schwierigkeit des ersten, und dies war der Golf von Mokka oder das Rote Meer.

Ich erzählte ihnen, dass der Handel dort lebhaft, die Schiffe reich und die Meeresenge Bab-el-Mandeb schmal war, sodass wir darin zweifellos umherkreuzen konnten, ohne uns etwas entgehen zu lassen, da wir vom Roten Meer an längs der arabischen Küste bis zum Persischen Golf und der Malabarseite von Indien offene See hatten.

Ich berichtete ihnen von meinen Beobachtungen, die ich bei meiner ersten rings um die Insel unternommenen Fahrt gemacht hatte, nämlich dass es an ihrer Nordspitze mehrere sehr günstige Häfen und Reeden für unsere Schiffe gab, die Eingeborenen dort, wenn möglich, sogar noch höflicher und zugänglicher waren als diejenigen an unserem gegenwärtigen Aufenthaltsort, da sie nicht so häufig von europäischen Seeleuten schlechte Behandlung erfahren hatten wie die an der Süd- und an der Ostseite, und dass wir dort immer gewiss sein konnten, Unterschlupf zu finden, falls wir anlegen mussten, wenn uns ein Feind oder das Wetter dazu trieb.

Sie ließen sich von der Zweckmäßigkeit meines Plans leicht

überzeugen, und obgleich Kapitän Wilmot, den ich jetzt unseren Admiral nannte, zuerst der Ansicht gewesen war, wir sollten zur Insel Mauritius segeln, dort vor Anker liegen und auf einige europäische Handelsschiffe warten, die von der Coromandelküste oder aus dem Golf von Bengalen kamen, stimmte er mir jetzt zu. Freilich wären wir stark genug gewesen, einen englischen Ostindienfahrer, sogar auch den bestbewaffneten, anzugreifen, obgleich es von einigen hieß, sie führten fünfzig Kanonen, aber ich hielt ihm vor, dass wir gewiss sein konnten, Schläge und Blutopfer hinnehmen zu müssen, wenn wir sie aufbrachten, und wenn wir es geschafft hätten, wäre ihre Ladung nicht von entsprechendem Wert für uns, denn wir hatten ja nicht genügend Laderaum, um ihre Waren unterzubringen. Wie die Dinge lagen, sollten wir lieber ein einziges, auf der Ausreise nach Ostindien befindliches Schiff, das Bargeld vielleicht im Werte von vierzig- oder fünfzigtausend Pfund an Bord hatte, nehmen, als nach England heimkehrende Fahrzeuge, obwohl ihre Ladung in London den dreifachen Wert des Geldes erzielt hätte; aber wir wussten nicht, wohin wir uns wenden sollten, um sie zu verkaufen, während die von London kommenden Schiffe neben ihrem Bargeld genügend Waren an Bord hatten, von denen wir sehr wohl wussten, wie wir sie verwerten könnten, so zum Beispiel ihre eigenen Lebensmittelvorräte, ihren Schnaps sowie auch große Mengen von beiden, die für die Gouverneure und Faktoreien der englischen Siedlungen zu deren Verbrauch bestimmt waren. Wenn wir also beschlossen, Schiffen aus unserem eigenen Lande aufzulauern, dann sollten es diejenigen sein, die sich auf der Ausreise befanden, und keine, die heimwärts nach London segelten.

In Anbetracht all dieser Gründe ließ sich der Admiral gänzlich von meiner Meinung überzeugen, und nachdem wir also dort, wo wir lagen, nämlich bei Kap Ste. Marie an der Südwestspitze der Insel, Wasser und frischen Proviant übernommen hatten, lichteten wir den Anker, liefen nach Süden aus und später nach Südsüdost, um die Insel zu umrunden, und nach etwa sechs Tagen gelangten wir aus ihren Küstengewässern und hielten Kurs auf Nord, bis wir vor Fort Dauphin waren, und danach auf Nordost, bis zur Breite von dreizehn Grad vierzig Minuten, kurz, bis zum äußersten Punkt der Insel, und der Admiral, der voransegelte, erreichte die offene See ziemlich weit westlich von der Insel und drehte dann bei. Nun sandten wir eine Schaluppe aus, die auf Anlaufkurs rings um den nördlichsten Punkt der Insel ging und längsseits der Küste in Strandnähe segelte, um einen Hafen zu suchen, wo wir einlaufen konnten. Die Männer entdeckten auch einen und brachten uns schon bald die Nachricht, es gebe da eine tiefe Bucht mit sehr guter Reede und mehreren kleinen Inseln, in deren Schutz sie einen guten Ankerplatz mit zehn bis siebzehn Faden Wassertiefe gefunden hatten, und dort also liefen wir ein.

Später sahen wir uns jedoch veranlasst, unseren Standort zu verändern, wie der Leser bald hören wird. Wir hatten nun nichts weiter zu tun, als nur an Land zu gehen, uns ein bisschen mit den Eingeborenen bekannt zu machen, Trinkwasser und einigen Proviant zu übernehmen und dann wieder in See zu stechen. Wir fanden die Leute recht umgänglich, und einige Rinder hatten sie auch; da dies aber die äußerste Spitze der Insel war, hielten sie nicht sehr viele Tiere. Für den Augenblick beschlossen wir jedoch, den Ort zu unserem Treffpunkt zu machen und hinauszufahren, um uns umzusehen. Es war ungefähr die zweite Aprilhälfte.

Dementsprechend stachen wir also in See, kreuzten nordwärts und hielten Kurs auf die arabische Küste. Die Fahrt war lang, aber da der Wind hier im Allgemeinen von Mai bis September als Passatwind von Süd und Südsüdost weht, hatten wir günstiges Wetter, und nach etwa zwanzig Tagen gelangten wir zur Insel Sokotra, die südlich der arabischen Küste und ostsüdöstlich der Mündung des Golfs von Mokka oder dem Roten Meer liegt.

Hier übernahmen wir Trinkwasser und kreuzten vor der arabischen Küste. Wir waren dort noch keine zwei Tage oder so ungefähr, als ich ein Segel erspähte und Jagd darauf machte; nachdem wir es aber eingeholt hatten, stellte es sich als eine so armselige Prise heraus, wie Piraten auf der Jagd nach Beute sie nur je aufgebracht hatten, denn wir fanden darauf weiter nichts als nur arme, halb nackte Türken, die sich auf einer Pilgerfahrt nach Mekka zum Grabe des Propheten Mohammed befanden. Auf der Dschunke, die sie dorthin brachte, gab es nichts, was es wert gewesen wäre, dass man es mitnähme, außer ein bisschen Reis und etwas Kaffee, und das war alles, was die armen Schlucker zu ihrem Unterhalt besaßen; so ließen wir sie fahren, denn wir wussten tatsächlich nicht, was wir mit ihnen anfangen sollten.

Noch am Abend dieses Tages machten wir Jagd auf eine zweite Dschunke, einen Zweimaster, der in ansehnlicherem Zustand zu sein schien als das erste Fahrzeug. An Bord gelangt, stellten wir fest, dass die Leute darauf das gleiche Ziel hatten wie die anderen, nur mit dem Unterschied, dass sie wohlhabender waren, und hier machten wir etliche Beute: einige türkische Waren, ein paar Diamanten aus den Ohrringen von fünf oder sechs Personen, ein paar schöne Perserteppiche, die sie benutzten, um darauf zu liegen, sowie einiges Bargeld. Danach ließen wir sie gleichfalls ziehen.

Wir kreuzten hier noch weitere elf Tage und sichteten nichts als nur hin und wieder ein Fischerboot; am zwölften Tag aber erspähten wir ein Schiff, und zuerst hielt ich es für ein englisches Fahrzeug. Es entpuppte sich jedoch als ein europäisches Schiff, das Fracht von Goa an der Malabarküste zum Roten Meer brachte und sehr reich beladen war. Wir verfolgten es und kaperten es ohne jeden Kampf, obgleich es ebenfalls einige Kanonen an Bord hatte, wenn auch nicht viele. Die Mannschaft bestand aus portugiesischen Matrosen, jedoch unter der Führung von fünf türkischen Händlern, die das Schiff an der Malabarküste von portugiesischen

Kaufleuten gechartert und mit Pfeffer, Salpeter und verschiedenen Gewürzen beladen hatten. Der übrige Teil der Fracht bestand hauptsächlich aus Kaliko und gewirkten Seidenstoffen, darunter einigen sehr kostbaren.

Wir nahmen das Schiff und brachten es nach Sokotra, wussten jedoch wiederum nicht, was wir eigentlich damit tun sollten, denn seine ganze Ladung war für uns von nur geringem oder gar keinem Wert. Nach einigen Tagen fanden wir Mittel, einen der türkischen Händler wissen zu lassen, dass wir eine Geldsumme annehmen und das Schiff fahren lassen würden, wenn er es auslösen wolle. Er erklärte mir, er sei dazu bereit, sofern ich einen von ihnen an Land gehen und das Geld holen ließe, und so setzten wir den Wert der Ladung auf dreißigtausend Dukaten fest. Nach dieser Übereinkunft erlaubten wir, dass ihn die Schaluppe in Dofar in Arabien an Land brachte, wo ein reicher Händler den Kaufleuten das Geld vorschoss, und er kehrte mit unserer Schaluppe zurück. Nachdem das Geld bezahlt war, ließen wir sie auf ehrliche und anständige Weise frei.

Ein paar Tage danach nahmen wir eine arabische Dschunke, die sich auf dem Weg vom Persischen Golf nach Mokka befand und eine beträchtliche Anzahl von Perlen an Bord hatte. Wir beraubten das Schiff seiner Perlen, die anscheinend einigen Händlern in Mokka gehörten, und ließen es ziehen, denn sonst war nichts darauf, was sich für uns zu nehmen gelohnt hätte.

Wir standen dort weiter auf und ab, bis unsere Vorräte knapp zu werden begannen; da erklärte uns Kapitän Wilmot, unser Admiral, es sei jetzt Zeit, an eine Rückkehr zu unserem Treffpunkt zu denken. Die Übrigen sagten das Gleiche, denn sie wurden es allmählich müde, über drei Monate umherzukreuzen und kaum etwas oder nichts anzutreffen, was unseren großen Erwartungen entsprochen hätte. Ich war jedoch sehr abgeneigt, mich mit so geringer Ausbeute aus dem Roten Meer zu entfernen, und redete ihnen zu, noch eine Weile länger dort auszuharren, wozu ich sie durch mein Drängen auch brachte. Drei Tage später erfuhren wir aber, dass wir zu unserem großen Pech die ganze Küste bis zum Persischen Golf hin in Alarm versetzt hatten, als wir die türkischen Händler in Dofar an Land gehen ließen, sodass kein Schiff dorthin fuhr und deshalb in dieser Gegend auch nichts zu erwarten war.

Mich verdross diese Nachricht sehr, und ich konnte mich nicht länger dem Verlangen der Leute, nach Madagaskar zurückzukehren, widersetzen. Da aber der Wind auch weiterhin aus Südsüdost bei Süd wehte, waren wir gezwungen, die afrikanische Küste und Kap Guardafui anzusteuern, da der Wind in der Nähe des Landes wechselhafter war als im offenen Meer.

Hier stießen wir auf eine Beute, die wir dort nicht gesucht hatten und die uns für all unser Warten entschädigte, denn zur selben Stunde, als wir Land entdeckten, sichteten wir ein großes Schiff, das längs der Küste nach Süden segelte. Es kam aus Bengalen und gehörte zum Land des Großmoguls, hatte jedoch einen holländischen Steuermann an Bord, dessen Name, wenn ich mich recht erinnere, Vandergest lautete, sowie auch mehrere europäische Seeleute, darunter drei Engländer. Das Schiff war nicht in der Lage, sich uns zu widersetzen. Die übrige Mannschaft bestand aus Indern, Untertanen des Großmoguls – einige von der Malabarküste und ein paar andere. An Bord befanden sich fünf indische und etliche armenische Kaufleute. Wie es schien, hatten sie mit Gewürzen, Seiden, Diamanten, Perlen und dergleichen – Gütern, die das Land hervorbrachte – Mokka angelaufen und jetzt kaum noch etwas an Bord als nur Bargeld in Pesos zu acht Realen, was, nebenbei gesagt, genau das war, wonach es uns gelüstete. Die drei englischen Matrosen kamen mit uns, und auch der holländische Steuermann hätte es getan, aber die beiden armenischen Kaufleute flehten uns an, ihn nicht mitzunehmen, denn er sei ja ihr Steuermann und keiner der Leute verstehe ein Schiff zu führen. So wiesen wir ihn auf ihre Bitte hin zurück, nahmen ihnen aber das Versprechen ab, dass er keine schlechte Behandlung erfahren solle, weil er bereit gewesen war, mit uns zu fahren.

Wir erbeuteten auf diesem Schiff fast zweihunderttausend Pesos zu acht Realen, und wenn die Aussagen der Leute stimmten, dann hatte sich ein Jude aus Goa, der zweihunderttausend Pesos als sein Eigentum mit sich führte, auf dem Fahrzeug einschiffen wollen; sein Glück aber, das eine Folge seines Missgeschicks war, hinderte ihn daran, denn in Mokka erkrankte er und war nicht fahrbereit, was sein Geld rettete.

Als wir diese Prise erbeuteten, befand sich außer der Schaluppe kein Fahrzeug bei mir, denn Kapitän Wilmots Schiff war undicht geworden; er hatte noch vor uns die Fahrt zu unserem Treffpunkt angetreten und ihn Mitte Dezember erreicht. Da ihm der Hafen aber nicht gefiel, ließ er am Strand ein großes Kreuz mit einer darauf befestigten Bleitafel zurück, auf die er die Anweisung für uns geschrieben hatte, wir sollten ihm zu den großen Buchten von Mangahelly folgen, wo er einen sehr guten Hafen gefunden habe. Wir erfuhren hier jedoch eine Neuigkeit, die uns eine gute Weile von ihm entfernt hielt, was der Admiral uns übelnahm; wir schlossen ihm jedoch den Mund mit einem Anteil von zweihunderttausend Pesos für ihn und seine Mannschaft. Die Sache, die unsere Fahrt zu ihm hin unterbrach, war folgende: Zwischen Mangahelly und einem anderen Punkt, der Kap St. Sebastian genannt wurde, lief eines Nachts ein europäisches Schiff auf, ob infolge schlechten Wetters oder aus Mangel an einem Lotsen, weiß ich nicht; aber das Schiff strandete und kam nicht wieder frei.

Wir lagen in dem Schlupfwinkel oder Hafen, wo wir, wie oben erwähnt, unser Zusammentreffen vereinbart hatten, waren noch nicht an Land gewesen und hatten daher auch nicht die Anweisung gelesen, die uns unser Admiral hinterlassen hatte.

Unser Freund William, den ich lange nicht erwähnte, empfand eines Tages große Lust, an Land zu gehen, und bestürmte mich, ihm der Sicherheit halber eine kleine Truppe zu seiner Begleitung mitzugeben, damit sie sich das Land ansehen könnten. Aus vielerlei Gründen war ich sehr dagegen, vor allem aber erklärte ich ihm, er wisse doch, dass die Eingeborenen nur Wilde und sehr verräterisch seien, und äußerte den Wunsch, er möge nicht gehen. Hätte er sein Drängen noch lange fortgesetzt, dann hätte ich es ihm, so glaube ich, einfach untersagt und ihm befohlen, nicht zu gehen.

Um mich jedoch zu überreden, ihn an Land zu lassen, erklärte er mir, er wolle mir den Grund nennen, warum er mich so damit belästigte. Er erzählte mir, er habe letzte Nacht einen sehr lebhaften Traum gehabt, der so beeindruckend gewesen sei, dass er keine Ruhe habe finden können, bis er mir den Vorschlag gemacht habe, an Land zu gehen; sollte ich es ihm verweigern, dann werde er glauben, sein Traum habe eine Bedeutung, täte ich dies aber nicht, dann sei sein Traum damit für ihn erledigt.

Er habe geträumt, so erzählte er mir, er sei mit dreißig Mann – darunter dem Bootsmann – auf der Insel an Land gegangen. Dort hätten sie eine Goldmine gefunden und seien alle reich geworden. Dies sei jedoch noch nicht die Hauptsache, so sagte er, sondern am selben Morgen, gleich nachdem er dies geträumt hatte, sei der Bootsmann zu ihm gekommen und habe ihm erzählt, er habe geträumt, er sei auf der Insel Madagaskar an Land gegangen; dort hätten ihn ein paar Leute aufgesucht und ihm gesagt, sie wollten ihm zeigen, wo er eine Beute machen könne, durch die sie alle reich würden.

Diese beiden Dinge zusammen begannen bei mir ein wenig Gewicht zu gewinnen, obgleich ich nie geneigt gewesen war, Träumen Bedeutung beizumessen; Williams Drängen aber gab schließlich den Ausschlag, denn ich hielt immer sehr viel von seinem Urteil, und so erteilte ich ihnen, um es kurz zu sagen, die Erlaubnis zu landen, befahl ihnen aber, sich nicht weit von der Küste zu entfernen, damit wir sie vielleicht sahen, falls sie aus irgendeinem Anlass gezwungen wären, sich zur Küste zurückzuziehen, und sie mit unseren Booten vom Ufer abholen konnten.

Sie gingen am frühen Morgen an Land, einunddreißig Mann an der Zahl, alle sehr gut bewaffnet und lauter sehr kräftige Burschen; sie zogen den ganzen Tag umher und gaben uns in der Nacht, indem sie auf einer Hügelspitze ein großes Feuer anzündeten, das verabredete Zeichen, dass alles in bester Ordnung war.

Am nächsten Tag stiegen sie auf der anderen, seewärts gelegenen Seite, wie sie es versprochen hatten, den Hügel wieder hinab und sahen ein liebliches Tal vor sich, in dessen Mitte ein Fluss strömte, der etwas weiter unten tief genug schien, kleine Schiffe zu tragen. Sie marschierten eilends zu diesem Fluss hinunter und hörten zu ihrer Überraschung einen Kanonenschuss, der dem Klang nach aus geringer Entfernung kam. Sie lauschten lange, vermochten jedoch weiter nichts zu hören, und so setzten sie ihren Weg fort, zum Ufer des Flusses hinunter, der ein ansehnlicher, frischer Wasserlauf war, aber schon bald breiter wurde; sie folgten ihm, bis er sich fast plötzlich zu einem schönen, großen Schlupfhafen in etwa fünf Meilen Entfernung vom Meer erweiterte und öffnete, und was noch überraschender war: als sie weitergingen, erkannten sie in der Mündung der Einbuchtung oder des Schlupfhafens ganz deutlich das Wrack eines Schiffs.

Die Tide war aufgelaufen, wie wir sagen, sodass vom Schiff nicht sehr viel über dem Wasser zu sehen war, während unsere Leute aber hinuntergingen, sahen sie es immer weiter herausragen, und als bald darauf Ebbe einsetzte, lag es trocken auf dem Sand; es schien das Wrack eines ansehnlichen Schiffs zu sein, eines größeren, als man es in diesem Land erwarten konnte.

William, der sein Fernglas herausgenommen hatte, um es näher zu betrachten, hörte nach einiger Zeit voller Überraschung eine Musketenkugel an sich vorbeipfeifen, vernahm gleich darauf den

Schuss und sah auf der anderen Seite den Rauch aufsteigen; nun feuerten unsere Leute unverzüglich drei Musketen ab, um möglicherweise festzustellen, wer die anderen waren. Auf den Knall dieser Flinten hin kamen eine große Anzahl Männer unter den Bäumen hervor zur Küste gerannt, und die unseren vermochten ohne Schwierigkeiten zu sehen, dass es Europäer waren, wenn sie auch nicht feststellen konnten, von welcher Nationalität; unsere Leute riefen sie, so laut sie konnten, an, holten dann eine lange Stange, stellten sie auf und hingen als Waffenstillstandsflagge ein weißes Hemd daran. Die auf der anderen Seite gewahrten es ebenfalls mithilfe ihrer Gläser, und gleich darauf sahen unsere Leute, wie ein Boot vom Ufer, wie sie glaubten, auslief, tatsächlich aber wohl aus einem anderen Schlupfhafen, und quer durch die Bucht zu unseren Leuten gerudert kam, gleichfalls mit einer weißen Fahne als Friedenszeichen versehen.

Die Überraschung, Freude und Befriedigung auf beiden Seiten beim Anblick nicht nur weißer Männer, sondern sogar von Engländern auf einem so weit entfernten Fleck lässt sich nicht leicht beschreiben; wie groß aber musste sie erst sein, als sie einander aus der Nähe betrachteten und feststellten, dass sie nicht nur Landsleute, sondern sogar Kameraden waren und es sich hier um eben das Schiff handelte, das Kapitän Wilmot, unser Admiral, befehligt hatte und das uns im Sturm vor Tobago abhandengekommen war, nachdem wir Madagaskar als unseren Treffpunkt ausgemacht hatten.

Als sie zum südlichen Teil der Insel gelangt waren, hatten sie anscheinend Nachricht über uns erhalten und waren bis zum Golf von Bengalen gekreuzt, wo sie auf Kapitän Avery trafen, sich mit ihm zusammentaten und mehrere reiche Prisen machten, darunter neben anderem ein Schiff mit der Tochter des Großmoguls und einem riesigen Schatz an Bargeld und Juwelen. Von dort aus waren sie längs der Coromandel- und danach der Malabarküste in den Persischen Golf gesegelt, hatten dort ebenfalls einige Beute gemacht und dann Kurs auf Südmadagaskar genommen. Da der Wind aber heftig aus Südost und Südsüdost wehte, gelangten sie zum nördlichen Teil der Insel, und als dann ein furchtbarer Sturm aus Nordwest sie von dort vertrieb, waren sie gezwungen, in die Mündung dieses Schlupfhafens einzulaufen, wo ihr Schiff scheiterte. Sie erzählten uns auch, sie hätten gehört, dass Kapitän Avery sein Fahrzeug nicht weit von dort ebenfalls durch Schiffbruch verloren habe.

Nach diesem wechselseitigen Bericht über ihr Schicksal hatten die armen, überglücklichen Männer es eilig, zurückzukehren und ihren Kameraden ihre Freude mitzuteilen; sie ließen einige ihrer Leute bei uns, und die Übrigen gingen zurück. William war so erpicht darauf, die anderen zu sehen, dass er und noch zwei Männer sie begleiteten, und so gelangte er zu dem kleinen Lager, wo sie lebten. Es waren alles in allem ungefähr hundertsechzig Mann, und sie hatten ihre Kanonen sowie einige Munition an Land gebracht; ein guter Teil ihres Pulvers war jedoch verdorben. Sie hatten aber eine ziemlich hohe Plattform errichtet und zwölf Kanonen darauf gebracht, und das bot ihnen zur Seeseite hin genügend Verteidigungsmöglichkeit. Gleich am Ende der Plattform hatten sie eine Gleitbahn sowie eine kleine Helling errichtet, und alle waren stark damit beschäftigt, ein neues kleines Schiff zu bauen, wie ich es wohl nennen kann, mit dem sie zur See fahren konnten; sobald sie jedoch erfuhren, dass wir dort eingelaufen waren, hörten sie mit dieser Arbeit auf.

Als unsere Leute ihre Hütten betraten, waren sie tatsächlich überrascht, die hier angehäuften Reichtümer in Gold, Silber und Juwelen zu sehen; nach dem, was die anderen erzählten, waren sie aber nichts im Vergleich zu dem, was Kapitän Avery dort, wo er auch immer gelandet sein mochte, besaß.

Wir warteten fünf Tage auf unsere Leute, ohne eine Nachricht von ihnen zu erhalten, und ich hatte sie schon aufgegeben, da überraschte mich nach der fünftägigen Wartezeit der Anblick eines Beiboots, das längs der Küste auf uns zugerudert kam. Ich wusste nicht, was ich davon halten sollte, war aber mehr davon eingenommen, als ich von unseren Leuten erfuhr, dass sie Zurufe daraus gehört und gesehen hatten, wie die Insassen ihre Mützen zu uns her schwenkten.

Kurze Zeit darauf waren sie bei uns; ich sah Freund William im Boot stehen und uns Zeichen machen, und dann kamen sie an Bord. Als ich aber nur fünfzehn von unseren einunddreißig Mann erblickte, fragte ich ihn, was aus ihren Kameraden geworden sei. »Oh«, sagte William, »ihnen geht es sehr gut, mein Traum hat sich erfüllt und der des Bootsmanns ebenfalls.«

Dies machte mich sehr neugierig zu erfahren, was sich ereignet hatte. Er berichtete uns die ganze Geschichte, und sie überraschte uns alle freilich sehr. Am nächsten Tag lichteten wir den Anker, liefen aus und hielten Kurs auf Süd, um uns in Mangahelly mit Kapitän Wilmot und seinem Schiff zu vereinen, wo wir ihn, wie gesagt, ein bisschen ärgerlich über unsere Verspätung fanden; wir besänftigten ihn jedoch, indem wir ihm die Geschichte von Williams Traum und dessen Folgen erzählten.

Das Lager unserer Kameraden befand sich so nahe bei Mangahelly, dass unser Admiral, ich selbst, Freund William und ein paar von unseren Leuten beschlossen, die Schaluppe zu nehmen, zu ihnen zu fahren und sie sämtlich mit ihren Waren und allem, was sie hatten, an Bord unseres Schiffs zu bringen, und so geschah es auch. Wir fanden ihr Lager, ihre Befestigung, die Batterie von Kanonen, die sie aufgestellt hatten, ihren Schatz und die ganze Mannschaft, genau wie William es uns beschrieben hatte; und nach einem kurzen Aufenthalt brachten wir alle an Bord unserer Schaluppe und nahmen sie mit uns fort.

Es dauerte eine Zeitlang, bis wir erfuhren, was aus Kapitän Avery geworden war. Nach ungefähr einem Monat aber sandten wir nach Angaben der Schiffbrüchigen die Schaluppe aus, damit sie längs der Küste kreuzte und wenn möglich ausfindig machte, wo er und seine Mannschaft sich befanden. Nachdem die Männer ungefähr eine Woche umhergekreuzt waren, entdeckten sie sie und erfuhren, dass sie ebenso wie unsere Leute ihr Schiff verloren hatten und in jeder Hinsicht so schlecht daran waren wie sie.

Ungefähr zehn Tage vergingen, bis die Schaluppe zu uns zurückkehrte und Kapitän Avery mitbrachte, und so sah nun die gesamte Macht aus, die, soweit ich mich erinnere, Kapitän Avery jemals bei sich hatte, denn jetzt taten wir uns alle zusammen, und es stand folgendermaßen:

Wir hatten zwei Schiffe und eine Schaluppe mit dreihundertzwanzig Mann, was jedoch zu wenig war, um sie voll zu bemannen, denn das große portugiesische Schiff hätte zu einer vollen Besatzung allein schon vierhundert Mann gebraucht. Was unsere verlorenen, aber nun wiedergefundenen Kameraden betraf, so waren sie etwa hundertachtzig Mann, und Kapitän Avery hatte ungefähr dreihundert Mann bei sich, darunter zehn Zimmerleute, von denen die meisten von den Schiffen stammten, die sie gekapert hatten, sodass, mit einem Wort, die gesamte Macht, über die Kapitän Avery im Jahre 1699 oder ungefähr zu dieser Zeit in Madagaskar verfügte, unsere drei Schiffe waren, denn seines hatte er ja durch Schiffbruch verloren, wie der Leser erfahren hat, und er befehligte niemals mehr als alles in allem ungefähr zwölfhundert Mann.

Etwa einen Monat darauf kamen unsere sämtlichen Mannschaften zusammen, und da Avery ohne Schiff war, beschlossen wir gemeinsam, dass unsere Leute auf dem portugiesischen Kriegsschiff und der Schaluppe fahren sollten und wir Kapitän Avery für seine Mannschaft die spanische Fregatte mit allem Takelwerk und der gesamten Ausrüstung, den Kanonen und der Munition, überlassen wollten, wofür sie sich, da sie sehr reich waren, bereit erklärten, uns vierzigtausend Pesos zu zahlen.

Danach berieten wir, welchen Kurs wir wählen sollten. Kapitän Avery, um ihm Gerechtigkeit zu erweisen, schlug vor, hier eine kleine Stadt zu bauen und uns an Land niederzulassen, sie zu unserer Verteidigung mit einer guten Befestigung und einem hinreichend starken Bollwerk auszurüsten und uns, da wir ja einen genügend großen Reichtum besaßen, den wir nach Belieben vermehren konnten, damit zufriedenzugeben, uns hierher zurückzuziehen und der Welt die Stirn zu bieten. Ich überzeugte ihn jedoch bald davon, dass uns dieser Ort keine Sicherheit bieten konnte, wenn wir unsere Kaperfahrten fortsetzten, denn dann würden sich alle Nationen Europas und auch die hiesigen damit befassen, uns zu vernichten; beschlossen wir hingegen, dort zurückgezogen zu leben, als Privatleute das Land zu bestellen und unsere Freibeuterei aufzugeben, dann allerdings konnten wir pflanzen und uns niederlassen, wo es uns beliebte. Dann aber, so erklärte ich, wäre es das Beste, mit den Eingeborenen zu verhandeln, von ihnen weiter drinnen im Lande ein Stück Boden an irgendeinem schiffbaren Fluss zu kaufen, wo Boote flussauf und flussab Vergnügungsfahrten unternehmen konnten, aber keine Schiffe, die uns Gefahr brächten, zu segeln vermochten, und wenn wir auf dem hochgelegenen Boden Vieh züchteten, wie Kühe und Ziegen, die es dort gleichfalls in großen Mengen gab, dann könnten wir in diesem Land mit Sicherheit so gut leben, wie Menschen nur irgendwo in der Welt zu leben vermochten, und ich gestand ihm, dies sei ein guter Unterschlupf für Leute, die bereit wären, ihr Handwerk aufzugeben und sich zur Ruhe zu setzen, sich aber nicht nach Hause wagten, um sich dort hängen zu lassen, das heißt, sich dieser Gefahr auszusetzen.

Obwohl Kapitän Avery sich über seine Absichten nicht äußerte, schien mir, dass er meine Vorstellung, hinauf ins Land zu ziehen, um Ackerbau zu betreiben, doch ablehnte. Er stimmte vielmehr offensichtlich der Ansicht Kapitän Wilmots zu, dass sie sich an der Küste halten, dabei aber gleichzeitig ihr Seeräubergeschäft fortsetzen sollten, und so entschieden sie sich. Fünfzig ihrer Leute zogen jedoch, wie ich später erfuhr, landeinwärts, ließen sich drinnen im Lande nieder und gründeten eine Kolonie. Ob sie sich noch immer dort befinden, vermag ich nicht zu sagen, und ebenfalls nicht, wie viele von ihnen noch am Leben sind, ich glaube jedoch, dass sie auch heute noch dort wohnen und sich ihre Anzahl beträchtlich erhöht hat, denn wie ich erfuhr, sollen auch einige Frauen unter ihnen leben, wenn auch nicht viele; anscheinend nahmen sie von einem holländischen Schiff, das sie später auf einer Fahrt nach Mokka aufbrachten, fünf holländische Frauen sowie drei oder vier kleine Mädchen mit, und drei der Frauen heirateten Männer von ihnen und folgten ihnen auf ihre neuen Plantagen. Hiervon berichte ich aber nur nach dem Hörensagen.

Während wir eine Zeit lang dort vor Anker lagen, stellte ich fest, dass unsere Leute, was ihre Absichten betraf, sehr unterschiedlicher Meinung waren; die einen wollten sich in die eine Richtung begeben, die anderen in eine zweite, bis ich endlich voraussah, dass sie sich trennen würden und wir vielleicht nicht genügend Leute zusammenhalten konnten, um das große Schiff zu bemannen. So nahm ich denn Kapitän Wilmot beiseite und begann mit ihm darüber zu sprechen. Ich bemerkte jedoch bald, dass er selbst geneigt war, in Madagaskar zu bleiben, und da er einen riesigen Reichtum als seinen Anteil erworben hatte, schmiedete er heimlich Pläne, um auf die eine oder die andere Weise nach Hause zu gelangen.

Ich hielt ihm vor, wie unmöglich das sei und welchen Gefahren er sich dabei aussetze, entweder im Roten Meer Dieben und Mördern in die Hände zu fallen, die sich einen Schatz wie den seinen niemals entgehen lassen würden, oder aber den Engländern, Holländern oder Franzosen, die ihn mit Gewissheit als Seeräuber hängen würden. Ich berichtete ihm von der Reise, die ich von dort aus zum afrikanischen Kontinent unternommen hatte, und was für ein Unterfangen es war, zu Fuß weiterzuziehen.

Kurz, ich vermochte ihn nicht zu überzeugen; er wollte mit der Schaluppe durch das Rote Meer und dorthin fahren, wo die Kinder Israels trockenen Fußes durch das Meer gezogen waren, da von Bord gehen und über Land zum großen Kairo reisend eine etwa achtzig Meilen lange Strecke. Von dort, sagte er, könne er sich über Alexandria nach irgendeinem Teil der Welt einschiffen.

Ich malte ihm aus, welches Risiko das bedeutete und wie unmöglich es tatsächlich war, an Mokka und Dschidda vorbeizugelangen, ohne dass man ihn bei einem gewaltsamen Versuch angriffe oder aber ausplünderte, wenn er sich eine Genehmigung dazu holte, und ich erklärte ihm die Gründe hierfür so ausführlich und so wirkungsvoll, dass schließlich, obgleich er selbst nicht darauf hören wollte, doch keiner seiner Leute bereit war, mit ihm zu gehen. Sie erklärten ihm, sie wollten ihm überallhin folgen, um ihm zu dienen, dies aber bedeute, ihn selbst und auch sie in das sichere Verderben zu treiben, ohne jede Möglichkeit, es zu umgehen, und ohne jede Wahrscheinlichkeit, dass sie Rechenschaft über sein Ende abgeben könnten. Der Kapitän fasste das, was ich zu ihm sagte, völlig falsch auf, tat, als nähme er es übel, und warf mir einige Seeräuberflüche an den Kopf. Ich entgegnete ihm darauf aber weiter nichts als nur, ich riete ihm einzig zu seinem Vorteil, und wenn er es nicht so auffasse, dann sei das seine Schuld und nicht meine; ich verböte ihm nicht fortzuziehen und hätte mich auch nicht bemüht, irgendwelche von den Leuten zu überreden, dass sie ihm nicht folgen sollten, wenn es auch ihr offensichtliches Verderben sei.

Heiße Köpfe aber kühlen nicht so leicht ab. Der Kapitän war so aufgebracht, dass er unsere Gesellschaft mied und mit dem größten Teil seiner Mannschaft zu Kapitän Avery hinüberging, sich mit seinen Leuten von uns trennte und dabei den gesamten Schatz mitnahm, was, nebenbei gesagt, nicht sehr anständig von ihm war, denn wir hatten ja vereinbart, alle Gewinne miteinander zu teilen, ob es sich dabei um viel oder wenig handelte und ob wir zugegen oder abwesend waren.

Unsere Leute murrten ein wenig darüber, aber ich beruhigte sie, so gut ich konnte, und erklärte ihnen, es werde uns leichtfallen, ebenso viel zu erwerben, wenn wir auf unsere Schläge achtgaben, und Kapitän Wilmot habe uns ein sehr gutes Beispiel geliefert, denn nach derselben Regel sei nun das Abkommen hinfällig, noch weiterhin irgendwelche Gewinne mit ihm und seinen Leuten zu teilen. Ich nahm die Gelegenheit wahr, ihnen einige meiner weiteren Pläne in den Kopf zu setzen, die darin bestanden, dass wir über die östlichen Meere schweifen und Umschau halten sollten, ob wir uns nicht ebensolche Reichtümer zu beschaffen vermochten wie Mr. Avery, der freilich eine riesige Summe Geldes erworben hatte, wenn sie auch nicht halb so groß war, wie man sich in Europa erzählte.

Unsere Leute waren über meine energische, unternehmungslustige Stimmung so erfreut, dass sie mir versicherten, sie würden alle wie ein Mann um die ganze Welt mit mir kommen, wohin ich sie auch führte, und was Kapitän Wilmot betreffe, so wollten sie nichts mehr mit ihm zu tun haben. Das kam ihm zu Ohren und versetzte ihn in so großen Zorn, dass er drohte, wenn ich an Land käme, wolle er mir die Kehle durchschneiden.

Ich erhielt insgeheim hierüber Nachricht, kümmerte mich aber überhaupt nicht darum; ich achtete nur darauf, nicht an Land zu gehen, ohne auf ihn vorbereitet zu sein, und bewegte mich fast immer nur in sehr guter Gesellschaft. Schließlich aber trafen Kapitän Wilmot und ich zusammen, und wir besprachen die Sache mit großem Ernst. Ich bot ihm die Schaluppe an, damit er segeln könne, wohin es ihm beliebte; sollte er damit nicht zufrieden sein, wollte ich die Schaluppe nehmen und ihm das große Schiff geben. Er lehnte jedoch beides ab und wünschte nur, ich solle ihm sechs Zimmerleute überlassen, von denen ich mehr auf unserem Schiff hatte, als ich brauchte, damit sie seinen Leuten bei der Fertigstellung der Schaluppe halfen, mit deren Bau die Mannschaft des gescheiterten Fahrzeugs vor unserer Ankunft begonnen hätte. Dem stimmte ich bereitwillig zu und lieh ihm noch einige weitere Leute, die ihm nützlich waren. In kurzer Zeit bauten sie eine starke Brigantine, die vierzehn Kanonen und zweihundert Mann zu tragen vermochte.

Welche Maßnahmen sie trafen und wie Kapitän Avery später zurechtkam, ist eine allzu lange Geschichte, als dass ich mich hier darauf einließe, und das ist auch nicht meine Aufgabe, denn ich habe ja noch meine eigene Geschichte zu berichten.

Bei diesen verschiedenen törichten Streitereien hatten wir fast fünf Monate dort gelegen, da stach ich gegen Ende März mit dem großen Schiff, das vierundvierzig Kanonen und vierhundert Mann an Bord hatte, sowie mit der Schaluppe in See, auf der achtzig Mann fuhren. Weil der Ostmonsun noch zu stark wehte, steuerten wir nicht, wie wir zuerst beabsichtigt hatten, die Malabarküste und somit den Persischen Golf an, sondern hielten uns mehr in der Nähe der afrikanischen Küste, wo wir wechselnde Winde hatten, bis wir den Äquator überquerten, liefen bei vier Grad zehn Minuten Breite das Kap Bassa an und segelten von dort, da der Monsun nach Nordost und Nordnordost zu drehen begann, mit rauem Wind zu den Malediven, einer berühmten Riffkette von Inseln, welche allen Seeleuten, die sich in diesem Teil der Welt aufgehalten haben, wohlbekannt ist. Nachdem wir die Inseln etwas südlich hinter uns gelassen hatten, gelangten wir zum Kap Komorin an der südlichsten Spitze der Malabarküste und umfuhren die Insel Ceylon. Hier blieben wir eine Weile liegen, um auf Beute zu lauern, und sahen drei große englische Ostindienschiffe, die von Bengalen oder Fort St. George nach England heimfuhren, oder vielmehr nach Bombay und Surat, bis der Passatwind einsetzte.

Wir drehten bei, hissten die englische Flagge und Wimpel und blieben dort liegen, als wollten wir sie angreifen. Ziemlich lange wussten sie nicht, was sie von uns halten sollten, obgleich sie unsere Farben sahen, und ich glaube, zuerst hielten sie uns für Franzosen; als sie aber näher kämen, gaben wir uns bald zu erkennen, denn wir hissten über unserem Großmarsstengentopp eine schwarze Fahne mit zwei gekreuzten Dolchen darauf, und das ließ sie erkennen, was sie zu erwarten hatten.

Die Wirkung sahen wir bald; zuerst hissten sie die Flagge und formierten sich uns gegenüber in einer Linie, als wollten sie den Kampf mit uns aufnehmen, denn sie hatten ablandigen Wind, der kräftig genug war, sie zu uns heranzubringen; als sie aber sahen, wie stark wir waren, und feststellten, dass sie Seefahrer von anderer Art vor sich hatten, standen sie mit allen Segeln, die sie setzen konnten, wieder von uns ab. Wären sie näher gekommen, dann hätten wir ihnen ein unerwartetes Willkommen gegeben, so aber hatten wir kein Verlangen, ihnen zu folgen, und aus den Gründen, die ich schon erwähnte, ließen wir sie ziehen.

Obwohl wir sie aber vorbeiließen, beabsichtigten wir nicht, andere so billig davonkommen zu lassen: Schon am nächsten Morgen sichteten wir ein Segel, das um das Kap Komorin hielt und unserer Meinung nach den gleichen Kurs steuerte wie wir. Zuerst wussten wir nicht, was wir mit dem Schiff anfangen sollten, weil es die Küste backbord achteraus hatte, und falls wir Anstalten machten, es zu verfolgen, konnte es irgendeinen Hafen oder Schlupfwinkel anlaufen und uns entwischen; um dies aber zu verhindern, sandten wir die Schaluppe aus, damit sie sich zwischen das Fahrzeug und die Küste lege. Sobald die Verfolgten dies sahen, gingen sie auf Anlaufkurs, um sich unter Land zu halten, und als die Schaluppe auf sie zulief, steuerten sie unter vollen Segeln geradenwegs das Ufer an.

Die Schaluppe kam jedoch auf und griff sie an; unsere Leute stellten fest, dass es ein Schiff mit zehn Kanonen war, von portugiesischer Bauart, aber im Besitz holländischer Kauffahrer und mit Holländern bemannt, die vom Persischen Golf nach Batavia segelten, um Gewürze und andere Waren von dort zu holen. Die Mannschaft der Schaluppe kaperte und durchsuchte das Schiff, bevor wir aufkamen. Es hatte einige europäische Waren an Bord sowie eine hübsche runde Summe Bargeld und Perlen, und so kam es, dass wir zwar nicht in den Golf einfuhren, um Perlen zu holen, die Perlen aber aus dem Golf zu uns kamen, und wir erhielten unseren Anteil daran. Es war ein reiches Fahrzeug und seine Ladung neben dem Geld und den Perlen von beträchtlichem Wert.

Wir hielten nun eine lange Beratung ab, was wir mit der Mannschaft tun sollten; würden wir ihr das Schiff zurückgeben und sie ihre Fahrt nach Java fortsetzen lassen, hätte das bedeutet, die dortige holländische Faktorei – bei Weitem die stärkste in Indien – in Alarm zu versetzen und unsere Durchfahrt hier unmöglich zu machen. Wir hatten aber beschlossen, diesem Teil der Welt auf unserer Fahrt einen Besuch abzustatten, waren jedoch nicht willens, am großen Golf von Bengalen vorbeizusegeln, wo wir uns viel Beute erhofften, und darum war es notwendig, uns nicht, bevor wir dorthin gelangten, deshalb auflauern zu lassen, weil man Kenntnis davon hatte, dass wir entweder durch die Straße von Malakka oder durch die Sundastraße kämen, und in beiden Fällen war es sehr leicht, uns daran zu hindern.

Während wir in der Kajüte darüber berieten, führten die Matrosen vor dem Mast die gleiche Diskussion, und anscheinend war dort die Mehrheit dafür, die bedauernswerten Holländer zu den Heringen zu befördern, mit einem Wort, sie waren dafür, dass wir alle ins Meer warfen. Der arme William, der Quäker, war deshalb in großer Sorge und kam unverzüglich zu mir, um mit mir darüber zu sprechen. »Hör mal«, sagte er, »was willst du mit diesen

Holländern tun, die du an Bord hast? Du wirst sie wohl nicht freilassen, nehme ich an?«, fuhr er fort. »Wieso, William«, sagte ich, »würdet Ihr mir raten, sie freizulassen?« – »Nein«, antwortete er, »ich kann nicht sagen, dass es für dich etwas taugte, wenn du sie freißest, das heißt, wenn du sie ihre Fahrt nach Batavia fortsetzen ließest, denn es wäre dir nicht dienlich, wenn die Holländer in Batavia erführen, dass du dich in diesen Meeren aufhältst.« – »Nun«, erwiderte ich, »dann weiß ich mir keinen anderen Rat als nur den, sie über Bord zu werfen. Ihr wisst doch, William«, setzte ich hinzu, »ein Holländer schwimmt wie ein Fisch, und alle unsere Leute sind der gleichen Meinung wie ich.« Während ich dies sagte, beschloss ich freilich, dass das nicht geschehen solle, ich wollte jedoch hören, was William dazu sagen werde. Er antwortete voller Ernst. »Wenn auch alle auf dem Schiff dieser Meinung wären, so kann ich doch niemals glauben, dass du ebenfalls dieser Ansicht bist, denn in allen anderen Fällen habe ich dich gegen die Grausamkeit protestieren hören.« – »Allerdings, William, das stimmt«, sagte ich, »aber was sollen wir sonst mit ihnen tun?« – »Wieso«, erwiderte William, »gibt es denn keinen anderen Weg als den, sie zu ermorden? Ich bin davon überzeugt, dass dies nicht dein Ernst sein kann.« – »Nein, freilich nicht, William«, sagte ich, »es ist nicht mein Ernst; nach Java sollen sie aber nicht fahren und auch nicht nach Ceylon, das ist gewiss.« – »Aber diese Leute haben dir doch nichts getan«, sagte William, »du hast ihnen einen großen Schatz weggenommen; weswegen solltest du ihnen denn etwas zuleide tun?« – »Nein, William«, sagte ich, »davon sprecht nicht; ich kann ein treffendes Argument gegen sie vorbringen, wenn Ihr das möchtet. Mein Argument lautet: Ich muss verhindern, dass sie mir etwas zuleide tun, und das ist ein so unerlässlicher Grundsatz des Gesetzes der Selbsterhaltung wie nur irgendeiner, den Ihr anführen könnt. Die Hauptsache aber ist, dass ich nicht weiß, was ich mit ihnen anstellen soll, um sie am Schwatzen zu hindern.«

Während William und ich miteinander berieten, wurden die armen Holländer von der gesamten Schiffsmannschaft offen zum Tode verurteilt, wie man es nennen kann. Die Männer wären derartig darauf versessen, dass sie sehr laut wurden. Als sie hörten, dass William sich dagegen wandte, schworen einige von ihnen, die Leute sollten sterben, und wenn William dagegen sei, solle er mit ihnen ertrinken.

Da ich aber entschlossen war, ihrem grausamen Plan ein Ende zu bereiten, fand ich es an der Zeit, etwas dafür zu tun, sonst mochte ihre blutdürstige Stimmung allzu stark werden; so rief ich denn die Holländer zu mir herauf und unterhielt mich ein wenig mit ihnen. Zuerst fragte ich sie, ob sie bereit seien, mit uns zu fahren. Zwei von ihnen erboten sich bald dazu, die Übrigen aber, es waren vierzehn, lehnten es ab. »Nun«, fragte ich, »wohin möchtet Ihr Euch dann also begeben?« Sie wollten nach Ceylon. Ich erklärte ihnen, ich könne nicht zulassen, dass sie zu irgendeiner holländischen Faktorei führen, und sagte ihnen ganz offen die Gründe hierfür, deren Stichhaltigkeit sie nicht leugnen konnten. Ich ließ sie auch wissen, welche grausamen, blutdürstigen Maßnahmen unsere Leute beabsichtigten, dass ich jedoch beschlossen hätte, sie, wenn möglich, zu retten; deshalb wolle ich sie im Golf von Bengalen bei irgendeiner englischen Faktorei an Land setzen, so sagte ich zu ihnen, oder sie an Bord eines mir begegnenden englischen Schiffs bringen lassen, nachdem ich die Sundastraße oder die Straße von Malakka passiert hätte – jedoch nicht vorher, denn was meine Rückfahrt betreffe, so erklärte ich ihnen, wolle ich es auf mich nehmen, mich an ihrer holländischen Macht von Batavia vorbeizuwagen, wünsche aber nicht, dass die Nachricht vor mir dorthin gelangte, denn dann würden alle ihre Handelsschiffe im Hafen liegen bleiben und unseren Weg meiden.

Als Nächstes überlegten wir, was wir mit ihrem Schiff anfangen sollten, aber das war schnell beschlossen, denn es gab nur zwei

Möglichkeiten: Entweder brannten wir es ab, oder wir ließen es auf den Strand auflaufen, und wir wählten das Zweite. So machten wir also die Focksegel mit dem Hals am Kranbalken fest und laschten das Ruder ein wenig nach Steuerbord an, damit es auf das Vorsegel reagierte, und so ließen wir das Schiff treiben ohne irgendein Lebewesen an Bord. Es dauerte auch keine zwei Stunden, bis wir es an der Küste kurz vor Kap Komorin auf Grund laufen sahen, und wir segelten fort, rund um Ceylon, mit Kurs auf die Coromandelküste.

Dort fuhren wir die Küste entlang, nicht nur in Sichtweite, sondern auch nahe genug, um die Schiffe zu sehen, die bei Fort St. David, Fort St. George und den anderen hiesigen Faktoreien sowie an der Küste von Golkonda auf Reede lagen; wir hissten unsere englische Flagge, wenn wir in die Nähe der holländischen Faktoreien kamen, und die holländische, wenn wir an den englischen vorbeisegelten. Wir trafen an dieser Küste auf wenig Beute, außer auf zwei kleine Schiffe aus Golkonda, beladen mit Ballen von Kaliko, Musselin und gewirkter Seide sowie mit fünfzehn Ballen Seidentüchern, die aus dem inneren Golf kamen, ihn durchquerten und Kurs auf Acheen und andere Häfen an der Küste von Malakka nahmen – in wessen Auftrag, wussten wir nicht. Wir erkundigten uns nicht näher, wohin sie genau fuhren, sondern ließen sie weitersegeln, da sie nur Inder an Bord hatten.

Tief im Innern des Golfs trafen wir auf eine große Dschunke; sie gehörte zum Hofe des Moguls und hatte viele Leute an Bord, die wir für Passagiere hielten. Anscheinend war das Schiff unterwegs zum Fluss Hooghly oder Ganges und kam aus Sumatra. Dies war nun wirklich eine Beute, die sich lohnte, und wir fanden darauf – neben anderen Gütern, um die wir uns nicht kümmerten, vor allem Pfeffer – so viel Gold, dass es unserer Fahrt beinahe ein Ende gesetzt hätte, denn fast alle meine Leute sagten, nun seien wir reich genug, und sie wollten nach Madagaskar zurückkehren. Ich hatte jedoch noch andere Dinge im Sinn, und als ich mit ihnen sprach und auch Freund William veranlasste, mit ihnen zu reden, setzten wir ihnen so viele weitere goldene Hoffnungen in den Kopf, dass wir sie bald dazu überredeten, uns weiterfahren zu lassen.

Meine nächste Absicht war, die gefährlichen Meerengen von Malakka, Singapur und Sunda zu verlassen, wo wir keine große Beute erwarten konnten, außer der, welche wir auf europäischen Schiffen antretten mochten und um die wir kämpfen müssten; und obwohl wir in der Lage waren, den Kampf aufzunehmen, und es uns auch nicht an Mut dazu fehlte, nicht einmal an Tollkühnheit, waren wir doch zugleich auch reich und entschlossen, noch reicher zu werden; deshalb ließen wir uns von dem Prinzip leiten: Solange wir die Reichtümer, die wir uns aneignen wollten, auf sichere Weise kampflos erhalten konnten, bestehe für uns kein Anlass, uns um das, was auch zu einem billigen Preis zu haben war, in einen Kampf einzulassen.

Wir verließen deshalb den Golf von Bengalen, und als wir an die Küste von Sumatra gelangten, liefen wir einen kleinen Hafen an, der zu einer nur von Malaien bewohnten Stadt gehörte; hier übernahmen wir Trinkwasser und eine große Menge gutes Schweinefleisch, das gepökelt und genügend eingesalzen war, trotz des heißen Klimas, denn die Stadt lag mitten in einer glutheißen Zone, nämlich bei drei Grad fünfzehn Minuten nördlicher Breite. Wir nahmen auch vierzig lebende Schweine an Bord unserer beiden Schiffe; sie lieferten uns Frischfleisch, und wir hatten reichlich Futter für sie, welches das Land hervorbrachte, wie Guams, Kartoffeln und eine grobe Reissorte, die nur als Schweinefutter taugte. Wir schlachteten jeden Tag eins von diesen Tieren und fanden das Fleisch ausgezeichnet. Wir übernahmen auch eine riesige Menge von Enten, Hähnen und Hennen von der gleichen Art, wie wir sie in England haben, und hielten sie, um Abwechslung in unsere Nahrung zu bringen; wenn ich mich recht erinnere, besaßen wir nicht weniger als zweitausend davon, sodass sie uns zuerst sehr belästigten, bald aber verringerten wir ihre Anzahl, indem wir sie kochten, dämpften und so fort, und solange wir sie hatten, waren wir versorgt.

Mein lang gehegter Plan ließ sich jetzt verwirklichen, nämlich in die holländischen Gewürzinseln einzufallen und mich umzutun, welches Unheil ich dort anrichten könnte. Dementsprechend stachen wir am 12. August in See, überquerten am 17. den Äquator, hielten Kurs genau auf Süd, ließen die Sundastraße und die Insel Java östlich von uns liegen und gelangten zur Breite von elf Grad zwanzig Minuten; dort steuerten wir Ost und Ostnordost, wobei wir günstigen Wind von Westsüdwest hatten, bis wir zu den Molukken oder Gewürzinseln kamen.

Wir überquerten jene Meere mit weniger Schwierigkeiten als andere, denn südlich von Java gab es wechselnde Winde, und das Wetter war gut, obgleich wir zuweilen auch Böen und kurze Stürme antrafen; als wir aber zwischen die Gewürzinseln selbst gelangten, bekamen wir einen Teil der Monsun- oder Passatwinde ab und nützten sie entsprechend.

Die unendlich große Anzahl von Inseln in diesen Meeren brachte uns sehr in Verlegenheit, und nur mit großen Schwierigkeiten arbeiteten wir uns zwischen ihnen hindurch; dann nahmen wir Kurs auf die Nordseite der Philippinen, wo wir zweifache Aussicht auf Beute hatten; nämlich entweder auf spanische Schiffe aus Acapulco an der Küste Neuspaniens zu treffen oder aber mit Gewissheit auf ein paar Schiffe oder Dschunken aus China zu stoßen, die, wenn sie von dort kamen, eine große Menge wertvoller Waren sowie auch Geld an Bord hatten; sollten wir sie jedoch auf dem Rückweg kapern, wären sie mit Muskatnüssen und Nelken von Banda und Ternate oder von einigen der anderen Inseln beladen.

Wir hatten aufs Haar genau richtig vermutet und steuerten geradenwegs durch eine breite Ausfahrt, die man eine Meeresenge nennt, wenn sie auch fünfzehn Meilen breit ist, und hielten Kurs auf eine Insel, die Dammer genannt wird, und von dort Nordnordost auf Banda. Zwischen diesen Inseln stießen wir auf eine holländische Dschunke, das heißt ein Fahrzeug, das nach Ambon fuhr; wir kaperten es ohne viel Schwierigkeiten, und ich konnte nur mit großer Mühe unsere Leute davon abhalten, die gesamte Mannschaft umzubringen, sobald sie hörten, dass sie aus Ambon war. Die Gründe hierfür wird wohl jeder erraten.

Wir entnahmen aus dieser Dschunke etwa sechzehn Tonnen Muskatnüsse, einige Lebensmittelvorräte und die Handwaffen der Besatzung, denn das Schiff hatte keine Kanonen, und dann ließen wir es fahren. Von dort segelten wir unmittelbar zur Bandainsel oder den Bandainseln, wo wir sicher sein konnten, noch weitere Muskatnüsse zu erhalten, wenn wir wollten. Was mich betraf, so hätte ich gern noch mehr Muskatnüsse erworben, auch wenn ich dafür hätte bezahlen müssen; unsere Leute empfanden aber einen Abscheu davor, irgendetwas zu bezahlen, und so beschafften wir uns bei mehreren Gelegenheiten noch ungefähr zwölf Tonnen, die meisten vom Ufer und nur wenige aus einem kleinen Eingeborenenboot, das nach Gilolo fuhr. Wir hätten ganz offen Handel getrieben, aber die Holländer, die sich zu Herren aller dieser Inseln gemacht haben, untersagten den Einwohnern, mit uns oder überhaupt mit irgendwelchen Fremden Handel zu treiben, und flößten ihnen so viel Furcht ein, dass sie es nicht wagten; deshalb hätten wir nichts erreicht, wenn wir noch länger dort geblieben wären. Wir beschlossen also, Kurs auf Ternate zu nehmen und uns dort umzusehen, ob wir unsere Ladung mit Nelken vervollständigen könnten.

Wir hielten demgemäß auf Norden, irrten aber zwischen so vielen unzähligen Inseln umher, ohne jeden Lotsen, der die Fahrtrinne und die Strudel darin kannte, dass wir es aufgeben mussten und beschlossen, wieder zu den Bandainseln zurückzusegeln und uns umzutun, was wir uns auf den anderen Inseln der Gegend aneignen könnten.

Unser erstes Abenteuer hier wäre fast für uns alle verhängnisvoll geworden, denn die Schaluppe, die vorauslief, signalisierte uns, dass sie ein Segel sichtete; danach wiederholte sie dies noch ein zweites und ein drittes Mal, woraus wir schlossen, dass sie drei Segel gesichtet hatte. Darauf setzten wir mehr Segel, um sie einzuholen, gerieten aber plötzlich zwischen einige Riffe und kamen nicht mehr klar, sodass wir alle sehr erschraken, denn da wir gerade noch genügend Wasser hatten, sozusagen einen Zoll tief, rammte unser Steuerruder einen Felskamm; das versetzte uns einen furchtbaren Stoß, splitterte ein großes Stück vom Ruder ab und machte es untauglich, sodass sich das Schiff tatsächlich überhaupt nicht mehr steuern ließ, wenigstens nicht so, dass wir uns darauf verlassen konnten, und wir beeilten uns, alle Segel zu beschlagen, außer dem Fock- und dem Großmarssegel, und mit ihnen hielten wir Kurs nach Osten, auf der Suche nach einer Flussmündung oder einem Hafen, wo wir das Schiff an Land bringen und unser Ruder ausbessern konnten; außerdem stellten wir auch fest, dass das Fahrzeug selbst Schaden erlitten hatte, denn in der Nähe des Achterstevens war ein kleines Leck entstanden, jedoch tief unter Wasser.

Durch dieses Missgeschick verloren wir den Gewinn, wie groß er auch gewesen sein mochte, den uns die drei Segelschiffe gebracht hätten, und später hörten wir, dass es drei kleine holländische Fahrzeuge aus Batavia waren, die nach Banda und Ambon fuhren, um Gewürze zu laden, und zweifellos eine gehörige Geldsumme an Bord hatten.

Nach dem Unfall, von dem ich eben berichtete, mag der Leser sich wohl vorstellen, dass wir, sobald wir konnten, vor Anker gingen, und zwar bei einer kleinen Insel nicht weit von Banda, wo die Holländer, obgleich sie dort keine Faktorei unterhalten, doch während der Saison anlaufen, um Muskatnüsse und -blüten zu kaufen.

Hier blieben wir dreizehn Tage; da es aber keine Stelle gab, wo wir das Schiff an Land bringen konnten, sandten wir die Schaluppe zu einer Fahrt zwischen den Inseln aus, um einen für uns geeigneten Platz ausfindig zu machen. Inzwischen übernahmen wir hier ausgezeichnetes Trinkwasser, einige Vorräte, wie Wurzeln, Gemüse und Früchte, sowie eine beträchtliche Menge Muskatnüsse und -blüten, die wir bei den Eingeborenen einzuhandeln vermochten, ohne dass ihre Herren, die Holländer, es bemerkten.

Endlich kehrte unsere Schaluppe zurück, nachdem sie auf einer anderen Insel einen sehr geeigneten Hafen gefunden hatte; wir liefen ihn an und gingen dort vor Anker. Wir schlugen sogleich alle unsere Segel ab, transportierten sie auf die Insel und errichteten damit sieben oder acht Zelte; dann takelten wir die Stengen ab und kappten sie, hievten alle unsere Kanonen, Vorräte und die Ladung von Bord und brachten sie an Land in den Zelten unter. Mit den Kanonen bildeten wir zwei kleine Batterien, aus Furcht vor einer Überraschung, und stellten eine Wache auf den Hügel. Als alles bereit war, ließen wir das Schiff am oberen Ende des Hafens auf harten Sand auflaufen und steiften es auf beiden Seiten ab. Bei Ebbe lag es fast trocken, und so reparierten wir den Boden und dichteten das Leck, das durch eine Verformung einiger Rudereisen infolge des Stoßes entstanden war, als das Fahrzeug gegen den Felsen lief.

Nachdem wir dies erledigt hatten, benutzten wir die Gelegenheit, den Schiffsboden zu reinigen, der nach so langer Seefahrt sehr stark bewachsen war. Auch die Schaluppe wurde gewaschen und verschmiert; sie war aber schon vor unserem Fahrzeug fertig und kreuzte noch acht bis zehn Tage zwischen den Inseln umher; sie begegnete jedoch keiner Beute, sodass wir der Gegend müde zu werden begannen, da es dort wenig gab, was zu unserer Zerstreuung beigetragen hätte, außer den fürchterlichsten Gewittern, von denen wir jemals gehört und gelesen hatten.

Wir hofften, hier bei den Chinesen, die, wie man uns gesagt hatte, auf Ternate Nelken und auf den Bandainseln Muskatnüsse einkauften, einige Beute zu machen; wir hätten unsere Galeone oder unser großes Schiff sehr gern mit diesen beiden Gewürzarten beladen, und die Fahrt wäre uns sehr lohnend erschienen, wir sahen jedoch neben dem schon Erwähnten nichts, was sich bewegte, außer Holländern, die (wodurch, vermochte ich nicht zu erraten) entweder argwöhnten oder wussten, wer wir waren, und in ihren Häfen blieben.

Einmal war ich entschlossen, auf die Insel Dumas einzufallen, die als Ort mit den besten Muskatnüssen am berühmtesten war, aber Freund William, der immer vorzog, unsere Geschäfte ohne Kampf abzuwickeln, brachte mich davon ab, indem er so überzeugende Argumente aufzählte, dass wir uns ihnen nicht verschließen konnten – vor allem die große Hitze, die zu dieser Jahreszeit in jener Gegend herrschte, denn wir befanden uns jetzt bei nur einem halben Grad südlicher Breite. Während wir noch darüber diskutierten, brachte uns folgender Zwischenfall bald zu einem Entschluss: Wir hatten Sturm aus Westsüdwest, und das Schiff machte rasche Fahrt; von Nordosten rollten uns jedoch hohe Wogen entgegen, und später stellten wir fest, dass es die hereinströmenden Wasser des großen Ozeans waren, der sich östlich von Neuguinea erstreckte; aber, wie gesagt, wir segelten raumschots und kamen rasch voran, als plötzlich aus einer dunklen Wolke, die über unseren Köpfen hing, ein Blitzstrahl oder eher -schlag herabkam, der so furchtbar war und so lange zwischen uns herumzuckte, dass nicht nur ich, sondern die ganze Mannschaft glaubte, unser Schiff brenne. Wir spürten die Hitze von diesem Blitz oder Feuer so heftig im Gesicht, dass sich bei einigen unserer Leute Blasen auf der Haut bildeten, vielleicht nicht unmittelbar durch die Hitze, aber infolge der giftigen oder schädlichen Teilchen, die sich mit der brennenden Materie mischten. Das war jedoch noch nicht alles: Der durch den

Bruch der Wolken verursachte Luftstoß war so stark, dass unser Schiff erbebte, als hätten wir eine Breitseite abgefeuert, und fast im gleichen Moment wurde seine Fahrt von einer Kraft aufgehalten, die stärker war als die, welche es zuvor vorangetrieben hatte; sämtliche Segel schlugen unverzüglich zurück, und das Schiff lag, so kann man buchstäblich sagen, wie vom Donner gerührt. Da der Blitz aus der Wolke so nahe bei uns herunterfuhr, folgte nach nur einigen Augenblicken der furchtbarste Donnerschlag, den Sterbliche je vernommen haben. Ich glaube sicher, dass eine Explosion von hunderttausend Fässern Schießpulver uns nicht lauter in den Ohren gedröhnt hätte, ja einige unserer Leute verloren tatsächlich das Gehör.

Ich kann unmöglich die Schrecklichkeit dieser Minute beschreiben, und niemand vermag sie sich vorzustellen. Unsere Leute waren dermaßen bestürzt, dass nicht ein Mann an Bord so geistesgegenwärtig war, seine seemännischen Pflichten wahrzunehmen, außer Freund William, und wäre er nicht sehr flink und mit einer Selbstbeherrschung, deren ich keineswegs fähig gewesen wäre, nach vorn gerannt, um das Fockschot loszuwerfen, die Fockrah auf der Luvseite beizubrassen und die Marssegel niederzuholen, dann wären unsere Masten gewiss sämtlich über Bord gegangen, und vielleicht hätte uns die See überwältigt.

Was mich betrifft, so muss ich gestehen, dass ich mir der Gefahr deutlich bewusst war, aber nicht im Mindesten dessen, was ich dagegen tun sollte. Die Bestürzung und Verwirrung hatten mich völlig übermannt, und ich kann sagen, dass ich hier zum ersten Mal beim Gedanken an mein vergangenes Leben jenes Entsetzen spürte, das ich seither noch so viel gründlicher kennengelernt habe. Ich glaubte, der Himmel hätte mich dazu verdammt, noch im selben Augenblick ins ewige Verderben zu versinken, und was die Rache noch schrecklicher machte, war, dass sie sich nicht auf dem üblichen Wege eines menschlichen Gerichts vollzog, sondern dass Gott unmittelbar über mich verfügte und beschlossen hatte, selbst der Vollstrecker seines Urteils zu sein.

Mögen nur die mein Entsetzen beschreiben, die um das Schicksal (John) Childs, Shadwells oder des Francis Spira wissen. Es lässt sich unmöglich schildern. Meine ganze Seele war von Verblüffung und Bestürzung erfüllt. Ich dachte, ich sänke in die Ewigkeit hinab, erkannte die göttliche Gerechtigkeit meiner Strafe an, fühlte aber keines der bewegenden, lindernden Merkmale einer echten Reue; mich peinigte die Strafe, jedoch nicht das Verbrechen, ängstigte die Rache, aber erschreckte nicht die Schuld; ich fand noch ebenso viel Geschmack am Verbrechen, wenn mich auch der Gedanke an die Vergeltung, von der ich glaubte, ich müsse sie sogleich erleiden, zutiefst schaudern ließ.

Vielleicht aber werden viele meiner Leser zwar für den Donner und den Blitz Verständnis haben, von dem Übrigen dagegen nicht viel halten oder vielmehr über all das spotten; deshalb will ich gegenwärtig nicht mehr darüber sagen, sondern mit der Geschichte der Reise fortfahren. Als der Schreck vorbei war und die Leute begannen, wieder zu sich zu kommen, riefen sie einander, jeder seinen Freund oder diejenigen, von denen er am meisten hielt, und es bereitete ihnen größte Befriedigung festzustellen, dass niemand verletzt war. Als Nächstes kam die Frage, ob das Schiff nicht etwa Schaden erlitten hatte; der Bootsmann trat vor und stellte fest, dass ein Teil des Topps fehlte, aber nicht so viel, dass das Bugspriet in Gefahr war, und so setzten wir unsere Marssegel von Neuem, holten die Fockschot wieder an, brassten die Rahen und hielten Kurs wie zuvor. Ich kann auch nicht leugnen, dass es uns allen ähnlich erging wie dem Fahrzeug: Nachdem unsere erste Betäubung vorbei war und wir sahen, dass das Schiff weiterlief, waren wir schon bald wieder die gleiche gottlose, hartgesottene Bande wie zuvor, und ich gehörte ebenso dazu wie die anderen.

Bei unserem jetzigen Kurs hielten wir auf Nordnordost und gelangten so mit günstigem Wind durch die Meerenge oder Straße zwischen der Insel Gilolo und dem Land Neuguinea, und bald befanden wir uns im offenen Meer oder Ozean südöstlich der Philippinen, dem großen Pazifik oder der Südsee, dort, wo man sagen kann, dass er sich mit dem weiten Indischen Ozean vereinigt.

Als wir in diese Meere einliefen und genau nach Norden steuerten, fuhren wir bald über den Äquator auf die Nordhälfte der Erde und segelten weiter nach Mindanao und nach Manila, der Hauptinsel der Philippinen, ohne auf irgendeine Beute zu treffen, bis wir nördlich von Manila waren; und nun begann unser Geschäft, denn hier nahmen wir drei japanische Schiffe, wenngleich in einiger Entfernung von Manila. Zwei davon hatten bereits ihren Handel abgeschlossen und befanden sich auf der Heimfahrt mit einer Ladung von Muskatnüssen, Zimt, Nelken und so fort, neben allen möglichen europäischen Waren, welche die spanischen Schiffe aus Acapulco gebracht hatten. Zusammen hatten sie achtunddreißig Tonnen Nelken und fünf oder sechs Tonnen Muskatnüsse sowie ebenso viel Zimt an Bord. Wir nahmen die Gewürze, kümmerten uns aber nur wenig um die europäischen Waren, denn wir dachten, sie lohnten sich für uns nicht; bald darauf aber tat uns das sehr leid, und wir lernten daraus für die nächste Gelegenheit.

Das dritte japanische Schiff bedeutete für uns die beste Prise, denn es hatte Geld und eine große Menge ungemünztes Gold an Bord, um Waren wie die oben genannten einzukaufen. Wir erleichterten es um sein Gold und fügten ihm keinen weiteren Schaden zu. Da wir nicht beabsichtigten, uns hier lange aufzuhalten, nahmen wir nun Kurs auf China.

Wir verbrachten bei dieser Fahrt über zwei Monate auf See und kreuzten gegen den Wind, der gleich bleibend aus Nordosten wehte, mit einer Abweichung von einem oder zwei Kompassstrichen in die eine oder die andere Richtung, und dies verhalf uns auf unserer Fahrt zu umso mehr Prisen. Wir hatten eben die Philippinen hinter uns gelassen und beabsichtigten, die Insel Formosa anzulaufen, aber der Wind wehte so frisch aus Nordnordost, dass sich dies nicht machen ließ und wir Kurs zurück auf Laonia halten mussten, der nördlichsten jener Inseln. Wir lagen hier völlig sicher und wechselten unseren Ankerplatz nicht um irgendeiner Gefahr willen, denn es gab dort keine, sondern um uns besser mit Vorräten versorgen zu können, die uns, wie wir feststellten, die Einwohner bereitwillig lieferten.

Während wir uns dort aufhielten, lagen drei sehr große Galeonen oder spanische Schiffe aus der Südsee im Hafen. Ob sie nun erst angekommen oder schon seeklar waren, vermochten wir zunächst nicht festzustellen; da wir aber sahen, dass die chinesischen Kauffahrteischiffe begannen, Ladung an Bord zu nehmen und nach Norden auszulaufen, schlossen wir daraus, dass die spanischen Schiffe ihre Ladung kürzlich gelöscht und die anderen sie gekauft hatten. Deshalb zweifelten wir nicht daran, dass wir auf dem übrigen Teil unserer Fahrt Beute finden würden, und konnten sie auch kaum verfehlen.

Wir blieben hier bis Anfang Mai, dem Zeitpunkt, zu dem, wie wir hörten, die chinesischen Schiffe auslaufen wollten, denn der nördliche Monsun endet gegen Ende März, Anfang April; daher können sie dann mit günstigem Wind für die Heimfahrt rechnen. Deshalb mieteten wir ein paar einheimische Boote, die sehr schnelle Segler sind, und schickten sie nach Manila, damit sie für uns auskundschafteten, wie die Lage dort war und wann die chinesischen Dschunken in See stechen würden. Mithilfe dieser Auskünfte planten wir unsere Sache so gut, dass wir, drei Tage nachdem wir die Segel gesetzt hatten, nicht weniger als elf von ihnen begegneten. Da wir uns aber durch ein Missgeschick zu erkennen gegeben hatten, brachten wir nur drei davon auf, begnügten uns hiermit und setzten unsere Reise nach Formosa fort. Auf diesen drei Schiffen erbeuteten wir, um es kurz zu sagen, eine solche Menge von Nelken, Muskatnüssen, Zimt und Muskatblüten sowie auch Silber, dass unsere Leute meiner Ansicht zuzustimmen begannen, wir seien reich genug und brauchten jetzt, mit einem Wort, weiter nichts mehr zu tun, als nur zu überlegen, durch welche Methode wir die riesigen Reichtümer, die wir erworben hatten, sicherstellen wollten.

Ich freute mich insgeheim, als ich hörte, dass sie dieser Meinung waren, denn ich hatte schon lange beschlossen, sie, wenn irgend möglich, zu bewegen, an die Rückkehr zu denken, nachdem ich meinen ursprünglichen Plan, mich zwischen den Gewürzinseln herumzutreiben, voll ausgeführt hatte; und alle diese Prisen, die in Manila außerordentlich üppig gewesen waren, hatten mein Ziel weit übertroffen.

Nachdem ich nun aber gehört hatte, was die Leute sagten und dass sie der Meinung waren, wir befänden uns in sehr guten Verhältnissen, teilte ich ihnen durch Freund William mit, ich hätte die Absicht, nur bis zur Insel Formosa zu segeln, wo ich Gelegenheit finden würde, die Gewürze und die europäischen Waren zu Geld zu machen. Danach wolle ich über Stag gehen und Kurs auf Süden nehmen, denn vielleicht werde zu der Zeit schon der Nordmonsun einsetzen. Alle erklärten sich mit meinem Plan einverstanden und machten sich bereitwillig an seine Ausführung, denn, ganz abgesehen vom Wind, der uns erst im Oktober erlauben würde, nach Süden zu segeln, abgesehen hiervon also, hatte unser Schiff jetzt auch großen Tiefgang, da sich an Bord fast zweihundert Tonnen Ladung befanden, darunter vor allem einige sehr wertvolle Waren, und auch die Schaluppe war entsprechend beladen.

Nach diesem Beschluss setzten wir unsere Fahrt munter fort und gelangten nach ungefähr zwölf weiteren Tagen Fahrt zur Insel Formosa, jedoch in großer Entfernung von ihr, denn wir waren über ihren südlichen Teil hinausgeschossen und lagen nach Lee zu fast an der chinesischen Küste. Hier waren wir ein wenig in Verlegenheit, denn nicht weit von uns befanden sich die englischen Faktoreien, und wir mochten vielleicht gezwungen sein, mit einigen ihrer Schiffe den Kampf aufzunehmen, wenn wir auf sie stießen; und obwohl wir dazu durchaus in der Lage waren, betrachteten wir es aus verschiedenen Gründen als unerwünscht; vor allem lag uns auch nichts daran, dass bekannt würde, wer wir waren oder dass Leute unseres Schlages sich an der Küste hatten sehen lassen. Wir waren jedoch gezwungen, nach Norden zu segeln, und hielten, so gut wir es vermochten, Abstand von der chinesischen Küste.

Wir befanden uns noch nicht lange auf unserer Fahrt, da machten wir Jagd auf eine kleine chinesische Dschunke, und nachdem wir sie gekapert hatten, stellten wir fest, dass sie zur Insel Formosa unterwegs war und keinerlei Waren mit sich führte als nur etwas Reis und Tee. Sie hatte jedoch drei chinesische Kaufleute an Bord, und die berichteten uns, sie wollten mit einem größeren Schiff aus ihrer Heimat zusammentreffen, das aus Tonkin gekommen war und in Formosa in einem Fluss, dessen Namen ich vergessen habe, vor Anker lag; sie beabsichtigten, mit Seide, Musselin, Kaliko und anderen Produkten Chinas sowie auch einigem Gold zu den Philippinen zu segeln, dort ihre Ladung zu verkaufen und Gewürze sowie europäische Waren einzukaufen.

Dies passte sehr gut zu unseren Plänen, und so beschloss ich jetzt, wir sollten aufhören, Piraten zu sein, und uns in Kaufleute verwandeln. Wir teilten ihnen also mit, welche Waren wir an Bord hatten, und wenn sie ihre Kargadeure oder Kaufherren zu uns bringen wollten, seien wir bereit, einen Handel mit ihnen abzuschließen. Sie waren durchaus bereit, mit uns zu handeln, hatten aber große Angst, uns zu trauen, und das war auch keine unberechtigte Furcht, denn wir hatten sie ja schon dessen beraubt, was sie besaßen. Andererseits waren wir ebenso misstrauisch wie sie und sehr ungewiss, wie wir uns verhalten sollten, aber William, der Quäker, verhalf uns in der Sache zu einem Tauschhandel. Er suchte mich auf und erklärte mir, er sei wirklich der Meinung, die Kaufleute sähen aus wie unbescholtene, das heißt ehrliche Männer. »Und außerdem«, sagte William, »liegt es in ihrem Interesse, jetzt ehrlich zu sein, denn da sie wissen, durch welche Mittel wir die Waren erworben haben, die wir bei ihnen umsetzen wollen, wissen sie auch, dass wir uns ein billiges Angebot leisten können; außerdem erspart es ihnen einen Teil der Fahrt, und wenn sie den Handel mit uns abschließen, können sie, da der Südmonsun noch anhält, unverzüglich mit ihrer Ladung nach China zurückkehren.« Später erfuhren wir freilich, dass sie nach Japan zu fahren gedachten, aber das war gleichgültig, denn jedenfalls kürzten sie ihre Seereise auf diese Weise um mindestens acht Monate ab. Aus diesen Erwägungen, sagte William, sei er überzeugt, wir könnten ihnen vertrauen, »denn«, so erklärte er, »ich bin eher geneigt, einem Menschen zu trauen, dessen Interessen ihn daran binden, sich mir gegenüber rechtschaffen zu verhalten, als einem, den seine Prinzipien binden«. William schlug alles in allem vor, dass zwei der Kaufleute als Geiseln an Bord unseres Schiffs bleiben, wir einen Teil unserer Waren auf ihr Fahrzeug umladen und den dritten damit in den Hafen fahren lassen sollten, in dem ihr Schiff lag, und wenn er die Gewürze dort abgeliefert hatte, sollte er im Austausch dafür die Waren zurückbringen, auf die wir uns geeinigt hatten. Demgemäß schlossen wir unser Abkommen, und William, der Quäker, unternahm das Wagnis, mit ihren Leuten zu fahren, was ich, auf mein Wort, nicht gern getan hätte, und ich wollte auch nicht zulassen, dass er es tat, aber er fuhr in der Überzeugung, es liege in ihrem Interesse, ihn freundschaftlich zu behandeln.

Inzwischen gingen wir vor einer kleinen Insel auf der Breite von dreiundzwanzig Grad achtundzwanzig Minuten vor Anker, unmittelbar unter dem nördlichen Wendekreis und etwa zwanzig Meilen weit von der Insel entfernt. Hier lagen wir dreizehn Tage und begannen uns schon sehr um meinen Freund William zu sorgen, denn sie hatten versprochen, nach vier Tagen zurückzukehren, was sie ohne Schwierigkeiten hätten tun können. Am Ende des dreizehnten Tages aber sahen wir drei Segel direkt auf uns zukommen, was uns zuerst alle ein wenig überraschte, denn wir wussten nicht, worum es sich handelte, und machten uns schon verteidigungsbereit; als sie aber näher kamen, beruhigten wir uns, denn das erste Schiff war das, in dem uns William verlassen hatte, und es führte eine Parlamentärflagge. Nach ein paar Stunden gingen alle drei Fahrzeuge vor Anker, und William kam mit einem kleinen Boot zu uns, begleitet von dem chinesischen Händler, der eine Art Mittelsmann für die Übrigen zu sein schien.

Nun berichtete er, wie höflich man ihn aufgenommen habe; er sei mit aller erdenklicher Offenheit und Ehrlichkeit behandelt worden, man habe ihm dort für seine Gewürze und die anderen Waren, die er geladen hatte, nicht nur den vollen gut gewogenen Wert in Gold ausgezahlt, sondern auch das Schiff von Neuem mit Waren beladen, von denen er wusste, dass wir sie im Austausch annehmen würden. Danach hätten die Leute beschlossen, das große Schiff aus dem Hafen herauszubringen und es in unserer Nähe vor Anker gehen zu lassen, sodass wir nach unserem Belieben Geschäfte mit ihnen abschließen konnten. William sagte jedoch, er habe in unserem Namen versprochen, dass wir keinerlei Gewalt gegen sie anwenden und auch keins ihrer Schiffe zurückhalten würden, nachdem wir mit ihnen Handel getrieben hatten. Ich erklärte ihm, wir wollten versuchen, sie in ihrer Höflichkeit noch zu übertreffen, und jede Einzelheit seines Abkommens einhalten. Zum Zeichen hierfür ließ ich gleichfalls eine weiße Flagge auf der Poop unseres großen Schiffs hissen – das verabredete Signal.

Was das dritte Fahrzeug betraf, das mit ihnen gekommen war, so handelte es sich dabei um eine Art landesübliche Barke, deren Besitzer von unserer Absicht, Handel zu treiben, erfahren hatten und gekommen waren, um mit uns Geschäfte abzuschließen. Sie brachten eine große Menge Gold und einige Vorräte mit, worüber wir zu dem Zeitpunkt sehr froh waren.

Kurz, wir trieben auf hoher See Handel mit diesen Leuten und machten tatsächlich ein sehr gutes Geschäft, obgleich wir ihnen billige »Diebespreise« zugestanden. Wir verkauften hier ungefähr sechzig Tonnen Gewürze, zumeist Nelken und Muskatnüsse, und dazu über zweihundert Ballen europäische Waren, wie Leinen und Wollstoffe. Wir dachten, wir hätten vielleicht selbst Bedarf an diesen Dingen, und behielten deshalb eine beträchtliche Menge englischer Stoffe, wie Tuch, Flanell und dergleichen mehr, für uns selbst. Ich will nicht den knapp bemessenen Raum, der mir hier noch bleibt, dazu verwenden, weitere Einzelheiten unseres Handels aufzuzählen; es genügt, wenn ich erwähne, dass wir außer einem Posten Tee und zwölf Ballen gewirkter chinesischer Seide im Austausch für unsere Waren nichts als nur Gold annahmen, sodass die Summe, die wir hier in dieser funkelnden Materie erhielten, über fünfzigtausend reichlich gewogene Unzen betrug.

Nachdem wir unseren Tauschhandel beendet hatten, ließen wir die Geiseln frei und übergaben den drei Kaufleuten etwa zwölf Zentner Muskatnüsse und ebenso viel Nelken, zusammen mit einem ansehnlichen persönlichen Geschenk von europäischem Leinen und Wollstoffen als Entschädigung für das, was wir ihnen abgenommen hatten, und so schickten wir sie äußerst befriedigt von dannen.

Hier nun berichtete mir William, er habe bei seinem Aufenthalt an Bord des japanischen Schiffs eine Art Mönch oder japanischen Priester kennengelernt, der einige Worte Englisch mit ihm gesprochen hatte, und da William ihn sehr neugierig fragte, wie es komme, dass er diese Worte gelernt habe, erzählte er ihm, in seinem Lande lebten dreizehn Engländer. Er nannte sie ganz deutlich artikuliert Engländer, denn er hatte sehr häufig und ungehindert mit ihnen gesprochen. Er sagte, sie allein seien von zweiunddreißig Mann übrig geblieben und hätten an der Nordseite Japans das Land erreicht, nachdem sie in einer Sturmnacht gegen ein großes Felsenriff getrieben und schiffbrüchig geworden waren; die Übrigen seien ertrunken. Er habe den König seines Landes dazu bewogen, Boote zu dem Felsen oder der Insel zu schicken, wo das Schiff gescheitert war, um die überlebenden Leute zu retten und an Land zu bringen, und so sei es geschehen. Die Einheimischen behandelten sie sehr freundlich, bauten ihnen Häuser und gaben ihnen Land, damit sie Ackerbau trieben, um sich mit Nahrung zu versorgen; dort lebten sie unter sich.

Er sagte, er sei häufig bei ihnen gewesen, um sie zu bekehren, seinen Gott anzubeten (einen von ihnen selbst hergestellten Götzen, nehme ich an), dies lehnten sie jedoch undankbarerweise ab, so sagte er; deshalb habe der König ein- oder zweimal befohlen, sie alle zu töten; er habe ihn jedoch überredet, sie zu verschonen und auf ihre Weise leben zu lassen, solange sie sich ruhig und friedlich verhielten und nicht herumgingen, um andere vom Landeskult abzubringen.

Ich fragte William, warum er sich nicht erkundigt habe, woher sie gekommen seien. »Das habe ich getan«, antwortete William, »denn es musste mir ja seltsam vorkommen, ihn von Engländern an der Nordseite Japans sprechen zu hören«, sagte er. »Nun«, erwiderte ich, »welche Erklärung hat er Euch dafür gegeben?« – »Eine Erklärung«, sagte William, »die dich überraschen wird und auch nach dir alle Menschen auf der Welt, die davon hören, und eine, die mich wünschen lässt, dass du nach Japan fährst und sie ausfindig machst.« – »Was meint Ihr?«, fragte ich, »woher können sie denn gekommen sein?« – »Nun«, sagte William, »er zog ein kleines Buch aus der Tasche, und darin lag ein Stück Papier, auf dem von der Hand eines Engländers und in deutlichem Englisch Folgendes geschrieben stand – und ich habe es selbst gelesen«, fügte William hinzu: »Wir sind von Grönland und vom Nordpol gekommen.«

Dies erstaunte uns freilich alle sehr und am meisten die Seeleute unter uns, die etwas über die zahllosen Versuche wussten, die sowohl die Engländer als auch die Holländer von Europa aus unternommen hatten, um auf diesem Weg eine Passage in jene Teile der Welt zu entdecken; und da William ernsthaft in mich drang, nach Norden zu segeln und jene armen Leute zu retten, begann auch die Schiffsmannschaft zu dieser Ansicht zu neigen, und wir kamen, kurz gesagt, zu folgendem Beschluss: Wir wollten die Küste von Formosa anlaufen, um den Priester wiederaufzufinden, und uns Näheres von ihm berichten lassen. Dementsprechend fuhr die Schaluppe hinüber; als sie aber dort anlangte, waren die Schiffe leider schon ausgelaufen. Das bereitete unserer Suche nach ihnen ein Ende und brachte die Menschheit vielleicht um eine der ruhmvollsten Entdeckungen zum Wohle der gesamten Welt, die jemals gemacht wurden oder die man noch machen wird; dies aber möge hier genügen.

William war sehr beunruhigt darüber, dass uns diese Gelegenheit entgangen war, und er drängte uns allen Ernstes, nach Japan zu segeln und diese Leute zu suchen. Er erklärte uns, sogar dann, wenn weiter nichts dabei herauskäme, als dass wir dreizehn arme, ehrliche Menschen aus einer Gefangenschaft retteten, aus der sie sonst niemals befreit würden und in der sie das barbarische Volk vielleicht früher oder später zur Verteidigung seines Götzendienstes ermorden mochte, auch dann also würde es sich für uns lohnen und in gewissem Maße das Unheil wettmachen, das wir in der Welt angerichtet hatten. Wir aber, die wir uns um das von uns angerichtete Unheil nicht scherten, sorgten uns noch weniger um irgendeine Wiedergutmachung, und so musste er feststellen, dass solche Argumente wenig Gewicht bei uns hatten. Danach lag er uns ernsthaft auf der Seele, wir sollten ihm die Schaluppe überlassen, damit er allein dorthin fahren konnte, und ich erklärte ihm, ich hätte nichts dagegen einzuwenden; als er aber zu der Schaluppe kam, war keiner der Männer bereit, mit ihm zu fahren, denn die Sachlage war klar: Alle hatten einen Anteil sowohl an der Ladung des großen Schiffs als auch an der der Schaluppe, und der Wert dieser Ladung war so erheblich, dass sie sie keineswegs verlassen wollten, und so war der arme William zu seinem Kummer gezwungen, seine Absicht aufzugeben. Was aus diesen dreizehn Leuten geworden ist oder ob sie noch immer dort leben, vermag ich nicht zu sagen.

Wir waren jetzt am Ende unserer Fahrt; das, was wir erbeutet hatten, war so beträchtlich, dass es nicht nur genügte, sogar das habgierigste und ehrgeizigste Gemüt der Welt zu befriedigen, sondern es befriedigte tatsächlich auch uns, und unsere Leute erklärten, mehr begehrten sie nicht. Bei dem nächsten Beschluss ging es also um die Heimfahrt und darum, auf welchem Weg wir die Reise unternehmen wollten, damit uns die Holländer nicht in der Sundastraße angriffen.

Wir hatten uns hier ziemlich gut mit Vorräten versorgt, und da jetzt die Rückkehr des Monsuns bevorstand, entschlossen wir uns, südwärts zu steuern und nicht nur außerhalb der Philippinen, das heißt östlich von ihnen zu segeln, sondern auch weiterhin Kurs auf Süd zu halten und zu versuchen, die Molukken, die Gewürzinseln und dann sogar auch Neuguinea und Neuholland hinter uns zu lassen, in wechselnde Winde zu gelangen und südlich des Wendekreises des Steinbocks nach Westen und über den großen Indischen Ozean zu segeln.

Dies schien tatsächlich auf den ersten Blick eine ungeheuer lange Reise zu sein, bei der wir Gefahr liefen, dass uns die Vorräte knapp würden. William erklärte uns mit allen Einzelheiten, wir seien unmöglich in der Lage, ausreichend Proviant für eine solche Fahrt mitzunehmen, vor allem nicht genügend Trinkwasser, und da es unterwegs kein Land gebe, das wir anlaufen könnten, um Vorräte an Bord zu nehmen, sei es Wahnsinn, die Reise zu wagen.

Ich machte mich jedoch anheischig, diesem Übel abzuhelfen, und redete deshalb den anderen zu, sich darüber keine Sorgen zu machen, denn ich wusste, dass wir uns in Mindanao, der südlichsten Insel der Philippinen, versorgen konnten.

Wir gingen also am 28. September unter Segel, nachdem wir hier alle Vorräte übernommen hatten, die wir zu erhalten vermochten. Der Wind sprang von Nordnordwest ein wenig nach Nordost zu Ost um, später aber wurde er zwischen Nordost und Ostnordost beständig. Wir brauchten neun Wochen für diese Fahrt, denn mehrmals zwang uns das Wetter, sie zu unterbrechen, und wir liefen bei sechzehn Grad zwölf Minuten eine kleine Insel an, in deren Windschutz wir lagen und von der wir nie erfuhren, wie sie hieß; sie war auf keiner unserer Seekarten zu finden. Hier also gingen wir wegen eines gewaltigen Orkans oder Wirbelsturms, der uns in große Gefahr brachte, vor Anker. Wir lagen dort etwa sechzehn Tage lang, während der Wind sehr stürmisch und das Wetter ungewiss war. An Land vermochten wir uns jedoch mit einigen Vorräten, wie Gemüsepflanzen, Wurzelgemüse und ein paar Schweinen, zu versorgen. Wir vermuteten, dass es auf der Insel Einwohner gab, sahen jedoch keine.

Nachdem sich das Wetter wieder beruhigt hatte, segelten wir von dort weiter und gelangten zum südlichsten Teil von Mindanao, wo wir Trinkwasser und ein paar Kühe an Bord nahmen; das Klima war jedoch so heiß, dass wir nicht versuchten, mehr Fleisch einzusalzen, als sich vierzehn Tage oder drei Wochen halten würde. Dann steuerten wir nach Süden, überquerten den Äquator, Gilolo blieb an Steuerbord, und wir fuhren entlang der Küste des Landes, das Neuguinea genannt wird und wo wir bei acht Grad südlicher Breite wieder anlegten, um uns mit Lebensmitteln und Wasser zu versorgen. Dort stießen wir auf Einwohner, die jedoch vor uns flohen und gänzlich ungesellig waren. Von da aus hielten wir Kurs auf Süden und ließen alles hinter uns, was auf unseren

Tabellen und Seekarten verzeichnet war; wir segelten weiter, bis wir zur Breite von siebzehn Grad gelangten, wobei der Wind noch immer von Nordost wehte.

Hier sahen wir Land im Westen, und nachdem wir es drei Tage lang in Sicht behalten hatten, während wir in etwa vier Seemeilen Entfernung entlang der Küste segelten, begannen wir zu fürchten, dass wir keine Durchfahrt nach Westen finden und deshalb gezwungen sein würden, wieder umzukehren und schließlich die Molukken anzulaufen; schließlich aber stellten wir fest, dass das Land endete und die Küste zum Westmeer hin verlief; nach Süden und Südwesten schien offenes Meer zu liegen, und von Süden kamen riesige Wogen angerollt, die uns zu verstehen gaben, dass dort weithin kein Land zu finden war.

Mit einem Wort, wir hielten auch weiterhin Kurs auf Süd, ein wenig westwärts, bis wir den südlichen Wendekreis überquert hatten, und dort fanden wir wechselnde Winde. Jetzt steuerten wir geradenwegs nach Westen und behielten diesen Kurs etwa zwanzig Tage lang bei; da entdeckten wir Land, unmittelbar vor uns und backbord voraus. Wir hielten direkt auf die Küste zu, denn wir wollten jetzt jede Gelegenheit wahrnehmen, uns mit frischem Proviant und Wasser zu versorgen, da wir wussten, dass wir nun den riesigen, unbekannten Indischen Ozean befahren mussten, der vielleicht das größte Weltmeer ist, denn seine Wasser erstrecken. sich, von nur wenigen Inseln unterbrochen, um den ganzen Erdball.

Wir fanden hier eine gute Reede und am Ufer einige Menschen; als wir aber landeten, flohen sie landeinwärts und wollten in keiner Weise Verbindung mit uns aufnehmen oder in unsere Nähe kommen, vielmehr schossen sie mehrmals Pfeile auf uns ab, die so lang waren wie Lanzen. Wir hissten weiße Fahnen als Friedenszeichen, aber entweder konnten sie es nicht verstehen, oder sie wollten nicht; im Gegenteil, sie durchbohrten unsere Parlamentärflagge mehrfach mit ihren Pfeilen, und so gelangten wir, mit einem Wort, niemals in ihre Nähe.

Wir fanden hier gutes Trinkwasser, wenn es auch einigermaßen schwierig zu erhalten war; lebende Tiere aber konnten wir keine sehen, denn falls die Leute Rindvieh hatten, trieben sie es fort und zeigten uns nichts als nur sich selbst, und das zuweilen in drohender Haltung und in so beträchtlicher Anzahl, dass es uns vermuten ließ, die Insel sei größer, als wir zuerst angenommen hatten. Freilich kamen sie nicht, zumindest nicht offen sichtbar, nahe genug zu uns heran, dass wir uns mit ihnen hätten einlassen können, doch aber nahe genug, damit wir sie sehen und mithilfe unserer Ferngläser feststellen konnten, dass sie bekleidet und bewaffnet waren; ihre Kleidung bedeckte jedoch nur den unteren und den mittleren Teil ihres Körpers; sie hielten lange Lanzen, kurze Spieße sowie Bogen und Pfeile in den Händen und trugen etwas Großes, Hohes auf dem Kopf, das, wie wir glaubten, aus Federn hergestellt war und ähnlich aussah wie unsere Grenadiermützen in England.

Als wir sahen, dass sie zu scheu waren, sich in unsere Nähe zu wagen, begannen unsere Leute über die Insel auszuschwärmen, falls es eine war (denn wir gelangten nie ringsherum), um nach Vieh und, auf der Suche nach Früchten und Gemüse, nach einigen einheimischen Pflanzungen Ausschau zu halten, aber sie stellten zu ihrem Schaden bald fest, dass sie mehr Vorsicht walten lassen und jeden Busch und jeden Baum sorgfältig auskundschaften mussten, bevor sie sich aufs offene Feld wagten, denn etwa vierzehn unserer Leute, die weiter vordrangen als die Übrigen, betraten ein Gebiet, das bepflanzt zu sein schien, wie sie glaubten, aber es schien nur so, und ich denke, es war mit dem Rohr bewachsen, aus dem wir unsere Rohrstühle herstellen. Sie wagten sich also zu weit und wurden plötzlich von fast allen Seiten, so kam es ihnen vor, aus den Baumwipfeln mit Pfeilen überschüttet.

Ihnen blieb nichts weiter übrig, als zu fliehen, wozu sie sich jedoch nicht entschließen konnten, bis fünf von ihnen verwundet waren, und sie wären auch nicht entkommen, wenn nicht einer von ihnen klüger gewesen wäre oder mehr nachgedacht hätte als die Übrigen, indem er sich sagte, sie könnten zwar die Feinde nicht sehen und sie daher mit Schüssen nicht treffen, vielleicht aber werde der Knall ihrer Flinten sie erschrecken, und sie sollten sie deshalb einfach aufs Geratewohl abfeuern. Dementsprechend wandten sich zehn von ihnen um und schossen blindlings überallhin ins Rohr.

Der Knall und das Feuer jagten den Feinden nicht nur Schrecken ein, sondern anscheinend hatten ihre Schüsse auch zufällig einige getroffen, denn sie stellten nicht nur fest, dass die Pfeile, die zuvor in dichter Menge unter sie geflogen waren, ausblieben, sondern hörten die Eingeborenen auch auf ihre Weise einander zubrüllen und ein seltsames Geschrei von sich geben, rauer und auf unnachahmliche Weise merkwürdiger, als sie je eins gehört hatten – eher wie das Bellen und Heulen wilder Tiere im Wald als von Menschenstimmen hervorgebracht, nur schienen sie manchmal Worte zu rufen.

Sie beobachteten auch, dass dieser von den Eingeborenen verursachte Lärm sich mehr und mehr entfernte, und so waren sie überzeugt, dass die Feinde sich auf der Flucht befanden, außer auf einer Seite, von wo sie ein jämmerliches Stöhnen und Heulen vernahmen, das eine Weile anhielt. Sie vermuteten, dass es von Verletzten stammte, die wegen ihrer Wunden jammerten, oder von anderen, die Tote beklagten. Unsere Leute hatten aber genug von Entdeckungen und machten sich nicht die Mühe, die Sache näher in Augenschein zu nehmen, sondern beschlossen, die Gelegenheit zum Rückzug zu ergreifen. Der schlimmste Teil ihres Abenteuers sollte jedoch noch folgen, denn auf ihrem Rückweg kamen sie an einem riesigen alten Baum vorbei, dessen Art ihnen unbekannt war, wie sie sagten; er stand jedoch da wie eine uralte, morsche Eiche in einem Park, auf der die Wildhüter auf einem Hochstand, wie sie es nennen, sitzen, um Wild zu erlegen, und befand sich unmittelbar vor der steilen Seite eines hohen Felsens oder Hügels, sodass unsere Leute nicht zu sehen vermochten, was sich dahinter befand.

Als sie an diesem Baum vorbeikamen, wurden sie plötzlich aus seinem Wipfel mit sieben Pfeilen und drei Lanzen beschossen, die zu unserem großen Kummer zwei unserer Leute töteten und drei weitere verwundeten. Dies bestürzte sie umso mehr, als sie, ohne jeden Schutz und so nahe bei den Bäumen, jeden Augenblick erwarteten, dass weitere Lanzen und Pfeile geflogen kämen, und auch die Flucht konnte ihnen nicht helfen, denn anscheinend waren die Eingeborenen ausgezeichnete Schützen. In dieser Not hatten sie glücklicherweise genügend Geistesgegenwart, dicht an den Baum heranzulaufen und sozusagen unter seinem Schirm stehen zu bleiben, sodass die oben sie nicht erreichen, sie auch nicht sehen und daher ihre Lanzen nicht nach ihnen werfen konnten. Dies gelang und gab ihnen Zeit zu überlegen, was sie tun sollten. Sie wussten, dass ihre Feinde und Mörder sich über ihnen befanden, sie hörten sie sprechen, und jene wussten, dass sie sich hier unten aufhielten; die unten aber waren gezwungen, sich versteckt zu halten, aus Furcht vor den Lanzen von oben. Endlich glaubte einer unserer Leute, der ein bisschen schärfer Ausschau hielt als die Übrigen, dicht über einem abgestorbenen Ast den Kopf eines der Eingeborenen zu sehen; der Kerl saß anscheinend auf dem Ast. Unser Mann gab sogleich einen Schuss ab und zielte so gut, dass die Kugel den Burschen in den Kopf traf; er stürzte sofort aus dem Baum herunter und schlug infolge der Höhe, aus der er gefallen war, mit einer solchen Gewalt auf den Boden auf, dass ihn ganz gewiss der Aufprall seines Körpers auf der Erde getötet hätte, wäre nicht schon der Schuss tödlich gewesen.

Dies erschreckte seine Gefährten so, dass unsere Leute neben dem Geheul, das die auf dem Baum von sich gaben, auch hörten, dass sie im Stamm des Baums ein seltsames Geräusch verursachten, und daraus schlossen sie, dass sie diesen ausgehöhlt und sich jetzt darin versteckt hatten. Wenn dem so war, dann befanden sie sich vor unseren Leuten in ausreichender Sicherheit, denn es war ganz unmöglich, dass einer unserer Männer von außen auf den Baum stieg, der keine Äste hatte, an denen man hinaufklettern konnte; mehrmals versuchten sie ohne Erfolg, in den Stamm hineinzuschießen, denn er war so dick, dass keine Kugel einzudringen vermochte. Sie zweifelten aber nicht daran, dass sie ihre Feinde in einer Falle hätten und eine kurze Belagerung sie entweder mitsamt dem Baum herunterbringen oder aber sie aushungern müsste, und so beschlossen sie, auf ihrem Posten zu bleiben und uns zu benachrichtigen, damit wir ihnen Hilfe schickten. Demgemäß kamen zwei der Leute von dort zu uns, um Verstärkung zu holen; sie äußerten vor allem den Wunsch, dass ein paar von unseren Zimmerleuten mit ihrem Werkzeug kommen sollten, um ihnen zu helfen, den Baum zu fällen oder zumindest anderes Holz zu schlagen und Feuer an ihn zu legen; sie schlossen, das müsse die Kerle bestimmt herausbringen.

So zogen unsere Leute also wie eine kleine Armee aus, unter gewaltigen Vorbereitungen für ein Unternehmen, wie es die Welt wohl noch nicht gehört hat, nämlich um einen großen Baum zu belagern. Als sie jedoch dort anlangten, fanden sie die Aufgabe recht schwierig, denn der alte Stamm war tatsächlich außerordentlich dick und sehr hoch, mindestens zweiundzwanzig Fuß hoch, mit sieben alten Ästen, die von seiner Spitze nach allen Seiten hin ragten, aber morsch waren und nur noch wenig oder überhaupt keine Blätter mehr trugen.

William, der Quäker, dessen Neugier ihn veranlasste, sich zu den anderen zu begeben, schlug vor, sie sollten eine Leiter bauen, auf den Baum steigen und dann griechisches Feuer in den Stamm werfen und die Insassen ausräuchern. Andere schlugen vor, zum

Schiff zurückzukehren und eine große Kanone von Bord zu holen, die mit ihren eisernen Kugeln den Baum in Stücke schießen könnte. Wieder andere, sie sollten eine große Menge Holz schlagen, es rings um den Stamm häufen und anzünden, damit er samt den Eingeborenen verbrannte.

Diese Überlegungen hielten unsere Leute zwei, drei Tage auf, und während der ganzen Zeit hörten sie nichts von der in der hölzernen Festung vermuteten Garnison, noch auch irgendein Geräusch darin. Zuerst machten sie sich an die Verwirklichung von Williams Plan und stellten eine lange, starke Leiter her, um diesen hölzernen Turm zu erklettern; nach zwei bis drei Stunden Arbeit stand sie bereit, ihnen zum Hinaufsteigen zu dienen, als sie plötzlich wieder das Geräusch hörten, das die Eingeborenen im Innern des Stamms verursachten; kurz darauf erschienen einige oben auf dem Baum und warfen ein paar Lanzen hinunter nach unseren Männern. Eine davon traf einen unserer Matrosen an der Schulter und hinterließ eine so furchtbare Wunde, dass die Schiffsärzte große Mühe hatten, ihn zu heilen, und der arme Mensch so entsetzliche Schmerzen erlitt, dass wir alle sagten, es wäre besser gewesen, wenn sie ihn gleich getötet hätten. Schließlich aber heilte die Wunde; er konnte seinen Arm jedoch nie mehr richtig gebrauchen, denn die Lanze hatte oben an der Schulter einige Sehnen durchtrennt, die, so nehme ich an, zuvor dazu gedient hatten, das Glied in Bewegung zu setzen, und der bedauernswerte Mann blieb sein Lebtag ein Krüppel. Um aber wieder auf die verzweifelten Schurken oben auf dem Baum zu kommen, so schossen unsere Leute nach ihnen, konnten jedoch nicht feststellen, dass sie sie oder auch nur einen von ihnen getroffen hatten; sobald sie aber Feuer auf sie abgaben, hörten sie, dass die Burschen sich wieder hinunter in den Stamm verkrochen, und dort befanden sie sich natürlich in Sicherheit.

Dies aber ließ uns Williams Plan mit der Leiter aufgeben, denn wer hätte sich wohl hinauf und unter solch einen Trupp verwegener Kerle wie die dort oben gewagt, denen ihre Lage, so nahmen wir an, den Mut der Verzweiflung eingab? Und da immer nur ein Mann auf einmal hätte hinaufsteigen können, kamen unsere Leute zu der Überzeugung, das Unternehmen sei nicht durchführbar, und ich war der Meinung (denn inzwischen war ich herbeigekommen, um ihnen zu helfen), dass es sinnlos wäre, die Leiter hinaufzusteigen, wenn es nicht so geschähe, dass ein Mann sozusagen bis zur Spitze hinaufrannte, etwas Feuerwerk in den Baum warf und dann wieder herunterkam, und dies taten wir zwei- oder dreimal, stellten jedoch keine Wirkung fest. Schließlich fertigte einer unserer Geschützmeister einen Stinktopf an, wie wir ihn nannten, in einer Zusammenstellung, die nur Rauch, aber keine Flamme erzeugt und nicht verbrennt, deren Rauch aber so dicht ist und deren Geruch so unerträgliche Übelkeit erweckt, dass man ihn nicht aushalten kann. Den warf er selbst in den Stamm, und wir warteten auf die Wirkung, aber während der ganzen Nacht hörten und sahen wir nichts, und am nächsten Tag auch nicht; so schlossen wir, die Leute drinnen seien wohl alle erstickt – da hörten wir sie in der folgenden Nacht wieder oben auf dem Baum wie die Verrückten brüllen und schreien. Wir schlussfolgerten daraus, wie es gewiss ein jeder getan hätte, dass dies dazu dienen sollte, Hilfe herbeizuholen, und wir beschlossen, unsere Belagerung fortzusetzen, denn wir waren alle erbost, uns von ein paar Wilden genasführt zu sehen, von denen wir glaubten, wir hätten sie fest in unseren Klauen, und tatsächlich hatte es auch in keinem Fall, der uns zuvor begegnet war, so viele miteinander verbundene Umstände gegeben, die zu einer Täuschung führten. Wir beschlossen jedoch, in der nächsten Nacht einen zweiten Stinktopf hineinzuwerfen, den unser Feuerwerker und Geschützmeister fertig hatte; da hörte ich den Feind oben auf dem Baum und auch innerhalb des Stamms und war deshalb nicht gewillt, den Geschützmeister die Leiter hinaufsteigen zu lassen, denn dann würden sie ihn mit Gewissheit ermorden, so sagte ich. Er dachte sich jedoch ein Mittel aus, um den Plan doch auszuführen, nämlich mit einer langen Stange in der Hand ein paar Stufen hinaufzusteigen und den Stinktopf von oben in den Stamm zu werfen. Während dieser ganzen Zeit hatte die Leiter am Baum gelehnt, als aber der Geschützmeister zusammen mit drei anderen Leuten, die ihm helfen sollten, und mit dem an einer Stange befestigten Topf zum Baum kam, siehe, da war die Leiter verschwunden.

Dies brachte uns völlig durcheinander, und wir kamen zu dem Schluss, dass die Eingeborenen im Baum unsere Unachtsamkeit ausgenützt hatten, die Leiter hinabgestiegen und entkommen waren, wobei sie diese mit sich geschleppt hatten. Ich lachte meinen Freund William herzlich aus, der, wie ich sagte, den Oberbefehl über die Belagerung übernommen und für die Garnison, wie wir sie nannten, eine Leiter aufgestellt hatte, damit sie herunterkommen und davonlaufen konnten. Als aber das Tageslicht anbrach, wurden wir alle eines Besseren belehrt, denn dort stand unsere Leiter, auf den Baum gehievt, und steckte bis etwa zur Hälfte in dem hohlen Stamm, während die andere Hälfte in die Luft ragte. Jetzt machten wir uns über die Eingeborenen lustig und hielten sie für Narren, weil sie nicht den Weg über die Leiter genommen hatten, um zu entkommen, sondern sie unter Anspannung aller Kräfte auf den Baum hinaufgezogen hatten.

Um die Sache ein für alle Mal zu beenden, entschlossen wir uns nun dazu, ein Feuer anzuzünden und den Baum mitsamt den Insassen abzubrennen. Also machten wir uns an die Arbeit, hackten Holz und hatten nach ein paar Stunden genügend beisammen, wie wir dachten. Nachdem wir es rings um den Baum aufgeschichtet hatten, zündeten wir es an und warteten in einiger Entfernung darauf, dass die Herrschaften, nachdem ihnen ihr Quartier zu heiß geworden war, oben herausflohen. Wir waren aber völlig verblüfft, als wir sahen, dass das Feuer plötzlich durch eine große Menge daraufgeschütteten Wassers gelöscht wurde. Nun dachten wir, sie müssen mit dem Teufel im Bunde sein. William erklärte: »Das ist sicher das verschlagenste Stück Eingeborenentechnik, von dem man je gehört hat, und nun gibt es nur noch eine Erklärung, neben der, dass sie hexen könnten und sich mit dem Teufel eingelassen hätten, wovon ich kein Wort glaube«, sagte er, »nämlich dass dies hier ein künstlicher Baum ist oder ein natürlicher, den sie bis in die Erde hinunter, durch die Wurzeln hindurch künstlich ausgehöhlt haben, und dass diese Kerle eine künstliche Höhle darunter gebaut haben, die bis in den Hügel führt, oder einen Gang, durch den sie unter dem Hügel hindurch an irgendeine andere Stelle gelangen können – wo die ist, wissen wir nicht, aber wenn mich nicht unser eigenes Missgeschick daran hindert, werde ich diese Stelle finden und sie dort aufsuchen, bevor ich zwei Tage älter bin.« Nun rief er die Zimmerleute und fragte, ob sie irgendwelche Sägen hätten, die groß genug waren, um den Stamm damit durchzusägen. Sie antworteten ihm, sie besäßen keine Sägen, die lang genug dazu seien, und man könne sich auch dann nicht in einen so riesigen alten Stamm hineinarbeiten, wenn man viel Zeit darauf verwendete, sie wollten sich aber mit ihren Beilen daran begeben und sich verpflichten, ihn in zwei Tagen umzuhauen und in zwei weiteren die Wurzeln zu roden. William war jedoch für eine andere Methode, die sich als all dem überlegen erwies, denn er war für lautlose Arbeit, damit er möglichst ein paar von den Burschen darin fing. Er stellte also zwölf Mann mit großen Stangenbohrern an die Arbeit und ließ sie von der Seite her große Löcher in den Stamm bohren, die fast hindurchgingen, jedoch nicht ganz. Dies machte keinen Lärm, und als die Löcher fertig waren, füllte er alle mit Schießpulver und verstopfte sie mit starken Pfropfen, die er kreuzweise mit Bolzen befestigte; dann bohrte er jeweils ein schräges Loch von geringerem Umfang in das große hinunter, füllte die Bohrungen mit Pulver und brannte alle gleichzeitig an. Als sie Feuer fingen, gab es einen so lauten Knall, und der Baum wurde an so vielen Stellen auf eine solche Weise zum Bersten und Splittern gebracht, dass wir deutlich sahen: eine zweite Sprengung musste ihn zerstören, und so war es auch. Nach dem zweiten Male konnten wir auf diese Weise an zwei oder drei Stellen unsere Hände in den Stamm hineinstecken und entdeckten eine Täuschung, nämlich vom Grund des hohlen Baumes aus war ein Loch oder eine Höhle in die Erde gegraben worden, die mit einer anderen, weiter drinnen liegenden Höhle verbunden war; von dort hörten wir die Stimmen einiger Wilder, die sich etwas zuriefen und miteinander sprachen.

Als wir so weit gekommen waren, hatten wir große Lust, zu ihnen zu gelangen, und William wünschte, dass ich ihm drei Mann mitgeben sollte, die mit Handgranaten ausgerüstet waren; er versprach, als Erster hinunterzugehen, und tat dies auch voller Kühnheit, denn, alles, was recht ist, William hatte das Herz eines Löwen.

Sie hielten Pistolen in den Händen und hatten Säbel an der Seite, aber was sie den Eingeborenen zuvor mit ihren Stinktöpfen beigebracht hatten, zahlten diese ihnen jetzt in ihrer eigenen Münze heim, denn sie ließen so viel Rauch durch den Gang in die Höhle oder das Loch steigen, dass William und seine drei Leute froh waren, schleunigst wieder hoch- und auch aus dem Baumstamm herauskommen zu können, da es ihnen an Luft mangelte, und sie wären tatsächlich fast erstickt.

Nie wurde eine Festung besser verteidigt und ein Angreifer auf so vielfältige Weise zurückgeschlagen. Wir waren jetzt dafür, es aufzugeben, und ich selbst rief William, um ihm zu sagen, ich könne nur darüber lachen, wie wir hier unsere Zeit für nichts und wieder nichts vertrödelten; ich fände es unsinnig, was wir hier täten, und ganz gewiss seien die Schufte dort drinnen äußerst gerissen; es wäre zwar für jeden ärgerlich, sich von ein paar nackten, unwissenden Kerlen an der Nase herumführen zu lassen, trotzdem aber lohne es sich für uns nicht, die Sache noch weiter zu treiben, und ich sähe auch nicht, welchen Gewinn uns die Eroberung brächte, wenn sie gelänge; deshalb dächte ich, es sei höchste Zeit, das Unternehmen abzubrechen.

William gab zu, dass ich recht hatte und uns der Versuch nichts einbringen könne, als nur unsere Neugier zu befriedigen, und obwohl er der Sache sehr gern auf den Grund gegangen wäre, wollte er doch nicht darauf bestehen; deshalb beschlossen wir, Schluss zu machen und uns zu entfernen, und das taten wir. Bevor wir aber gingen, erklärte William, er wolle sich noch an den Eingeborenen rächen, indem er den Baum niederbrannte und den Eingang zur Höhle verschüttete. Während er damit beschäftigt war, sagte der Geschützmeister zu ihm, er wolle auch gern Rache an ihnen nehmen, nämlich eine Mine aus der Höhle machen und feststellen, nach welcher Seite sie losginge. Darauf holte er zwei Fässer Schießpulver vom Schiff, stellte sie in die Höhle, soweit er es wagte, sie hineinzutragen, verstopfte dann dort, wo der Baum stand, ihren Eingang und stampfte die Erde schön fest, wobei er nur ein Rohr oder Zündloch ließ; dann legte er Feuer und stellte sich in einige Entfernung, um zu sehen, nach welcher Richtung es wirkte. Da sah er plötzlich, wie sich die Explosion des Pulvers zwischen einigen Büschen auf der anderen Seite des schon erwähnten kleinen Hügels Luft machte und dort dröhnend wie aus einem Kanonenrohr hervorbrach. Wir rannten sogleich dorthin und sahen, was das Pulver angerichtet hatte.

Als Erstes stellten wir fest, dass sich hier der andere Eingang zur Höhle befand; das Pulver hatte ihn weit auseinandergesprengt und aufgerissen, und die lockere Erde war auf eine Weise eingefallen, dass man keine Form mehr unterscheiden konnte. Wir sahen dort aber, was aus der Garnison von Eingeborenen geworden war, die uns so viel zu schaffen gemacht hatte, denn einige hatten keine Arme, einige keine Beine, andere keinen Kopf mehr; ein paar von ihnen lagen halb begraben im Schutt der Mine – das heißt in der eingestürzten lockeren Erde; kurz, alle waren einem grässlichen Gemetzel erlegen, denn wir mussten annehmen, dass nicht einer von denen, die sich in der Höhle aufgehalten hatten, entkommen war, vielmehr hatte die Explosion alle aus dem Eingang hervorgeschleudert wie Kugeln aus einer Kanone.

Wir hatten jetzt volle Rache an den Eingeborenen genommen, aber alles in allem brachte die Reise Verluste mit sich, denn wir hatten zwei Tote, einen gänzlich Verkrüppelten und fünf weitere Verwundete; wir verbrauchten dort zwei Fass Schießpulver und vertaten elf Tage, und das Ganze nur, um herauszubekommen, wie man einen einheimischen Stollen macht oder eine Garnison in einem hohlen Baum hält; und mit diesem so teuer erkauften Wissen legten wir ab, nachdem wir Trinkwasser an Bord genommen, aber keine frischen Vorräte gefunden hatten.

Nun dachten wir nach, wie wir nach Madagaskar zurückgelangen könnten. Wir befanden uns etwa auf der Breite des Kaps der Guten Hoffnung, hatten aber eine so lange Fahrt vor uns und waren auch nicht sicher, günstige Winde oder unterwegs Land anzutreffen, dass wir nicht wussten, wie wir uns verhalten sollten. Auch hier war William wieder unsere letzte Zuflucht, und er redete sehr offen mit uns. »Freund«, sagte er zu mir, »welche Veranlassung hast du denn, dich der Gefahr des Verhungerns auszusetzen, nur um des Vergnügens willen, dass du sagen kannst, du seiest dort gewesen, wo noch niemand vor dir war? Es gibt sehr viele Orte, die nicht so weit von der Heimat entfernt sind, von denen du das Gleiche sagen könntest, ohne so große Kosten. Ich sehe keinen Grund dafür, dass du dich länger so weit im Süden aufhältst, als bis du sicher bist, dich westlich von Java und von Sumatra zu befinden; dann kannst du wieder nördlich steuern, mit Kurs auf Ceylon, die Coromandelküste und Madras, wo du sowohl Trinkwasser als auch frischen Proviant übernehmen kannst, und bis dorthin kommen wir wahrscheinlich recht gut mit den Vorräten aus, die wir schon haben.«

Dies war ein vernünftiger Rat, den man nicht auf die leichte Schulter nehmen konnte; so hielten wir Kurs auf West, immer zwischen einunddreißig und fünfunddreißig Grad südlicher Breite, und segelten etwa zehn Tage lang bei gutem Wetter und günstigem Wind, bis wir nach unserer Berechnung an den Inseln vorbei waren und Kurs auf Norden halten konnten, und wenn wir nicht nach Ceylon gelangten, dann doch zumindest in den großen, tiefen Golf von Bengalen.

Bei unseren Berechnungen war uns allerdings ein ziemlich großer Fehler unterlaufen, denn nachdem wir über fünfzehn oder sechzehn Breitengrade Kurs unmittelbar auf Norden gehalten hatten, sichteten wir steuerbord voraus in etwa drei Seemeilen Entfernung wieder Land. Wir gingen, ungefähr eine halbe Meile weit davon entfernt, vor Anker und bemannten unsere Boote, um festzustellen, wie dieses Land beschaffen war. Wir fanden es sehr angenehm, mit leicht erreichbarem Trinkwasser, jedoch ohne Vieh und ohne Einwohner, so weit wir zu sehen vermochten. Wir scheuten uns auch, sehr weit zu gehen, um nach ihnen zu suchen, damit wir nicht wieder so einen Ausflug machten wie das letzte Mal. Daher vermieden wir auszuschwärmen und entschlossen uns vielmehr zu nehmen, was wir finden konnten, und das waren nur ein paar wilde Mangofrüchte sowie einige Pflanzensorten, deren Namen wir nicht kannten.

Wir hielten uns hier nicht auf, sondern stachen wieder in See, mit Kurs auf Nordwest zu West, hatten aber vierzehn Tage lang nur wenig Wind und sichteten dann von Neuem Land. Als wir den Strand anliefen, stellten wir zu unserer Überraschung fest, dass wir uns an der Südküste von Java befanden, und als wir eben vor Anker gingen, sahen wir ein Boot mit holländischer Flagge längs der Küste segeln. Wir hatten keine Lust, mit den Insassen zu reden, noch mit irgendwelchen anderen Leuten ihrer Nation, überließen es aber unserer Mannschaft bei ihrem Landgang, ob sie mit den

Holländern zusammentreffen wollte oder nicht; unser Anliegen war, uns Proviant zu besorgen, der bei uns an Bord inzwischen wirklich sehr knapp geworden war.

Wir beschlossen, an der geeignetsten Stelle, die wir finden konnten, mit unseren Booten zu landen und einen guten Hafen für unser Schiff zu suchen, wobei wir es dem Schicksal überließen, ob wir auf Freunde oder auf Feinde stießen; wir beabsichtigten freilich, nicht lange zu bleiben, zumindest nicht lange genug, damit man quer über die Insel Eilboten nach Batavia schicken konnte, sodass von dort Schiffe kämen, um uns anzugreifen.

Wir fanden, unserem Wunsch entsprechend, einen sehr guten Hafen, wo wir in sieben Faden tiefem Wasser und wohlgeschützt vor dem Wetter lagen, was auch kommen mochte. Hier erhielten wir frischen Proviant, wie Schweine von guter Qualität und ein paar Kühe, und pökelten das Fleisch in Tonnen ein, so gut wir es bei acht Grad südlich des Äquators vermochten.

Wir erledigten all das in ungefähr fünf Tagen und füllten unsere Fässer mit Wasser; das letzte Boot kam gerade mit Kräutern und Wurzelgemüse, wir waren im Begriff, den Anker zu lichten und unser Vormarssegel loszumachen, damit es segelbereit war, da sichteten wir nördlich ein großes Schiff, das unmittelbar auf uns zuhielt. Wir wussten nicht, was es sein mochte, nahmen aber das Schlimmste an und beeilten uns, den Anker zu hieven und uns zum Auslaufen bereitzumachen, damit wir gerüstet waren, uns anzuhören, was es uns zu sagen hatte, denn um ein einzelnes Schiff machten wir uns keine großen Sorgen, fürchteten aber, dass uns drei oder vier auf einmal angreifen könnten.

Als wir unseren Anker in der Klüse hatten und das Boot verstaut war, befand sich das Schiff eine Seemeile weit von uns entfernt und hielt auf uns zu, um uns, wie wir glaubten, anzugreifen; so hissten wir unsere schwarze Flagge am Heck und die blutrote über dem Topp, und nachdem wir klar Schiff gemacht hatten, segelten wir in westlicher Richtung fort, um günstiger am Wind zu liegen als die anderen.

Anscheinend hatten sie uns zuvor völlig verkannt, da sie in diesen Gewässern weder einen Feind noch einen Seeräuber erwartet und nicht daran gezweifelt hatten, dass unser Schiff eins ihrer eigenen Fahrzeuge sei, und so gerieten sie wohl in ziemlich große Verwirrung. Als sie ihres Irrtums gewahr wurden, steuerten sie sogleich über den anderen Bug dicht am Wind und liefen allmählich auf die Küste zu, zum östlichsten Teil der Insel hin. Hierauf wendeten wir und verfolgten sie mit allen Segeln, die wir setzen konnten, und nach zwei Stunden waren wir fast in Kanonenschussweite von ihnen gelangt. Obgleich sie alle Segel beisetzten, die sie nur beisetzen konnten, blieb ihnen nichts weiter übrig, als sich mit uns einzulassen, und sie merkten bald, dass sie uns nicht gewachsen waren. Wir feuerten eine Kanone ab, um sie zum Beidrehen zu veranlassen, und sie bemannten daraufhin ihr Boot und schickten es mit einer Parlamentärfahne zu uns. Wir sandten das Boot zurück, jedoch mit der Antwort an den Kapitän, er habe keine andere Wahl, als die Flagge zu streichen, unter unserem Heck vor Anker zu gehen und selbst an Bord zu uns zu kommen. Dort werde er unsere Forderungen erfahren; da er uns jedoch noch nicht die Mühe gemacht habe, ihn zu zwingen, was wir ja offensichtlich tun könnten, so versicherten wir den Unterhändlern, werde der Kapitän mit allen seinen Leuten unversehrt zurückkehren, und wenn sie uns mit den Dingen versorgten, die wir forderten, wollten wir ihr Schiff nicht plündern. Sie fuhren mit dieser Botschaft zurück, und nachdem sie wieder an Bord waren, dauerte es noch eine Weile, bevor das Schiff die Flagge strich, weshalb wir schon glaubten, sie wollten sich weigern; so gaben wir einen Schuss ab, und nach ein paar weiteren Minuten sahen wir, wie ihr Boot ablegte. Sobald dies geschehen war, strich das Schiff die Flagge und ging, unseren Anweisungen entsprechend, vor Anker.

Als der Kapitän bei uns an Bord war, verlangten wir eine Aufstellung über die Ladung seines Schiffs, die hauptsächlich aus Ballen von Waren aus Bengalen für Bantam bestand. Wir erklärten ihm, was wir gegenwärtig brauchten, seien Vorräte, für die er und seine Leute keinen Bedarf hatten, da sie soeben am Ende ihrer Reise angekommen waren, und wenn sie ihr Boot zusammen mit dem unseren an Land schickten und uns sechsundzwanzig Stück Schwarzrindvieh, sechzig Schweine sowie eine gewisse Menge Branntwein und Arrak nebst dreihundert englischen Scheffeln Reis besorgten, wollten wir sie unbehindert fahren lassen.

Was den Reis betraf, so gaben sie uns sechshundert englische Scheffel, die sie tatsächlich an Bord hatten, zusammen mit einem Posten, den sie als Fracht mit sich führten. Sie übergaben uns auch dreißig mittelgroße Fässer mit ausgezeichnetem Arrak, Rind- und Schweinefleisch aber hatten sie keins. Sie gingen jedoch mit unseren Leuten an Land und kauften elf Ochsen und fünfzig Schweine ein, die nach unserem Bedarf eingepökelt wurden, und nachdem wir diese Vorräte von Land hatten, ließen wir sie und ihr Schiff frei.

Wir hatten dort mehrere Tage gelegen, bevor wir die bestellten Vorräte übernehmen konnten, und einige der Leute glaubten, die Holländer seien auf unsere Vernichtung bedacht; sie verhielten sich aber ganz ehrlich und taten, was sie konnten, um die Schwarzrinder zu liefern, fanden es jedoch unmöglich, so viele aufzutreiben. Deshalb kamen sie zu uns und berichteten uns freimütig, dass sie, wenn wir nicht noch eine Weile länger dort blieben, keine weiteren Ochsen oder Kühe besorgen könnten als nur die elf; mit diesen mussten wir uns begnügen und zogen vor, den Gegenwert der Übrigen in anderen Waren anzunehmen, anstatt noch länger dort zu liegen. Wir unsererseits hielten uns genau an die Bedingungen, die wir mit ihnen vereinbart hatten, und erlaubten keinem unserer Leute, auch nur ihr Schiff zu betreten, noch den ihren, zu uns an Bord zu kommen, denn wenn irgendwelche unserer Leute zu ihnen gegangen wären, dann hätte niemand für ihr Benehmen gutsagen können, ebenso wenig wie dann, wenn sie auf feindlichem Gebiet an Land gegangen wären.

Wir waren jetzt für unsere Reise mit Nahrungsmitteln versorgt, und da wir nicht auf Beute aus waren, hielten wir nunmehr auf die Küste von Ceylon zu, die wir anlaufen wollten, um wieder Trinkwasser und weiteren Proviant zu übernehmen; auf dieser Fahrt geschah nichts Erwähnenswertes, außer dass wir ungünstigen Wind hatten und über einen Monat unterwegs waren.

Wir liefen die Südküste der Insel an, in dem Wunsch, so wenig wie nur möglich mit den Holländern zu tun zu haben, und da diese, was den Handel angeht, die Herren des Landes sind, trifft dies umso mehr für die Küste zu, wo sie mehrere Festungen besitzen und insbesondere über den gesamten Zimt, die Handelsware der Insel, verfügen.

Wir nahmen hier Trinkwasser und einigen Proviant an Bord, gaben uns jedoch keine große Mühe, irgendwelche Vorräte anzulegen, denn unser Rind- und Schweinefleisch, das wir in Java erhalten hatten, war noch längst nicht aufgebraucht. Wir hatten an Land ein kleines Scharmützel mit einigen Inselbewohnern, da ein paar von unseren Leuten sich gegenüber den unansehnlichen Damen des Landes etwas zu vertraulich benahmen, denn unansehnlich waren sie wirklich, und zwar in einem solchen Maße, dass unsere Leute, hätten sie in dieser Hinsicht nicht so gute Mägen gehabt, wohl kaum eine von ihnen berührt hätten.

Ich vermochte unseren Leuten nie gänzlich zu entlocken, was sie angestellt hatten, denn sie hielten bei ihren gottlosen Taten fest zueinander, aber im Großen und Ganzen verstand ich, dass sie etwas Barbarisches getan hatten und fast teuer dafür bezahlt hätten, da die Männer so empört waren und in so großer Anzahl zusammenströmten und sie umringten, dass sie ihnen den Weg abgeschnitten hätten, wenn nicht sechzehn weitere von unseren

Leuten mit einem zweiten Boot gerade noch zur rechten Zeit gekommen wären und sie, die nur zu elft waren, gerettet und mit Gewalt fortgeholt hätten. Die Inselbewohner waren nicht weniger als zwei- oder dreihundert Mann, mit Dolchen und Lanzen ausgerüstet, den dort landesüblichen Waffen, die sie sehr geschickt warfen, so geschickt, dass es kaum zu glauben ist, und hätten sich ihnen unsere Leute zum Kampf gestellt, wovon einige in ihrer Kühnheit sprachen, dann wären sie alle überwältigt und getötet worden. Selbst so hatten siebzehn unserer Männer Wunden davongetragen, einige sogar sehr gefährliche. Aber ihre Angst war noch schlimmer als ihre Wunden, denn alle gaben sich verloren, weil sie glaubten, die Lanzen seien vergiftet. William jedoch war auch hierbei unser Trost, denn als zwei unserer Wundärzte der gleichen Meinung waren wie die Leute und ihnen törichterweise sagten, sie würden sterben, machte sich William unverdrossen an die Arbeit und heilte alle bis auf einen, der eher deshalb starb, weil er Arrakpunsch getrunken hatte, als infolge seiner Verwundung; das übermäßige Trinken hatte ein Fieber bei ihm hervorgerufen.

Wir hatten genug von Ceylon, wenn einige unserer Leute auch dafür waren, wieder an Land zu gehen, sechzig oder siebzig Mann auf einmal, um sich zu rächen; William brachte sie jedoch davon ab, und sein Ansehen bei den Leuten, wie auch bei uns Offizieren, war so groß, dass er sie leichter beeinflussen konnte als irgendeiner von uns.

Sie waren auf ihre Rache sehr erpicht und wollten zur Küste rudern, um fünfhundert Einheimische zu vernichten. »Nun«, sagte William, »nehmen wir mal an, ihr tut es. Welchen Vorteil bringt Euch das?« – »Na«, sagte einer, der für alle Übrigen sprach, »dann haben wir unsere Genugtuung.« – »Und welchen Vorteil habt ihr davon?« fragte William. Darauf wussten sie nichts zu antworten. William fuhr fort: »Denn wenn ich genau unterrichtet bin, ist Euer Ziel doch Geld. Jetzt möchte ich gern einmal wissen: wenn ihr zwei-, dreitausend von diesen armen Kerlen besiegt und sie umbringt, Geld haben sie keins, was also werdet ihr erhalten? Es sind arme nackte Wichte. Was gewinnt ihr dabei? Andererseits aber«, sagte William, »riskiert ihr, mindestens zehn Mann aus eurem Trupp zu verlieren, das werdet ihr sogar sehr wahrscheinlich tun. Bitte, welcher Gewinn liegt darin? Und wie könnt ihr dem Kapitän Rechenschaft für seine verlorenen Leute geben?« Kurz, William argumentierte so wirksam, dass er sie davon überzeugte, es sei der reine Mord, den Plan auszuführen; die Männer hätten ein Anrecht auf ihre Frauen und sie kein Recht, sie ihnen wegzunehmen; es hieße unschuldige Menschen umbringen, die nur das getan hatten, was ihnen das Gesetz der Natur vorschrieb, und das sei ebenso Mord, als lauerten sie einem Mann auf der Landstraße auf und töteten ihn kaltblütig nur zum Vergnügen, gleichgültig, ob er uns etwas Schlechtes angetan hatte oder nicht.

Diesen Argumenten beugten sie sich schließlich und gaben sich damit zufrieden, die Anker zu lichten und die Leute so zu verlassen, wie sie sie gefunden hatten. Bei ihrem ersten Scharmützel hatten sie sechzig bis siebzig Mann getötet und noch viel mehr verwundet; aber sie waren arm, und unsere Leute gewannen dabei nichts als nur, dass einer ihrer Kameraden sein Leben verlor und sechzehn weitere verwundet wurden.

Ein anderer Zwischenfall aber machte es notwendig, uns weiter mit diesem Volk zu befassen, und hätte tatsächlich fast dazu geführt, dass wir unserem Leben und unseren Abenteuern bei ihnen ein plötzliches Ende bereiteten, denn etwa drei Tage nachdem wir von dem Ort, wo wir das Scharmützel gehabt hatten, fortgesegelt waren, überfiel uns ein heftiger Sturm aus Süden oder vielmehr ein Orkan aus sämtlichen Bereichen des südlichen Himmels, denn er tobte wütend und gnadenlos aus Südost bis Südwest, zuerst aus einer Richtung, dann sprang er um und stürmte mit der gleichen Heftigkeit aus einer anderen. Infolgedessen waren wir nicht in der

Lage, das Schiff zu meistern, sodass auf dem Fahrzeug, auf dem ich fuhr, drei Marssegel rissen und schließlich die Großmarsstenge über Bord ging; mit einem Wort, wir wurden ein- oder zweimal bis zur Küste getrieben, und wenn das eine Mal der Wind nicht genau im letzten Augenblick umgesprungen wäre, dann wäre unser Fahrzeug auf einem großen Felsenriff, das ungefähr eine halbe Seemeile weit vom Ufer entfernt lag, in tausend Stücke zerschellt. Aber, wie gesagt, der Wind sprang sehr häufig um, und in diesem Moment drehte er nach Ostsüdost; wir lavierten seewärts und gewannen innerhalb einer halben Stunde über eine Meile mehr Seeraum. Danach wehte er aus Südwest zu Süd, dann aus Südwest zu West und trieb uns von dem Riff zurück wieder weit nach Osten; wir gelangten an eine breite Öffnung zwischen den Felsen und dem Land und bemühten uns, dort vor Anker zu gehen. Wir fanden jedoch keinen geeigneten Ankergrund und stellten fest, dass er uns die Anker kosten würde, denn er bestand nur aus Felsen. Wir liefen durch die Öffnung, die etwa vier Seemeilen breit war. Der Sturm dauerte an, und jetzt fanden wir eine scheußlich unreine Küste und wussten nicht, welchen Kurs wir steuern sollten. Wir hielten scharf Ausschau nach einem Fluss, einem Schlupfhafen oder einem Golf, wo wir einlaufen könnten, um vor Anker zu gehen, fanden jedoch lange nichts. Endlich sichteten wir eine große Landzunge, die sich weit nach Süden hin ins Meer erstreckte, und zwar so weit, dass wir, kurz gesagt, Folgendes deutlich erkannten: Wenn der Sturm aus der Richtung, aus der er kam, anhielt, vermochten wir ihn nicht abzuwettern; und so segelten wir, so weit wir konnten, im Windschutz der Landspitze auf die Küste zu und gingen in zwölf Faden Wassertiefe vor Anker.

Aber in der Nacht sprang der Wind wieder um, und da er sehr heftig war, wurden die Anker triftig, und das Schiff trieb, bis das Ruder den Grund rammte; wäre es noch um eine halbe Schiffslänge weiter gelaufen, dann wäre es verloren gewesen und wir alle mit ihm. Unser Hauptanker hielt jedoch, und wir hievten einen Teil der Kette ein, um klarzukommen vom Grund, auf dem wir aufgelaufen waren. An dieser einen Ankerkette ritten wir die ganze Nacht den Sturm ab, und gegen Morgen schien uns der Wind ein wenig nachzulassen; zu unserem Glück war es so, denn trotz allem, was unser Hauptanker für uns vollbracht hatte, fanden wir das Schiff zu unserer großen Überraschung und unserem Schreck am Morgen fest auf Grund.

Mit der Ebbe, bei der das Wasser hier ablief, lag das Schiff fast trocken auf einer harten Sandbank, auf der vermutlich noch nie zuvor ein Schiff gelegen hatte. Die Einwohner des Landes kamen in großer Anzahl herbei, um uns schweigend zu betrachten und zu bestaunen; sie begafften uns wie ein großes Schauspiel oder ein Wunder, das sie verblüffte und bei dem sie nicht wussten, wie sie sich verhalten sollten.

Ich habe Ursache anzunehmen, dass sie, sobald sie das Schiff erblickten, sogleich einen Bericht darüber absandten, dass es sich hier befand und in welchem Zustand es war, denn am nächsten Tag erschien ein hoher Herr. Ob es vielleicht ihr König war, konnte ich nicht sagen, aber er kam in Begleitung vieler Männer, und einige davon hatten lange Wurfspieße in der Hand, so lang wie Bratspieße. Sie kamen alle zum Ufer herunter und stellten sich uns genau gegenüber in ausgezeichneter Ordnung auf. Sie standen beinahe eine Stunde lang da, ohne sich zu rühren, und dann kamen fast zwanzig von ihnen herbei, und ein Mann, der eine weiße Fahne trug, schritt vor ihnen her. Sie stiegen bis zum Gürtel ins Wasser; die Wellen gingen jetzt nicht mehr so hoch wie zuvor, denn der Wind war abgeflaut und wehte vom Land her.

Der Mann hielt uns eine lange Rede, wie wir aus seiner Mimik entnehmen konnten, und zuweilen hörten wir auch seine Stimme, verstanden jedoch nicht ein Wort von dem, was er sagte. William, der uns immer nützlich war, rettete uns allen, so glaube ich, hier wieder einmal das Leben. Das kam so: Als der Bursche, oder wie soll ich ihn nennen, seine Ansprache beendet hatte, gab er drei laute Schreie von sich (ich weiß nicht, wie ich sie anders bezeichnen könnte); dann senkte er dreimal seine weiße Fahne und winkte uns dreimal mit den Armen, zu ihm zu kommen.

Ich gestehe, dass ich dafür war, das Boot zu bemannen und zu ihnen zu fahren; William wollte das aber auf keinen Fall zulassen. Er erklärte mir, wir dürften niemandem trauen; wenn es Barbaren waren und sie einem Herrscher aus ihrem eigenen Volk unterstanden, dann könnten wir sicher sein, dass sie uns alle ermordeten; waren es dagegen Christen, werde es uns nicht viel besser ergehen, falls sie erfahren hätten, wer wir waren. Bei den Malabaren herrsche der Brauch, dass sie alle verrieten, deren sie habhaft werden konnten, und diese hier gehörten dem gleichen Volk an; und wenn wir nur im Geringsten auf unsere Sicherheit bedacht seien, dürften wir uns um keinen Preis zu ihnen begeben. Ich widersprach ihm lange und sagte, meiner Ansicht nach habe er immer recht gehabt, hier aber dächte ich, dies sei nicht der Fall. Ich hätte ebenso wenig wie er oder sonst jemand Lust, ein unnötiges Risiko auf mich zu nehmen, sei aber überzeugt, dass alle Völker der Welt, auch die wildesten, sich, wenn sie eine Parlamentärflagge zeigten, gewissenhaft an das Friedensangebot hielten, das sie mit diesem Zeichen machten. Ich nannte mehrere Beispiele aus der Geschichte meiner Reise durch Afrika, von denen ich hier zu Beginn meines Buchs berichtet habe, und sagte, ich könne mir nicht vorstellen, dass diese Leute hier schlimmer seien als manche der dortigen. Außerdem, so erklärte ich, befänden wir uns in einer derartigen Lage, dass wir notgedrungen irgendjemand in die Hände fallen mussten, und dann sei schon besser, wir fielen durch ein Freundschaftsabkommen in ihre Hände als durch eine erzwungene Unterwerfung, auch dann, wenn sie wirklich verräterische Absichten hätten; deshalb sei ich dafür, mit ihnen zu unterhandeln.

»Nun, Freund«, erwiderte William sehr ernst, »wenn du gehen willst, dann kann ich es nicht verhindern; ich möchte mich bei unserer Trennung nur für immer von dir verabschieden, denn verlass dich darauf, du wirst uns nie wiedersehen. Ob wir auf dem Schiff zum Schluss besser davonkommen werden, kann ich dir nicht sagen, aber dafür kann ich geradestehen, dass wir unser Leben nicht nutzlos und kalten Bluts fortwerfen werden, wie du es tun willst; wir werden es wenigstens so lange bewahren, wie wir nur können, und dann schließlich als Männer sterben und nicht als Narren, die sich durch die Tücke von ein paar Barbaren hinters Licht führen lassen.«

William sprach mit solchem Feuer und dabei mit so viel Gewissheit, was unser Schicksal betraf, dass ich ein wenig über das Risiko nachzudenken begann, das ich im Begriff war einzugehen. Ich war ebenso wenig darauf erpicht, mich ermorden zu lassen, wie er. Darauf fragte ich ihn, ob er über den Ort irgendetwas wisse oder jemals dort gewesen sei. Er verneinte es. Dann fragte ich ihn, ob er über die Leute auf der Insel und über die Art, wie sie Christen behandeln, die ihnen in die Hände fallen, etwas gehört oder gelesen habe, und er erzählte mir, er habe von einem solchen Fall gehört und er werde mir die Geschichte nachher berichten. Der Mann, um den es ging, habe Knox geheißen, so sagte er, und sei Kapitän eines Ostindienfahrers gewesen, der, genau wie unser Schiff, hier an der Küste der Insel Ceylon auf Grund gelaufen sei, wenn er auch nicht sagen könne, ob es hier an derselben Stelle gewesen sei oder anderswo; die Barbaren hätten ihn betrogen und dazu verleitet, an Land zu kommen, genau wie sie uns jetzt dazu aufforderten, und als sie ihn hatten, umzingelten sie ihn und seine achtzehn oder zwanzig Leute. Sie erlaubten ihnen niemals mehr zurückzukehren, sondern behielten sie als Gefangene oder ermordeten sie – welches von beidem, könne er nicht sagen. Sie schleppten sie jedenfalls ins Innere des Landes, trennten sie voneinander, und keiner hörte jemals wieder von ihnen, außer vom Sohn des Kapitäns, der wie durch ein Wunder nach zwanzigjähriger Sklaverei entkam.

Ich hatte in diesem Augenblick keine Zeit, ihn zu bitten, mir die ganze Geschichte dieses Knox zu erzählen, und noch viel weniger, sie anzuhören, sondern schnitt ihm, wie man es gewöhnlich tut, wenn man ein wenig gereizt ist, das Wort ab. »Nun dann, Freund William«, sagte ich, »was sollen wir Eurer Meinung nach tun? Ihr seht doch, in welchem Zustand sich unser Schiff befindet und was vor uns liegt. Etwas muss getan werden, und zwar gleich.« – »Freilich«, sagte William, »ich will dir sagen, was du tun sollst. Als Erstes veranlasse, dass eine weiße Fahne herausgehängt wird, wenn sie es für uns tun; bemanne das Beiboot und die Pinasse mit so vielen Leuten, wie nur hineingehen, sodass sie sich ihrer Waffen bedienen können. Lass mich mit ihnen fahren, und du wirst sehen, was wir tun werden. Wenn ich keinen Erfolg habe, bist du in Sicherheit, und sollte ich wirklich keinen Erfolg haben, so wird das mein eigener Fehler sein, und du wirst durch meine Torheit klug werden.«

Ich wusste zuerst nicht, was ich ihm darauf antworten sollte, sagte aber nach einer Pause: »William, William, ich möchte gleichfalls nicht, dass Euch etwas zustößt, so wie Ihr nicht wollt, dass mir etwas geschieht, und wenn irgendeine Gefahr dabei ist, wünsche ich, dass Ihr ebenso wenig hineingeratet wie ich. Darum lasst uns, wenn es Euch recht ist, alle auf dem Schiff bleiben, dann geht es uns gleich, und wir haben ein gemeinsames Schicksal.«

»Nein, nein«, sagte William, »bei der Methode, die ich vorschlage, gibt es keine Gefahr. Du sollst mit mir fahren, wenn du es für richtig hältst. Befolge nur die Maßnahmen, für die ich mich entschließe, und verlass dich darauf, wir werden dann zwar von Bord gehen, aber niemand von uns wird sich ihnen mehr als nur auf Rufweite nähern. Wie du siehst, haben sie keine Boote, um vom Ufer zu uns herzukommen, aber«, so fuhr er fort, »mir wäre es lieber, wenn du meinen Rat befolgtest und die Schiffe, entsprechend dem Signal, das ich vom Boot aus gebe, befehligtest; und lass uns die Sache vereinbaren, bevor wir abfahren.«

Nun, ich stellte fest, dass William seine Maßnahmen schon im Kopf bereit hatte und keineswegs verlegen war, was er tun sollte. So erklärte ich ihm, für diese Fahrt sei er der Kapitän und wir unterstünden seinen Befehlen; ich wolle das Nötigste tun, damit sie bis aufs i-Tüpfelchen ausgeführt würden.

Als wir unsere Debatte damit beendet hatten, befahl er vierundzwanzig Mann ins Beiboot und zwölf in die Pinasse, und da das Meer jetzt ziemlich ruhig war, legten sie, alle sehr gut bewaffnet, ab. Er hatte auch befohlen, sämtliche Kanonen des großen Schiffs, die an der der Küste zugewandten Seite standen, mit Musketenkugeln, alten Nägeln, Kuppnägeln und ähnlichem Eisen- und Bleischrott sowie mit allem, was wir zur Hand hatten, zu laden. Wir sollten uns bereithalten, Feuer zu geben, sobald wir sahen, dass sie die weiße Fahne senkten und in der Pinasse eine rote hissten.

Nachdem wir diese Maßnahmen miteinander verabredet hatten, legten sie ab und hielten auf die Küste zu; William befand sich bei den zwölf Mann in der Pinasse, und das Beiboot folgte ihm mit weiteren vierundzwanzig, lauter kräftige, entschlossene Burschen, die gut bewaffnet waren. Sie ruderten so nahe ans Ufer, dass sie mit den Einheimischen sprechen konnten, trugen, genau wie deren Mann, eine weiße Flagge und boten an zu unterhandeln. Die Unmenschen, denn das waren sie, zeigten sich sehr höflich, als sie aber merkten, dass wir sie nicht verstehen konnten, holten sie einen alten Holländer, der schon seit vielen Jahren ihr Gefangener war, und veranlassten ihn, mit uns zu sprechen. Zusammengefasst lautete der Inhalt seiner Ansprache, der König des Landes habe seinen General hergeschickt, um zu erfahren, wer wir waren und in welcher Absicht wir gekommen seien. William erhob sich im Heck der Pinasse und erklärte ihm, was das betreffe, so könne er, der seiner Sprache und seiner Stimme nach Europäer sei, ja wohl ohne Weiteres feststellen, wer wir seien und unter welchen Umständen wir uns hier befänden; das Schiff, das dort im Sand auf Grund gelaufen sei, werde ihm ebenfalls verraten, dass wir gekommen seien, weil wir in Seenot geraten waren; deshalb wünsche er zu erfahren, warum sie sich in so großer Anzahl zum Strand begeben hatten, mit Waffen gerüstet, als wollten sie gegen uns Krieg führen.

Der andere erwiderte, sie hätten wohl guten Grund, zum Strand zu kommen, denn das Erscheinen von fremden Schiffen an der Küste habe das Land in Alarm versetzt, und da unsere Fahrzeuge voller Leute seien und wir auch Flinten und andere Waffen mit uns führten, habe der König einen Teil seines Heeres herbeigesandt, um für den Fall einer Invasion des Landes zur Verteidigung bereit zu sein, was auch immer der Anlass dazu sein möge.

»Da Ihr aber in Seenot seid«, so fuhr er fort, »hat der König seinem General, der gleichfalls hier anwesend ist, befohlen, Euch jede nur mögliche Hilfe zu geben, Euch an Land einzuladen und mit äußerster Höflichkeit zu empfangen.« William sagte rasch: »Bevor ich dir eine Antwort darauf gebe, wünsche ich, dass du mir sagst, wer du bist, denn deiner Sprache nach bist du Europäer.« Er antwortete, er sei Niederländer. »Das erkenne ich an deiner Sprache«, sagte William. »Aber bist du in Holland geboren oder in diesem Land und hast durch Umgang mit den Holländern, die, wie wir wissen, hier auf der Insel siedeln, Holländisch gelernt?«

»Nein«, sagte der alte Mann, »ich bin aus Delft in Holland gebürtig.«

»Nun«, sagte William sogleich, »aber bist du Christ oder Heide oder das, was wir einen Renegaten nennen?« – »Ich bin Christ«, erwiderte er. Und dann setzten sie ihren kurzen Dialog folgendermaßen fort:

*William:* Du bist Holländer und Christ, sagst du. Bitte, bist du ein freier Mann oder ein Diener?
*Holländer:* Ich bin ein Diener des hiesigen Königs und gehöre seiner Armee an.
*William:* Aber bist du Freiwilliger oder Gefangener?
*Holländer:* Zuerst war ich allerdings Gefangener, jetzt aber bin ich frei und daher Freiwilliger.
*William:* Das heißt, da du zuerst Gefangener warst, hast du jetzt die Freiheit, ihnen zu dienen; aber reicht deine Freiheit so weit, dass du, wenn du willst, fort und zu deinen Landsleuten gehen kannst?
*Holländer:* Nein, das behaupte ich nicht; meine Landsleute wohnen weit von hier auf dem nördlichen und östlichen Teil der Insel, und es gibt keine Möglichkeit, zu ihnen zu gelangen, außer mit der ausdrücklichen Genehmigung des Königs.
*William:* So, und warum bekommst du keine Genehmigung fortzugehen?
*Holländer:* Ich habe nie darum gebeten.
*William:* Und ich nehme an, du weißt, dass du sie nicht erhalten würdest.
*Holländer:* Dazu kann ich nicht viel sagen. Aber weshalb stellt Ihr mir alle diese Fragen?
*William:* Nun, aus guten Gründen. Wenn du Christ und Gefangener bist, wie kannst du dich dann bereitwillig zum Werkzeug dieser Barbaren machen lassen und uns, die wir deine Landsleute und ebenfalls Christen sind, ihnen ausliefern? Ist es nicht barbarisch von dir, das zu tun?
*Holländer:* Wieso verrate ich Euch? Teile ich Euch etwa nicht mit, dass der König des Landes Euch einlädt, an Land zu kommen, und Befehl gegeben hat, dass man Euch zuvorkommend behandeln und Euch Hilfe gewähren soll?
*William:* Bei deinem Christentum, an dem ich freilich stark zweifle,

glaubst du, dass der König oder der General, wie du ihn nennst, auch nur ein Wort von dem meint, was er sagt?

*Holländer:* Er verspricht es Euch durch den Mund seines großen Generals.

*William:* Ich frage dich nicht, was er verspricht noch durch wen, sondern ich frage dich Folgendes: Kannst du sagen, ob du glaubst, dass er beabsichtigt, es zu halten?

*Holländer: Wie* kann ich darauf antworten? Wie kann ich sagen, was er beabsichtigt?

*William:* Du kannst sagen, was du glaubst.

*Holländer:* Ich kann nicht sagen, dass er es halten wird; ich glaube, er wird es vielleicht tun.

*William:* Du bist nur ein doppelzüngiger Christ, fürchte ich. Also, ich stelle dir eine andere Frage: Willst du sagen, du glaubst es und rätst mir, es zu glauben und unser Leben auf dieses Versprechen hin in ihre Hand zu geben?

*Holländer:* Ich bin nicht da, um Euch zu beraten.

*William:* Vielleicht hast du Angst zu sagen, was du denkst, weil du dich in ihrer Macht befindest. Bitte, versteht einer von ihnen, was wir beide sagen? Können sie Holländisch sprechen?

*Holländer:* Nein, nicht ein einziger von ihnen. In dieser Beziehung habe ich keinerlei Befürchtungen.

*William:* Nun, dann antworte mir klipp und klar, wenn du ein Christ bist: Befinden wir uns in Sicherheit, wenn wir es auf ihr Wort hin wagen, uns in ihre Gewalt zu begeben und an Land zu kommen?

*Holländer:* Ihr stellt mir die Frage sehr direkt. Bitte, lasst mich Euch auch eine stellen: Wird es Euch mit einiger Wahrscheinlichkeit gelingen, Euer Schiff wieder flottzumachen, wenn Ihr ablehnt?

*William:* Ja ja, wir bekommen das Schiff wieder flott; jetzt, wo der Sturm vorbei ist, haben wir deswegen keine Angst.

*Holländer:* Dann muss ich sagen, dass es für Euch das Beste wäre, ihnen nicht zu trauen.

*William:* Nun, das ist ehrlich.
*Holländer:* Aber was soll ich ihnen berichten?
*William:* Gib ihnen gute Worte, so wie sie es mit uns machen.
*Holländer:* Was für gute Worte?
*William:* Nun, sie sollen ihrem König bestellen, dass wir Fremde sind, die ein schwerer Sturm hier an die Küste verschlagen hat. Wir danken ihm sehr herzlich für sein Angebot, uns freundlich aufzunehmen, und werden es mit Freuden annehmen, sollten wir auch weiterhin in Seenot sein. Gegenwärtig aber haben wir keinen Anlass, an Land zu kommen; außerdem können wir das Schiff auch in seinem augenblicklichen Zustand nicht allein lassen, sondern müssen uns darum kümmern, damit es wieder flott wird; mit der nächsten oder der übernächsten Flut hoffen wir, es wieder gänzlich frei zu bekommen und vor Anker zu gehen.
*Holländer:* Aber er wird erwarten, dass Ihr dann an Land kommt, um ihn zu besuchen und ihm für seine Zuvorkommenheit ein Geschenk zu überreichen.
*William:* Wenn wir unser Schiff wieder klar und die Lecks gedichtet haben, werden wir ihm den nötigen Respekt erweisen.
*Holländer:* Aber Ihr könnt ihn doch ebenso gut jetzt aufsuchen wie dann.
*William:* Moment mal, Freund, ich habe nicht gesagt, dass wir ihn dann aufsuchen werden. Du hast davon gesprochen, dass wir ihm ein Geschenk machen sollen, und das heißt doch, ihm unseren Respekt erweisen, oder?
*Holländer:* Nun gut, aber ich werde ihm sagen, dass Ihr zu ihm an Land kommen wollt, wenn Euer Schiff wieder flott ist.
*William:* Dazu habe ich nichts zu sagen. Du kannst ihm erzählen, was du für richtig hältst.
*Holländer:* Er wird sehr wütend sein, wenn ich es nicht tue.
*William:* Auf wen wird er sehr wütend sein?
*Holländer:* Auf Euch.

*William:* Weshalb sollten wir uns daraus etwas machen?

*Holländer:* Nun, er wird seine Armee gegen Euch herschicken.

*William:* Und was wäre, wenn sie sich schon jetzt vollzählig hier befände? Was könnte sie uns denn deiner Meinung nach tun?

*Holländer:* Er würde erwarten, dass seine Soldaten Eure Schiffe in Brand setzten und Euch alle zu ihm brächten.

*William:* Sag ihm, wenn er es versucht, könnte es ihm vielleicht schlecht bekommen.

*Holländer:* Er hat eine Unmenge von Leuten.

*William:* Hat er Schiffe?

*Holländer:* Nein, Schiffe hat er nicht.

*William:* Und Boote?

*Holländer:* Nein, Boote auch nicht.

*William:* Weshalb sollten wir uns dann wohl um seine Leute scheren? Was könntest du uns denn jetzt antun, selbst wenn du hunderttausend Mann bei dir hättest?

*Holländer:* Oh, sie könnten Feuer an Euer Schiff legen.

*William:* Uns veranlassen, Feuer zu geben, meinst du. Das freilich können sie; aber Feuer an unser Schiff legen werden sie nicht; sie können es ja auf eigene Gefahr hin versuchen, dann werden wir unter euren hunderttausend Mann fürchterlich hausen, wenn sie sich in Kanonenschussweite von uns wagen, das versichere ich dir.

*Holländer:* Aber wenn Euch nun der König zu Eurer Sicherheit Geiseln überließe?

*William:* Er könnte uns ja doch nur solche Diener und Sklaven überlassen, wie du einer bist und deren Leben er nicht für wertvoller hält als wir das eines englischen Hundes.

*Holländer:* Wen verlangt Ihr denn als Geisel?

*William:* Ihn selbst und Euer Ehren.

*Holländer:* Was würdet Ihr denn mit ihm tun?

*William:* Das, was er mit uns tun würde – ihm den Kopf abschneiden.

*Holländer:* Und was würdet Ihr mit mir tun?

*William:* Mit dir? Dich würden wir nach Hause in dein Heimatland bringen, und obwohl du den Galgen verdient hast, würden wir wieder einen Mann und einen Christen aus dir machen und dir nicht das antun, was du uns angetan hättest – dich nicht an eine Bande von grausamen, wilden Heiden verraten, die weder einen Gott kennen noch wissen, wie man sich Menschen gegenüber barmherzig verhält.

*Holländer:* Ihr gebt mir da einen Gedanken ein, über den ich morgen mit Euch sprechen will.

Damit entfernten sie sich; William kehrte an Bord zurück und berichtete uns ausführlich über seine Verhandlung mit dem alten Holländer, was sehr unterhaltsam und für mich aufschlussreich war, denn ich hatte Grund genug anzuerkennen, dass William die Lage besser beurteilt hatte als ich.

Zu unserem Glück bekamen wir das Schiff noch in der Nacht flott und gingen sehr befriedigt etwa anderthalb Meilen weiter von der Küste ab in tiefem Wasser vor Anker, sodass wir den König des Holländers mit seinen hunderttausend Mann nicht zu fürchten brauchten, und am nächsten Tag hatten wir tatsächlich unseren Spaß mit ihnen, als sie in riesiger Menge zum Strand herunterkamen, unserer Schätzung nach nicht viel weniger als hunderttausend Mann, und mehrere Elefanten mitbrachten; sie hätten uns freilich auch dann nichts zuleide tun können, wenn es eine Armee von Elefanten gewesen wäre, denn wir lagen jetzt sicher vor Anker und außerhalb ihrer Reichweite. Wir hielten uns sogar für weiter weg, als wir tatsächlich waren, denn es stand zehntausend zu eins, dass wir wieder festsitzen würden, da der Wind vom Lande her wehte und dort, wo wir lagen, das Wasser glättete, die Ebbe aber weiter hinausdrängte als gewöhnlich, und wir sahen, dass die Sandbank, auf der wir zuvor Grundberührung gehabt hatten, in der

Form eines Halbmonds verlief und uns mit zwei Hörnern umgab, sodass wir in der Mitte wie in einer runden Bucht lagen – zwar dort, wo wir uns befanden, in Sicherheit und in tiefem Wasser, aber rechts und links gewissermaßen vom Tod umlauert, denn die beiden Sandhörner oder -spitzen ragten noch fast zwei Meilen weit über den Punkt hinaus, an dem das Schiff lag.

Auf dem Teil der Sandbank, der sich östlich von uns erstreckte, stand in lang gezogener Reihe die Menge; die meisten waren nicht weiter als nur bis zu den Knien oder sogar nur bis zu den Knöcheln im Wasser und hatten uns von dieser Seite, vom Festland her und ein Stück von der anderen Seite der Sandbank her in einem Halbkreis oder vielmehr einem Dreifünftelkreis, der ungefähr sechs Meilen lang war, sozusagen umzingelt. Da das Wasser über dem anderen Horn oder der Spitze der Sandbank, die sich westlich von uns erstreckte, tiefer war, konnten sie hier nicht so weit vordringen.

Sie hatten keine Ahnung, welchen Dienst sie uns erwiesen, indem sie sich, ohne es zu wissen noch zu wollen, zu unseren Lotsen machten, denn da wir versäumt hatten, die Stelle auszuloten, wäre unser Schiff dort vielleicht gescheitert, bevor wir uns dessen gewahr wurden. Freilich hätten wir unseren neuen Hafen noch ausloten können, bevor wir uns hinauswagten, aber ich kann nicht mit Gewissheit sagen, ob wir es getan hätten, denn ich zumindest hatte nicht den geringsten Verdacht, wie unsere Lage tatsächlich war; vielleicht hätten wir uns, bevor wir den Anker lichteten, wirklich ein wenig umsehen sollen. Ganz gewiss hätten wir das tun müssen, denn außer mit diesem Heer von menschlichen Furien hatten wir es auch mit einem sehr lecken Schiff zu tun, und alle unsere Pumpen schafften kaum, das Wasser am Steigen zu hindern. Unsere Zimmerleute arbeiteten außenbords, um die Wunden, die das Schiff erlitten hatte, ausfindig zu machen und zu heilen, und sie krängten es zuerst auf die eine und dann auf die andere Seite. Es war ein sehr unterhaltsames Schauspiel, das wilde Heer, das auf dem östlichen Horn der Sandbank stand, teils vor Freude, teils vor Schreck derartig verblüfft zu sehen, als unsere Leute das Schiff zu ihrer Seite hin krängten, dass es in ziemlich große Verwirrung geriet, laute Rufe austauschte und auf eine Weise brüllte und schrie, die sich unmöglich beschreiben lässt.

Während wir dies besorgten (denn wie der Leser sich wohl vorstellen kann, taten wir es mit großer Eile) und alle Mann bei der Arbeit waren, sowohl beim Dichten des Lecks als auch beim Flicken der Takelage und der Segel, die ziemlich viel Schaden erlitten hatten, und dazu eine neue Großmarsstenge setzten und dergleichen mehr – während wir also all dies taten, bemerkten wir, dass sich ein Trupp von Leuten, fast tausend Mann, von dem Teil des Barbarenheers, der in der Mitte der Sandbucht Stellung bezogen hatte, löste, zum Strand hinunterkam und die Sandbank entlangmarschierte, bis er, etwa eine halbe Meile weit von uns entfernt, unserer östlichen Breitseite gerade gegenüberstand. Danach sahen wir den Holländer ganz allein mit seiner weißen Flagge und allen seinen Armbewegungen genau wie das erste Mal näher kommen, und dann blieb er stehen.

Als jene vor unsere Breitseite kamen, hatten unsere Leute das Schiff soeben erst wieder aufgerichtet, nachdem sie das schlimmste und gefährlichste Leck glücklicherweise gefunden und zu unserer großen Zufriedenheit gedichtet hatten. Ich befahl deshalb, die Boote wie am Tage zuvor aufzuholen und zu bemannen, und William sollte als Bevollmächtigter fahren. Ich wäre selbst gefahren, wenn ich Holländisch verstanden hätte, da dies aber nicht der Fall war, hatte es keinen Zweck, denn ich erführe nichts von dem, was gesagt wurde, als nur durch William, sozusagen aus zweiter Hand, was ebenso gut auch hinterher geschehen konnte. Die einzige Anweisung, die ich ihm gab, war, wenn möglich den alten Holländer von dort fortzuholen und ihn, wenn er konnte, zu veranlassen, an Bord zu kommen.

Nun, William fuhr genau wie das letzte Mal, und als er ungefähr sechzig oder siebzig Yard weit vom Ufer entfernt war, hielt er – ebenso wie der Holländer – seine weiße Flagge hoch und drehte die Breitseite des Boots dem Ufer zu; seine Leute nahmen die Riemen aus dem Wasser, und die Verhandlung oder der Dialog begann wieder folgendermaßen:

*William:* Nun, Freund, was hast du uns jetzt zu sagen?
*Holländer:* Ich komme mit dem gleichen friedfertigen Auftrag wie gestern.
*William:* Was? Du behauptest, mit einem friedfertigen Auftrag zu kommen, wo du doch all diese Leute da im Rücken hast und all diese törichten Kriegswaffen, die sie mitgebracht haben? Ich bitte dich, was meinst du?
*Holländer:* Der König drängt uns, wir sollen den Kapitän und seine ganze Mannschaft einladen, an Land zu kommen, und er hat allen seinen Leuten befohlen, ihnen sämtlich mit der größten nur möglichen Höflichkeit zu begegnen.
*William:* So, und sind alle diese Leute dort gekommen, um uns an Land einzuladen?
*Holländer:* Sie werden Euch nichts zuleide tun, wenn Ihr friedlich an Land kommt.
*William:* Nun, und was, glaubst du, können sie uns tun, wenn wir nicht kommen?
*Holländer:* Ich möchte auch dann nicht, dass sie Euch etwas zuleide tun.
*William:* Aber ich bitte dich, Freund, mach dich nicht gleichzeitig zum Narren und zum Schurken. Weißt du nicht, dass wir dein ganzes Heer nicht zu fürchten brauchen und außerhalb aller Gefahr sind, die es für uns bedeuten könnte? Was veranlasst dich, so töricht und zugleich so schurkig zu handeln?
*Holländer:* Oh, Ihr mögt Euch in größerer Sicherheit glauben, als

Ihr seid. Ihr wisst nicht, was sie Euch antun können. Ich versichere Euch, sie sind in der Lage, Euch sehr viel Schaden zuzufügen und vielleicht sogar Euer Schiff zu verbrennen.

*William:* Angenommen, das stimmte, obwohl ich überzeugt bin, dass es nicht der Fall ist. Wie du siehst, haben wir mehrere Fahrzeuge, die uns fortbringen können (und er wies auf die Schaluppe).

*Eben zu dieser Zeit entdeckten wir in etwa zwei Meilen Entfernung die Schaluppe, die von Osten her längs der Küste auf uns zuhielt, und freuten uns darüber besonders, denn wir hatten sie seit dreizehn Tagen vermisst.*

*Holländer:* Darauf geben wir nichts. Und wenn Ihr zehn Schiffe hättet, so wagtet Ihr trotz aller Leute, über die Ihr verfügt, doch nicht, in feindlicher Absicht an Land zu kommen. Wir sind zu viele für Euch.

*William:* Selbst hierin sagst du nicht, was du denkst, und vielleicht lassen wir dich unsere Stärke einmal spüren, wenn unsere Freunde zu uns herangekommen sind, denn wie du hörst, haben sie uns entdeckt.

*Gerade in diesem Augenblick gab die Schaluppe fünf Kanonenschüsse ab, um Nachricht von uns einzuholen, da sie uns noch nicht gesichtet hatte.*

*Holländer:* Ja, ich höre, dass sie schießen, aber ich hoffe, Euer Schiff wird keinen Antwortschuss abgeben, denn sonst fasst unser General es als einen Bruch des Waffenstillstands auf und befiehlt dem Heer, Euch hier im Boot mit einem Schauer von Pfeilen zu überschütten.

*William:* Du kannst dessen gewiss sein, dass das Schiff schießen wird, damit es das andere dort hört, jedoch ohne Kugeln. Wenn deinem General nichts Besseres einfällt, mag er nur beginnen, sobald er Lust hat. Du kannst aber sicher sein, dass wir es auf seine Kosten zurückgeben werden.

*Holländer:* Was soll ich also tun?

*William:* Was du tun sollst? Natürlich zu ihm gehen und es ihn schon vorher wissen lassen. Teile ihm mit, dass das Schiff nicht auf ihn und seine Leute schießt, und dann komm wieder und berichte uns, was er gesagt hat.

*Holländer:* Nein, ich werde ihm einen Boten schicken, das ist ebenso gut.

*William:* Mach, was du willst, aber ich glaube, es wäre besser, du würdest selbst gehen, denn wenn unsere Leute vorher schießen, gerät er vermutlich in große Wut, und vielleicht richtet sie sich dann gegen dich. Was seine Wut auf uns betrifft, so sagen wir dir gleich, dass wir uns nichts daraus machen.

*Holländer:* Ihr unterschätzt diese Menschen. Ihr wisst nicht, was sie anstellen können.

*William:* Du tust, als wären diese armen wilden Kerle in der Lage, sonst was zu vollbringen. Ich bitte dich, zeig uns nur, wozu ihr imstande seid; wir machen uns nichts daraus. Du kannst deine Parlamentärflagge niedersetzen, wann immer du willst, und beginnen.

*Holländer:* Ich möchte lieber einen Waffenstillstand erreichen, damit Ihr alle als Freunde abziehen könnt.

*William:* Du bist selbst ein verräterischer alter Gauner, denn du weißt ganz offensichtlich, dass diese Leute uns nur an Land locken wollen, um uns eine Falle zu stellen und uns zu überrumpeln, und trotzdem möchtest du, der du ja ein Christ bist, wie du dich nennst, dass wir an Land kommen und unser Leben Menschen in die Hand geben, denen Mitleid, gute Sitten und gutes Benehmen völlig unbekannt sind. Wie kannst du nur ein solcher Schuft sein?

*Holländer:* Wie könnt Ihr mich nur so nennen? Was habe ich Euch getan, und was sollte ich denn Eurer Meinung nach tun?

*William:* Nicht wie ein Verräter handeln, sondern wie ein Mensch, der früher einmal ein Christ war und es noch wäre, wenn du nicht Holländer wärst.

*Holländer:* Ich weiß wirklich nicht, was ich tun soll. Ich wünschte, ich wäre weit fort von ihnen. Sie sind ein blutdürstiges Volk.

*William:* Ich bitte dich, mach kein Drama aus dem, was du tun solltest. Kannst du schwimmen?

*Holländer:* Ja, ich kann schwimmen, aber wenn ich versuchen würde, zu Euch hinüberzuschwimmen, hätte ich, noch bevor ich zu Eurem Boot gelangte, tausend Pfeile und Wurfspieße im Körper stecken.

*William:* Ich werde das Boot dicht zu dir heranführen und dich ihnen allen zum Trotz an Bord nehmen. Wir geben ihnen nur eine Salve, dann garantiere ich dir, dass sie alle von dir weglaufen.

*Holländer:* Ihr täuscht Euch in ihnen, versichere ich Euch. Sie würden sofort alle zum Strand heruntergelaufen kommen, Euch mit brennenden Pfeilen beschießen und Euer Boot, Euer Schiff und alles über Euren Köpfen in Brand stecken.

*William:* Das werden wir riskieren, wenn du herkommen willst.

*Holländer:* Werdet Ihr mich ehrenhaft behandeln, wenn ich bei Euch bin?

*William:* Darauf gebe ich dir mein Wort, wenn du dich als ehrlich erweist.

*Holländer:* Werdet Ihr mich nicht zum Gefangenen machen?

*William:* Ich werde mit meiner ganzen Person dafür bürgen, dass du ein freier Mensch sein wirst und gehen kannst, wohin du willst, obwohl ich dir gestehe, dass du es nicht verdienst.

In diesem Augenblick gab unser Schiff drei Kanonenschüsse ab, um der Schaluppe zu antworten und ihr mitzuteilen, dass wir sie erblickt hatten. Wir sahen, dass sie sogleich verstand und unmittelbar auf unseren Standort zuhielt. Unmöglich aber kann ich die Verwirrung und den grässlichen, schrillen Lärm, das Gewimmel und das allgemeine Durcheinander beschreiben, das sich nach drei Kanonenschüssen in dieser riesigen Menschenmenge ausbreitete. Die Einheimischen begaben sich sofort alle zu ihren Waffen, wie ich es nennen möchte, denn wenn ich sagte, sie stellten sich in Kampfordnung auf, dann könnte sich keiner etwas darunter vorstellen.

Auf ein Kommandowort setzten sie sich alle gemeinsam zum Ufer hin in Bewegung, und da sie beschlossen hatten, eine Salve ihrer Feuerwaffen (denn solche waren es) auf uns abzuschießen, begrüßten sie uns sogleich mit hunderttausend ihrer Brandpfeile, von denen jeder mit einem kleinen in Schwefel oder etwas Ähnlichem getauchten Beutel versehen war, der beim Durchfliegen der Luft gewöhnlich Feuer fing, sodass nur selten eines ihrer Geschosse versagte.

Ich muss gestehen, dass diese Methode, mit der sie uns auf eine Weise angriffen, auf die wir nicht gefasst waren, uns anfangs etwas überraschte, denn sie schossen zu Beginn so viele Pfeile auf uns ab, dass wir fürchteten, sie könnten durch unglückliche Umstände unser Fahrzeug in Brand stecken; deshalb beschloss William sogleich, zum Schiff zurückzurudern, uns zu überreden, die Anker zu lichten und in See zu stechen. Es blieb jedoch keine Zeit dafür, denn sie schossen sofort von überall her aus der riesigen Menge, die in der Nähe des Strandes stand, eine Salve auf das Boot und auf das Schiff ab. Sie gaben auch nicht alle auf einmal Feuer, wenn ich es so nennen kann, wonach eine Pause entstanden wäre, sondern, da sie ihre Pfeile rasch in die Bogen einspannen konnten, schossen sie ununterbrochen, sodass die Luft von Flammen erfüllt war.

Ich vermochte nicht zu sagen, ob sie ihren Baumwolllappen anzündeten, bevor sie den Pfeil abschossen, denn ich sah nicht, dass sie Feuer bei sich trugen, anscheinend aber taten sie es. Die Pfeile hatten außer dem Feuer, das sie beförderten, einen Kopf oder eine Spitze aus Knochen und einige aus scharfem Feuerstein, ein paar sogar aus einem sehr weichen Metall, das aber hart genug war, in eine Planke einzudringen, und so blieb der Pfeil dort, wo er auftraf, stecken.

William und seine Leute hatten genügend Zeit, sich dicht hinter ihre Dollbords zu legen, die sie zu genau diesem Zweck so erhöht hatten, dass sie sich ohne Weiteres dahinter fallen lassen und sich so gegen alle Visierschüsse, wie wir sie nennen, oder alles, was auf gerader Linie kam, verteidigen konnten; aber gegen das, was senkrecht aus der Luft fiel, waren sie ungeschützt, nahmen jedoch das Risiko auf sich. Zuerst taten sie, als wollten sie davonrudern; bevor sie abfuhren, gaben sie aber eine Salve aus ihren Feuerwaffen ab und schossen auf die Leute, die neben dem Holländer standen. William befahl ihnen jedoch, sich zu vergewissern, dass sie auf die anderen und nicht auf ihn zielten, und so geschah es.

Sie konnten den Einheimischen jetzt nichts zurufen, denn der Lärm unter ihnen war so groß, dass sie niemand zu hören vermochten; unsere Leute ruderten aber voller Kühnheit näher zu ihnen hin, denn ihr Boot war zuerst ein wenig weiter fortgetrieben, und als sie sich ihnen genähert hatten, gaben sie eine zweite Salve ab, welche die Burschen in große Verwirrung brachte, und wir konnten vom Schiff aus sehen, dass einige getötet oder verwundet waren.

Wir hielten das für einen sehr ungleichen Kampf und signalisierten deshalb unseren Männern, sie sollten von dort fortrudern, damit wir und auch sie ein bisschen Spaß hätten; die Pfeile fielen jedoch, da sie sich so nahe beim Ufer befanden, so dicht auf sie nieder, dass sie sich nicht an die Riemen setzen konnten, und so hissten sie etwas von ihrer Leinwand, in der Annahme, sie könnten längs des Ufers segeln und dabei hinter ihrem Dollbord liegen; es dauerte aber keine sechs Minuten, nachdem sie das Segel gesetzt hatten, bis fünfhundert Brandpfeile darin steckten oder hindurchgegangen waren, sodass es schließlich Feuer fing und unsere Leute Gefahr liefen, dass ihr Boot zu brennen anfing; so gut sie konnten paddelten sie und stießen das Boot im Liegen voran, um weiter vom Ufer fortzugelangen.

Jetzt waren sie aus dem Schussfeld und hatten uns das ganze wilde Heer als Ziel überlassen, und da wir das Schiff hatten ausscheren lassen, um so nahe wie nur möglich zu ihnen heranzukommen, gaben wir aus fünf Kanonen gleichzeitig, die mit Schrot, alten Eisenstücken, Musketenkugeln und dergleichen geladen waren, sechs oder sieben Salven in die dichteste Menge ab.

Es war offensichtlich, dass wir eine Metzelei unter ihnen angerichtet und sehr viele getötet oder verwundet hatten und dass sie dies in große Bestürzung versetzte, aber sie machten keine Miene, sich zu rühren, und ihre Brandpfeile kamen währenddessen noch immer so dicht geflogen wie zuvor.

Plötzlich hörte jedoch ihr Pfeilregen auf, und der alte Holländer rannte ganz allein zum Wasser hinunter und schwenkte wieder, so hoch er nur konnte, seine weiße Flagge, um unserem Boot zu signalisieren, es möge nochmals zu ihm kommen.

William hatte zuerst keine Lust, sich ihm von Neuem zu nähern, aber der Mann ließ in seinem Bemühen nicht nach, und schließlich fuhr William zu ihm hin. Der Holländer berichtete ihm, er habe mit dem General gesprochen, den das Massaker unter seinen Leuten sehr mürbe gemacht habe, und er könne jetzt alles von ihm fordern, was er wolle.

»Alles!«, sagte William. »Was haben wir denn eigentlich mit ihm zu schaffen? Soll er sich doch um seine Angelegenheiten kümmern und seine Leute außer Schussweite nehmen.«

»Freilich, aber er wagt nicht, sich zu rühren oder dem König gegenüberzutreten«, sagte der Holländer, »und wenn nicht ein paar von Euren Leuten an Land kommen, wird er ihn bestimmt töten lassen.«

»Nun, dann ist er ein toter Mann«, sagte William, »denn wenn es auch darum ginge, sein Leben und das der ganzen Menschenmenge, die dort bei ihm ist, zu retten, so wird er doch niemals je einen von uns in seine Macht bekommen. Aber ich will dir sagen«, fuhr William fort, »wie du ihn überlisten und dabei deine Freiheit gewinnen kannst, wenn du Lust hast, dein Heimatland wiederzusehen, und nicht zum Wilden geworden bist und Geschmack daran gefunden hast, dein Lebtag unter Heiden und Wilden zu bleiben.«

»Ich würde es von Herzen gern tun«, sagte er, »aber sie schießen so genau, dass sie, wenn ich jetzt Miene machte, zu Euch zu schwimmen, obwohl sie weit von mir entfernt stehen, mich töten würden, bevor ich den halben Weg zurückgelegt hätte.«

»Aber ich werde dir sagen, wie du mit seinem Einverständnis kommen kannst«, erwiderte William. »Geh zu ihm hin und sag ihm, ich hätte das Angebot gemacht, dich an Bord zu bringen, damit du versuchen kannst, den Kapitän zu überreden, dass er an Land kommt, und ich würde ihn nicht daran hindern, wenn er gewillt ist, es zu wagen.«

Schon das erste Wort schien den Holländer in Entzücken zu versetzen. »Das werde ich tun«, sagte er. »Ich bin überzeugt, er gibt mir die Erlaubnis mitzufahren.«

Er rannte davon, als habe er eine frohe Botschaft zu überbringen, und berichtete dem General, William habe versprochen, wenn er mit an Bord des Schiffs ginge, wolle er den Kapitän überreden, mit ihm zurückzukehren. Der General war töricht genug, ihm den Befehl zu der Fahrt zu erteilen, und beauftragte ihn, nicht ohne den Kapitän zurückzukommen; das versprach er bereitwillig und konnte es auch ganz ehrlich tun.

So nahmen sie ihn ins Boot und brachten ihn an Bord, und er hielt den Einheimischen gegenüber Wort, denn er kehrte niemals wieder zu ihnen zurück, und da die Schaluppe inzwischen an der Mündung der Einfahrt, in der wir lagen, angekommen war, lichteten wir die Anker und setzten die Segel; aber bei der Ausfahrt feuerten wir, da wir nahe am Ufer vorbeikamen, drei Kanonen ab, als schössen wir auf sie; sie waren jedoch nicht geladen, denn es hätte uns nichts eingebracht, noch mehr von ihnen zu verletzen. Nach unserer Salve stimmten wir ein Hipphipphurra an, wie wir Seeleute es nennen, das heißt, wir brüllten ihnen triumphierend zu und entführten so ihren Gesandten. Wie es ihrem General erging, erfuhren wir nie.

Als ich nach meiner Rückkehr von jenen Streifzügen diesen Vorfall einem Freund erzählte, passte er genau zu dessen Bericht darüber, was einem gewissen Mr. Knox geschehen war, einem englischen Kapitän, den diese Leute einige Zeit zuvor an Land gelockt hatten, sodass ich nicht umhinkonnte, mit großer Befriedigung daran zu denken, welchem Unheil wir alle entgangen waren; und ich glaube, es kann nur von Vorteil sein, wenn ich auch die andere Geschichte zusammen mit der meinen hier niederschreibe (sie ist nur kurz), um meinen Lesern zu zeigen, was mir erspart blieb, und sie davor zu bewahren, in eine ähnliche Falle zu gehen, sollten sie mit dem heimtückischen Volk von Ceylon zu tun haben. Der Bericht lautet folgendermaßen:

Da die Insel Ceylon zum größten Teil von Barbaren bewohnt wird, die keinerlei Handel oder Austausch mit europäischen Nationen zulassen, und für Reisende unzugänglich ist, mag es zweckmäßig sein zu erwähnen, aus welchem Anlass der Autor dieser Geschichte auf die Insel gelangte und welche Gelegenheit sich ihm bot, das Volk, seine Gesetze und Sitten genau kennenzulernen, sodass wir uns umso mehr auf seine Schilderung verlassen und sie bewerten können, wie sie es verdient, sowohl ihrer Seltenheit als auch ihres Wahrheitsgehalts wegen, und beides vermittelt uns der Erzähler in einem folgenden kurzen Bericht auf seine eigene Weise:

Im Auftrag der ehrenwerten East India Company von England segelte die in London beheimatete Fregatte »Anne« unter dem Kapitän Robert Knox am 21. Januar des Jahres 1657 aus den Downs ab, auf dem Weg nach ihrem Bestimmungshafen St. George an der Coromandelküste, um dort in Indien ein Jahr lang von Hafen zu Hafen Handel zu treiben. Nachdem der Kapitän diesen Auftrag erfüllt hatte, erhob sich, während er Waren für die Rückkehr nach England lud und vor Masulipatam auf Reede lag, am 19. November 1659 ein so furchtbarer Sturm, dass mehrere Schiffe scheiterten und er gezwungen war, den Großmast zu kappen und über Bord gehen zu lassen. Dies machte das Schiff so untauglich, dass er seine Fahrt nicht fortsetzen konnte, und da Cottiar auf der Insel Ceylon mit seiner recht weiten Bucht für die gegenwärtige Notlage sehr geeignet war, befahl der in Fort St. George ansässige Beauftragte Thomas Chambers, Esquire – er ist inzwischen Sir Thomas Chambers geworden –, das Schiff solle Tuche laden und einige indische Händler aufnehmen, die aus Porto Novo waren und Handel treiben konnten, während das Fahrzeug dort lag, damit sein Mast gesetzt und der übrige Schaden, den der Sturm verursacht hatte, behoben wurde. Unmittelbar nach ihrer Ankunft, nachdem sie die indischen Händler an Land gesetzt hatten, misstrauten der Kapitän und seine Mannschaft den Einwohnern des Ortes sehr, weil die Engländer noch niemals Handel mit ihnen getrieben oder mit ihnen zu tun gehabt hatten; nachdem sie aber zwanzig Tage dort verbracht hatten und nach Belieben an Land gegangen und wieder aufs Schiff zurückgekehrt waren, ohne irgendwie belästigt worden zu sein, begannen sie ihre misstrauischen Gedanken über die Leute, die dort wohnten und sie für ihr Geld freundlich bewirtet hatten, aufzugeben.

Inzwischen hatte aber der König des Landes Nachricht über ihr Eintreffen erhalten, und da er ihre Absichten nicht kannte, schickte er einen Dissauva oder General mitsamt einem Heer dorthin, und dieser sandte dem Kapitän sogleich einen Boten an Bord, um ihm mitzuteilen, er möge an Land kommen, unter dem Vorwand, er habe einen Brief vom König. Bei der Ankündigung der Botschaft salutierte der Kapitän, indem er eine Salve von Kanonenschüssen abgab, und befahl seinem Sohn, Robert Knox, und Mr. John Loveland, dem Ladungsaufseher des Schiffs, an Land zu gehen und dem General ihre Aufwartung zu machen. Als sie vor ihm standen, fragte er, wer sie seien und wie lange sie dort bleiben wollten. Sie erklärten ihm, sie seien Engländer und beabsichtigten, nicht länger als zwanzig oder dreißig Tage dort zu bleiben; sie bäten um die Genehmigung, im Hafen seiner Majestät Handel zu treiben. Seine Antwort lautete, der König freue sich zu hören, dass die Engländer in sein Land gekommen seien, und habe ihm befohlen, ihnen nach Wunsch beizustehen; er habe auch einen Brief gesandt, den er aber niemandem als nur dem Kapitän selbst übergeben dürfe. Sie befanden sich zu diesem Zeitpunkt zwölf Meilen vom Ufer entfernt und antworteten deshalb, der Kapitän könne sein Schiff nicht verlassen, um sich so weit fortzubegeben; wenn der General aber geruhen wolle, ans Meer hinunterzukommen, werde der Kapitän ihm seine Aufwartung machen, um den Brief in Empfang zu nehmen. Darauf sprach der Dissauva den Wunsch aus, sie möchten den Tag über bei ihm bleiben, dann wolle er am nächsten Morgen mit ihnen gehen; und um ihn nicht wegen einer so kleinen Sache zu verärgern, erklärten sie sich dazu bereit. Am Abend sandte der Dissauva dem Kapitän ein Geschenk von Vieh, Obst und dergleichen mehr, das die Boten während der Nacht transportierten und am Morgen ablieferten. Sie teilten ihm gleichzeitig mit, seine Leute kämen mit dem Dissauva, und übermittelten ihm dessen Wunsch, er möge ihn bei seiner Ankunft am Strand besuchen, da er einen Brief vom König habe, den er ihm eigenhändig übergeben solle. Der Kapitän kam ohne jeden Argwohn mit seinem Boot an Land, setzte sich unter einen Tamarindenbaum und wartete auf den Dissauva. Inzwischen umzingelten ihn und die sieben Mann, die er bei sich hatte, heimlich die eingeborenen Soldaten, packten sie und schleppten sie vor den Dissauva; den Kapitän trugen sie in einer Hängematte auf den Schultern.

Am nächsten Tag kam die Mannschaft des Beiboots, die nicht wusste, was geschehen war, an Land, um einen Baum zu fällen, aus dem sie Backen für den Großmast machen wollten. Alle wurden auf die gleiche Weise gefangen genommen, jedoch gewaltsamer, weil sie sich gröber zu den Soldaten verhielten und Widerstand leisteten. Sie wurden aber nicht zum Kapitän und seinen Begleitern geführt, sondern in derselben Stadt in einem anderen Haus untergebracht.

Nachdem der Dissauva auf diese Weise zwei Boote und achtzehn Mann in seine Gewalt bekommen hatte, war sein nächstes Ziel, sich des Schiffs zu bemächtigen, und zu diesem Zweck sagte er dem Kapitän, er und seine Leute würden nur deshalb zurückgehalten, weil der König beabsichtige, durch ihn Briefe und ein Geschenk an die englische Nation zu übersenden; er möge deshalb einige Leute an Bord schicken und den Befehl überbringen lassen, das Schiff solle dort bleiben; und da es der Gefahr ausgesetzt sei, dass die Holländer es in Brand steckten, wenn es länger in der Bucht liegen blieb, solle es in den Fluss einlaufen. Dem Kapitän gefiel der Rat nicht, er wagte jedoch nicht, sein Missfallen auszudrücken, und deshalb sandte er seinen Sohn mit dem Befehl los, bat ihn aber ausdrücklich, er solle wiederkommen. Das tat er und brachte einen Brief von der Schiffsbesatzung, in dem sie schrieb, sie werde in dieser Angelegenheit weder dem Kapitän noch sonst jemand gehorchen und sei entschlossen, sich zu verteidigen. Mit diesem Brief gab sich der Dissauva zufrieden, und er erlaubte dem Kapitän daraufhin, zu schreiben, was man ihm vom Schiff bringen solle, unter dem Vorwand, er habe noch keinen Befehl vom König erhalten, ihn und seine Leute freizulassen, aber gewiss werde er bald kommen.

Da der Kapitän sah, dass der Dissauva ihn hinhielt, und die Jahreszeit, in der das Schiff seine Reise zu irgendeinem anderen Ort fortsetzen konnte, ihrem Ende entgegenging, übersandte er dem Ersten Offizier, Mr. John Burford, den Befehl, das Kommando über das Schiff zu übernehmen, nach Porto Novo, woher sie gekommen waren, in See zu stechen und dort die Anweisungen des Bevollmächtigten auszuführen.

Und nun begann jene lange, traurige Gefangenschaft, die sie die ganze Zeit über gefürchtet hatten. Als das Schiff fort war, ließ der König den Dissauva rufen, und sie wurden eine Zeit lang unter Bewachung gestellt, bis ein Sonderbefehl vom König kam, sie voneinander zu trennen und einzeln in verschiedenen Städten unterzubringen, um ihren Unterhalt zu erleichtern, für den auf Befehl des Königs das Land aufkommen sollte. Am 16. September 1660 wurden der Kapitän und sein Sohn in eine Stadt namens Bonder Coswat gebracht, im Bezirk Hotcurly, die dreißig Meilen nördlich der Stadt Kandy und eine ganze Tagesreise weit von den übrigen Engländern entfernt lag. Hier brachte man ihnen zweimal täglich unentgeltlich ihre Nahrung, so viel sie zu essen vermochten und so gut das Land sie hergab. Der Ort war wunderschön gelegen und wohnlich, aber in jenem Jahr wurde diese Gegend sehr von Seuchen und Wechselfieber heimgesucht, und viele Menschen starben daran. Auch den Kapitän und seinen Sohn befiel nach einiger Zeit die allgemeine Seuche, und der Kapitän, der dazu unter dem Kummer über seine beklagenswerte Lage litt, siechte über drei Monate lang dahin und starb dann am 9. Februar 1661.

Robert Knox, sein Sohn, blieb nun verlassen, krank und in Gefangenschaft zurück und hatte niemanden, der ihn tröstete, als nur Gott, den Vater der Vaterlosen, der das Stöhnen derer vernimmt, die sich in Gefangenschaft befinden. Er war nun allein zu Beginn einer langen Periode des Elends und des Unglücks, niedergedrückt von der körperlichen Schwäche und dem seelischen Kummer über den Verlust seines Vaters und die ausweglose Not, die er vermutlich zu ertragen haben würde. Ihren ersten Vorgeschmack erlebte er beim Begräbnis seines Vaters, denn er sandte, da die Einheimischen seine Sprache nicht verstanden, seinen schwarzen Jungen mit der Bitte um Beistand zu den Bewohnern der Stadt; sie aber schickten ihm nur einen Strick, damit er ihn seinem Vater um den Hals binden und ihn daran in den Wald schleifen konnte, und ließen ihm sagen, eine andere Hilfe würden sie ihm nicht gewähren, wenn er nicht dafür bezahlte. Diese barbarische Antwort vertiefte seinen Kummer über den Tod seines Vaters, denn jetzt musste dieser wahrscheinlich unbeerdigt bleiben und zur Beute der wilden Tiere des Waldes werden; da der Boden sehr hart war und sie kein Werkzeug zum Graben besaßen, war es ihnen unmöglich, ihn zu beerdigen. Robert Knox hatte jedoch noch ein bisschen Geld übrig, nämlich eine indische Goldmünze und einen Goldring, und so mietete er einen Mann; nun begruben sie ihn auf so anständige Weise, wie ihre Lage es zuließ.

Da er den Anblick seines toten Vaters nicht mehr vor Augen hatte, sein Wechselfieber jedoch fortdauerte, ging es ihm sehr schlecht, zum Teil vor Trauer, zum Teil durch seine Krankheit. Sein einziger Trost war, mit einem Buch in den Wald oder auf die Felder zu gehen – entweder mit »Übung der Frömmigkeit« oder mit Mr. Rogers' »Sieben Abhandlungen«, die einzigen beiden Bücher, die er besaß – und dort zu lesen und nachzudenken, zuweilen auch zu beten. Dabei ließ ihn die Qual seines Herzens oft die Bitte des Propheten Elias aussprechen, dass er sterben möge, da ihm das Leben eine Last sei. Obwohl es aber Gott gefiel, sein Leben zu verlängern, fand er doch einen Weg, seinen Kummer zu erleichtern, indem er ihn von seiner Krankheit befreite und ihm die Erfüllung eines Wunsches gewährte, die ihn außerordentlich befriedigte. Er hatte seine beiden Bücher so häufig gelesen, dass er sie fast auswendig kannte, und obgleich beide fromme und gute Werke waren, sehnte er sich doch nach der Wahrheit aus der Ursprungsquelle, und er hielt es für sein größtes Unglück, dass er keine Bibel besaß, und glaubte nicht, dass er jemals wieder eine zu Gesicht bekäme. Entgegen seinen Erwartungen aber ließ ihm Gott auf seine Weise eine solche zukommen. Als er eines Tages mit seinem schwarzen Jungen angelte, um ein paar Fische zu fangen, die seinen Hunger stillen sollten, kam ein alter Mann vorbei und fragte den Knaben, ob sein Herr lesen könne. Da er es bejahte, sagte der Alte, er habe von den Portugiesen, als sie Colombo verließen, ein Buch erhalten; wenn es seinem Herrn gefalle, wolle er es ihm verkaufen: Der Junge erzählte es diesem, und der hieß ihn hingehen und sich ansehen, was für ein Buch es war. Der Knabe, der schon seit einiger Zeit den Engländern diente, kannte das Buch, und kaum hielt er es in der Hand, rannte er zu seinem Herrn und rief schon von Weitem: »Es ist die Bibel!« Diese Worte ließen Mr. Knox auffahren, er warf seine Angel hin und kam dem Jungen entgegen; als er sah, dass es der Wahrheit entsprach, freute er sich außerordentlich darüber, fürchtete jedoch, er habe nicht genug Geld, um das Buch zu kaufen, obwohl er entschlossen war, sich von allem Geld, das er besaß, und das war nur eine Goldmünze, zu trennen, um es zu erwerben; aber sein schwarzer Junge überredete ihn, Geringschätzung vorzutäuschen und ihm den Kauf zu überlassen. So erhielt er das Buch schließlich für eine Strickmütze.

Diesen Vorfall konnte er nur als großes Wunder betrachten – dass Gott ihm einen solchen Segen erwies, ihm eine Bibel in seiner Muttersprache zu bringen, an einem so fernen Punkt der Welt, wo Gottes Name unbekannt war und wo sich vermutlich niemals zuvor ein Engländer befunden hatte! Die Freude über diese Gnade war ihm ein großer Trost in seiner Gefangenschaft, obwohl ihm keine körperliche Annehmlichkeit fehlte, die das Land zu bieten vermochte; denn sogleich nach dem Tode seines Vaters hatte der König an die Stadtbewohner einen Eilboten gesandt, der den Befehl überbrachte, sie sollten ihn mit Freundlichkeit behandeln und ihm gute Nahrungsmittel geben; und nachdem er eine Zeit lang im Lande verbracht hatte und die Sprache verstand, gewährte ihm der König Annehmlichkeiten, wie ein Haus und Gärten. Er begann sich der Landwirtschaft zu widmen, und Gott ließ ihn so viel Erfolg haben, dass er reichlich mit Nahrung versehen war, und das nicht nur für sich selbst, sondern er konnte dazu noch anderen borgen, was ihm nach der Landesgewohnheit fünfzig Prozent Gewinn im Jahr einbrachte und ihn sehr bereicherte; er hatte auch Ziegen, die er statt Hammelfleisch verspeiste, sowie Schweine und Hühner. Trotz alledem aber, und es ging ihm so gut wie nur irgendeinem ihrer Adligen, konnte er sein Heimatland nicht so weit vergessen, dass er es zufrieden gewesen wäre, in einem fremden Land zu leben, wo er nach Gottes Wort und seinen Sakramenten hungerte, deren Fehlen ihm alle anderen Dinge unwichtig scheinen ließ; darum betete er täglich inständig zu Gott, er möge ihm dann, wenn er die Zeit für gekommen erachte, beidem wieder zuführen.

Endlich beschlossen er und ein gewisser Stephen Rutland, der seit zwei Jahren bei ihm lebte, um das Jahr 1673 zu fliehen, und sie überdachten alle geheimen Möglichkeiten, den Plan auszuführen. Sie hatten zuvor einen Weg ausprobiert, als fliegende Händler durch das Land zu ziehen, Tabak, Pfeffer, Knoblauch, Kämme und allerlei Eisenwaren einzukaufen und sie in die Landesteile zu bringen, wo es daran mangelte; und um ihre Absicht zu fördern, sprachen sie jetzt, während sie mit ihren Waren von Ort zu Ort zogen, mit den Einheimischen (denn nun beherrschten sie deren Sprache gut) und fragten sie über die Wege und die Bewohner aus, wo die Insel am dünnsten und wo sie am dichtesten besiedelt war, wo es Wachtposten an den Landesgrenzen gab, wie sie besetzt waren, und welche Waren sie überallhin bringen konnten, unter dem Vorwand, sie wollten sich mit den Dingen ausrüsten, die der jeweilige Ort brauchte. Niemand zweifelte daran, dass das, was sie taten, um des Handels willen geschah, denn Mr. Knox besaß einen so schönen Landsitz, und es war nicht anzunehmen, dass er einen solchen Besitz aufgab, nur weil er nach Norden wanderte, einem Teil des Landes, der am wenigsten bewohnt war; und so versorgten sie sich mit Waren, die sich in jener Gegend verkaufen ließen, machten sich auf und hielten Kurs auf den nördlichen Teil der Insel, ohne viel über die Wege zu wissen, die im Allgemeinen verschlungen und schwer zu finden waren, weil es dort keine öffentlichen Straßen gab, sondern nur eine Vielzahl kleiner Pfade von einem Ort zum anderen, die sich häufig veränderten; für Weiße war es überdies sehr gefährlich, sich nach dem Weg zu erkundigen, weil die Leute dann bald Verdacht über ihre Absichten schöpfen würden.

Zu diesem Zeitpunkt zogen sie von Conde Uda bis Nuwarakalawiya, dem entferntesten Ort des königlichen Herrschaftsbereichs und etwa drei Tagesreisen weit von ihrem Wohnort entfernt. Sie waren dem Schicksal sehr dankbar, dass sie bis dahin alle Schwierigkeiten überwunden hatten, weiter aber wagten sie nicht zu gehen, weil sie keine Waren mehr übrig hatten, mit denen sie handeln konnten; und da sie zum ersten Mal so lange von zu Hause abwesend waren, fürchteten sie, die Bewohner der Stadt könnten ihnen nachgehen, um sie zu suchen. So kehrten sie heim und zogen noch acht- oder zehnmal mit ihren Waren in diese Gegend, bis sie sowohl mit den Menschen als auch mit den Pfaden vertraut waren. In diesem Landesteil stieß Mr. Knox auf seinen schwarzen Jungen, den er vor mehreren Jahren fortgeschickt hatte. Er hatte jetzt eine Frau und Kinder und war sehr arm; da er aber die Gegend gut kannte, holte Mr. Knox bei ihm nicht nur Auskünfte ein, sondern verabredete auch mit ihm, dass er ihn und seinen Begleiter gegen ein gutes Entgelt zu den Holländern führen sollte. Er übernahm das sehr gern, und sie legten einen Zeitpunkt fest. Da Mr. Knox aber durch einen heftigen Schmerz, der ihn rechtsseitig überkam und fünf Tage lang zurückhielt, nicht reisefähig war, blieb die Vereinbarung erfolglos, denn obwohl er dorthin ging, sobald er wieder wohlauf war, hatte sich sein Führer zu eigenen Geschäften in eine andere Gegend begeben, und damals wagten sie die Flucht nicht ohne ihn.

Diese Versuche zogen sich über acht oder neun Jahre hin, denn mehrmals hinderten sie die verschiedensten Zwischenfälle daran, ihre Absicht auszuführen; meistens jedoch war es die Trockenheit, die sie befürchten ließ, im Wald zu verdursten, denn das ganze Land litt vier oder fünf Jahre lang unter der Dürre, da es nicht regnete.

Am 22. September 1679 machten sie sich wieder auf, mit Messern und kleinen Äxten zu ihrer Verteidigung ausgerüstet, denn die konnten sie heimlich bei sich führen, während sie, wie zuvor, alle zum Verkauf bestimmten Waren und die notwendigen Vorräte zusammenpackten. Der Mond war siebenundzwanzig Tage alt, sodass sie Licht genug zu ihrer Flucht hatten und ausprobieren konnten, welchen Erfolg Gott der Allmächtige ihnen jetzt bei ihrer Suche nach Freiheit beschied. Ihr erstes Ziel war Anuradhapura, und auf dem Weg dorthin lag eine Wildnis mit dem Namen Parraoth Mocolane, die voller ungezähmter Elefanten, Tiger und Bären war und, da sie an der äußersten Grenze des königlichen Herrschaftsbereichs lag, ständig bewacht wurde.

Auf halbem Wege hörten sie, die Beamten des Gouverneurs dieses Landesteils seien unterwegs, um des Königs Einkünfte und Steuern einzuholen und sie dann in die Stadt zu übersenden. Das jagte ihnen keine geringe Furcht davor ein, sie könnten sie finden und wieder zurückschicken; deshalb zogen sie sich in den westlichen Teil von Ecpoulpot zurück und ließen sich dort nieder, um zu stricken, bis sie hörten, dass die Beamten nun fort seien. Sobald sie verschwunden waren, setzten sie ihre Reise fort. Sie führten ein gehöriges Paket Baumwollgarn mit sich, um Mützen daraus zu stricken, und hatten ihre Waren behalten, angeblich um sie gegen Dörrfleisch einzutauschen, das nur in diesem niedrig gelegenen Landesteil verkauft wurde. Ihr Weg führte sie zwangsläufig durch Kalluvilla, den Sitz des Gouverneurs, der ausdrücklich zu dem Zweck dort wohnte, alle Reisenden, die kommen und gehen, zu überprüfen. Dies bereitete ihnen große Sorgen, denn er würde ohne Weiteres vermuten, sie hätten sich über den ihnen erlaubten Raum hinausbegeben, da sie ja Gefangene waren. Sie suchten jedoch entschlossen sein Haus auf, und als sie ihn dort antrafen, übergaben sie ihm ein Geschenk von Tabak und Betelnüssen, zeigten ihm ihre Waren und erklärten, sie seien gekommen, um Dörrfleisch zu holen, das sie mit sich zurücknehmen wollten. Der Gouverneur schöpfte keinen Verdacht und sagte, es tue ihm leid, dass sie in einer so trockenen Jahreszeit hergekommen seien, wo man keine Rehe fangen konnte; sobald es aber regnete, wolle er sie versorgen. Diese Antwort bereitete ihnen Freude, und sie taten, als seien sie es zufrieden, dort zu bleiben; sie verweilten zwei, drei Tage bei ihm, und da noch immer kein Regen gefallen war, übergaben sie dem Gouverneur fünf oder sechs Ladungen Schießpulver, das dort eine Seltenheit war, hinterließen ein Bündel in seinem Haus und baten ihn, ein paar Rehe für sie zu schießen, während sie einen Abstecher nach Anuradhapura machten. Auch hier versetzte sie die Tatsache in Schrecken, dass der König Soldaten ausgeschickt hatte, die dem Gouverneur den Befehl überbrachten, die Wachen zu verstärken, damit keinerlei verdächtige Personen durchkämen. Das sollte zwar nur dazu dienen, eine Flucht von Verwandten gewisser Adliger zu verhindern, die der König eingesperrt hatte, sie befürchteten aber, die Wachen könnten sich wundern, Weiße hier zu sehen, und sie wieder zurückschicken. Gott fügte es jedoch, dass sie sehr freundlich zu ihnen waren und sie ihren Geschäften überließen, und so gelangten sie ungefährdet nach Anuradhapura. Der Vorwand ihres Kommens war Dörrfleisch, obgleich sie wussten, dass keins zu haben war; ihre eigentliche Absicht aber war, den

Weg, der zu den Holländern hinunterführte, zu suchen, und zu diesem Zweck blieben sie drei Tage. Sie stellten jedoch fest, dass auf dem Weg nach Jaffnapatam, einem der holländischen Häfen, eine Wache stand, die kaum zu umgehen war, und es auch andere unüberwindliche Schwierigkeiten gab, und so beschlossen sie, zurückzukehren und dem Fluss Malwatta Oya zu folgen, von dem sie schon zuvor vermutet hatten, er werde sie zum Meer führen. Um einer Verfolgung aus dem Weg zu gehen, verließen sie am Sonntag, dem 12. Oktober, bei Nachtanbruch, einem Zeitpunkt, wo die Leute aus Angst vor wilden Tieren niemals reisten, Anuradhapura. Sie waren ausgerüstet mit allem, was sie für ihre Wanderung brauchten, wie Proviant für zehn Tage, einem Kessel zum Essen kochen, zwei Kürbisflaschen zum Wasserholen und zwei großen Schattenpalmblättern zum Errichten eines Zelts sowie mit Rohzucker, Eingemachtem, Tabak, Betelnüssen, Zunderbüchsen und Rehhäuten für Schuhe, um ihre Füße vor den Dornen zu schützen, denn auf sie verließen sie sich am meisten. Als sie zum Malwatta Oya gelangt waren, hielten sie sich im Wald und wanderten neben dem Fluss her, ohne den Ufersand zu betreten (damit sie keine Fußspuren hinterließen), oder nur dann, wenn sie dazu gezwungen waren, und in dem Fall gingen sie rückwärts.

Nachdem sie ein gutes Stück im Wald vorgedrungen waren, begann es zu regnen; darum schlugen sie ihre Zelte auf, zündeten ein Feuer an und ruhten sich vor Aufgang des Mondes aus, der gerade achtzehn Tage alt war; dann banden sie sich Rehhäute um die Füße, entledigten sich ihrer Waren und zogen weiter. Als sie unter Schwierigkeiten, weil der Mond zwischen den dicken Bäumen nur wenig Licht gab, drei bis vier Stunden gewandert waren, stand ein Elefant vor ihnen auf dem Weg; da sie ihn nicht verscheuchen konnten, mussten sie bis zum Morgen warten, und so machten sie Feuer und rauchten eine Pfeife Tabak. Bei Tageslicht vermochten sie dort keinerlei menschliche Spuren zu entdecken, denn es war nichts als Wald zu sehen, und so hofften sie, schon alle Gefahren hinter sich gelassen zu haben und jenseits aller Siedlungen zu sein. Aber sie täuschten sich, denn der sich nordwärts windende Fluss führte sie mitten in eine Gruppe von Ortschaften, Tissea Wava genannt, wo sie große Angst ausstanden, weil ihnen dort Entdeckung drohte. Hätten die Leute sie gefunden, dann hätten sie sie zuerst geschlagen und dann zum König gesandt; um dem zu entgehen, verkrochen sie sich in einen hohlen Baum und blieben dort im feuchten Moder sitzen, bis es zu dunkeln begann. Nun machten sie sich auf und wanderten, bis die Schwärze der Nacht sie am Weitergehen hinderte. Hinter sich hörten sie Stimmen, und sie fürchteten schon, es seien Leute, die sie verfolgten; schließlich aber überzeugten sie sich davon, dass es nur ein Geschrei war, das die wilden Tiere von den Kornfeldern fernhalten sollte, und so schlugen sie am Fluss ihre Zelte auf, und nachdem sie gekochten Reis und gebratenes Fleisch zum Abendbrot gegessen und ihren Hunger gestillt hatten, empfahlen sie sich in Gottes Hand und legten sich zum Schlafen nieder.

Um das Schlimmste zu verhindern, erhoben sie sich früh am nächsten Morgen und eilten auf ihrer Wanderung weiter. Obwohl sie sich jetzt in Sicherheit vor den zivilisierten Chiangulays befanden, drohte ihnen doch große Gefahr durch die wilden Eingeborenen, von denen jene Wälder voll waren und deren Zelte sie sahen; aber wegen des Regens hatten sich alle vom Fluss fort in die Wälder begeben, und so bewahrte Gott sie vor der Gefahr, denn wären sie auf die Wilden gestoßen, dann hätten diese sie erschossen.

Auf diese Weise zogen sie mehrere Tage lang vom Morgen bis zum Abend weiter, durch Buschwerk und Dornen, die ihnen die nackten Arme und Schultern blutig rissen. Häufig trafen sie auf Bären, Wildschweine, Rehe und wilde Büffel, die jedoch alle davonliefen, sobald sie sie erblickten. Der Fluss wimmelte von Alligatoren. Am Abend schlugen sie ihre Zelte auf und zündeten vor und hinter ihnen große Feuer an, um die wilden Tiere zu verscheuchen, und obgleich sie Laute der unterschiedlichsten Arten hörten, sahen sie keine Tiere.

Am Donnerstagmittag überquerten sie den Fluss Coronda, der das Land der Malabaren von dem des Königs trennt, und am Freitag gegen neun oder zehn Uhr morgens gelangten sie zu den Einwohnern, vor denen sie sich ebenso fürchteten wie zuvor vor den Chiangulays, denn obwohl der Wanniounay oder Prinz dieses Volkes den Holländern aus Angst Tribut zahlt, hat er doch bessere Beziehungen zum König von Kandy, und wenn er sie erwischt hätte, dann hätte er sie zu ihrem ehemaligen Herrn zurückgeschickt. Da sie nicht wussten, wohin sie entkommen konnten, setzten sie ihre Wanderung längs des Flusses tagsüber fort, denn nachts war es wegen der Dornen und der wilden Tiere, die zur Tränke an den Fluss hinunterkamen, unmöglich, durch den Wald zu ziehen. Im ganzen Malabarenland begegneten ihnen nur zwei Brahmanen, die sich sehr höflich zu ihnen verhielten, und gegen Bezahlung führte sie der eine in das Gebiet der Holländer, und sie befanden sich nun gänzlich außerhalb der Reichweite des Königs von Kandy, worüber sie sich nicht wenig freuten. Sie hatten jedoch große Mühe, den Weg aus den Wäldern zu finden, dann aber führte ein Malabare sie gegen eine Entlohnung in Form eines Messers zu einer holländischen Ortschaft; dort trafen sie auf Leute, die sie von einem Ort zum nächsten geleiteten, und so erreichten sie schließlich das Fort Aripo, wo sie am Donnerstag, dem 18. Oktober 1679, ankamen und dankbar Gottes wunderbare Fürsorge priesen, der auf diese Weise ihre Befreiung aus einer langen Gefangenschaft von neunzehn Jahren und sechs Monaten bewirkt hatte.

Ich kehre jetzt zu meiner eigenen Geschichte zurück, die sich ihrem Ende nähert, was meine Reisen durch diesen Teil der Welt betrifft. Wir waren nun auf See und hielten eine Zeit lang Kurs auf Norden, um zu versuchen, einen Markt für unsere Gewürze zu finden, denn wir waren sehr reich an Muskatnüssen, wussten jedoch nicht, was wir mit ihnen anfangen sollten; wir wagten uns nicht an die englische Küste oder, um es richtiger auszudrücken, in die englischen Handelsniederlassungen, um dort Geschäfte abzuschließen. Nicht dass wir uns gefürchtet hätten, gegen ihre zwei Schiffe zu kämpfen, denn wir wussten auch, dass sie von der Regierung keine Kaperbriefe hatten und es ihnen daher nicht zukam, die Offensive zu ergreifen – nicht einmal dann, wenn wir Piraten waren. Hätten wir sie allerdings angegriffen, dann wären sie berechtigt gewesen, sich zusammenzuschließen, um Widerstand zu leisten, und einander beizustehen, um sich zu verteidigen; aber von sich aus ein mit fast fünfzig Kanonen bestücktes Piratenschiff anzugreifen, wie unser Fahrzeug es war, lag offensichtlich jenseits ihrer Befugnisse; daher brauchten wir uns darüber nicht zu beunruhigen, und wir zerbrachen uns also nicht den Kopf darüber; andererseits aber lag es nicht im Geringsten in unserem Interesse, uns bei ihnen sehen zu lassen und Nachricht über uns von einer Faktorei zur anderen gelangen zu lassen, sodass wir bei irgendwelchen späteren Absichten sicher sein konnten, an ihrer Ausführung gehindert und entdeckt zu werden. Noch weniger lag uns daran, uns in irgendeiner holländischen Faktorei an der Malabarküste sehen zu lassen, denn da unser Schiff vollgeladen war mit Gewürzen, deren wir sie, im Sinne ihres Handelsprivilegs, beraubt hatten, hätte ihnen dies verraten, wer wir waren und was wir getan hatten, und zweifellos hätten sie alles nur Mögliche unternommen, um über uns herzufallen.

Die einzige Möglichkeit, die wir hatten, war Goa anzusteuern und, wenn möglich, unsere Gewürze in der dortigen portugiesischen Faktorei zu verkaufen. Dementsprechend segelten wir bis fast dorthin, denn wir hatten schon vor zwei Tagen Land gesichtet, und da wir uns auf der Höhe von Goa befanden, hielten wir Kurs auf Margao an der Spitze von Salsat, auf dem Wege nach Goa.

Hier rief ich den Leuten am Ruder zu, sie sollten beidrehen, und hieß den Steuermann, nach Nordnordwest auszulaufen, bis wir vom Ufer her nicht mehr zu sehen waren. Jetzt berieten William und ich, wie wir es in Notlagen immer taten, welche Maßnahmen wir treffen sollten, um dort Handel zu treiben, ohne entdeckt zu werden, und gelangten am Ende zu dem Schluss, dass wir Goa überhaupt nicht anlaufen wollten, sondern dass sich William zusammen mit einigen zuverlässigen Burschen, auf die wir uns verlassen konnten, mit der Schaluppe nach Surat, das noch weiter nördlich lag, begeben und dort als Händler versuchen sollte, mit solchen englischen Faktoreien, die sich für sie als geeignet erwiesen, Geschäfte abzuschließen.

Um dies so vorsichtig wie nur möglich auszuführen und keinen Verdacht zu erregen, kamen wir überein, alle Kanonen aus der Schaluppe zu entfernen und ausschließlich Leute an Bord zu lassen, die uns versprachen, dass sie nicht wünschten oder versuchen würden, an Land zu gehen oder mit irgendjemand, der an Bord kommen mochte, zu sprechen oder sich in eine Unterhaltung einzulassen; und um die Verkleidung, unseren Absichten entsprechend, vollkommen zu machen, unterwies William zwei unserer Leute einen Wundarzt, wie er selbst es war, und einen gewitzten Burschen, einen alten Seemann, der an der Küste von Neuengland Lotse gewesen war und der ausgezeichnet zu schauspielern verstand. Diese beiden verkleidete William als Quäker und brachte ihnen bei, wie solche zu sprechen. Den alten Lotsen machte er zum Kapitän der Schaluppe und den Wundarzt zum Doktor, sich selbst aber zum Ladungsaufseher. In dieser Aufmachung und mit vollgeladener Schaluppe, von der sie alle Verzierungen entfernt hatten (es waren auch schon vorher nur wenig daran gewesen) und auf der nicht eine Kanone zu sehen war, segelte er fort, mit Kurs auf Surat.

Ich hätte erwähnen sollen, dass wir einige Tage, bevor wir uns trennten, eine kleine Sandinsel dicht unter der Küste anliefen, wo wir einen schönen Schlupfhafen mit tiefem Wasser vorfanden, der einer Reede glich und sich außer Sichtweite von den Faktoreien befand, die hier an der Küste sehr dicht beieinanderlagen. Nun stauten wir die Ladung der Schaluppe um und beluden sie ausschließlich mit Waren, die wir dort umsetzen wollten, und das waren fast nur Muskatnüsse und Nelken, vor allem aber jene; von da liefen William und seine beiden Quäker mit einer Besatzung von etwa achtzehn Mann mit der Schaluppe nach Surat aus und gingen in einiger Entfernung von der Faktorei vor Anker.

William war so vorsichtig, dass er es möglich machte, sich zusammen mit dem Doktor, wie er ihn nannte, in einem Boot, das an der Schaluppe anlegte, um ihnen Fisch zu verkaufen, und das nur von einheimischen Indern gerudert wurde, an Land bringen zu lassen; dieses Boot mietete er nachher auch, um wieder an Bord zurückzukehren. Nicht lange, nachdem sie an Land waren, gelang es ihnen, die Bekanntschaft einiger Engländer zu machen, die zwar dort wohnten und vielleicht zuvor Angestellte der Company gewesen waren, zu dieser Zeit aber anscheinend auf eigene Rechnung Handel trieben, vor allem jederlei Küstenhandel, der sich ihnen bot. Der Doktor wurde als Erster bestimmt, Bekanntschaft mit ihnen zu schließen; er empfahl seinen Freund, den Ladungsaufseher, und nach und nach freundeten sich die Kaufleute ebenso sehr mit dem Gelegenheitskauf an wie unsere Männer mit den Kaufleuten, nur dass die Ladung ein bisschen zu umfangreich für sie war.

Dies erwies sich aber nicht lange als Schwierigkeit für sie, denn am nächsten Tag brachten sie noch zwei Kaufleute, gleichfalls Engländer, mit ins Geschäft, und wie William aus ihrer Unterhaltung entnehmen konnte, hatten sie beschlossen, die Waren, falls sie sie kauften, auf eigene Rechnung in den Persischen Golf zu bringen. William verstand den Wink und schloss daraus, wie er mir später erzählte, dass wir sie ebenso gut hätten selbst dorthin bringen können. Das war aber nicht Williams gegenwärtiges Anliegen; er hatte nicht weniger als dreiunddreißig Tonnen Muskatnüsse und achtzehn Tonnen Nelken an Bord. Unter den Nüssen befand sich auch eine beträchtliche Menge Muskatblüten, aber wir waren nicht bereit, viel nachzulassen. Kurz, sie feilschten, und die Kaufleute, die sehr gern die Schaluppe mitsamt der Ladung erworben hätten, wiesen William die Richtung und gaben ihm zwei Mann als Lotsen, damit er sich zu einer Flussmündung in etwa sechs Meilen Entfernung von der Faktorei begeben konnte; sie brachten Boote dorthin, übernahmen die ganze Ladung und bezahlten William sehr redlich dafür. Der gesamte Posten kam, in Geld ausgedrückt, auf ungefähr fünfunddreißigtausend Pesos, abgesehen von einigen wertvollen Waren, die William sehr gern annahm, und zwei großen Diamanten, die einen Wert von etwa dreihundert Pfund Sterling hatten.

Als sie das Geld ausgezahlt hatten, lud William sie an Bord der Schaluppe, wohin sie auch kamen; der vergnügte alte Quäker unterhielt sie köstlich durch seine Sprechweise, und er duzte sie immerfort und machte sie derart betrunken, dass sie in dieser Nacht nicht an Land gehen konnten.

Sie hätten gern gewusst, wer unsere Leute waren und woher sie kamen, aber nicht ein Mann auf der Schaluppe antwortete ihnen auf irgendeine ihrer Fragen; sie reagierten jedoch in einer Weise, dass die anderen glaubten, sie scherzten und machten Spaß mit ihnen. Im Laufe unseres Gesprächs erzählte mir William aber, die Engländer seien in der Lage, jede Ladung zu übernehmen, die wir ihnen brächten, und hätten doppelt so viele Gewürze gekauft, wenn unsere Leute sie gehabt hätten. William befahl dem fröhlichen Kapitän, ihnen zu sagen, sie hätten noch eine zweite Schaluppe in Margao liegen, die gleichfalls eine Menge Gewürze an Bord habe, und wenn diese bei seiner Rückkehr nicht verkauft seien (denn dorthin fahre er), dann wolle er sie hierherbringen.

Seine neuen Kunden waren so erpicht darauf, dass sie den Handel am liebsten im Voraus mit dem alten Kapitän abgeschlossen hätten. »Nein, Freund«, sagte er, »ich will nicht ungesehen ein Geschäft mit dir machen und weiß auch gar nicht, ob der Besitzer der Schaluppe seine Ladung nicht schon an irgendwelche Kaufleute in Salsat verkauft hat. Sollte das aber nicht der Fall sein, wenn ich dorthin komme, dann beabsichtige ich, ihn dir herzubringen.«

Der Doktor war die ganze Zeit über beschäftigt, ebenso wie William und der alte Kapitän, denn er fuhr mehrmals am Tage in dem indischen Boot an Land und brachte für die Schaluppe frischen Proviant, den die Besatzung recht nötig brauchte. Insbesondere brachte er siebzehn große Arrakfässer mit, die so viel fassten wie Stückfässer, und daneben eine Reihe von kleineren Fässern, ferner eine gewisse Menge Reis und reichlich Obst, wie Mangofrüchte, Kürbisse und dergleichen mehr, dazu Geflügel und Fisch. Er kam niemals an Bord, ohne tief geladen zu haben, denn er kaufte nicht nur für sie, sondern auch für das Schiff ein. So versorgten sie uns halbwegs mit Reis und Arrak, einigen Schweinen und sechs oder sieben lebenden Kühen und kamen, mit Vorräten beladen und mit dem Auftrag, dorthin zurückzukehren, wieder zu uns.

Wir hießen William immer als den Überbringer froher Botschaft willkommen, diesmal aber ganz besonders, denn dort, wo wir mit dem Schiff angelegt hatten, konnten wir außer ein paar Mangofrüchten und etwas Wurzelgemüse nichts erhalten, weil wir uns nicht ins Land hineinwagen oder bekannt werden wollten, bevor wir Nachricht von unserer Schaluppe hatten; und tatsächlich waren unsere Leute fast am Ende ihrer Geduld, denn William hatte siebzehn Tage mit diesem Unternehmen verbracht und sie gut verwendet.

Als er zurück war, hielten wir wieder eine Beratung über das Thema »Handel« ab, nämlich ob wir unsere besten Gewürze und anderen Waren, die wir an Bord des Schiffs hatten, nach Surat senden oder selbst in den Persischen Golf segeln sollten, wo wir alles vermutlich ebenso vorteilhaft verkaufen konnten wie die englischen Kaufleute aus Surat. William war dafür, dass wir selbst dorthin fuhren, was, nebenbei gesagt, dem soliden, nüchternen, kaufmännischen Geist dieses Mannes entsprach, der bei allem für das Beste war; hier jedoch entschied ich anders als William, was ich nur sehr selten auf mich nahm; aber ich erklärte ihm, in Anbetracht der Lage, in der wir uns befanden, sei es auch dann, wenn wir nur den halben Erlös bekämen, bedeutend besser für uns, unsere gesamte Ladung hier zu verkaufen, als damit in den Persischen Golf zu segeln, wo wir ein größeres Risiko eingingen und die Leute viel neugieriger sein und uns mehr Fragen stellen würden als in Surat; es wäre dort nicht so leicht, mit ihnen fertig zu werden, weil sie da ungehindert und offen Handel trieben und nicht im Verborgenen, wie diese Männer hier es anscheinend taten. Außerdem wäre es auch, falls man dort irgendeinen Verdacht schöpfte, viel schwieriger als hier, den Rückzug anzutreten, es sei denn, gewaltsam. Hier, wo wir uns sowieso schon auf dem offenen Meer befanden, konnten wir jederzeit davonsegeln, ohne uns zu tarnen und ohne auch nur den Anschein zu erwecken, dass wir verfolgt würden, denn niemand wusste, wo er uns suchen sollte.

Meine Befürchtungen überzeugten William, ganz gleich, ob dies meine Gründe auch taten, und er gab nach; wir beschlossen also, noch einmal den Versuch zu unternehmen, eine Schiffsladung an dieselben Händler zu verkaufen. Die Hauptsache war, dass wir uns überlegten, wie wir es bewerkstelligen konnten, den Umstand zu umgehen, der sie den englischen Kaufleuten verraten hätte, nämlich die Behauptung, dass es sich um unsere andere Schaluppe handele; dies übernahm jedoch der alte Quäker, der Lotse, denn da er, wie gesagt, ein ausgezeichneter Schauspieler war, fiel es ihm auch nicht schwer, die Schaluppe in ein neues Gewand zu kleiden. Als Erstes brachte er das gesamte Schnitzwerk wieder an, das er zuvor abgenommen hatte; das Heck, das vorher grau-weiß gestrichen und ganz stumpf gewesen war, erstrahlte jetzt in blauer Lackfarbe und ich weiß nicht wie viel fröhlichen Mustern, und was das Achterdeck betraf, so hatten die Zimmerleute darauf zu beiden Seiten einen sauberen kleinen Gang angebracht. Sie führte nun zwölf Kanonen und einige Petereros auf dem Schandeck, von denen sich vorher nicht eine darauf befunden hatte, und um ihr neues Aussehen zu vollenden und ihr ein völlig anderes Gesicht zu verleihen, befahl er, die Segel zu verändern, und da sie zuvor wie eine Yacht mit Halbspriet gesegelt war, erhielt sie jetzt ein Rahsegel und einen Besanmast wie eine Ketsch, sodass sie, mit einem Wort, eine vollendete Täuschung war, verkleidet in jedem Kennzeichen, von dem zu erwarten war, dass ein Fremder, der das Fahrzeug nur einmal gesehen hatte, es bemerkte, denn die englischen Händler waren ja nur einmal an Bord gewesen.

In dieser Gestalt kehrte die Schaluppe zurück. Sie hatte einen neuen Mann, von dem wir wussten, dass wir ihm trauen konnten, zum Kapitän, und der alte Lotse erschien nur als Passagier. Der Doktor und William stellten die Ladungsaufseher dar; sie waren mit einer ausdrücklichen Vollmacht von Kapitän Singleton versehen, und alles hatte seine gebührende Form.

Wir hatten eine vollständige Ladung für die Schaluppe, denn neben einer sehr großen Menge von Muskatnüssen und Nelken, Muskatblüten und etwas Zimt führte sie auch einige Waren an Bord, die wir übernommen hatten, als wir vor den Philippinen lagen, während wir warteten und nach Raub Ausschau hielten.

William fand es nicht schwer, auch diese Ladung zu verkaufen, und kehrte nach ungefähr zwanzig Tagen wieder, beladen mit allen notwendigen Vorräten für unsere lange Fahrt; wir hatten, wie gesagt, viele andere Waren gehabt, und er brachte uns etwa dreiunddreißigtausend Pesos sowie einige Diamanten mit, und obgleich William nicht behauptete, ein großer Kenner darin zu sein, war es ihm doch gelungen, sich dabei nicht betrügen zu lassen, und außerdem waren die Kaufleute, mit denen er zu tun hatte, sehr anständige Menschen.

Sie bereiteten unseren Leuten keinerlei Schwierigkeiten, denn die Aussicht auf Gewinn veranlasste sie, nicht neugierig zu sein, und an der Schaluppe entdeckten sie nicht das Geringste. Was die Tatsache betraf, dass sie ihnen Gewürze verkauften, die von so weit her stammten, so war das anscheinend dort nichts Neues, wie wir glaubten, denn bei den Portugiesen gab es oftmals Schiffe, die aus Macao in China kamen und Gewürze brachten, die sie den chinesischen Händlern abgekauft hatten; und diese wiederum trieben häufig Handel auf den holländischen Gewürzinseln und tauschten die aus China mitgebrachten Waren gegen Gewürze ein.

Dies kann man tatsächlich als die einzige Handelsfahrt bezeichnen, die wir unternahmen. Jetzt waren wir wirklich sehr reich, und ganz natürlicherweise standen wir nun vor der Überlegung, wohin wir uns als Nächstes wenden sollten. Unser Löschungshafen, wie wir ihn hätten nennen können, lag auf Madagaskar in der Bucht von Mangahelly; aber eines Tages nahm mich William in seiner Kajüte auf der Schaluppe beiseite und erklärte mir, er wolle etwas ernsthaft mit mir besprechen. So schlossen wir uns ein, und William begann:

»Willst du mir erlauben, offen mit dir über deine gegenwärtige Lage und über die künftigen Aussichten in deinem Leben zu reden?«, fragte er. »Und versprichst du mir bei deiner Ehre, dass du mir nichts übel nehmen wirst?«

»Herzlich gern«, erwiderte ich. »William, ich habe Euren Rat immer für gut befunden, und Eure Pläne sind nicht nur gründlich durchdacht gewesen, sondern Eure Empfehlungen haben uns auch immer Glück gebracht, und deshalb könnt Ihr sagen, was Ihr wollt, ich verspreche Euch, dass ich es Euch nicht übel nehmen werde.«

»Aber das ist noch nicht alles, was ich fordere«, sagte William. »Versprich mir, das, was ich dir sagen werde, unter der Mannschaft nicht bekannt zu machen, wenn dir mein Vorschlag nicht gefällt.«

»Das werde ich nicht, William«, antwortete ich, »ich gebe Euch mein Wort darauf.« Und ich beschwor auch das bereitwillig.

»Nun habe ich nur noch einen Punkt mit dir abzusprechen«, sagte William, »nämlich dass du, wenn du meinen Vorschlag betreffs dich selbst nicht billigst, dass du dann mir und meinem neuen Arztkollegen erlaubst, ihn unsererseits auszuführen, soweit er dir nicht zum Schaden und zum Verlust gereicht.«

»Mit allem will ich einverstanden sein, William«, sagte ich, »außer damit, dass du mich verlässt. Von dir aber kann ich mich unter keinen Umständen trennen.«

»Nun«, sagte William, »ich habe auch gar nicht die Absicht, mich von dir zu trennen, es sei denn, du selbst veranlasst es. Aber gib mir in allen drei Punkten Sicherheit, und dann sage ich dir offen, was ich denke.«

So versprach ich ihm denn alles, was er wollte, so feierlich wie nur möglich und dabei so ernsthaft und ehrlich, dass William nicht zögerte, mir seine Gedanken zu offenbaren:

»Nun, dann erstens«, erklärte William, »will ich dich fragen, ob du nicht der Meinung bist, dass wir, du und alle deine Leute, nun reich genug sind und tatsächlich ein so großes Vermögen zusammenbekommen haben (auf welche Weise auch immer, das steht hier nicht zur Debatte), dass wir kaum wissen, was wir damit anfangen sollen?«

»Freilich, das stimmt, William«, sagte ich, »du hast so ziemlich recht; ich glaube, wir haben großes Glück gehabt.«

»Nun, dann möchte ich fragen«, fuhr William fort, »ob du dir, da du also genug erworben hast, irgendwelche Gedanken darüber gemacht hast, dieses Gewerbe aufzugeben, denn die meisten Leute ziehen sich aus ihrem Geschäft zurück, wenn sie mit ihrem Erwerb zufrieden und reich genug sind, da niemand Handel treibt nur um des Handels willen, und noch viel weniger rauben die Menschen nur um des Diebstahls willen.«

»Aha, William«, sagte ich, »jetzt verstehe ich, worauf Ihr hinauswollt. Ich wette mit Euch, Ihr sehnt Euch nach Hause«, setzte ich hinzu.

»Ja, freilich«, sagte William, »du sagst es, und hoffentlich geht es auch dir so. Für die meisten Menschen, die sich in der Fremde befinden, ist es natürlich, dass sie schließlich wieder heimkehren möchten, besonders dann, wenn sie reich geworden sind und wenn sie (du gibst ja zu, dass das bei dir der Fall ist) reich genug sind – so reich, dass sie nicht wissen, was sie mit mehr Geld anfangen sollten, wenn sie es hätten.«

»Siehst du, William«, erwiderte ich, »jetzt glaubst du, deine Einführung so überzeugend dargelegt zu haben, dass ich nichts darauf zu sagen wüsste – nämlich wenn ich genug Geld habe, sei es natürlich, dass ich daran dächte, nach Hause zurückzukehren. Du hast aber nicht erklärt, was du mit zu Hause meinst, und hierin werden wir beide verschiedener Ansicht sein. Aber Mann, ich bin doch schon zu Hause. Hier wohne ich, ein anderes Zuhause habe ich nie im Leben gehabt. Ich war so eine Art Wohlfahrtsschuljunge, sodass ich nicht den Wunsch empfinden kann, irgendwohin zu gehen, ob ich nun reich oder arm bin, denn ich weiß nicht, wohin ich gehen könnte.«

»Wieso«, fragte William und sah ein bisschen verwirrt aus, »bist du denn kein Engländer?«

»Doch«, antwortete ich, »ich glaube, ja. Du hörst ja, dass ich Englisch spreche, aber ich habe England schon als Kind verlassen und bin, seitdem ich erwachsen bin, nur ein einziges Mal dort gewesen, und da hat man mich betrogen und geprellt und mich so schlecht behandelt, dass es mir nichts ausmacht, wenn ich das Land nie wiedersehe.«

»Ja, hast du denn dort keine Verwandten oder Freunde?«, fragte er, »keine Bekannten – niemanden, für den du etwas empfindest oder für den du noch ein wenig Achtung übrig hast?«

»Nein, William«, erwiderte ich, »das habe ich nicht – ebenso wenig wie am Hof des Großmoguls.«

»Und empfindest du auch nichts für das Land, in dem du geboren wurdest?«, wollte William wissen.

»Nein, nichts – nicht mehr als für die Insel Madagaskar, oder vielmehr noch nicht einmal so viel, denn das ist eine Insel, die mir mehr als einmal Glück gebracht hat, wie du weißt, William«, sagte ich.

William war von meiner Antwort völlig verblüfft und schwieg, und so fuhr ich fort: »Sprich weiter, William, was hast du noch zu sagen? Denn ich höre ja, dass du irgendeinen Plan im Kopf hast«, sagte ich, »los, heraus damit.«

»Nein«, antwortete William, »du hast mich zum Schweigen gebracht, und alles, was ich zu sagen hatte, ist nun über den Haufen geworfen; alle meine Pläne haben sich verflüchtigt und sich in nichts aufgelöst.«

»Aber William«, sagte ich, »lass mich doch hören, worin sie bestanden, denn wenn auch das, was ich zu erwarten habe, nicht deinen Vorstellungen entspricht und obgleich ich keinen Verwandten, keinen Freund und keinen Bekannten in England habe, sage ich doch nicht, dass mir dieses unstete Leben des Herumkreuzens so gut gefällt, dass ich es nie mehr aufgeben möchte. Lass hören, ob du mir irgendetwas vorschlagen kannst, was darüber hinausgeht.«

»Gewiss, Freund«, sagte William sehr ernst, »es gibt etwas, was darüber hinausgeht.« Er hob die Hände, schien sehr bewegt zu sein, und ich glaubte, Tränen in seinen Augen zu sehen; aber ich, der ich ein viel zu hartgesottener Kerl war, um mich von solchen Dingen rühren zu lassen, lachte ihn aus. »Was«, sagte ich, »ich wette, du meinst den Tod, nicht wahr? Der geht über dieses Gewerbe hinaus. Nun, wenn er kommt, dann kommt er eben, dann sind wir alle darauf gefasst.«

»Freilich«, sagte William, »das stimmt, aber es wäre besser, man denkt an manche Dinge, bevor es so weit ist.«

»Daran denken!«, erwiderte ich. »Was bedeutet es schon, wenn man daran denkt? An den Tod zu denken heißt sterben, und wenn man immer an ihn denkt, stirbt man sein ganzes Leben lang. Man hat noch Zeit genug, daran zu denken, wenn er kommt.«

Der Leser wird ohne Weiteres glauben, dass ich zu einem Piraten wohlgeeignet war, da ich so sprechen könnte. Aber er möge mir erlauben, es hier niederzuschreiben, damit andere hartgesottene Schurken, wie ich einer war, es sich merken: Mein Gewissen versetzte mir einen Stich, wie ich ihn noch nie zuvor verspürt hatte, als ich erklärte: »Was bedeutet es schon, wenn man daran denkt?«, und sagte mir, eines Tages würde ich mich betrübten Herzens an diese Worte erinnern, aber die Zeit der Überlegung war für mich noch nicht gekommen, und so sprach ich weiter.

Da sagte William sehr ernst: »Ich muss dir sagen, Freund, dass es mir leidtut, dich so reden zu hören. Diejenigen, die niemals an den Tod denken, sterben häufig, ohne daran zu denken.«

Ich fuhr noch eine Weile fort zu scherzen und sagte: »Ich bitte dich, sprich nicht vom Sterben. Woher wissen wir denn, dass wir überhaupt jemals sterben werden?« Und ich begann zu lachen.

»Darauf brauche ich dir nicht zu antworten«, sagte William, »es kommt mir nicht zu, dich zu tadeln, der du hier mein Befehlshaber bist, aber mir wäre es lieber, wenn du auf eine andere Weise über den Tod reden würdest, die hier ist sehr roh.«

»Sag zu mir, was du willst, William«, antwortete ich, »ich werde es wohlwollend aufnehmen.« Mich begannen seine Äußerungen jetzt sehr zu bewegen.

Da sagte William (und die Tränen liefen ihm über die Wangen): »Gerade weil die Menschen leben, als müssten sie niemals sterben, sterben so viele, bevor sie gelernt haben zu leben. Ich meinte aber nicht den Tod, als ich sagte, es gebe etwas, an was man denken sollte, was über diese Art des Lebens hinausgeht.«

»Nun, William«, fragte ich, »und das wäre?«

»Die Reue«, erklärte er.

»Wieso«, sagte ich, »hast du schon jemals gehört, dass ein Seeräuber Reue empfunden habe?«

Das ließ ihn ein wenig auffahren, und er antwortete: »Am Galgen habe ich schon einmal einen kennengelernt, und ich hoffe, du wirst der Zweite sein.«

Er sagte dies sehr liebevoll und offensichtlich sehr um mich besorgt.

»Nun, William, ich danke dir«, erwiderte ich, »und ich stehe diesen Dingen auch nicht so gefühllos gegenüber, wie ich mir den Anschein gebe. Aber vorwärts, lass mich deinen Vorschlag hören.«

»Mein Vorschlag soll dir ebenso zum Wohle gereichen wie mir«, sagte William. »Wir können mit dieser Art Leben Schluss machen und bereuen, und ich glaube, gerade jetzt bietet sich uns die beste Gelegenheit dazu, die sich uns je geboten hat oder jemals bieten wird oder die es überhaupt nur geben kann.«

»Hör zu, William«, sagte ich, »lass mich zuerst einmal deinen Vorschlag erfahren, wie man unserer jetzigen Lebensweise ein Ende setzen kann, denn darum handelt es sich ja gegenwärtig; von dem anderen werden wir später reden. Ich bin nicht so gefühllos«, sagte ich, »wie du vielleicht von mir glaubst. Aber lass uns zuerst aus dieser teuflischen Lage herauskommen, in der wir gegenwärtig sind.«

»Gewiss«, erklärte William, »da hast du recht. Wir dürfen nicht von Reue sprechen, solange wir auch weiterhin Seeräuber sind.«

»Freilich, William«, entgegnete ich, »das meine ich ja, denn wenn wir uns nicht bessern müssen, abgesehen davon, dass uns das Geschehene leidtut, dann habe ich keine Ahnung, was Reue bedeutet; im besten Fall weiß ich tatsächlich nur wenig über die Sache, aber die Natur der Dinge selbst scheint mir zu sagen, dass der erste Schritt, den wir tun müssen, zu sein hat, diese elende Laufbahn aufzugeben, und da will ich von Herzen gern mit dir beginnen.«

Ich konnte William am Gesicht ansehen, dass ihn dieses Angebot außerordentlich freute, und wenn er zuvor Tränen in den Augen gehabt hatte, dann jetzt umso mehr, wenn auch durch ein ganz anderes Gefühl hervorgerufen, denn die Freude hatte ihn so überwältigt, dass er nicht zu sprechen vermochte.

»Sprich, William«, sagte ich, »du zeigst mir ganz deutlich, dass du eine ehrliche Absicht hast. Hältst du es für möglich, dass wir mit unserer unglückseligen Lebensweise hier Schluss machen und davonkommen können?«

»Ja«, antwortete er, »für mich halte ich es durchaus für möglich. Ob es das auch für dich ist, hängt von dir ab.«

»Also dann gebe ich Euch mein Wort«, sagte ich, »dass so, wie ich Euch die ganze Zeit über Befehle erteilt habe, vom ersten Augenblick an, seit ich Euch an Bord nahm, jetzt Ihr mir von dieser Stunde an Befehle erteilen sollt, und ich werde alles tun, was Ihr mir auftragt.«

»Willst du alles mir überlassen? Sagst du das ohne jede Einschränkung?«

»Ja, ohne jede Einschränkung, William«, erwiderte ich, »und ich will es gewissenhaft durchführen.«

»Nun dann«, sagte William, »mein Plan ist folgender: Wir befinden uns jetzt an der Mündung des Persischen Golfs. Wir haben hier in Surat so viel von unserer Ladung verkauft, dass wir Geld genug besitzen. Schick mich mit der Schaluppe nach Basra, nachdem wir sie mit den chinesischen Waren, die wir an Bord führen, beladen haben. Das macht wieder eine gute Fracht, und ich wette mit dir, dass es mir gelingt, bei den englischen und holländischen Kaufleuten dort eine Anzahl Waren und Geld unterzubringen, indem ich gleichfalls als Händler auftrete, sodass wir die Möglichkeit haben, bei Bedarf darauf zurückzukommen, und wenn ich wiederkehre, werden wir das Übrige planen. In der Zwischenzeit bring du die Mannschaft zu dem Beschluss, nach Madagaskar auszulaufen, sobald ich zurück bin.«

Ich erklärte ihm, ich glaubte, er brauche gar nicht erst bis nach Basra zu fahren, sondern könne Gombrun oder auch Hormus anlaufen und dort ebenso den Geschäftsmann spielen.

»Nein«, sagte er, »dort kann ich nicht ungehindert vorgehen, weil sich da die Faktoreien der Gesellschaft befinden, und man könnte mich unter dem Vorwand der Handelsbeeinträchtigung festnehmen.«

»Nun, aber dann könnt Ihr nach Hormus fahren«, sagte ich, »denn ich trenne mich ungern so lange von Euch, wenn Ihr bis zum Ende des Persischen Golfs fahrt.« Er erwiderte, ich solle es ihm überlassen, je nach Bedarf zu handeln.

Wir hatten in Surat eine große Geldsumme eingenommen, sodass wir fast hunderttausend Pfund in bar zu unserer Verfügung hatten; an Bord des großen Schiffs aber besaßen wir noch viel mehr.

Ich befahl ihm öffentlich, das Geld, das er hatte, an Bord zu behalten und damit einen Posten Munition einzukaufen, wenn er sie bekommen könne, um uns so für neue Unternehmungen auszurüsten; inzwischen beschloss ich, eine gewisse Menge Gold und einige Juwelen, die ich an Bord des großen Schiffs hatte, zu holen und sie so unterzubringen, dass ich sie, sobald er zurück war, unbemerkt fortschaffen konnte; und so ließ ich William, seinen Anweisungen entsprechend, die Fahrt antreten und begab mich an Bord des großen Schiffs, in dem wir tatsächlich einen riesigen Schatz hatten.

Wir warteten zwei ganze Monate auf Williams Rückkehr, und ich begann seinetwegen schon sehr unruhig zu werden und dachte zuweilen, er habe mich verlassen; vielleicht hatte er das gleiche listige Spiel getrieben, um die beiden anderen Leute zu bewegen, ihm zu willfahren, und sie waren zusammen fortgegangen. Und drei Tage nur vor seiner Rückkehr war ich drauf und dran, zu beschließen, dass wir nach Madagaskar in See stechen und ihn aufgeben sollten; aber der alte Wundarzt, der den Quäker gespielt und in Surat als Kapitän der Schaluppe gegolten hatte, brachte mich davon ab, und für diesen guten Rat und seine offensichtliche Treue, mit der er die ihm anvertraute Aufgabe erfüllt hatte, weihte ich ihn in meine Absicht ein, und er erwies sich als sehr ehrlich.

Endlich kehrte William zu unserer unaussprechlichen Freude zurück und brachte viele notwendige Dinge mit, insbesondere sechzig Fässer Schießpulver, einige Eisenmunition und ungefähr dreißig Tonnen Blei; er hatte auch einen großen Lebensmittelvorrat bei sich. Mit einem Wort, William gab mir öffentlich Rechenschaft über seine Fahrt, vor den Ohren aller, die sich zufällig auf dem Achterdeck befanden, damit kein Verdacht gegen uns aufkam.

Nachdem alles erledigt war, schlug William vor, er wolle wieder hinauffahren und ich solle mitkommen; er erwähnte einige Dinge, die sich an Bord befanden und die er dort nicht hatte verkaufen können, und sagte insbesondere, er sei gezwungen gewesen, etliches dazulassen, weil die Karawanen noch nicht eingetroffen seien, und er habe versprochen, mit weiteren Waren wiederzukommen.

Dies war genau, was ich wollte. Die Leute waren darauf erpicht, dass er noch einmal dorthin fuhr, besonders, weil er ihnen erklärt hatte, sie könnten die Schaluppe auf dem Rückweg mit Reis und Proviant beladen; ich tat aber, als zögere ich zu fahren, bis der alte Wundarzt aufstand, mich zu der Fahrt überredete und mit vielerlei Argumenten dazu drängte. Er sagte vor allem, wenn ich nicht mitführe, werde keine Ordnung herrschen und einige der Leute mochten sich davonmachen und vielleicht alle Übrigen verraten, und sie hielten es nicht für gefahrlos, dass die Schaluppe die Fahrt unternehme, wenn ich nicht mitführe, und um mich dazu zu veranlassen, bot er selbst an, mitzukommen.

Nach diesen Überlegungen ließ ich mich scheinbar überreden, und alle schienen erleichtert zu sein, nachdem ich mich bereit erklärt hatte. Wir luden also das gesamte Schießpulver, Eisen und

Blei aus der Schaluppe an Bord des großen Schiffs um sowie auch alles andere, das für den Verbrauch auf dem großen Fahrzeug bestimmt war, und beluden sie dafür mit mehreren Ballen Gewürzen und Fässern oder Binsenkörben mit Nelken, im Ganzen etwa sieben Tonnen, und dazu noch mit einigen anderen Waren; zwischen den Ballen hatte ich auch meinen gesamten Privatschatz hinübergebracht, der, wie ich dem Leser versichern kann, keinen geringen Wert hatte, und fort ging es.

Bevor wir ausliefen, hatte ich eine Versammlung aller Offiziere des Schiffs einberufen, um mit ihnen zu beraten, wo und wie lange sie auf mich warten sollten, und wir beschlossen, dass das Schiff achtundzwanzig Tage lang vor einer kleinen Insel auf der arabischen Seite des Golfs liegen bleiben sollte; falls die Schaluppe dann nicht zurück war, sollten sie zu einer anderen Insel westlich von der ersten segeln und dort noch weitere vierzehn Tage warten, und wenn die Schaluppe dann immer noch nicht da war, sollten sie daraus schließen, dass sich irgendein Zwischenfall ereignet haben müsse, und nun sollte der Treffpunkt Madagaskar sein.

Nachdem wir das festgelegt hatten, verließen wir das Schiff – sowohl William und ich wie auch der Wundarzt mit der Absicht, es nie wiederzusehen. Wir hielten geradenwegs in den Golf und segelten hinauf bis Basra. Diese Stadt lag in einiger Entfernung von der Stelle, wo unsere Schaluppe festgemacht hatte, und da der Fluss nicht ungefährlich war und wir ihn nur schlecht kannten und auch nur einen gewöhnlichen Lotsen bei uns hatten, gingen wir in einem Ort an Land, in dem einige Kaufleute wohnten und der wegen der kleinen Schiffe, die hier vor Anker lagen, sehr belebt war.

Hier blieben wir drei oder vier Tage, trieben Handel und brachten alle unsere Ballen und Gewürze und tatsächlich unsere gesamte Ladung, die von beträchtlichem Wert war, an Land. Dies war uns lieber, als uns gleich nach Basra zu begeben, solange der Plan, den wir uns gemacht hatten, noch nicht ausgeführt war.

Nachdem wir mehrere Waren eingekauft hatten, trafen wir Vorbereitungen, noch weitere zu erwerben; das Boot lag mit zwölf Mann am Ufer. Ich selbst, William, der Schiffsarzt und ein vierter Mann, den wir ausgesucht hatten, waren übereingekommen, am Abend, gerade bei Anbruch der Dämmerung, einen Türken mit einem Brief zum Bootsmann zu schicken. Wir hatten den Burschen beauftragt zu rennen, so rasch er konnte, und beobachteten das Ereignis aus geringer Entfernung. Der Inhalt des Briefes, den der alte Doktor geschrieben hatte, lautete:

*Bootsmann Thomas!*
*Wir sind alle verraten worden. Lauft um Gottes willen mit dem Boot aus und geht an Bord, sonst seid ihr alle verloren. Der Kapitän, William der Quäker und George der Geheilte sind gefangen und fortgeschleppt worden. Ich bin entkommen und halte mich versteckt, kann mich aber nicht herausrühren, sonst bin ich ein toter Mann. Sobald ihr an Bord seid, kappt den Anker oder schlippt die Ankerkette und setzt die Segel, wenn Euch Euer Leben lieb ist.*
*Adieu R. S.*

Wir standen, wie gesagt, unbemerkt da, denn die Abenddämmerung war schon hereingebrochen; wir sahen, wie der Türke den Brief abgab, beobachteten dann, wie alle Mann innerhalb von drei Minuten ins Boot eilten und ablegten; und kaum waren sie an Bord des Schiffs, befolgten sie anscheinend unseren Rat, denn am nächsten Morgen waren sie außer Sicht, und wir hörten seitdem niemals wieder etwas von ihnen.

Wir befanden uns jetzt an einem sehr geeigneten Ort und in einer sehr günstigen Lage, denn wir galten als persische Kaufleute.

Es ist unwichtig, hier niederzuschreiben, wie viel erworbene Reichtümer wir zusammengerafft hatten; zweckmäßiger ist, wenn ich dem Leser berichte, dass ich zu empfinden begann, wie verbrecherisch die Art und Weise war, auf die ich sie mir angeeignet hatte, und dass mir ihr Besitz nur wenig Freude bereitete. Wie ich zu William sagte, erwartete ich nicht, dass ich sie behalten würde, und wünschte es auch gar nicht. Ich war im Gegenteil fest davon überzeugt, wie ich mich einmal zu ihm äußerte, als wir in der Nähe der Stadt Basra auf den Feldern spazieren gingen, dass es nicht sein könne, wie der Leser sogleich erfahren wird.

Wir befanden uns in Basra völlig in Sicherheit, nachdem wir unsere Halunken von Kameraden fortgescheucht hatten, und brauchten weiter nichts zu tun, als nur zu überlegen, wie wir unseren Schatz in Dinge umwandeln konnten, die geeignet waren, uns als Kaufleute erscheinen zu lassen; denn solche wollten wir von nun an sein und keine Freibeuter, die wir in Wirklichkeit gewesen waren.

Wir trafen hier gerade im richtigen Augenblick auf einen Holländer, der von Bengalen nach Agra, der Hauptstadt des Großmoguls, gereist war, sich von dort über Land an die Malabarküste begeben und da auf irgendeine Weise ein Schiff aufgetrieben hatte, das den Golf hinaufsegelte. Wir erfuhren, dass er die Absicht hatte, den großen Fluss stromaufwärts nach Bagdad oder Babylon und danach mit einer Karawane nach Aleppo und Iskenderun zu reisen. Da William holländisch sprach und von angenehmem, bestrickendem Wesen war, schloss er bald Bekanntschaft mit diesem Holländer, und als wir uns gegenseitig in unsere näheren Umstände einweihten, erfuhren wir, dass er eine beträchtliche Menge Waren bei sich führte, längs der Küste Handel getrieben hatte und jetzt auf dem Rückweg in seine Heimat war. Er hatte Diener bei sich, von denen der eine ein Armenier war, den er Holländisch gelehrt hatte und der selbst einiges besaß, aber gern nach Europa reisen wollte; der andere war ein holländischer Seemann, den er aufgelesen hatte, weil er ihm gefiel, und dem er überaus vertraute, und er war auch tatsächlich ein recht ehrlicher Bursche.

Dieser Holländer freute sich sehr über die Bekanntschaft, denn er stellte bald fest, dass unsere Gedanken sich gleichfalls auf Europa richteten; und da er nun erfuhr, dass wir mit Waren belastet waren (denn von dem Geld ließen wir ihn nichts wissen), bot er uns bereitwillig an, uns beim Verkauf so vieler Waren, wie sich an dem Ort, wo wir uns befanden, umsetzen ließen, zu helfen und uns zu raten, was mit den übrigen zu tun sei.

Während dieser Zeit überlegten William und ich, was wir mit uns und unserem Besitz anfangen sollten. Als Erstes beschlossen wir, niemals ernsthaft über unsere Pläne zu sprechen, wenn wir uns nicht auf offenem Feld befanden, wo wir sicher waren, dass uns kein Mensch hören konnte. So spazierten wir jeden Abend, wenn die Sonne unterzugehen begann und die Luft kühler wurde, hinaus – einmal auf diesem, ein andermal auf jenem Weg –, um miteinander über unsere Angelegenheiten zu beraten.

Ich hätte erwähnen sollen, dass wir uns hier neu eingekleidet hatten, und zwar nach persischer Sitte mit langer Seidenweste und einem Oberkleid oder Rock aus karmesinfarbenem, englischem Tuch, das sehr feingewebt und schön war; und wir hatten uns den Bart so nach persischer Manier wachsen lassen, dass man uns für persische Kaufleute hielt, das heißt nur dem Aussehen nach, denn, nebenbei gesagt, wir vermochten nicht ein Wort der persischen Sprache zu verstehen oder zu sprechen, noch irgendeine andere außer der englischen und der holländischen, und von dieser verstand ich selbst auch nur wenig.

Der Holländer vermittelte uns jedoch alles, und da wir uns vorgenommen hatten, so zurückgezogen wie nur möglich zu leben, schlossen wir, obwohl sich mehrere englische Kaufleute in der Stadt aufhielten, doch selbst keinerlei Bekanntschaft mit ihnen oder wechselten auch nur ein Wort mit einem von ihnen; dadurch verhinderten wir, dass sie sich nach uns erkundigten oder Nachricht über uns weitergaben, falls irgendwie ruchbar werden sollte, dass wir hier gelandet waren; das war durchaus möglich, wie wir uns leicht ausrechnen konnten, wenn einer unserer Kameraden in schlechte Hände fiel, oder aber durch allerlei Zwischenfälle, die wir nicht voraussehen konnten.

Während unseres Aufenthalts an diesem Ort, in dem wir fast zwei Monate lang blieben, begann ich mir über meine Lage viele Gedanken zu machen – nicht was die Gefahr betraf, denn es gab keine für uns, da wir völlig verborgen lebten und keinerlei Verdacht weckten, sondern ich begann tatsächlich anders über mich selbst und über die Welt zu denken als jemals zuvor.

William hatte mein sorgloses Gemüt tief getroffen, als er mir andeutete, es gebe jenseits von alldem noch etwas anderes; wohl sei die gegenwärtige Zeit die des Genießens, aber die der Rechenschaftslegung nähere sich, und die Arbeit, die zu tun blieb, sei eine sanfter geartete als die vergangene, nämlich die Reue, und es sei höchste Zeit, an sie zu denken. Diese und ähnliche Gedanken also füllten meine Stunden aus, und mit einem Wort: Mich erfasste eine große Traurigkeit.

Was meinen Reichtum betraf, der ungeheuer groß war, so empfand ich ihn wie den Sand unter meinen Füßen; ich maß ihm keinen Wert bei, empfand keinen Frieden bei dem Gedanken, ihn zu besitzen, und keine große Sorge bei der Vorstellung, ihn aufgeben zu müssen.

William hatte bemerkt, dass mich seit einiger Zeit düstere Gedanken heimsuchten und ich schwermütig und bedrückt war, und eines Tages, bei einem unserer Spaziergänge in der Abendkühle, begann ich mit ihm darüber zu sprechen, dass wir unseren Besitz aufgeben sollten. William war ein weiser und vorsichtiger Mann, und tatsächlich beruhte die ganze Klugheit meines Verhaltens schon lange auf seinem Rat; so lagen jetzt alle Maßnahmen, die dazu dienten, unser Eigentum und sogar unser Leben zu bewahren, in seiner Hand, und er berichtete mir eben über einige Vorkehrungen, die er für unsere Heimreise und zur Sicherung unseres Reichtums getroffen hatte, als ich ihn jäh unterbrach.

»William, glaubst du eigentlich, dass wir mit dieser ganzen Ladung, die wir bei uns haben, Europa erreichen werden?«

»Gewiss doch«, sagte William, »zweifellos ebenso wie andere Kaufleute mit ihren Waren, solange nicht öffentlich bekannt wird, wie viele es sind und welchen Wert sie haben.«

»Wieso, William?«, erwiderte ich lächelnd. »Glaubst du etwa, dass, wenn es über uns einen Gott gibt, wie du mir so lange schon versicherst, und wir vor ihm Rechenschaft ablegen müssen, glaubst du also, dass er uns, wenn er ein gerechter Richter ist, so mit dem Diebesgut, wie wir es ja nennen können, das wir so vielen unschuldigen Menschen, ja ich kann sogar sagen, Völkern, geraubt haben, davonkommen lassen und nicht Rechenschaft von uns fordern wird, bevor wir nach Europa gelangen, wo wir es genießen wollen?«

William schien diese Frage zu überraschen und zu verblüffen, und er antwortete lange nicht darauf. Ich wiederholte sie und setzte hinzu, das sei nicht zu erwarten.

Nach einer kleinen Pause sagte William: »Du hast da ein gewichtiges Thema berührt, und ich kann keine eindeutige Antwort darauf geben. Ich will aber zunächst Folgendes feststellen: Freilich trifft es zu, dass wir in Anbetracht von Gottes Gerechtigkeit keinen Grund haben, irgendwelchen Schutz zu erwarten; da aber die üblichen Wege der Vorsehung außerhalb der gewöhnlichen Wege menschlicher Angelegenheiten liegen, können wir trotz alledem auf Gnade hoffen, wenn wir bereuen, denn wir wissen nicht, wie gütig er sich uns erweisen wird; deshalb müssen wir handeln, als verließen wir uns eher auf diese, ich meine auf seine Gnade, als auf das, was jene verheißt, die nur Verurteilung und Rache zur Folge haben kann.«

»Aber so hört doch, William«, sagte ich, »zur Reue gehört Besserung, wie du mir einmal angedeutet hast, und wir werden uns niemals bessern können. Wie können wir dann also bereuen?«

»Warum können wir uns denn niemals bessern?«, fragte William.

»Weil wir das, was wir durch Gewalttätigkeit und Raub genommen haben, nicht zurückerstatten können«, sagte ich.

»Das stimmt«, erwiderte William, »das können wir nicht, denn wir können ja nicht mehr erfahren, wer die Eigentümer sind.«

»Was sollen wir dann aber mit Unserem Reichtum anfangen«, sagte ich, »diesem Ergebnis von Plünderung und Gewalt? Behalten wir ihn, dann sind wir auch weiterhin Räuber und Diebe, und geben wir ihn auf, können wir keine Gerechtigkeit damit üben, denn wir können ihn ja den rechtmäßigen Eigentümern nicht zurückerstatten.«

»Nun«, sagte William, »die Antwort darauf ist kurz. Unseren Besitz jetzt hier aufzugeben bedeutet, ihn denen hinzuschmeißen, die kein Anrecht darauf haben, und uns seiner zu entäußern, ohne etwas Gutes damit zu tun; stattdessen sollten wir ihn sorgfältig beisammenhalten und beschließen, so viel Gutes damit zu tun, wie wir nur können, und wer weiß, welche Gelegenheit uns die Vorsehung in die Hände geben wird, Gerechtigkeit wenigstens an einigen von denen zu üben, die wir geschädigt haben. Wir sollten die Sache also zumindest Gott überlassen und weiterreisen. Gegenwärtig besteht unsere Aufgabe zweifellos darin, uns an irgendeinen Ort zu begeben, wo wir in Sicherheit sind, und dort dürfen wir seinen Willen abwarten.«

Dieser Entschluss Williams befriedigte mich wirklich sehr, und tatsächlich war alles, was er sagte, immer gediegen und begründet, und hätte William nicht auf diese Weise mein Gemüt beruhigt, dann wäre ich wohl, so glaube ich wahrhaftig, aus lauter Unruhe über die gerechte Strafe, die ich vom Himmel für meinen unredlich erworbenen Reichtum zu erwarten hatte, vor diesem davongelaufen als vor Teufelsgut, mit dem ich nichts zu tun hatte, das mir nicht gehörte, das ich von Rechts wegen nicht behalten durfte und das mich ganz gewiss in die Gefahr der Vernichtung brachte.

William lenkte meine Gedanken jedoch in vorsichtigere Bahnen, als es diese gewesen wären, und ich schloss, dass ich jedenfalls an einen sicheren Ort weiterreisen und die Sache Gottes allmächtiger Barmherzigkeit überlassen sollte. Ich muss aber ausdrücklich erwähnen, dass ich von diesem Zeitpunkt an keine Freude mehr an dem Reichtum hatte, den ich besaß. Ich betrachtete ihn insgesamt als gestohlen, und der größte Teil davon war es auch. Ich betrachtete ihn als eine Anhäufung vom Besitz anderer Menschen, den ich den unschuldigen Eigentümern geraubt hatte und wofür ich, kurz gesagt, verdient hätte, in dieser Welt gehängt und in der nächsten verdammt zu werden. Jetzt begann ich mich ernsthaft als einen Hund zu hassen, als einen Schuft, der ein Dieb und ein Mörder gewesen war – als einen Schuft, der sich in einer Lage befand wie noch keiner vor ihm, denn ich hatte geraubt; und obgleich ich den Reichtum bei mir hatte, war es unmöglich, ihn jemals zurückzuerstatten, und deshalb setzte ich mir in den Kopf, dass ich niemals bereuen könne, denn Reue ohne Rückerstattung könne nicht aufrichtig sein und deshalb müsse ich verdammt werden. Es gab kein Entkommen für mich. Ich ging umher, das Gemüt voll von solchen Gedanken, fast wie ein Wahnsinniger; kurz, ich stürzte mich Hals über Kopf in die schrecklichste Verzweiflung und dachte nur noch daran, wie ich mich aus der Welt befördern könne; der Teufel, wenn solcherlei Dinge das unmittelbare Werk des Teufels sind, tat seine Arbeit sehr eifrig bei mir, und ich hatte mehrere Tage lang weiter nichts im Sinn als nur, mir mit der Pistole eine Kugel in den Kopf zu schießen.

Ich führte während dieser ganzen Zeit ein unstetes Leben unter Ungläubigen, Türken, Heiden und dergleichen Leuten. Ich hatte keinen Geistlichen, keinen Christen, mit dem ich sprechen konnte, als nur den bedauernswerten William. Er war mein geistlicher Berater oder Beichtvater und aller Trost, den ich besaß. Was meine Kenntnis der Religion betrifft, so hat der Leser ja meine Geschichte erfahren. Er mag sich vorstellen, dass sie nicht weit reichte, und was Gottes Wort anbelangt, so erinnere ich mich nicht, jemals im Leben ein Kapitel aus der Bibel gelesen zu haben. Ich war wie der kleine Bob in Bussleton und ging zur Schule, um mein Altes und Neues Testament zu lernen.

Es gefiel Gott aber, William, den Quäker, zu allem für mich zu machen. Bei dieser Gelegenheit ging ich wie gewöhnlich eines Abends mit ihm aus und führte ihn in größerer Eile als sonst hinaus in die Felder; dort teilte ich ihm, um es kurz zu sagen, mit, in welcher Gemütsverwirrung ich mich befand und welch furchtbaren Versuchungen des Teufels ich ausgesetzt war; ich erklärte ihm, ich müsse mich erschießen, denn ich könne die Last und die Angst, die mich bedrückten, nicht mehr ertragen.

»Dich erschießen?«, sagte William. »Wieso? Inwiefern wird dir denn das nützen?«

»Nun, insofern«, sagte ich, »als dann mit meinem elenden Leben Schluss ist.«

»So«, sagte William, »bist du denn überzeugt davon, dass das nächste besser sein wird?«

»Nein, nein«, antwortete ich, »ganz gewiss viel schlimmer.«

»Nun, dann hat dir zweifellos der Teufel die Regung eingegeben, dich zu erschießen«, sagte William, »denn es ist eine teuflische Logik, dass du, weil deine Lage schlecht ist, dich in eine noch schlechtere bringen musst.«

Dies versetzte meiner Vernunft tatsächlich einen Stoß. »Ja, aber«, erwiderte ich, »die elende Lage, in der ich bin, ist doch unerträglich.«

»Schön und gut«, sagte William, »aber anscheinend lässt sich eine noch schlimmere ertragen, und deshalb willst du dich erschießen, damit dir nicht mehr zu helfen ist?«

»Mir ist schon jetzt nicht mehr zu helfen«, antwortete ich.

»Woher weißt du das?«, fragte er.

»Ich bin davon überzeugt«, erwiderte ich.

»Nun«, sagte er, »aber sicher bist du dessen nicht, und deshalb willst du dich erschießen, um es mit Sicherheit zu wissen. Wenn du diesseits des Todes nicht sicher sein kannst, ob du überhaupt verdammt wirst, wirst du dessen jedoch völlig sicher sein, sobald du den Schritt auf die andere Seite der Zeit getan hast, denn wenn der einmal getan ist, kann man nicht mehr sagen, du wirst verdammt werden, sondern nur noch, du bist verdammt worden. Aber sag«, fuhr William fort, als spreche er zwischen Scherz und Ernst, »was hast du eigentlich letzte Nacht geträumt?«

»Wieso?«, sagte ich. »Ich hatte die ganze Nacht über schreckliche Träume. Vor allem träumte ich, der Teufel käme mich holen und fragte mich nach meinem Namen, und ich nannte ihn. Dann fragte er mich, welches Gewerbe ich hätte. ›Gewerbe?‹, sagte ich. ›Ich bin von Beruf ein Dieb und Schurke, ein Seeräuber und Mörder und verdiente, gehängt zu werden.‹ – ›Jaja‹, sagte der Teufel, ›das tust du, und du bist der Mann, den ich suche, komm also mit.‹ Darüber erschrak ich furchtbar und schrie so laut, dass ich aufwachte, und seitdem leide ich unter schrecklicher Angst.«

»Also gut«, sagte William, »komm, gib mir die Pistole, von der du eben gesprochen hast.«

»Warum«, fragte ich, »was willst du denn damit tun?«

»Damit tun?«, sagte William. »Nun, du brauchst dich nicht selbst zu erschießen, ich werde es für dich tun müssen. Denn du wirst uns noch alle ins Unglück bringen.«

»Was meinst du denn, William?« fragte ich.

»Was ich meine?«, sagte er. »Na, was meinst denn du, wenn du im Schlaf laut brüllst: ›Ich bin ein Dieb, ein Seeräuber, ein Mörder und verdiene, gehängt zu werden!‹? Du wirst uns alle ins Verderben stürzen. Ein Glück, dass der Holländer kein Englisch versteht. Kurz, ich muss dich erschießen, um mein eigenes Leben zu retten. Also komm«, sagte er, »gib mir die Pistole.«

Ich gestehe, dass mich dies nun wieder auf eine andere Weise in Angst versetzte, und ich begann zu begreifen, dass ich, wenn sich jemand in meiner Nähe befunden hätte, der Englisch verstand, verloren gewesen wäre. Von diesem Augenblick an dachte ich nicht mehr daran, mich zu erschießen, und ich wandte mich William zu.

»Du bringst mich gänzlich durcheinander, William«, sagte ich, »ich bin tatsächlich nie in Sicherheit, und es ist auch nicht ungefährlich, in meiner Gesellschaft zu sein. Was soll ich machen? Ich werde Euch alle verraten.«

»Aber, aber, Freund Bob«, sagte er, »ich werde all dem ein Ende setzen, wenn du meinen Rat befolgst.«

»Welchen denn?«, fragte ich.

»Nun, einfach den, dass du dich das nächste Mal, wenn du mit dem Teufel sprichst, ein bisschen leiser mit ihm unterhältst«, sagte er, »sonst sind wir alle verloren, und du mit uns.«

Dies ängstigte mich, muss ich gestehen, und dämpfte einen großen Teil der Gemütsunruhe, in der ich mich befand. Nachdem William aber mit mir gescherzt hatte, begann er ein sehr langes, ernsthaftes Gespräch über das Besondere an meiner Lage und über die Reue mit mir zu führen. Er sagte, sie müsse wirklich begleitet sein von tiefem Abscheu über das Verbrechen, das ich mir vorzuwerfen hatte; an Gottes Barmherzigkeit zu verzweifeln sei aber kein Bestandteil der Reue, sondern hieße, mich dem Teufel auszuliefern, vielmehr müsse ich mich befleißigen, mit einem ehrlichen, demütigen Bekenntnis meines Verbrechens Gott, den ich so oft beleidigt hatte, um Vergebung zu bitten, mich seiner Gnade zu empfehlen und mich zu entschließen, Ersatz zu leisten, wenn es Gott jemals gefallen würde, dies in meine Macht zu legen, und sei es bis zum Letzten, was ich auf der Welt besaß. Dies sei auch die Methode, so sagte er mir, die er für sich selbst beschlossen habe, und darin habe er seinen Trost gefunden.

Das Gespräch mit William war für mich äußerst befriedigend und beruhigte mich sehr. Seitdem aber war William außerordentlich besorgt, ich könnte im Schlaf reden, und achtete darauf, dass er stets selbst bei mir schlief und mich davon abhielt, in irgendeinem Haus zu schlafen, wo man auch nur ein Wort Englisch verstand.

Es gab danach jedoch nicht mehr so viel Anlass dazu, denn ich war innerlich viel ruhiger und entschlossen, in Zukunft ganz anders zu leben, als ich es zuvor getan hatte. Was den Reichtum betraf, den ich besaß, so bedeutete er mir nichts. Ich entschied mich, ihn aufzuheben, für den Fall, dass mir Gott Gelegenheit gab, Gerechtigkeit zu üben; und die wunderbare Möglichkeit, die sich mir später bot, einen Teil davon dazu zu verwenden, eine Familie, die ich ausgeplündert hatte, vor dem Ruin zu bewahren, mag es wert sein, dass man sie liest, falls ich in meinem Bericht noch Platz dafür habe.

Nach diesen Entschlüssen begann sich mein Gemüt in gewissem Maße wieder zu beruhigen, und da wir, nach fast dreimonatigem Aufenthalt in Basra, einige unserer Waren verkauft, aber noch immer viele übrig hatten, mieteten wir uns auf Empfehlung des Holländers Boote und fuhren nach Bagdad oder Babylon am Tigris oder vielmehr Euphrat. Wir führten eine beachtliche Warenladung mit, weshalb wir dort Aufsehen erregten und achtungsvoll empfangen wurden. Wir hatten neben anderen Waren vor allem zweiundvierzig Ballen indische Stoffe der verschiedensten Art, wie Seiden, Musseline und feine Chintze, bei uns, dazu fünfzehn Ballen sehr kostbare chinesische Seiden und siebzig Bündel oder Ballen Gewürze, insbesondere Nelken und Muskatnüsse. Man bot uns hier Geld für unsere Nelken, aber der Holländer riet uns, sie nicht fortzugeben, und sagte, wir würden in Aleppo oder in der Levante einen besseren Preis dafür erzielen; und so bereiteten wir uns auf die Reise mit der Karawane vor.

Wir verheimlichten so gut wie möglich, dass wir Gold und Perlen hatten, und verkauften deshalb drei, vier Ballen Chinaseide und indischen Kaliko, um das nötige Geld zu haben, Kamele zu erwerben, den Zoll zu bezahlen, der an mehreren Stellen erhoben wurde, und uns für die Wüste mit Proviant auszurüsten.

Ich unternahm diese Reise mit äußerster Sorglosigkeit, was meinen Reichtum oder meine Waren anging, denn ich glaubte, da ich mir alles durch Raub und Gewalttätigkeit angeeignet hatte, werde Gott es so fügen, dass ich es auf die gleiche Art wieder verlor; ich denke sogar, ich kann sagen, dass ich dies nicht ungern gesehen hätte. Aber so, wie ich über mir einen gnadenreichen Beschützer hatte, hatte ich auch einen sehr treuen Verwalter, Ratgeber, Partner, oder wie man ihn nennen will, zur Seite, der mein Führer, mein Lotse, mein Erzieher, mein Alles war und sowohl für mich als auch für das, was wir besaßen, sorgte, und obgleich er noch niemals in diesem Teil der Welt gewesen war, nahm er es doch auf sich, sich um alles zu kümmern. Nach ungefähr neunundfünfzig Tagen gelangten wir von Basra an die Mündung des Tigris oder Euphrat, kamen dann durch die Wüste und über Aleppo nach Alexandrette oder Iskenderun, wie wir es nennen, in der Levante.

Hier berieten William, ich und unsere beiden anderen treuen Kameraden, was wir tun sollten, und hier beschlossen William und ich, uns von den beiden zu trennen, denn sie wollten mit dem Holländer in die Niederlande reisen und dazu ein holländisches Schiff benutzen, das dort gerade auf Reede lag. William und ich erklärten ihnen, wir seien entschlossen, uns auf Morea niederzulassen, das damals den Venetianern gehörte.

Gewiss handelten wir weise, sie nicht wissen zu lassen, wohin wir uns begaben, da wir nun einmal beschlossen hatten, uns zu trennen, aber wir ließen uns von unserem alten Doktor angeben, wohin wir ihm nach Holland und nach England Briefe schicken sollten, damit wir gelegentlich Nachricht von ihm erhielten, und versprachen, ihn wissen zu lassen, wohin er uns schreiben konnte, was wir später auch taten, wie der Leser noch erfahren wird.

Wir blieben dort noch einige Zeit, nachdem sie fort waren, und hatten uns noch nicht entschlossen, wohin wir uns wenden sollten, bis endlich ein venezianisches Schiff Zypern anlief und dann in Iskenderun anlegte, um sich nach Fracht für die Heimfahrt umzusehen. Wir befolgten den Wink, feilschten um den Preis für unsere Überfahrt und den Transport unserer Waren und schifften uns nach Venedig ein, wo wir nach zweiundzwanzig Tagen wohlauf mit unserem gesamten Schatz ankamen mit einer Ladung, wenn man unsere Waren, unser Geld und unsere Edelsteine zusammenzählte, wie sie zwei einzelne Männer wohl noch nie zuvor in die Stadt gebracht hatten, seit der Staat Venedig bestand.

Wir blieben hier lange inkognito und gaben uns auch weiterhin, wie schon zuvor, für zwei armenische Kaufleute aus; inzwischen hatten wir uns so viel von dem persischen und armenischen Kauderwelsch angeeignet, das die Leute in Basra und Bagdad sowie überall im Lande, wohin wir gekommen waren, sprachen, wie nötig war, um uns in die Lage zu versetzen, miteinander reden zu können, ohne dass uns jemand verstand, und freilich zuweilen auch kaum wir selbst.

Hier setzten wir alle unsere Waren in Geld um und richteten unsere Wohnung ein, als wollten wir recht lange Zeit hier bleiben. William und ich, die wir durch unverbrüchliche Freundschaft und Treue miteinander verbunden waren, lebten dort wie zwei Brüder; wir hatten keine gesonderten Interessen und suchten auch keine; wir führten ständig ernsthafte, tiefsinnige Gespräche über das Thema unserer Reue, wir kleideten uns nie auf eine andere Weise, das heißt, wir gaben unsere armenische Tracht nicht auf, und man nannte uns in Venedig die beiden Griechen.

Ich habe schon zwei-, dreimal begonnen, unseren Reichtum in allen Einzelheiten aufzuzählen, aber er wird unglaublich erscheinen, und es bereitete uns die größte Schwierigkeit, ihn zu verbergen, denn wir hatten die berechtigte Furcht, dass man uns in jenem Land unserer Schätze wegen ermorden könnte. Schließlich erklärte mir William, er beginne jetzt zu glauben, dass er England nie wiedersehen werde und dass er sich darüber nicht allzu große Sorgen mache, aber da wir nun einen so großen Reichtum besaßen und er in England einige arme Verwandte hatte, wolle er, falls ich einwilligte, dorthin schreiben, um sich zu erkundigen, ob sie noch lebten und in welchen Verhältnissen sie sich befanden; sollte er erfahren, dass diejenigen, um die er sich Gedanken machte, noch am Leben waren, wolle er ihnen, mit meinem Einverständnis, etwas schicken, um ihre Lage zu verbessern.

Ich war bereitwillig damit einverstanden, und demgemäß schrieb William an seine Schwester und an einen Onkel. Nach etwa fünf Wochen erhielt er Antwort von beiden, und zwar an die Adresse seines schwierigen armenischen Decknamens, den er sich zugelegt hatte, nämlich Signore Konstantin Alexion aus Isfahan in Venedig.

Er erhielt einen sehr bewegenden Brief von seiner Schwester. Sie drückte ihre überwältigende Freude darüber aus, dass er am Leben war, wo man ihr doch schon vor langer Zeit berichtet hatte, er sei von Piraten in Westindien ermordet worden, und sie bat ihn, ihr mitzuteilen, in welcher Lage er sich befand; sie könne zwar nicht besonders viel für ihn tun, er sei ihr aber von Herzen willkommen. Sie sei Witwe geworden und habe vier Kinder, unterhalte aber in den Minories einen kleinen Laden, der es ihr ermöglichte, ihre Familie zu ernähren, und sie übersende ihm fünf Pfund für den Fall, dass er in dem fremden Land Geld für die Heimkehr brauche.

Ich sah, dass ihm beim Lesen des Briefs Tränen in die Augen traten, und als er ihn mir samt dem kleinen Wechsel über fünf Pfund auf den Namen eines englischen Kaufmanns in Venedig zeigte, wurden auch meine Augen feucht.

Nachdem uns beide so die Rührung über die Zärtlichkeit und Güte dieses Briefes ergriffen hatte, wandte sich William mir zu und sagte: »Was soll ich für diese arme Frau tun?« Ich überlegte eine Weile und antwortete schließlich: »Ich will dir sagen, was du für sie tun sollst. Sie hat dir fünf Pfund gesandt und hat vier Kinder, das sind mit ihr selbst fünf Personen. Eine solche Summe von einer armen Frau in ihrer Lage bedeutet so viel wie fünftausend Pfund für uns. Schicke ihr einen Wechsel über fünftausend Pfund in englischem Geld und bitte sie, ihre Überraschung darüber geheim zu halten, bis sie wieder von dir hört, und bitte sie auch, irgendwo auf dem Lande in der Nähe von London ein Haus zu erwerben und dort bescheiden zu leben, bis sie wieder Nachricht von dir erhält.«

»Aha«, sagte William, »daraus entnehme ich, dass du mit dem Gedanken spielst, dich nach England zu wagen.«

»Nein, William«, antwortete ich, »du verstehst mich falsch, aber mir kam in den Sinn, dass du dich dorthin wagen solltest, denn was hast du eigentlich getan, dass du dich dort nicht sehen lassen dürftest? Warum sollte ich dich von deinen Verwandten fernhalten wollen? Nur damit du mir Gesellschaft leistest?«

William sah mich sehr liebevoll an. »Nein«, sagte er, »wir sind so lange miteinander zur See gefahren und so weit miteinander gereist, dass ich entschlossen bin, mich nicht mehr von dir zu trennen, solange ich lebe. Ich will dorthin gehen, wohin du gehst, und dort bleiben, wo du bleibst; und was meine Schwester betrifft«, sagte William, »so kann ich ihr eine solche Summe nicht schicken, denn wem gehört alles Geld, das wir haben? Das meiste davon ist deins.«

»Nein, William«, sagte ich, »nicht ein Penny davon gehört mir, der nicht auch dir gehörte. Ich lasse mich auf nichts weiter ein als nur darauf, alles gleichmäßig mit dir zu teilen, und deshalb sollst du es ihr schicken – sonst werde ich es tun.«

»Aber es wird die arme Frau ja um den Verstand bringen«, wandte William ein, »es wird sie so überraschen, dass sie wahnsinnig werden wird.«

»Nun, William«, erwiderte ich, »du kannst es ja vorsichtig anfangen. Schicke ihr einen Wechsel über hundert Pfund und teile ihr mit, dass sie mit der nächsten oder übernächsten Post mehr zu erwarten hat und dass du ihr genug senden wirst, damit sie leben kann, ohne einen Laden zu führen, und dann schicke ihr mehr.«

Dementsprechend sandte William ihr einen sehr gütigen Brief mit einem Wechsel über hundertsechzig Pfund auf den Namen eines Kaufmanns in London und bat sie, sich in der Erwartung zu freuen, dass er ihr bald mehr senden könne. Ungefähr zehn Tage darauf schickte er ihr wieder einen Wechsel über fünfhundertvierzig Pfund und mit der nächsten oder übernächsten Post noch einmal dreihundert Pfund, was alles zusammen tausend Pfund machte, und er schrieb ihr, er werde ihr genügend senden, damit sie ihren Laden aufgeben könne, und wies sie an, ein Haus zu nehmen, wie oben erwähnt.

Nun wartete er, bis er auf alle drei Briefe Antwort bekam; sie schrieb, sie habe das Geld erhalten und – was ich nicht erwartet hatte – keinen ihrer Bekannten wissen lassen, dass sie auch nur einen Shilling von irgendjemand bekommen habe und dass er am Leben sei, und wolle es nicht tun, bis sie wieder von ihm gehört habe.

Als er mir diesen Brief zeigte, sagte ich: »Tatsächlich, William, dieser Frau kann man sein Leben oder sonst etwas anvertrauen. Schicke ihr den Rest der fünftausend Pfund, und ich werde mich mit dir nach England ins Haus dieser Frau wagen, wann immer du willst.«

Mit einem Wort, wir sandten ihr fünftausend Pfund in guten Wechseln, und sie erhielt sie sehr pünktlich. Kurz darauf teilte sie ihrem Bruder mit, sie habe ihrem Onkel erzählt, sie sei kränklich und könne den Laden nicht mehr weiterführen und habe deshalb, ungefähr vier Meilen von London entfernt, ein großes Haus erworben und wolle Zimmer vermieten, um ihren Unterhalt zu bestreiten; kurz, sie deutete an, sie habe verstanden, dass er beabsichtige, inkognito herüberzukommen, und versicherte ihm, er werde dort so zurückgezogen leben, wie er nur wünsche.

Dies öffnete uns genau die Tür, von der wir geglaubt hatten, sie sei uns für dieses Leben verschlossen, und, mit einem Wort, wir entschieden uns, es zu wagen, uns jedoch völlig verborgen zu halten, sowohl was unseren Namen als auch alle übrigen Umstände betraf; demgemäß schrieb William seiner Schwester, er schätze ihre vorsichtigen Maßnahmen sehr und sie habe richtig geraten, dass er zurückgezogen leben wolle, und verpflichtete sie, nicht aufwendiger, sondern sehr zurückhaltend zu leben, bis sie ihn vielleicht wiedersehe.

Er wollte diesen Brief gerade absenden. »Aber William«, sagte ich, »du wirst ihr doch keinen leeren Brief schicken. Schreib ihr, ein Freund von dir, der ebenso zurückgezogen leben müsse wie du, wird mit dir kommen, und dann schicke ich ihr noch einmal fünftausend Pfund.«

Kurz, auf diese Weise machten wir die Familie dieser armen Frau reich. Als es aber so weit war, fehlte mir der Mut zu der Fahrt, und William wollte sich ohne mich nicht fortrühren; so blieben wir danach noch zwei Jahre und überlegten, was wir tun sollten.

Der Leser mag denken, ich sei mit meinem auf unrechte Weise erworbenen Gut sehr verschwenderisch umgegangen, eine Fremde mit meiner Freigebigkeit zu überschütten und ihr, die nichts hatte tun können, um irgendeine Gabe von mir zu verdienen, ja mich nicht einmal kannte, ein so prinzliches Geschenk zu machen; aber man darf meine damalige Lage nicht außer Acht lassen, denn obgleich ich Geld im Überfluss besaß, mangelte es mir doch gänzlich an einem Freund in der Welt, der mir auch nur im Mindesten verpflichtet gewesen wäre oder mir geholfen hätte, und ich kannte auch niemanden, bei dem ich das, was ich besaß, hinterlegen oder dem ich es anvertrauen konnte, solange ich am Leben war, und dem ich es vermachen konnte, wenn ich starb.

Als ich über die Art und Weise, wie ich meinen Besitz erworben hatte, nachdachte, war ich manchmal der Meinung, ich sollte ihn ganz und gar für wohltätige Zwecke verwenden, um eine Schuld bei der Menschheit zu begleichen, obwohl ich nicht römisch-katholisch und durchaus nicht der Ansicht war, damit könnte ich mir irgendwelche Seelenruhe erkaufen; ich dachte jedoch, da ich ihn mir durch allgemeine Plünderung, die ich nicht wiedergutmachen konnte, angeeignet hatte, gehörte er der Allgemeinheit und ich müsste ihn zum allgemeinen Wohl verteilen. Ich wusste aber noch immer nicht, wie, wo und durch wen ich diese Wohltätigkeit ausüben sollte, da ich nicht wagte, in mein Heimatland zurückzukehren, aus Furcht, dass vielleicht einige meiner Kameraden, die es wieder nach Hause verschlagen hatte, mich dort sehen und aufspüren und mich allein zu dem Zweck, sich mein Geld anzueignen oder für sich selbst eine Begnadigung zu erkaufen, verraten und einem vorzeitigen Ende zuführen könnten.

Da ich also keinen einzigen Freund hatte, verfiel ich auf Williams Schwester. Ihre gütige Handlungsweise gegenüber ihrem Bruder, den sie in Not glaubte, deutete auf eine großherzige Veranlagung und eine mildtätige Gesinnung hin, und als ich mich entschloss, sie zum Gegenstand meiner ersten Wohltat zu machen, zweifelte ich nicht daran, dass ich mir selbst damit eine Art Zuflucht erkaufte, eine Art Ziel, dem ich mich in meinen künftigen Handlungen zuwenden konnte; denn ein Mann, der einen Lebensunterhalt, jedoch keinen Wohnort und keinen Platz hat, der eine magnetische Kraft auf seine Gefühlsbindungen ausübt, befindet sich in einer der ungereimtesten, unsichersten Lagen, die es gibt, und all sein Geld hat nicht die Macht, ihn dafür zu entschädigen.

Wir blieben also, wie ich dem Leser bereits mitteilte, mehr als zwei Jahre in Venedig und dessen Umgebung, in höchstem Maße unentschlossen und zutiefst voller Zweifel und Unrast. Williams Schwester drang täglich in uns, wir sollten nach England kommen, und wunderte sich, warum wir nicht wagten, ihr zu vertrauen, die wir sie doch so sehr verpflichtet hatten, uns ergeben zu sein, und sie beklagte sich gewissermaßen darüber, dass wir sie verdächtigten.

Endlich begann ich nachzugeben und sagte zu William: »Höre, Bruder William« (denn seit unserem Gespräch in Basra nannte ich ihn Bruder), »wenn du mir zwei oder drei Dinge zugestehst, werde ich von Herzen gern mit dir nach England heimkehren.«

William erwiderte: »Lass mich hören, welche.«

»Nun, als Erstes darfst du deine Identität keinem anderen deiner Verwandten in England enthüllen als nur deiner Schwester – nein, nicht einem«, sagte ich. »Zweitens werden wir uns unsere Bärte nicht abrasieren« (denn wir hatten uns die ganze Zeit über auf griechische Art Schnurr- und Backenbärte stehen lassen) »und auch unsere langen Überröcke nicht ablegen, damit man uns für Griechen und Ausländer hält. Drittens wollen wir in der Öffentlichkeit vor keinem Menschen jemals Englisch sprechen, mit Ausnahme vor deiner Schwester. Viertens wollen wir stets zusammenleben und als Brüder gelten.«

William erklärte, er werde all dem aus vollem Herzen zustimmen, nicht Englisch zu sprechen aber werde das schwerste sein, er wolle jedoch auch hierin sein Bestes tun; mit einem Wort, wir kamen überein, uns von Venedig aus nach Neapel zu begeben, wo wir eine große Geldsumme in Seidenballen umsetzten; wir ließen einen erheblichen Geldbetrag in den Händen eines Kaufmanns in Venedig und einen zweiten, ebenfalls beträchtlichen, in Neapel und nahmen auch Wechsel über eine große Handelstransaktion auf, und doch kamen wir mit einer solchen Warenladung nach London, wie es schon seit Jahren nur einige amerikanische

Kaufleute getan hatten, denn wir beluden zwei Schiffe mit dreiundsiebzig Ballen doppelt gezwirnter Seide und dreizehn Ballen gewirkter Seide aus dem Herzogtum Mailand, die wir in Genua an Bord nahmen. Mit all dem gelangte ich ohne Zwischenfall nach England und heiratete einige Zeit später meine treue Beschützerin, Williams Schwester, mit der ich glücklicher lebe, als ich es verdiene.

Und jetzt, nachdem ich dem Leser so offen mitgeteilt habe, dass ich nach England gekommen bin, und so kühn gestanden habe, welches Leben ich im Ausland geführt habe, ist es Zeit für mich, meinen Bericht abzubrechen und vorläufig nichts mehr zu sagen, damit nicht jemand den Wunsch empfindet, sich allzu genau nach seinem alten Freund, dem Kapitän Bob, zu erkundigen.

# Nachwort

Räubergeschichten haben die Menschen von alters her gefesselt. Den Griechen galten sogar die Götter als ausgezeichnete Räuber; ihre Mythen berichten von unglaublichen Diebstählen und Entführungen, und der große blinde Sänger Homer ließ den langjährigen Krieg zwischen Asien und Europa mit dem Raub einer Frau beginnen. Im Zeitalter der Entdeckungen freilich, als ferne Länder und Schätze zu erobern waren, als Spanier und Portugiesen die Weltmeere beherrschten und bald auch die tüchtigen Holländer in Afrika, Westindien, Asien und Australien Handelsniederlassungen und Stützpunkte errichteten, da erblühten Raub und Geschäft, und oft war zwischen beiden nicht zu unterscheiden. Die berühmten Seefahrer Sir John Hawkins und Sir Francis Drake waren Kapitän und Admiral der Königin Elisabeth (sie regierte von 1558 bis zu ihrem Tod 1603), doch ebenso Freibeuter und Sklavenhändler, die – immerhin im Auftrag und unter dem Schutz der Königin – fremde Schiffe aufbrachten, spanische Häfen überfielen, rund um die Welt Beute machten und Handelsvorrechte erwarben. Schon im 15. Jahrhundert hatten sich englische Tuchexporteure zu der Genossenschaft der Merchant Adventurers zusammengeschlossen, was so viel wie »Kaufmann-Abenteurer« heißt und besagt, dass sie waghalsige Unternehmer waren, die vom Risiko lebten und ihr Geschäft zu betreiben wussten. Länger als zwei Jahrhunderte verfügten die Merchant Adventurers über das Monopol des Tuchhandels mit Mitteleuropa, und es gab sie noch zu Zeiten Daniel Defoes (1660–1731).

Unter Königin Elisabeth wurden die Ostländische Kompanie (1579), die Levante-Kompanie (1581) und die Afrikanische Kompanie (1588) gegründet. Das waren Verbände, die sich Monopole ergattern wollten, wobei die einzelnen Mitglieder auf eigene Kappe spekulierten und Schiffe, Ladung und Leben aufs Spiel setzten. Erst die 1600 gebildete Ostindische Kompanie (East India Company) wirtschaftete mit vereintem Kapital und gesicherten Gewinnanteilen. Wer sich nicht in eine Kompanie einkaufen konnte, wurde auf den Weltmeeren von Feinden gejagt und von den Handelsgesellschaften vertrieben – er hatte kaum eine Chance.

Während der bürgerlichen Revolution und der Cromwell'schen Republik (1642–1660) und während der Regierungszeit der zum Katholizismus neigenden Stuartkönige (1603–1649 und 1660–1688), die mit Spanien einen Ausgleich suchten und es durch Freibeuterzüge nicht weiter brüskieren wollten, wurden die englische Marine und die Kauffahrtsflotte nicht ausgebaut, sodass die spektakulären Erfolge zur See keine Fortsetzung fanden. Erst als mit Wilhelm von Oranien 1689 die adligen und großbürgerlichen Whigs, die Vertreter und Nutznießer einer raschen kapitalistischen Entwicklung, an die Macht kamen und (mit Ausnahme der Jahre von 1710–1714) die Politik der ersten Hälfte des 18. Jahrhunderts bestimmten, wurde das einst unter Elisabeth waltende Bündnis zwischen Krone und Bürgertum insofern wiederhergestellt, als nun die konstitutionalisierte Monarchie den Whigs mehr oder weniger freie Hand ließ, ihre Absichten durchzusetzen. Damit nahm die Schifffahrt einen neuen Aufschwung, der Sklavenhandel trug mehr ein als ganze Kriegszüge. »Britannia beherrscht die Wellen«, wurde gesungen, und der Seefahrer war wieder der ausgemachte Held. Der Umschwung durch die Palastrevolution von 1688/89 brachte den Dissentern die religiöse Freiheit und einen Teil jener Rechte zurück, die ihnen die nach Cromwells Tod wieder eingesetzten Stuarts genommen hatten. Als Dissenter bezeichnete man die Puritaner, außerhalb der anglikanischen Staatskirche stehende strenge Protestanten, meist nicht sehr wohlhabende Angehörige des Bürgertums.

Daniel Defoe, ein solcher Dissenter, ist eine der bemerkenswertesten Persönlichkeiten der Weltliteratur geworden, nicht nur als Verfasser des »Robinson Crusoe« (1719), des ersten Buches, das von mehr Menschen gelesen wurde als die Bibel. Die Faszination, die von diesem einfachen, regen, nüchternen und vielseitigen Mann ausgeht, liegt gerade darin, dass er kein Schriftsteller war – jedenfalls nicht in erster Linie. Defoe war Händler, Fabrikant, Kaufmann, daneben Journalist und Pamphletist und ferner politischer Agent, bezahlter Kundschafter, Propagandist und Zwischenträger. Wenn er außerdem mit sechzig Jahren begann, eine Art von Büchern zu schreiben, die wir heute Romane nennen, so hätte er, obwohl sie seinen Namen über Jahrhunderte bewahrt haben, gewiss andere seiner Unternehmungen und Ideen höher bewertet. Das erstaunlich Menschliche und Aufrichtige an diesem Mann ist aber sein Mut, eine Kardinalfrage seiner Zeit gestellt und die Antworten dem Test verschiedener Tatsachen und erfundener Situationen unterworfen zu haben. Es ging darum, wie der Widerspruch zwischen bürgerlichem Interesse und bürgerlicher Tugendvorstellung zu lösen und wo die Grenze zwischen individuellem Glücksstreben und rücksichtsloser Übervorteilung der Konkurrenz zu finden sei. In der Zeitschrift »Review« schrieb Defoe 1704: »Die Leute neigen sehr dazu, ihren Profit und ihr Gewissen miteinander in Einklang zu bringen.«

Defoes Lebenslauf und sein Wirken veranschaulichen selbst am besten, wie unter den Bedingungen der ursprünglichen Akkumulation des Kapitals ökonomische, politische, religiöse und sittliche Erwägungen als oft höchst widersprüchliche Motivationen wirkten. Abenteuer, Risiko und Straffälligkeit lagen so dicht beieinander, dass wir heute nur die Tatkraft und den Eifer bewundern können, mit denen sich das vorwärtsdrängende Bürgertum selbstbewusst an die Aneignung der Welt begab. Die bürgerliche Klasse hatte die Tauschwertbeziehungen zwischen den Menschen an die Stelle der feudalistischen Bindungen gesetzt; nun musste sie ihre Gewinnsucht als eine unleugbare Realität in das sittliche Wertsystem integrieren. Dazu bedurfte es noch vieler Erfahrungen und Argumente. Wie kein anderer Autor seiner Zeit hat Defoe dieser Selbstverständigung anschauliche, unterhaltende und lehrreiche Beispiele geboten. Dass dabei der Tugendbegriff relativiert werden musste, so wie Defoe viele Kompromisse zu schließen hatte, schmälerte den Optimismus des aufstrebenden Bürgertums kaum: Robinson Crusoe war ob seiner Beherztheit und Umsicht, seiner Zielstrebigkeit und seines Erfolgs zu loben, auch wenn er seinen Sklaven verkaufte, Eingeborene zur Arbeit für sich zwang und sich zum Imperator einer Kolonie aufschwang.

Daniel Defoe wurde 1660 geboren, in dem Jahr, als die konservativen Stuarts auf den Thron zurückkehrten. Die Dissenter, die in der voraufgegangenen bürgerlichen Revolution den linken Flügel der Partei des Volkes gebildet hatten, wurden nun von Universitäten und von allen Ämtern in der Staatsverwaltung, in Kirche und Armee ausgeschlossen. Der Londoner Kerzenhändler James Foe sah für den Sohn deshalb die Laufbahn eines Dissenterpredigers vor. In der Dissenterschule von Ehrwürden Charles Morton in Newington Green konnte der Junge mehr nützliches Wissen erwerben als in einer alten Lateinschule. Geografie war sein Lieblingsfach, und er las viele Reisebeschreibungen, darunter gewiss auch solche von Freibeutern. Dem Leben als Prediger unter ständiger Verfolgung zog er dann die offene

Welt des Geschäftslebens vor und handelte bereits als Zwanzigjähriger mit Strümpfen, Kurzwaren, Wein und Tabak. Zwischen 1680 und 1683 befand er sich vermutlich mehrfach auf Reisen nach dem Kontinent. Auch ritt er durch England und hielt sich einige Zeit in Schottland auf. Am Neujahrstag 1684 heiratete er Mary Tuffley, eine Kaufmannstochter, welche die ansehnliche Mitgift von 3700 Pfund in die Ehe brachte.

Im Jahre 1685 beteiligte sich Defoe an dem vom Herzog von Monmouth geführten Aufstand gegen die Stuartthronfolge, der niedergeschlagen wurde. Dennoch gelang es ihm, voranzukommen, zumal 1689 mit Wilhelm III. ein Protestant als König eingesetzt wurde. Bald besaß er ein Grundstück und ein Lagerhaus in der City von London und war Mitglied der angesehenen Fleischerinnung. Während des Krieges gegen Frankreich kaperten die Franzosen jedoch Schiffe mit Ladungen, die zu Teilen Defoe gehörten oder für die er Sicherheiten übernommen hatte. In unerbittlicher Konsequenz spekulierte er, um mit raschen Gewinnen die Schulden abzutragen. Doch es lief alles schief, und er wurde in mehrere Prozesse verwickelt, aus denen er bankrott hervorging. Das geschah 1692. Obwohl er gesetzlich nicht dazu verpflichtet war, wollte er die Summe von 17 000 Pfund zurückzahlen; bis 1705 hatte er mehr als zwei Drittel dieses hohen Betrags getilgt, aber die Gläubiger stellten ihm bis an sein Lebensende nach.

In diesem Land, das er später (in dem mehrbändigen Werk »Eine Reise durch die ganze Insel Großbritannien«, 1724–1727) »das blühendste und reichste der ganzen Welt« nannte, begann er mit dreiunddreißig Jahren getrost von vorn. Er errichtete eine Ziegelei in Tilbury. Wahrscheinlich stammten die Mittel dazu aus Einnahmen, die er den großen Whigs und der Regierung verdankte. Für sie arbeitete er Finanz- und Handelsprojekte aus. Überdies war er zum Rechnungsführer der Fenstersteuer und zum Bevollmächtigten für Lotterieziehungen ernannt worden: Fortuna war ihm wieder gewogen.

Die Aufmerksamkeit, die Politiker ihm entgegenbrachten, rührte nicht nur von Defoes Geschäftstüchtigkeit her. Er steckte voller Ideen, und er konnte sie auch überzeugend und verständlich darstellen. In der »Abhandlung über Projekte« (1698) unterbreitete er der Öffentlichkeit in echt aufklärerischer Gesinnung Vorschläge für eine Reihe von sozialen und kulturellen

Einrichtungen: Zur Verbesserung von Handel und Verkehr empfiehlt er den Bau großer Landstraßen von vierzig Fuß Breite (ungefähr zwölf Meter) mit zwei Seitengräben. Ferner fordert er Maßnahmen zur wirtschaftlichen Sicherung bankrotter Kaufleute und Unternehmer, und er regt an, Institute für die Bildung und Erziehung von Frauen, eine Gesellschaft zur Pflege der Wissenschaften und ein Heim für geisteskranke Kinder zu gründen, das durch eine Büchersteuer finanziert werden soll, und vieles mehr. Daneben betätigte er sich in politischen Streitschriften als Anwalt des Volkes, der die Verantwortlichkeit der Parlamentsmitglieder und die Pflicht der Rechenschaftslegung vor den Wählern betonte und sich gegen Übergriffe der Obrigkeit verwahrte. Als unter Königin Anna (sie regierte von 1702 bis 1714) die Dissenter erneut verfolgt wurden, erschien im Dezember 1702 ein anonymes Pamphlet, das aufrief, mit den Dissentern kurzen Prozess zu machen. Den Tories, die dieser Hetzschrift zuerst Beifall gezollt hatten, lief die Galle über, als sie merkten, dass Defoe der Verfasser war und das Blatt eine Satire auf ihre blinde Verfolgungswut darstellte. Sie erwirkten einen Haftbefehl und boten in der »London Gazette« fünfzig Pfund für seine Ergreifung. Der Steckbrief beschreibt ihn als mittelgroß, von brauner Gesichtsfarbe und dunkelbraunem Haar unter der Perücke, grauäugig mit spitzem Kinn und Hakennase. Im Mai 1703 wurde er verhaftet, und als er am Pranger stand, huldigten ihm die Londoner mit Blumen.

Im Gefängnis nahm der Sprecher (Präsident) des Unterhauses, der gemäßigte Tory Robert Harley, Verbindung mit ihm auf. Bei der Königin erwirkte er im November 1703 Defoes Freilassung. Von nun an hatte ihn Harley in der Hand. Auf Anregung des Politikers gab Defoe von 1704–1713 die erste Zeitung mit Breitenwirkung heraus, die »Review«. Abgesehen von der enormen Leistung Defoes, dieses wöchentlich und später dreimal in der Woche erscheinende Blatt über einen so langen Zeitraum pünktlich herauszubringen, ganz gleich, ob sich sein Verfasser in London oder auf Reisen befand, und abgesehen von der Breite der Themenskala – die wirtschaftliche Entwicklung, das Tagesgeschehen, Politik, Religion, Moral, Naturkatastrophen, Arbeitslosigkeit, Vergnügungen –, ist daran staunenswert, dass Defoe an diesem frühen Punkt der Zeitungsgeschichte das erste meinungsbildende Organ schuf, in dem wir auch den Vorläufer des Leitartikels finden.

Im Dienst der jeweiligen Regierung reiste er nun als Kurier, Meinungsforscher, Finanzexperte und geheimer Ratgeber durch das Land. An dem Zusammenschluss von England und Schottland, der 1707 erfolgte, war er, als Privatmann auftretend, in geheimer Mission beteiligt. Als Königin Anna starb und mit dem Hannoveraner Georg I. die Whigs wieder ans Ruder kamen, sollte er in deren Auftrag für die Tory-Presse arbeiten, dabei aber die Propaganda der Opposition verwässern. Es bleibt zu fragen, wer korrupter war, Defoe oder seine hochgestellten Drahtzieher. Auf jeden Fall hat ihn das Problem, ob sich ein christliches Ethos in einer bürgerlichen Gesellschaft verwirklichen lasse oder ob nicht vielmehr Vernunft und neuartige Lebenserfahrungen andere Entscheidungen gutheißen müssten als eine abstrakte Vorstellung von Gut und Böse, stets beschäftigt. Wo immer sein unvergleichliches literarisches Alterswerk von den Abenteuern des Lebens und den Entdeckungen der Welt handelt, vollzieht der Bürger Defoe auch die sittliche Bilanzierung: Die junge bürgerliche Gesellschaft und das bürgerliche Individuum sollten ihr Gewissen behalten – freilich eines, das den Kapitalisierungsprozess nicht behinderte.

Die Rechenschaftslegung über Besitz, Gewerbe, Geld und über den sittlichen Wert des damit verbundenen Handelns bilden den Angelpunkt der großen Prosadichtungen und Berichte, die Defoe mit fast sechzig Jahren zu schreiben begann. Um diese Zeit handelte er mit Austern, Speck, Honig und Käse. Wie er dazu kam, nun noch zahlreiche Bücher zu verfassen, darunter Werke, die den ersten Höhepunkt in der Entwicklung des bürgerlichen Romans bilden, bleibt ebenso rätselhaft wie sein politisches Profil und sein Charakterbild, die in dem Geflecht von Erfolgssträhnen, Rückschlägen und meist für ihn widrigen Umständen nicht leicht auszumachen sind. Verwunderlich daran ist allein der Umfang der Werke, die Vielzahl der Gattungen und ein auffälliges Interesse an Abenteuern, an den Wechselfällen des Glücks, an der Unerbittlichkeit der Konkurrenz in allen Lebensbereichen, an Katastrophen, an der Kunst der Selbstbehauptung des Individuums, auch wenn es dabei Mittel einsetzt, die als verwerflich oder kriminell galten. In den zwölf Jahren vor seinem Tod (er starb 1731) veröffentlichte Defoe die beiden Teile des »Robinson Crusoe« (1719) und einen Kommentar dazu (1720), die Romane »Kapitän Singleton« (1720), »Moll Flanders« (1722), »Oberst

Jack« (1722), »Roxana« (1724), die erzählenden Berichte »Die Reisen und Abenteuer Sir Walter Raleighs«, »Der König der Piraten«, »Der stumme Philosoph« und »Mr. Duncan Campbell« (alle 1719), »Memoiren eines Kavaliers« (1720), »Die Pest in London« (1722), »Eine neue Weltreise« (1724), die schon erwähnte »Reise durch die ganze Insel Großbritannien«, Sachbücher über die Börse, das Benehmen von Dienstboten, die Gewalttätigkeiten seiner Zeit, eheliche Untreue, christliche Gattenwahl, Geistererscheinungen, eine Geschichte Peters des Großen, eine Geschichte der Erfindungen, eine Geschichte der Magie und eine »Allgemeine Geschichte der Seeräuber« (1724 und 1728), Handbücher für den Handelskaufmann und den vollendeten Gentleman sowie einen Plan für die englische Wirtschaft. Hinzu kam die Verbrecherbiografie des berüchtigten »John Sheppard« (1724) und eine Reihe von Geständnissen, Lebensbeichten und Kurzbiografien von Verurteilten, die er zwischen 1720 und 1726 vor ihrer Hinrichtung für John Applebees »Original Weekly Journal« interviewte.

Defoes Romane und ein Buch wie »Die Pest in London« galten damals natürlich nicht als Kunst. Fast alle bedeutenden Dichter und Literaten ignorierten oder belächelten sie, waren es doch die dilettantischen Ergüsse eines ungebildeten Plebejers, der sich in der Kunst nicht auskannte. Die von den Lehren des Aristoteles abgeleiteten Normen und Regeln der schönen Literatur sahen solche Produkte gar nicht vor, die ganz persönliche Lebensgeschichten enthielten, von »niederen« Gegenständen und Charakteren handelten, sich aber wohl nicht dem Komischen zurechnen ließen, in welchem allein die »niedere« Welt dargestellt werden durfte. Obwohl Prosaromanzen und Romane schon lange im Schwange waren, obwohl einige in Vorworten, Rezensionen und Essays auch bereits theoretisch erörtert wurden, obwohl die jahrhundertelang für alle Nationen unverändert gültigen Regeln der Poetik von den literarischen Bedürfnissen der sich emanzipierenden bürgerlichen Klasse verletzt oder verändert worden waren, stand der Roman noch außerhalb des Kanons, und es dauerte lange, bis er sich als der bürgerlichen Gesellschaft angemessene Kunstform durchsetzte und poetologisch bestimmt und akzeptiert wurde. Die englischen Romanciers des 18. Jahrhunderts Samuel Richardson, Henry Fielding, Lawrence Sterne, William Godwin und ihnen voran Daniel Defoe trugen maßgeblich dazu bei.

Paradoxerweise lag das keineswegs in Defoes Absicht, denn als Puritaner hatte er für Kunst nichts übrig. Alles Erdichtete, der Fantasie Entsprungene, wie Schäferromane, Ritterromanzen, Malerei und Theater, galt den Puritanern als sündhaft, verlogen und unnütz: Da Defoe eine Art von Literatur unter die Leute bringen wollte, die ihnen nützen konnte, weil die Erfahrungen und Gedanken seiner Gestalten die Selbstverständigung über die neuen Lebensbedingungen beförderten und auch viele praktische Hinweise enthielten, griff er die schon in der Renaissance ausgebildete Wahrheitsfiktion auf: Er behauptete, das Geschriebene sei wahr, er berichte nur Tatsachen, und er legte die Berichte den Helden selbst in den Mund und ließ sie rückschauend ihr Leben erzählen – sie mussten ja wissen, wie es wirklich gewesen war.

Was die literarischen Vorläufer betrifft, so konnte Defoe an mehrere Traditionen anknüpfen. Da lagen zunächst zahlreiche authentische Reiseberichte vor, die den Leser in alle Welt führten, ferne Länder und fremde Völker schilderten und die absonderlichsten Vorfälle, tragische und glückhafte. Prosadarstellungen von Menschen, die nicht dem Ritterstand oder dem Adel angehörten, konnte Defoe in den Handwerkerbiografien Thomas Deloneys (um 1543–1600) finden, aber auch in den spanischen Schelmenromanen und deren englischen Nachbildern wie dem »Jacke Wilton« (1594) von Thomas Nashe. Seinem Empfinden näher standen gewiss die volkstümlichen Lebensbeschreibungen von Geächteten wie Robin Hood und von Dieben und Straßenräubern; diese Gattung, die freilich nur die wichtigsten Ereignisse kunstlos aneinanderreihte und die Ausschmückung der ursprünglich und immer noch mündlich überlieferten Begebnisse der Vorstellungskraft der Leser überließ, hatte auch Defoe gepflegt, und zwar journalistisch. Eine gewisse Übung, »aus dem Leben gegriffene Situationen« wiederzugeben, hatte er sich auch schon dadurch erworben, dass er, wie es Gewohnheit war, in seine Traktate, seine Familienratgeber und Erbauungsbücher solche Szenen als lehrhafte Beispiele einfügte. Seine Romane stehen vor allem in der Volkstradition und sprachen deshalb einen neuen und viel größeren Leserkreis an, als die geschulten Gentlemanpoeten für sich in Anspruch nehmen konnten.

Wie es im vollständigen Titel seiner Romane heißt, wollte Defoe immer und hauptsächlich auf »Die Lebensgeschichte und das wechselhafte

Glück …« (»Roxana«) oder auf »Das Leben und die höchst merkwürdigen Abenteuer …« (»Robinson Crusoe«) hinaus, im Falle des »Kapitän Singleton« auf »Das Leben, die Abenteuer und die Piratenzüge …«. Der Werdegang des Helden bildet demnach auch ihr Handlungsgerüst, ohne dass eine komplizierte Fabel konstruiert würde. Obwohl dabei die Form einer Kette von Episoden, verbunden durch überbrückende Zusammenfassungen größerer Zeitabschnitte, ins Auge fällt, tritt gleichrangig neben die relativ eigenständigen Episoden die Aufmerksamkeit für die Entwicklung des Helden, für den Wandel seines Schicksals und das Ziel, an das ihn seine Abenteuer führen. Erst dieses Ziel macht die Episoden mehr oder weniger bemerkenswert und wichtig. Gegenüber älteren Erzählformen, dem höfischen und dem pikaresken Roman, rücken das private Befinden des Einzelmenschen und sein widerspruchsvolles Leben deutlich in den Vordergrund. Die Stelle der abenteuerverbindenden Figuren des Ritters, Höflings oder Pikaros übernimmt der handlungstragende bürgerliche Held, an die Stelle der nach Affektenlehre, Rhetorik und christlich-antiker Moral strukturierten Episoden werden die Erfahrungsstufen eines offen an das materielle Interesse gebundenen Bürgers gesetzt, der der Welt aktiv gegenübertritt und sie nach seinem Bilde formen will. Natürlich ist Robinson Crusoe der Prototyp des diesseitig praktischen, zielstrebigen, der Natur das Leben abtrotzenden und Mitmenschen ausbeutenden tüchtigen Matrosen, Kaufmanns und Kolonialisten. Aber auch die Findelkinder, Ausgestoßenen, Diebe, Kurtisanen und Seeräuber wie Oberst Jack, Moll Flanders, Roxana und Bob Singleton streben letztlich nichts anderes als eine solche gesicherte und, wenn es sich einrichten lässt, respektable Existenz an. Sie ringen darum, sich die Grundlagen eines bürgerlichen Daseins zu schaffen, auch wenn sie sich zeitweilig ganz den Abenteuern widmen und darüber dieses Ziel vergessen. Es wäre deshalb falsch, ausschließlich auf die Abenteuer, das liederliche Leben und die von diesen Helden verübten Gemeinheiten zu schauen und ihre Gewissensbisse, Reuebekundungen und Besserungsgelöbnisse nur als angehängte Moral zu betrachten, die das Vergnügen, Schmutz, Sünde und Verbrechen abzubilden, rechtfertigen soll: Dieses Gewissen ist die geistige Form ihrer Bürgerlichkeit.

Außerhalb Europas war Defoe nicht gereist. Für Episoden und Einzelheiten des Romans »Kapitän Singleton« sind Quellen ermittelt worden, wobei in erster Linie auch jene Bücher als Vorbilder in Betracht kommen, die der Autor nachweislich für den »Robinson Crusoe« benutzte, der ein Jahr zuvor entstanden war. Dazu gehören die von dem Geistlichen und Diplomaten Richard Hakluyt (1552?–1616) und dessen einstigem Helfer, dem Pfarrer Samuel Purchas (1575?–1626), herausgegebenen Sammelbände von Reiseberichten; ferner »Eine neue Reise um die Welt« (4 Bände, 1697–1709) von dem Kapitän (und Seeräuber) William Dampier, den Defoe persönlich kannte; von Maximilien Mission die fiktive »Reise des Francois Leguat« (1691) und John Ogilby, »Afrika« (1670). Hinzu kamen J. Albert de Mandelslo, »See- und Landreisen« (1662), und A. O. Exquemelin, »Die Freibeuter Amerikas« (1684/85). Unser Roman weist aber auch zahlreiche Bezüge zu eigenen Werken Defoes auf. Auch Robinson war in Afrika und tötete dort einen Leoparden, und als er sich in Bengalen aufhielt, wollte er die Route nach England einschlagen, die Singleton tatsächlich nimmt: durch den Persischen Golf, per Karawane über Basra, Bagdad, Aleppo zum Mittelmeer. Mehr Gebrauch machte Defoe von seiner im Dezember 1719 veröffentlichten Schrift »Der König der Piraten, enthaltend einen Bericht der berühmten Unternehmungen Kapitän Averys, des Schattenkönigs von Madagaskar«, die kaum an eine vermutlich von Adrian Van Broeck 1709 veröffentlichte Biografie des sagenhaft reichen Piraten anschloss. Defoe kaschierte die Tatsache, dass er nun dem Singleton die Abenteuer und Reichtümer Averys zuschrieb, indem er in »Kapitän Singleton« Kapitän Avery als Nebenfigur auftreten ließ.

Aus all diesen übernommenen Details und aus den Überlegungen, die er auch in seinen Traktaten sozialer Thematik behandelte, wäre kein Roman geworden, hätte Defoe die erfundene Lebensgeschichte nicht dem Plan unterworfen, den resoluten Abenteurer in unbekannter Natur und feindlicher Umwelt sein Glück machen zu lassen, und hätte er dafür nicht den angemessenen, einheitlichen Ton gefunden. Es ist die Erzählweise eines genau beobachtenden, die Umstände abwägenden, an der Erklärung der Welt interessierten Bürgers seiner Zeit. Ihm erschließt sich die Wirklichkeit über die Sinne und die Vernunft. Die Hauptgestalten lässt er durch Erfahrungen lernen, nach dem einfachen Prinzip von Ursache und Wirkung. Sensationen und Ungeheuerlichkeiten, fantastische Erlebnisse, Gefühlsausbrüche und das Aufbauschen des Nichtalltäglichen haben darin keinen Platz; der einzige Orkan, der Singletons Schiff auf den ausgedehnten Reisen bedroht, wird nur als ein hinderliches Ereignis erwähnt und nicht in seinen Schrecken ausgemalt. Selbst der unvorstellbare Reichtum des Seeräubers, der an den des legendär gewordenen Kapitän Kidd erinnert, wird vorstellbar und messbar, in Pfund Sterling, in Gewicht an Gold oder Gewürzen, in Ballen von Tuchen und Seiden, in Perlen und Edelsteinen.

Nun ist der Seeräuber Bob Singleton aber nicht als böser Mensch nach der abstrakten Tugendlehre einfach gegeben. Eingangs hören wir, dass er als Waise weder eine Schulbildung noch irgendeine Erziehung genoss. Herumgestoßen und verkauft wird er, niemand will ihn haben, denn nach den geltenden Niederlassungsgesetzen fielen Waisen den Gemeinden zur Last, die sie demzufolge loswerden wollten. In die Hände der Portugiesen gefallen, durchläuft er eine Schule des Verbrechens. Er bestiehlt den Kapitän, betrügt die Matrosen, so wie sein Herr, der Steuermann, ihn ausnutzt und misshandelt, und er entdeckt sein Vergnügen an der Unaufrichtigkeit. Als er mit den Kameraden in Madagaskar ausgesetzt wird, wollen sie mit den Eingeborenen einen fairen Handel treiben und sich durchschlagen, doch im Grunde steht Singleton wie die anderen vor der Entscheidung, die ihm durch den Kopf geht: zu verhungern oder Seeräuber zu werden, was so viel heißt wie, sein Leben im Kampf oder am Galgen vorzeitig zu beenden. Defoe bringt beides ins Spiel: die situationsbedingten Notwendigkeiten wie den Charakter des jungen Mannes, dessen Kaltherzigkeit er mehrfach hervorbrechen lässt. Dennoch versagt er ihm seine Sympathie nicht ganz, und das nicht nur, weil er ihn doch am Schluss sein Schäfchen ins Trockene bringen lässt. Bob Singleton erweist sich nämlich als sehr anstellig, von schneller Auffassungsgabe, geschickt und mutig. Die Seeleute erkennen auch bald seine Fähigkeit, Menschen zu führen, und ernennen ihn zum Chef und Kapitän. Diesen Aufstieg verdankt er weder Reichtum noch Rang noch Protektion, wie das im zivilen Leben wäre; nein, die Ausgestoßenen verfahren demokratisch und wählen den Besten, nach der Leistung.

In Afrika sehen sie sich den unbekannten Gefahren eines unbekannten Erdteils ausgesetzt. Für die Schilderung des Trecks durch das Innere des schwarzen Kontinents konnte Defoe übrigens keine Berichte zurate ziehen: Afrika war zu seiner Zeit noch nicht durchquert worden. Es gab Karten mit weißen Flecken und unterschiedlichen Angaben über die Lage der zentralen Seen, und es lagen Aussagen über Begegnungen mit Afrikanern vor. Dass er auf der Grundlage dieser Angaben und der Erzählungen von Seeleuten diese Expedition von Mosambik zur Goldküste als einen kühnen Plan und eine glaubhafte und noch kühnere Unternehmung zu gestalten vermochte, macht ihn zu einem großen Prosadichter.

Den Afrikanern gegenüber verhalten sich die Europäer je nach ihren eigenen Bedürfnissen und nach deren Friedfertigkeit. Entsprechend Singletons Vorschlag nehmen sie Sklaven, weil sie ohne Sklavendienste, ohne die Treue, Ausdauer und Findigkeit der gefangenen Schwarzen die Westküste nie erreichen würden. Als ihnen dann das Gold buchstäblich zu Füßen liegt, wollen sie etwas mitnehmen, doch der Hauptgedanke ist der, nach Hause zurückzukehren – obwohl Singleton persönlich kein Zuhause besitzt. Der »zivilisierte« Engländer, den sie im Herzen Afrikas der Einsamkeit entreißen, ist bestürzt über ihre mangelnde Geldgier. Erst auf sein Drängen häufen sie noch monatelang Gold und Elfenbein an, um dann steinreich nach Europa zu segeln.

Nach zwei unbeschwerten Jahren ausschweifender Vergnügungen mit unehrlichen Freunden zieht Singleton in England die seinem Charakter entsprechende Lehre aus seinem Los. Hier, in der Mitte des Romans, verlassen und mittellos, begreift er den Wert des Geldes, beschließt er, als Seeräuber so viel zu erbeuten, dass es ihm, natürlich bei weniger leichtsinnigem Gebrauch, nicht mehr ausgehen wird.

Was auf den Reisen in der Karibik, an Südamerikas Ostküste, in Madagaskar, im Indischen Ozean, auf den Sundainseln und Philippinen und auf der Fahrt um Australien (damals Neuholland genannt) geschieht, ist dank des Einfallsreichtums des Autors zu einer der ersten literarisch gestalteten Seeräubergeschichten geworden. In den Wechselfällen von Erfolgen und Schwierigkeiten, von glücklichen Zufällen und unerwarteten Notsituationen lernt Singleton, vor allem durch den Rat des Quäkers William Walters, die Seeräuberei wie ein Handwerk zu meistern, besser gesagt, wie ein »Geschäft«. Tatsächlich benutzen sie dieses Wort »Geschäft« für ihr Gewerbe, und sie betreiben es auch so, mit Zwischenbilanzen, mit dem Abwägen von Gewinnaussichten, der Minimalisierung der Verluste, dem gezielten Einsatz der Kräfte und mit intriganten Schachzügen wie zum Beispiel der Verkleidung von Menschen und Boot. Langsam finden sie heraus, welche Schiffe mit welchen Gütern zu kapern vorteilhaft ist. Von Anfang an legt Singleton Wert auf die Gefangennahme von Fachkräften, von Wundärzten und Zimmerleuten. Sie operieren wie ein Flottenverband, allerdings außerhalb der politischen und diplomatischen Beziehungen, die sie nichtsdestoweniger bei jedem Beutezug in Rechnung stellen müssen.

So aufregend das Aufbringen des verlassenen Sklavenschiffs, das Gefecht mit den im Baum verschanzten Eingeborenen und andere Abenteuer auch sind, zu den erstaunlichsten Berichten gehört jener, dass Singleton südlich von Australien, doch an der Nordküste der großen Insel (Tasmanien, damals Van Diemen's Land genannt) entlangsegelt. Zu Defoes Zeit ließen die Karten den Verlauf der unbekannten Küstenlinie Südost- und Südaustraliens frei, und es wurde allgemein angenommen, dass Tasmanien (und auch Neuguinea) mit dem australischen Kontinent verbunden wären. Die von Singleton benutzte Seestraße zwischen Australien und Tasmanien wurde erst 1798 entdeckt. Defoe war kein Hellseher, besaß aber genug Fantasie, diesen Wasserweg für möglich zu halten.

Die glückliche Heimkehr des Seeräubers war für Defoe kein Dreh, keine Umstülpung der Geschichte. Er lässt Singletons Reue und Gewissensbisse bis zu unchristlichen Selbstmordabsichten und sogar bis zum Gedanken an eine wohltätige Stiftung seines Reichtums gehen, mit der sich Singleton das Anrecht auf bürgerliche Respektabilität erkaufen möchte. Nach der vom Calvinismus sich herleitenden Lehre der Puritaner gehörten die Erfolgreichen dieser Welt zu den Auserwählten der nächsten, womit dem Seeräuber Singleton ohnehin eine Anerkennung zustand. Eben in der Bewertung seiner Entwicklung und seiner Haltung drückt Defoe aus, in welchem Maße die Geldbeziehungen der Menschen die Moral der bürgerlichen Gesellschaft zu prägen begannen: Die Emanzipation dieser Klasse erforderte ethische Kompromisse. War er nicht selbst wie ein Verbrecher inhaftiert und angeprangert worden, um von einem Tag auf den anderen vom Häftling zum Agenten der angesehensten Politiker aufzusteigen, und traf ihn nicht der Widerspruch, ein beim Volke beliebter Journalist und der verehrte Verfasser massenhaft verbreiteter Romane zu sein, während er sich zur gleichen Zeit vor Gläubigern und Vollzugsbeamten verbergen musste? In der »Allgemeinen Geschichte der Piraten« verglich Defoe den Sittenverfall in England mit der Seeräuberei zugunsten der Letzteren, und in Anspielung auf die Direktoren der Südsee-Kompanie meinte er, die Seeräuber seien nicht die größten Schurken auf dieser Welt. Bereits in der »Review« sprach er von den »Piraten an der Londoner Börse«, den Schwarzhändlern und Zollbetrügern. So mochten Autor und Leser es dem nicht übermäßig schändlichen und reuigen Freibeuter wohl gönnen, wieder in die Zivilisation aufgenommen zu werden. Die barmherzige Stiftung freilich kann heutigen Lesern wie eine Ironie auf die Selbstliebe des reichen Mannes erscheinen, denn mit der Heirat der Beschenkten, der Schwester des luxusfreudigen Quäkers (ein spöttisches Paradox), hat Singleton den Besitz nur vom Hauptkonto auf das Nebenkonto überwiesen. Es war die Pflicht der aufstrebenden Klasse, sich selbst zu helfen, so wie Robinson und Bob Singleton.

Im Kanon der Defoe'schen Romane haben »Kapitän Singleton« wie »Oberst Jack« und »Roxana« lange im Schatten des ersten Teils von »Robinson Crusoe« und der »Moll Flanders« gestanden. Die in Reue und Wohlstand endende Karriere des Seeräubers Singleton und seine Erlebnisse auf vier Kontinenten verdienen, als Abenteuerroman und als ein Stück Zeitgeschichte neu entdeckt zu werden.

*Günther Klotz*

*Abenteuer zur See im Unionsverlag*

NIKOS KAVVADIAS *Die Schiffswache*
Auf dem Chinesischen Meer, Ende der Vierzigerjahre. Ein griechisches Frachtschiff – alt, ramponiert – ist unterwegs nach Shantou. Tag und Nacht stehen die Offiziere und Matrosen in langen Stunden des Wachens auf der Brücke. Sie erzählen sich tausend Geschichten über das, was ihr Leben ausmacht: die Endlosigkeit der Ozeane, die Häfen der Welt, die Abenteuer des Seemannsberufs. Sie reden über die Einsamkeit, über Geheimnisse, Gaunereien und immer wieder über die Lust. Ihre Ehefrauen, Geliebten, Mütter, Huren – die Liebe und die Sehnsucht lassen sie nicht los.
»Ein Logbuch der existenzialistischen Seefahrt.« *Süddeutsche Zeitung*

ANDREAS KOLLENDER *Teori*
Johann Georg Forster ist siebzehn, als er mit James Cook am 13. Juli 1772 den Hafen von Plymouth in Richtung Tahiti verlässt. Die Reise in der engen Kabine der Resolution, mitten unter den Seeleuten und Forschern der Expedition, führt in unbekannte Welten. Für kurze Zeit wird aus Georg Teori, wie ihn die Eingeborenen der Südsee nennen. Das größte Abenteuer seines Lebens macht ihn zum Mann, zum Wissenschaftler und zum freiheitlichen Humanisten, der sein Jahrhundert prägt.
»Eine ebenso figurenreich wie filigran, rasant und immer perfekt stilisierte Erzählung.« *Süddeutsche Zeitung*

HANS LEIP *Klabauterflagge*
Schon immer sehnt sich Atje Pott nach der unendlichen Weite des Meeres. Und endlich: Mit zehn Jahren sticht er von Cuxhaven aus gemeinsam mit dem Fischer Matten in See. Doch ein gewaltiger Sturm stört den Fischfang, und dann wird auch noch ihr Boot gestohlen. Die beiden landen auf dem Dampfer von Mr Betterfield, der eine Mannschaft zusammentrommelt, um seinen Goldschatz in Griechenland zurückzuerobern. Mit der Besatzung bricht Pott auf zur Taubeninsel und erlebt das größte Abenteuer seines Lebens.
»Der Leser schmeckt den Salzwind auf den Lippen. Ein Konkurrenzschmöker zu Robert Louis Stevenson.« *Die Zeit*

Mehr über alle Bücher und Autoren auf *www.unionsverlag.com*

*Abenteuer zur See im Unionsverlag*

FREDERICK MARRYAT  *Das Geisterschiff oder Der fliegende Holländer*
Kapitän William Vanderdecken, für seine Zornesausbrüche weithin gefürchtet, scheitert bei seinem Versuch, das Kap der Guten Hoffnung zu umsegeln. Er stößt einen gotteslästerlichen Fluch aus – für den er büßen muss: Bis zum jüngsten Tag soll er auf einem Geisterschiff die sieben Weltmeere durchkreuzen. Seine Frau beauftragt auf dem Totenbett ihren Sohn, den Vater vom grausamen Bann zu erlösen.
»Spannung pur. Man kann förmlich das Meer riechen, die Kommandos und die Pfeife des Bootsmanns hören und dazu das Schlagen der Segel und das Jaulen der Böen.« *Christiana Steger, Amtsblatt Blumberg*

HENRY DE MONFREID  *Die Geheimnisse des Roten Meeres*
Henry de Monfreid stammte aus bestem Hause, war befreundet mit Matisse, Gaugin und Cocteau. Nach einigen frustrierenden Jahren als Ingenieur brach er 1911 auf nach Dschibuti am Roten Meer und nannte sich fortan Abd-el-Haï, »Sklave der Schöpfung«. Er kaufte sich ein Schiff und lebte unter Fischern, Perlentauchern, Schmugglern, Piraten, Waffenhändlern als einer der Ihren. Als *Die Geheimnisse des Roten Meeres* erschien, wurde er auf einen Schlag zur Legende.
»Monfreid schreibt wie vom Monsun getrieben – uns Lesern bläst dabei der Fahrtwind durchs Haar.« *Die Zeit*

ÁLVARO MUTIS  *Die letzte Fahrt des Tramp Steamer*
Die junge libanesische Reederin Warda Bashur hat sich in den Kopf gesetzt, einen geerbten Tramp Steamer von zweifelhafter Seetüchtigkeit als Frachtschiff zu betreiben. Der baskische Kapitän Jon Iturri lässt sich auf das ungewöhnliche Abenteuer ein – überwältigt von der eigentümlichen Schönheit der jungen Frau. Von Zeit zu Zeit kommt sie unvermutet an Bord. Er weiß, dass ihre Liebe dauert, solange der Tramp Steamer über die Meere vagabundieren kann.
»Eine wunderbare Erzählung, exotisch und vertraut, voller Poesie und in zeitloser Sprache geschrieben.« *Heinz Storrer, Schweizer Familie*

Mehr über alle Bücher und Autoren auf *www.unionsverlag.com*

*Abenteuer zur See im Unionsverlag*

DUDLEY POPE *Leutnant Ramage*

Man schreibt das Jahr 1796: Auf allen Weltmeeren ist die britische Marine mit Napoleon und seinen Verbündeten in blutige Gefechte verstrickt. Nicholas Ramage ist Leutnant auf der Fregatte »Sibella«, die vor der italienischen Küste von einem französischen Linienschiff versenkt wird. Ramage übernimmt das Kommando über die Schiffbrüchigen und rettet auch die bezaubernde italienische Adlige Marchesa di Volterra. Das erste Abenteuer der berühmten Serie um Leutnant Nicholas Ramage.
»Eine großartige Geschichte – voll von Ausdruckskraft, Glanz und beachtlichem Fachwissen.« *The New York Times*

RAFAEL SABATINI *Der Seefalke*

Sir Oliver Tressilian wird fälschlicherweise des Mordes an Peter Godolphin, dem Bruder seiner Verlobten Rosamund, beschuldigt. Lionel, sein eifersüchtiger Halbbruder, ist der wahre Mörder. Zu feige, seine Tat zu gestehen, lässt er Sir Oliver als Sklaven auf eine spanische Galeere verkaufen. Als die Korsaren von Algier die spanische Galeere überfallen, schließt sich Sir Oliver ihnen an. Er wird zum gefürchteten »Seefalken« und kehrt nach Cornwall zurück, um sich an seinem Bruder zu rächen und Rosamund zurückzugewinnen.
»Eine großartige Geschichte über Liebe, Vertrauen, Loyalität und Ehre.« *theaudiobookstore.com*

RICHARD WOODMAN *Die Wette*

Eine ungewöhnliche Wette spornt Kapitän Kemball von der Erl King und Kapitän Richards von der Seawitch 1869 zu einem Seerennen von Shanghai nach London an. Als Wetteinsatz winkt die Hand von Richards schöner Tochter Hannah. Doch die Seefahrer haben ihre Rechnung ohne die junge Frau gemacht: Als ihr Vater bei einem Piratenüberfall ums Leben kommt, nimmt sie ihr Schicksal selbst in die Hand.
»Die Beschreibungen der See sind erstklassig und der historische Hintergrund ist voll gut recherchierter Details. Wunderbares Lesefutter für die Freunde maritimer Romane!« *Booklist*

Mehr über alle Bücher und Autoren auf *www.unionsverlag.com*